Tkając świt

ELIZABETH LIM

TKAJĄC ŚWIT

Przełożyła Kaja Makowska

we need YA

Tytuł oryginału: *Spin the Dawn*

Redaktor prowadzący: Łukasz Chmara
Marketing i promocja: Damian Pawłowski, Oliwia Żyłka

Redakcja: Karolina Borowiec
Korekta: Anna Nowak, Robert Narloch, Damian Pawłowski
Skład i łamanie: Stanisław Tuchołka / panbook.pl
Projekt okładki: Tran Nguyen
Adaptacja okładki, stron tytułowych i mapy: Magdalena Zawadzka

Książkę wydrukowano na papierze Creamy 70 g/m^2 vol. 2,0
dostarczonym przez **ZiNG** Sp. z o.o.

ISBN 978-83-66657-35-9

WE NEED YA
Grupa Wydawnictwa Poznańskiego sp. z o.o.
ul. Fredry 8, 61-701 Poznań
tel.: 61 853-99-10
redakcja@weneedya.pl
www.weneedya.pl

Adrianowi,
za to, że zmienił moje życie
w najlepszy możliwy sposób

Szczyt Zaklinacza Deszczu
Góry Księżycowe
Las Dhoya
Świątynia Słońca
Korzenny Szlak
Samaran
A'LANDI
Przesmyk Samaranu
Niyan
Pustynia Halakmarat
Gangsu
Rzeka Dżingan
Letni Pałac
Śpiewające Góry

A'LANDI
MORZE TAIDŻIN
BALAR
Pałac Szansena
PÓŁNOCNA A'LANDI
esienny Pałac
KRÓLESTWO
KIATY
Wiosenny Pałac
Dżappor
Zimowy Pałac
GÓRY TURA
Rzeka Leyang
ZAPOMNIANE WYSPY
ŁAPZURU
Port Kamalan
WYSPY TAMBU
OCEAN CUIYAN

Poproś, bym uprzędła najcieńszą nić, a nawet z zamkniętymi oczami zrobię to tak szybko, że nie dorówna mi żaden mężczyzna. Poproś, bym skłamała, a zająknę się i nic nie wymyślę.

Nigdy nie miałam talentu do snucia opowieści.

Mój brat Keton wie to najlepiej. Choć czasem unosi brew, gdy opowiadam mu o wszystkim: o trzech niemożliwych zadaniach, o demonie i duchach na mojej drodze i o zaklęciu rzuconym na cesarza – mój brat mi wierzy.

Baba, mój ojciec, wręcz przeciwnie. Widzi na wskroś przez cienie, za którymi się chowam. Zauważa, że pod uśmiechem, który posyłam Ketonowi, kryją się czerwone oczy opuchnięte od wielu dni płaczu. Nie zauważa jednak, że pomimo łez schnących na policzkach serce mam twarde jak kamień.

Boję się dotrzeć do końca historii, bo jest pełna węzłów, których nawet ja nie mam odwagi przeciąć. W oddali grzmią bębny. Zbliżają się z każdą sekundą, przypominają mi, jak mało czasu zostało na podjęcie decyzji.

Jeśli wrócę, zostawię całą siebie. Już nigdy nie zobaczę rodziny, nie ujrzę swojej twarzy w lustrze, nie usłyszę swojego imienia.

Ale oddałabym słońce, księżyc i gwiazdy, żeby tylko uratować jego.

Jego – chłopaka bez imienia i o tysiącu imion. Chłopaka o dłoniach splamionych krwią gwiazd.

Chłopaka, którego kocham.

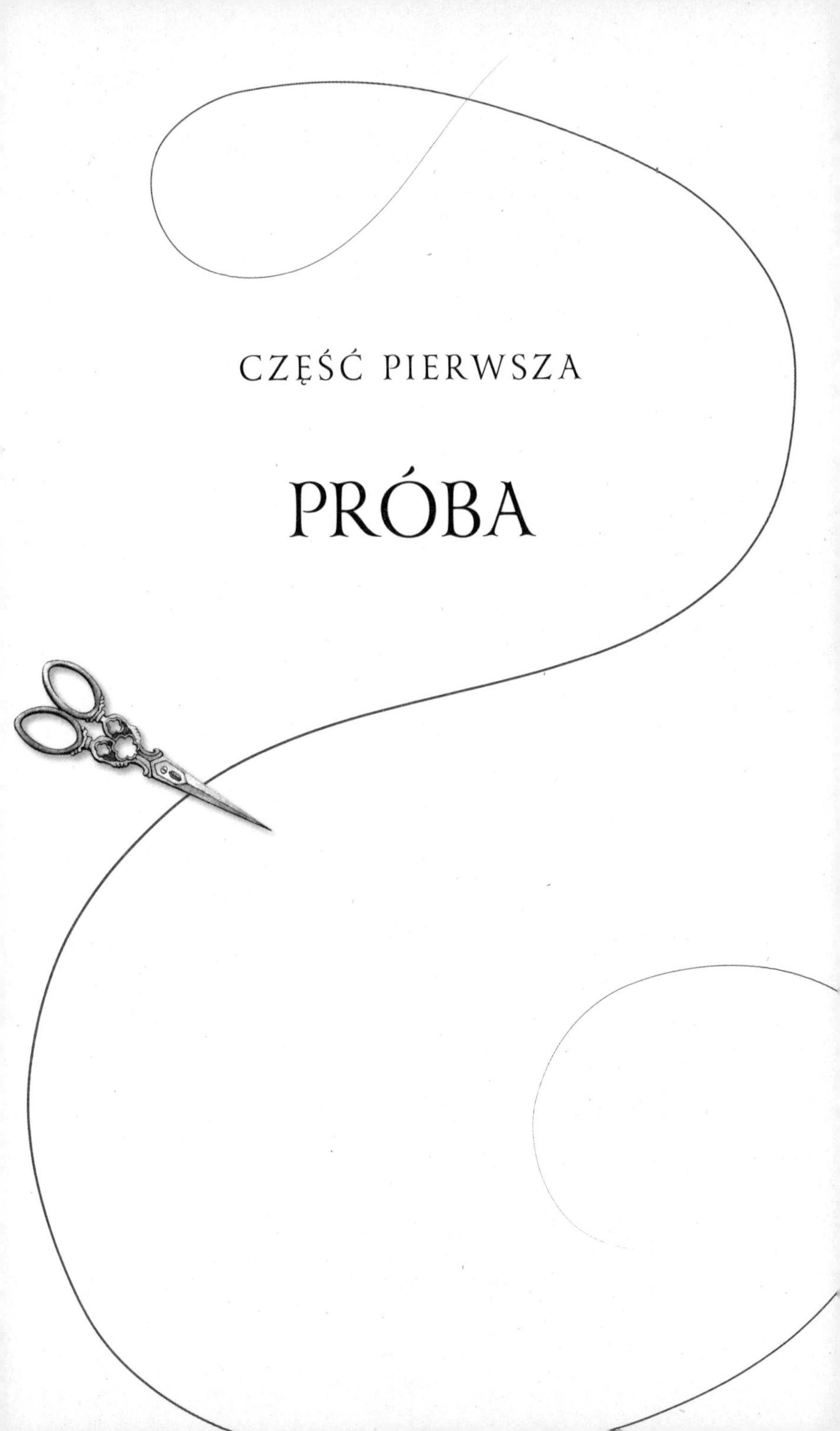

CZĘŚĆ PIERWSZA

PRÓBA

Rozdział pierwszy

Kiedyś miałam trzech braci.

Finlei był najstarszy i najodważniejszy. Nie przerażało go nic: ani pająki, ani igły, ani laska Baby. Najszybszy z naszej czwórki, potrafił złapać muchę między kciuk a naparstek. Lecz w parze z nieustraszonością szła żądza przygód. Nienawidził pracować w naszym warsztacie i marnować cennych promieni słońca na szycie sukien czy cerowanie koszul. Nieostrożnie obchodził się z igłą – na pokłutych palcach wciąż nosił opatrunki, ubrania niszczył nierównymi szwami. Szwami, które rozpruwałam i poprawiałam, by oszczędzić mu kazań Baby.

Finlei nie miał cierpliwości, by zostać krawcem jak Baba.

Sendo miał cierpliwość, ale nie do szycia. Mój drugi brat był rodzinnym poetą. Jedyna materia, którą chciał się zajmować, to słowa, szczególnie o morzu. Opowiadał historie o pięknych strojach szytych przez Babę z taką finezją, że kobiety z miasta o nie błagały – a potem dowiadywały się, że te szaty nie istnieją.

Za karę Baba kazał mu siadać na pomoście za naszym warsztatem i odwijać nici z kokonów jedwabnika. Często wymykałam się i siadałam razem z nim, żeby posłuchać jego opowieści o tym, co leży za bezkresnym horyzontem wody.

– Jaki kolor ma ocean? – zapytał któregoś razu Sendo.

– Niebieski, głuptasie, a jaki? – odpowiedziałam.

– Jak to możliwe, że jesteś najlepszą krawcową w A'landi, a nie znasz kolorów? – Sendo pokręcił głową i wskazał wodę. – Spójrz jeszcze raz. Zajrzyj w głębiny.

– Szafirowy – oceniłam, lustrując łagodne grzbiety i zagłębienia lśniącego oceanu. – Szafirowy jak klejnoty na szyi Lady Tainak. Ale widzę też nuty zieleni… nefrytowej zieleni. A bałwany przypominają perły.

Uśmiechnął się.

– Już lepiej. – Objął mnie i przytulił. – Któregoś dnia wypłyniemy w morze, ty i ja. Zobaczysz wszystkie niebieskie barwy świata.

Dzięki Sendowi niebieski został moim ulubionym kolorem. Malował moje białe ściany każdego ranka, gdy otwierałam okno i widziałam morze skrzące się w świetle słońca. Szafirowe lub modre. Lazurowe. Granatowe. Sendo nauczył mnie dostrzegać różne odcienie, doceniać wszystkie kolory – od najposępniejszego brązu po najjaskrawszy róż. Zauważać, jak światło odmienia każdą rzecz na tysiąc sposobów.

Sendo pragnął morza, nie warsztatu krawieckiego jak Baba.

Keton był trzeci, najbliższy mi wiekiem. Jego przyśpiewki i żarty bawiły wszystkich, niezależnie od nastroju. Zawsze wpadał w tarapaty, bo farbował jedwabie na zielono zamiast na fioletowo, deptał brudnymi sandałami po świeżo wyprasowanych sukniach, zapominał podlać drzewa morwy i prządł włóczkę zbyt grubo, by Baba mógł wydziergać z niej sweter. Pieniądze przeciekały mu przez palce jak woda. Jednak ojciec kochał go najmocniej – choć Ketonowi brakowało dyscypliny, by zostać krawcem.

I wreszcie ja – Maia. Posłuszna córka. W swoich najwcześniejszych wspomnieniach siedzę zadowolona obok Mamy, gdy ta pracuje przy kołowrotku, słucham, jak Finlei, Sendo i Keton bawią się na dworze, a Baba uczy mnie nawijać nić Mamy tak, by się nie plątała.

Ja pragnęłam zostać krawcową – nawlekałam nitkę na igłę, zanim nauczyłam się chodzić, prowadziłam idealne ściegi, zanim nauczyłam się mówić. Kochałam szycie i z radością uczyłam się zawodu Baby, zamiast wychodzić z braćmi. Zresztą chociaż Finlei uczył mnie walczyć i strzelać z łuku, nigdy nie trafiałam do celu. Chociaż chłonęłam cudowne baśnie i straszne historie Senda, nigdy nie umiałam opowiadać własnych. I zawsze nabierałam się na dowcipy Ketona, bez względu na to, jak często bracia mnie ostrzegali.

Baba z dumą oznajmił, że urodziłam się z igłą w jednej ręce i nożyczkami w drugiej. Że gdybym nie była dziewczyną, mogłabym zostać najwspanialszym krawcem w A'landi, rozchwytywanym przez kupców z całego kontynentu.

– Wartości krawca nie mierzy się jego sławą, lecz szczęściem, którym obdarowuje ludzi – powiedziała Mama, widząc, jak zasmuciły mnie słowa Baby. – Dzięki tobie szwy naszej rodziny się nie rozejdą, Maiu. Żaden inny krawiec na świecie nie ma takiej mocy.

Pamiętam, że uśmiechnęłam się do niej promiennie. Wtedy pragnęłam wyłącznie tego, by nasza rodzina była szczęśliwa i w komplecie. Już zawsze.

Ale potem Mama umarła i wszystko się zmieniło.

Mieszkaliśmy w Gangsunie, głównym mieście przy Korzennym Szlaku, a nasz warsztat zajmował pół ulicy. Cała południowa A'landi znała i szanowała Babę za jego talent do szycia sukien. Lecz nastały dla nas trudne czasy, a po śmierci matki w pancerzu ojca pojawiło się pierwsze pęknięcie.

Zaczął dużo pić – żeby utopić smutki, jak twierdził. To nie trwało długo. W żałobie zdrowie Baby pogorszyło się do tego stopnia, że szkodził mu każdy alkohol. Wrócił do pracy w warsztacie, ale do dawnej formy już nie.

Klienci zauważyli, że jakość ubrań robionych przez Babę się pogorszyła, i wspomnieli o tym moim braciom. Finlei i Sendo nigdy mu tego nie powtórzyli, nie mieli serca. Jednak na kilka lat przed Wojną Pięciu Zim, gdy miałam dziesięć lat, Finlei przekonał Babę, byśmy opuścili Gangsun i przeprowadzili się do domku połączonego ze sklepikiem w Port Kamalan, nadmorskim miasteczku na uboczu Szlaku. Świeże oceaniczne powietrze dobrze zrobi Babie, przekonywał Finlei.

Nasz nowy dom stał na rogu ulic Yanamer i Tongsa, naprzeciwko knajpki serwującej ręcznie rozciągany makaron tak długi, że jedna nitka wystarczyła, by się najeść, i piekarni sprzedającej najpyszniejsze bułeczki na parze i najlepszy chleb mleczny na świecie – a przynajmniej tak wydawało się moim braciom i mnie, kiedy byliśmy głodni, czyli często. Jednak najbardziej kochałam ocean. Czasami, gdy obserwowałam fale rozbijające się o pirs, w duchu modliłam się, by morze uleczyło złamane serce Baby, tak jak powoli leczyło moje.

Najlepiej powodziło nam się latem i zimą, kiedy wszystkie karawany zdążające na wschód i zachód Korzennym Szlakiem zatrzymywały się w Port Kamalan, aby nacieszyć się naszą przyjemną pogodą. Mały warsztat mojego ojca zależał od stałych dostaw indygo, szafranu, ochry – kolorów naszych farb. Mieszkaliśmy w niedużym miasteczku, więc sprzedawaliśmy nie tylko szyte na miarę stroje, lecz także tkaniny oraz nici. Minął długi czas, odkąd Baba stworzył suknię godną wielkiej damy, a gdy zaczęła się wojna, właściwie nie było co tworzyć.

Nieszczęście podążyło za nami do nowego domu. Port Kamalan znajdował się na tyle daleko od stolicy, że sądziłam, iż moi bracia nie zostaną wezwani do udziału w wojnie domowej, która pustoszyła A'landi. Ale walki między młodym cesarzem Khanujinem a szansenem, najpotężniejszym gubernatorem wojskowym, nie ustawały, więc cesarz potrzebował więcej żołnierzy do swojej armii.

Finlei i Sendo byli pełnoletni, dlatego powołano ich jako pierwszych. Wówczas przez mój młody wiek idea pójścia na wojnę wydawała mi się romantyczna. Uważałam, że dwaj bracia służący w wojsku to powód do dumy.

Dzień przed ich wyjazdem siedziałam na zewnątrz i malowałam pas białej bawełny. Poczułam zapach kwiatów brzoskwini z drzew rosnących wzdłuż ulicy Yanamer i kichnęłam, rozchlapując ostatki drogiego indygo Baby na spódnicę.

Finlei wybuchnął śmiechem, a potem wytarł mi krople farby z nosa.

– Nie przejmuj się – powiedział, gdy rozpaczliwie próbowałam ocalić resztki barwnika.

– Ta farba kosztuje osiemdziesiąt jenów za uncję! A kto wie, kiedy wrócą kupcy z barwnikami? – jęknęłam, wciąż wycierając spódnicę. – Robi się za gorąco, żeby przemierzali Szlak.

– Więc przywiozę ci barwniki z moich podróży – stwierdził Finlei. Ujął mój podbródek. – Będąc żołnierzem, zobaczę całą A'landi. Może nawet wrócę jako generał.

– Mam nadzieję, że wrócisz prędzej! – zawołałam.

Finlei spoważniał, a jego oczy pociemniały. Odgarnął mi niesforny kosmyk z czoła.

– Dbaj o siebie, siostro – rzekł głosem pogodnym i smutnym jednocześnie. – Nie pracuj zbyt ciężko, bo zostaniesz…

– …latawcem, który nigdy nie wzleci – dokończyłam. – Wiem.

Dotknął mojego policzka.

– Opiekuj się Ketonem. Pilnuj, żeby nie pakował się w kłopoty.

– I Babą – dodał Sendo, stając za mną. Zerwał kwiat z drzewa przed naszym sklepem i wetknął mi go za ucho. – I ćwicz kaligrafię. Niedługo wrócę i sprawdzę, czy twój charakter pisma się poprawił. – Zmierzwił mi włosy. – Teraz jesteś panią domu.

Pokornie skłoniłam głowę.

– Tak, bracia.

– Mówicie, jakbym był bezużyteczny – wtrącił Keton. Baba krzyknął na niego, żeby dokończył swoje obowiązki, a on się wzdrygnął.

Na twarz Finleia wstąpił uśmiech.

– Udowodnisz, że jest inaczej?

Keton oparł ręce na biodrach, a my się zaśmialiśmy.

– Odwiedzimy odległe miejsca – oznajmił Sendo, kładąc mi rękę na ramieniu. – Co mogę ci przywieźć? Barwniki z zachodniego Gangsengu? A może perły z Królewskiego Portu?

– Nie, nie – pospieszyłam z odpowiedzią. – Tylko wróćcie cali. Obaj – poprosiłam, ale potem zamilkłam.

Sendo dał mi kuksańca.

– O co chodzi, Maiu?

Moje policzki płonęły. Spuściłam wzrok na swoje dłonie.

– Jeśli spotkacie cesarza Khanujina – zaczęłam powoli – narysujecie jego portret?

Finlei wybuchnął śmiechem.

– A więc usłyszałaś o jego urodzie od dziewczyn z miasteczka? Każda z nich marzy, żeby zostać nałożnicą cesarza.

Umierałam ze wstydu – nie potrafiłam nawet na niego spojrzeć.

– Nie interesuje mnie zostanie nałożnicą.

– Nie chcesz mieszkać w jednym z jego czterech pałaców? – rzucił sarkastycznie Keton. – Podobno ma rezydencję na każdą porę roku.

– Keton, wystarczy – zbeształ go Sendo.

– Nie dbam o jego pałace. – Odwróciłam się od najmłodszego brata i stanęłam twarzą do Senda. Z jego oczu biła łagodność. Zawsze był moim ulubieńcem i wiedziałam, że zrozumie. – Chcę wiedzieć, jak wygląda, żeby któregoś dnia zostać krawcową cesarza.

Słysząc moje wyznanie, Keton przewrócił oczami.

– Na to masz takie same szanse, jak na zostanie nałożnicą!

Finlei i Sendo zgromili go wzrokiem.

– Dobrze – obiecał Sendo, śledząc palcami piegi na moim policzku. Tylko my dwoje w rodzinie mieliśmy piegi, pamiątki godzin spędzonych na fantazjowaniu pod słońcem. – Portret cesarza dla mojej utalentowanej siostry Mai.

Przytuliłam go świadoma, że proszę o głupstwo, lecz mimo to wciąż pełna nadziei.

Gdybym wiedziała, że to będzie nasza ostatnia chwila w pełnym gronie, o nic bym nie prosiła.

• • •

Dwa lata później Baba dostał list informujący, że Finlei zginął na froncie. Czerwona pieczęć u dołu kartki przypominała świeżą krew. Postawiono ją w pośpiechu, więc imię cesarza Khanujina się rozmazało. Nawet po upływie kilku miesięcy na samą myśl zaczynałam płakać.

Pewnej nocy Keton bez ostrzeżenia uciekł i zaciągnął się do wojska. Zostawił jedynie nabazgraną wiadomość na stosie ubrań do prania – wiedział, że to będzie pierwsza rzecz, którą zobaczę po przebudzeniu.

Zbyt długo byłem bezużyteczny. Znajdę Senda i sprowadzę go do domu. Dbaj o Babę.

Ze łzami w oczach zgniotłam kartkę w dłoni.

Co on wiedział o walce? Podobnie jak ja, był chudy jak trzcina i ledwie utrzymywał się na wietrze. W życiu nie kupił ryżu na targu, nie dając się oszukać, i zawsze próbował gadaniem wykręcić się od bijatyki. Jak chciał przetrwać wojnę?

Smuciłam się, ale też złościłam – bo nie mogłam iść z nim. Jeśli Keton uważał, że jest bezużyteczny, to jaka byłam ja? Nie mogłam iść do wojska. I choć spędziłam tysiące godzin na wymyślaniu nowych szwów i rysowaniu projektów, nie mogłam zostać najlepszym krawcem. Nie mogłam przejąć warsztatu Baby. Byłam dziewczyną. Najlepsze, na co mogłam liczyć, to dobre zamążpójście.

Baba nigdy nie mówił o odejściu Ketona, nie wspominał mojego najmłodszego brata przez wiele miesięcy. Widziałam jednak, że jego palce stwardniały jak kamienie – nie potrafił rozstawić ich na tyle, by chwycić nożyczki. Całymi dniami wpatrywał się w ocean, podczas gdy ja prowadziłam nasz podupadający sklep. Musiałam pozyskiwać klientów, żeby nasz dom nadal stał i czekał na moich braci.

Nikt nie potrzebował jedwabi czy atłasów, nie, kiedy kraj pochłaniał się od wewnątrz. Dlatego szyłam jutowe koszule dla miejscowych rybaków i płócienne sukienki dla ich żon, wplatałam len w nici i cerowałam mundury żołnierzy, gdy mijali warsztat. Rybacy płacili nam rybimi głowami i workami ryżu, od żołnierzy nie miałam serca nic brać.

Pod koniec każdego miesiąca pomagałam kobietom przygotowywać dary dla zmarłych – zazwyczaj ubrania z papieru, trudne do uszycia – które miały spłonąć przed świątyniami w hołdzie dla ich przodków. Wszywałam papier w buty przejezdnych kupców i ukrywałam sznury monet w pasach, by odpędzić złodziei. Nawet naprawiałam amulety podróżnych, choć wtedy nie wierzyłam w magię. Jeszcze nie.

W dni, gdy nie udało mi się znaleźć nic do roboty, a naszych zapasów ryżu i pszenicy ubywało w zastraszającym tempie, pakowałam szpule nici, belę muślinu oraz igłę do ratanowego koszyka i przemierzałam ulice, pukając od drzwi do drzwi i pytając, czy ktoś nie ma odzieży do naprawy.

Do portu przybijało niewiele statków. Po pustych ulicach hulały kurz i cienie.

Brak pracy nie przeszkadzał mi tak bardzo, jak żenujące zaczepki, które musiałam znosić podczas powrotów do domu. Kiedyś uwielbiałam zachodzić do piekarni naprzeciwko naszego sklepu, lecz w czasie wojny to się zmieniło. Teraz, gdy wracałam na ulicę Yanamer, czekał na mnie Calu, syn piekarza.

Nie lubiłam Calu. Nie dlatego, że nie służył w wojsku – uzyskał niewystarczające wyniki w badaniach lekarskich i nie został powołany. Nie lubiłam go, ponieważ kiedy tylko skończyłam szesnaście lat, wbił sobie do głowy, że zostanę jego żoną.

– Nie mogę patrzeć, jak błagasz o pracę – powiedział któregoś dnia, machając z okienka piekarni ojca. Ze środka dochodziła woń ciastek i pieczywa, a mnie aż pociekła ślinka, gdy poczułam zapach drożdży, mąki ryżowej i prażonych orzeszków arachidowych oraz nasion sezamu.

– Wolę to, niż głodować.

Starł pastę z czerwonej fasoli z dłoni. Pot z jego skroni skapnął do miski z ciastem na stole. Zwykle na taki widok zmarszczyłabym nos – gdyby piekarz zobaczył, jak niechlujnie Calu wykonuje swoją pracę, zbeształby syna – ale byłam zbyt głodna, żeby się tym przejmować.

– Gdybyś została moją żoną, nigdy byś nie głodowała.

Jego arogancja była dla mnie krępująca. Z przerażeniem wyobraziłam sobie, jak Calu mnie dotyka, jak rodzę mu dzieci, jak moje tamborki zbierają kurz, a ubrania lepią się od cukru. Stłumiłam w sobie dreszcz obrzydzenia.

– Zawsze miałabyś co jeść, twój Baba też – przekonywał mnie Calu, oblizując usta. Uśmiechnął się i odsłonił zęby żółte jak masło. – Wiem, jak uwielbiasz kruche ciasteczka mojego ojca, jego bułeczki kokosowe i bułeczki na parze z pastą z nasion lotosu.

Zaburczało mi w brzuchu, ale nie pozwoliłam, żeby głód zwyciężył nad sercem.

– Przestań prosić. Moja odpowiedź się nie zmieni.

To go rozzłościło.

– Myślisz, że jesteś dla mnie za dobra, co?

– Muszę prowadzić sklep ojca – wyjaśniłam łagodnym tonem. – Potrzebuje mnie.

– Dziewczyny nie prowadzą sklepów – rzekł, po czym otworzył koszyk do gotowania na parze i wyciągnął najświeższą porcję bułeczek. Zazwyczaj oddawał kilka Babie i mnie, ale wiedziałam, że dziś nic nie dostanę. – Możesz być świetną krawcową, nawet najlepszą w miasteczku, ale kiedy twoi bracia walczą dla cesarza, powinnaś pójść po rozum do głowy i się ustatkować, nie sądzisz? – Ujął moją dłoń. Palce miał wilgotne i całe w mące. – Pomyśl o zdrowiu swojego ojca, Maiu. Jesteś samolubna. Mogłabyś zapewnić mu lepsze życie.

Wyrwałam mu się urażona.

– Mój ojciec nigdy nie porzuciłby warsztatu.

Calu prychnął.

– Będzie musiał, skoro nie potrafisz sama go poprowadzić. Wychudłaś, Maiu, nie myśl, że nie zauważyłem. – Obnażył zęby. Moja odmowa uczyniła go okrutnym. – Pocałuj mnie, to rzucę ci bułeczkę.

Uniosłam podbródek.

– Nie jestem psem.

– Och, teraz jesteś zbyt dumna, żeby błagać? Pozwolisz, żeby twój ojciec umarł z głodu, bo tak się puszysz…?

Miałam dosyć. Uciekłam spod piekarni i przebiegłam przez ulicę. Żołądek znowu zaskomlał o jedzenie, gdy zatrzasnęłam za sobą drzwi warsztatu. Najbardziej bolało mnie to, że Calu miał rację – byłam samolubna. Powinnam za niego wyjść. Ale chciałam uratować naszą rodzinę sama i wypełnić słowa Mamy.

Osunęłam się na podłogę. A jeśli mi się nie uda?

Taką załkaną znalazł mnie Baba.

– Co się stało, Maiu?

Otarłam łzy i wstałam.

– Nic, Babo.

– Calu znowu poprosił, żebyś za niego wyszła? – spytał.

– Nie ma pracy – odparłam wymijająco. – Musimy…

– Calu to dobry chłopak – przerwał mi Baba. – Ale to tylko chłopak. Nie jest ciebie godzien. – Nachylił się nad moim tamborkiem, oceniając smoka, którego haftowałam. Na bawełnie wyszywało się trudniej niż na jedwabiu, ale dołożyłam starań, by oddać wszystkie szczegóły: karpiowate łuski, ostre pazury i demoniczne ślepia. Widziałam, że Baba jest pod wrażeniem. – Zostałaś stworzona do czegoś więcej, Maiu.

Odwróciłam twarz.

– Jak to możliwe? Nie jestem mężczyzną.

– Gdybyś była, musiałabyś iść na wojnę. Bogowie nad tobą czuwają.

Nie wierzyłam w to, ale przez wzgląd na niego skinęłam głową i się uspokoiłam.

Kilka tygodni przed moimi osiemnastymi urodzinami przyszły dobre wieści: cesarz ogłosił rozejm. Wojna Pięciu Zim się skończyła, przynajmniej na razie.

Niestety nasza radość prędko przemieniła się w smutek, gdy otrzymaliśmy kolejny list z krwistoczerwoną pieczęcią.

Sendo zginął w bitwie w górach, zaledwie dwa dni przed przerwaniem walk.

Ta wiadomość na nowo rozbiła Babę. Klęczał przed ołtarzem całą noc, tuląc buty, które Mama uszyła Finleiowi i Sendowi, kiedy byli młodsi. Nie modliłam się z nim. Targała mną zbyt wielka wściekłość. Gdyby tylko bogowie czuwali nad Sendem dwa dni dłużej!

Dwa dni dłużej.

– Przynajmniej wojna nie odebrała mi wszystkich synów – rzekł Baba ciężkim głosem, klepiąc mnie po ramieniu. – Musimy być silni dla Ketona.

Tak, został nam jeszcze Keton. Mój najmłodszy brat wrócił do domu miesiąc po ogłoszeniu rozejmu. Przyjechał wozem, którego koła skrzypiały na żwirowej drodze. Siedział z wyciągniętymi nogami, włosy miał ścięte i wychudł tak bardzo, że ledwie go poznałam. Jednak najbardziej przeraziła mnie śmierć w jego oczach – tych samych oczach, które kiedyś lśniły szelmowskim blaskiem.

– Ketonie! – zawołałam.

Wybiegłam do niego z otwartymi ramionami, cała we łzach. A potem zdałam sobie sprawę, dlaczego tak siedzi, oparty o worki z ryżem i mąką.

Poczułam gulę w gardle. Mój brat nie mógł chodzić.

Wdrapałam się na wóz i objęłam Ketona. Odwzajemnił uścisk, ale jego oczy ziały pustką.

Wojna zabrała nam zbyt wiele. Myślałam, że udało mi się zahartować serce po śmierci Finleia, a potem Senda, że mogę być silna dla Baby. Lecz tego dnia, gdy wrócił Keton, coś we mnie pękło.

Uciekłam do pokoju i zwinęłam się w kulkę pod ścianą. Szyłam, aż moje palce zaczęły krwawić, aż ból pochłonął rozpacz, która rozrywała moje ciało. Ale do rana się połatałam. Musiałam zająć się Babą. Zająć się Ketonem.

Przez pięć zim dorosłam i nawet tego nie zauważyłam. Teraz wzrostem dorównywałam Ketonowi, a włosy miałam czarne i proste jak matka. Inne rodziny z córkami w moim wieku zatrudniały swatki, by te znalazły im mężów. Moja poszłaby w ich ślady, gdyby Mama żyła, a Baba wciąż odnosił sukcesy jako krawiec. Jednak te dni już dawno minęły.

Z wiosną nadeszła wiadomość, iż cesarz weźmie za żonę córkę szansena, Lady Sarnai. Najkrwawsza wojna A'landi miała zakończyć się weselem cesarza Khanujina i córki jego wroga. Baba i ja nie znaleźliśmy w sercach entuzjazmu, by świętować.

Mimo to cieszyła nas ta nowina. Zgoda cesarza i szansena zapewniała pokój. Liczyłam, że królewskie wesele zlikwiduje przepaść między nimi i przyciągnie podróżników na Korzenny Szlak.

Tego dnia złożyłam największe zamówienie na jedwab, na jakie było nas stać. Wiedziałam, że ryzykuję, ale miałam nadzieję – interes musiał ruszyć, zanim nadejdzie zima.

Moje marzenie o zostaniu krawcową cesarza odeszło w niepamięć. Teraz nasza rodzina polegała wyłącznie na mojej pracy z igłą. Pogodziłam się z tym, że nigdy nie wyjadę z Port Kamalan i nie opuszczę mojego kąta w warsztacie Baby.

Myliłam się.

Rozdział drugi

Łatanina ciężkich, szarych chmur sunęła po niebie zszyta tak ciasno, że ledwie dostrzegałam światło między szwami. Dzień był ponury, dziwny jak na początek lata, jednak deszcz nie padał, więc kontynuowałam mój poranny rytuał.

Nosiłam drabinę pod pachą i wspinałam się na górę, by sprawdzić każde drzewo morwy w naszym małym ogrodzie. Wiotkie białe jedwabniki żywiły się liśćmi, ale dziś nie znalazłam żadnych kokonów. Moje jedwabniki nie przemęczały się latem, toteż nie martwiłam się pustym koszykiem.

Podczas wojny jedwab był zbyt drogi, a nie produkowaliśmy go tyle, by móc go sprzedawać, więc szyliśmy głównie z juty i lnu. Dzięki pracy z szorstkimi tkaninami nie zatraciłam zwinności w palcach i artystycznego zacięcia. Lecz teraz wojna się skończyła i musieliśmy wrócić do jedwabiu. Miałam nadzieję, że wkrótce przyjdzie moje zamówienie.

– Babo – zawołałam – idę na targ. Coś ci kupić?

Nie odpowiedział – pewnie jeszcze spał. Od powrotu Ketona późno się kładł, po nocach modlił się przy rodzinnym ołtarzu.

Na naszym małym targu kręciło się jeszcze więcej ludzi niż zwykle, a handlarze nie chcieli opuszczać cen. Powoli krążyłam między straganami, licząc, że uniknę pewnej osoby w drodze do domu. Niestety, tak jak się obawiałam, Calu na mnie czekał.

– Pomogę ci – rzucił, sięgając po mój koszyk.

– Nie potrzebuję pomocy.

Chwycił za rączkę i pociągnął.

– Przestaniesz być taka uparta, Maiu?

– Ostrożnie! Wszystko wysypiesz.

Gdy tylko rozluźnił uścisk, wyrwałam mu koszyk i pobiegłam do domu. Zamknęłam drzwi i zaczęłam wypakowywać zakupy: kłębki lnu i muślinu, małe szkicowniki do projektowania, garść pomarańczy, torbę różowo-żółtych brzoskwiń, które dostałam od sąsiadów, oczka łososia – przysmak Baby – ikrę tuńczyka i niewielki worek ryżu.

Zaaferowana odpychaniem Calu dopiero po jakimś czasie zauważyłam powóz stojący po drugiej stronie ulicy – a także mężczyznę czekającego w sklepie.

Był korpulentny i rzucał szeroki cień. Przebiegłam wzrokiem po jego stroju i dostrzegłam brak jednego mosiężnego guzika na błękitnym jedwabnym mundurze. Zazwyczaj zwracałam większą uwagę na ubiór nieznajomych niż na ich twarze.

Wyprostowałam się.

– Dzień dobry, panie – przywitałam go, lecz nie spieszył się do pozdrowień. Zamiast tego z pogardą lustrował nasz warsztat. Moje policzki zapłonęły ze wstydu.

Na podłodze za ladą walały się tkaniny, a na wieszaku do farbowania dyndała niechlujnie zawieszona bela bawełny. Odprawiliśmy pomoc z zewnątrz lata temu i nie mieliśmy pieniędzy, żeby zatrudnić służbę do sprzątania. Z czasem przestałam zauważać pajęczyny w kątach i kwiaty brzoskwini przywiedzione wiatrem przez drzwi warsztatu.

Wreszcie mężczyzna zwrócił oczy na mnie. Odgarnęłam włosy z czoła i odrzuciłam warkocz na plecy, żeby wyglądać dostojniej. Potem skłoniłam głowę, jakby moje dobre maniery mogły zadośćuczynić za bałagan w sklepie.

– Dzień dobry, panie – powtórzyłam. – W czym mogę pomóc?

W końcu podszedł do lady. Nosił szarfę, a na niej duży nefrytowy wisior w kształcie wachlarza, z wielkim czerwonym frędzlem z jedwabiu.

Urzędnik cesarza, pomyślałam. A jednak nie miał na sobie typowej szaro-granatowej tuniki cesarskiej służby. Nie, mój gość był eunuchem.

Co eunuch Jego Wysokości robił w naszym sklepie?

Spojrzałam na jego wyłupiaste oczy i elegancko przystrzyżoną brodę, która zupełnie nie ukrywała lekceważącego grymasu na ustach.

Uniósł podbródek.

– Jesteś córką Kalsanga Tamarina.

Skinęłam głową. Pot spływał mi po skroniach, bo zgrzałam się na targu, a zapach pomarańczy łaskotał mój żołądek tak, że ten zaburczał. Głośno.

Eunuch zmarszczył nos i oznajmił:

– Jego Wysokość Cesarz Khanujin zaprasza twojego ojca do Letniego Pałacu.

Ze zdziwienia niemal upuściłam koszyk na ziemię.

– Mój... mój ojciec jest zaszczycony. Co to za okazja?

Urzędnik odchrząknął.

– Członkowie twojej rodziny od wielu pokoleń służyli jako nadworni krawcy. Potrzebujemy kunsztu twojego ojca. Lord Tainak zachwalał jego usługi.

Moje serce waliło jak szalone, a umysł gorączkowo próbował przypomnieć sobie suknię, którą uszyłam dla Lady Tainak. Ach tak, żakiet i spódnica z najcieńszego jedwabiu z ręcznie malowanymi żurawiami i magnoliami. To zamówienie było dobrodziejstwem podczas zimy, a ja skrupulatnie wydzielałam otrzymaną zapłatę, byśmy mogli przetrwać na niej kilka tygodni.

Nie musiałam znać szczegółów, żeby wiedzieć, iż to zlecenie uratuje naszą rodzinę. Marzenie o zostaniu krawcową cesarza, tak dawno zapomniane, pojawiło się we mnie na nowo.

– Ach, suknia Lady Tainak. – Ugryzłam się w język, by nie powiedzieć, że to dzieło moje, nie Baby. Nie posiadałam się z ekscytacji. I z ciekawości. – Czego Jego Wysokość życzy sobie od mojego ojca?

Eunuch skrzywił się na moje śmiałe pytanie.

– Gdzie on jest?

– Panie, mój ojciec jest niedysponowany, ale z radością przekażę instrukcje Jego Wysokości…

– W takim razie porozmawiam z twoim bratem.

Puściłam tę zniewagę mimo uszu.

– Mój brat niedawno wrócił z Wojny Pięciu Zim. Odpoczywa.

Mężczyzna oparł ręce na biodrach.

– Zawołaj ojca, dziewczyno, zanim stracę cierpliwość i złożę raport, że bezczelnie zlekceważył wezwanie cesarza.

Zacisnęłam usta i lekko się skłoniłam, a potem poszłam po Babę.

Znalazłam go tam, gdzie zawsze – przy małym ołtarzu obok pieca w kuchni, klęczącego i trzymającego w dłoni kadzidełka. Złożył trzy pokłony, każdy do jednej wyrzeźbionej w drewnie Amany, bogini matki.

Mama pomalowała figurki Amany, gdy byłam mała. Pomogłam jej zaprojektować suknie bogini: jedną ze słońca, jedną z księżyca, jedną z gwiazd. Te figurki to jedne z niewielu pamiątek po Mamie. Baba modlił się do nich każdego dnia i każdej nocy. Nigdy nie mówił o Mamie, ale wiedziałam, że strasznie za nią tęskni.

Nie chciałam mu przerywać, lecz nie miałam wyboru.

– Babo. – Lekko poklepałam jego wątłe ramię. – Urzędnik cesarza do ciebie.

Poprowadziłam ojca na przód sklepu. Był tak słaby, że musiał się o mnie opierać. Nie godził się chodzić o lasce – twierdził, że to nie on ma połamane nogi.

– Mistrzu Tamarinie – przywitał go chłodno eunuch. Baba nie zrobił na nim wrażenia i mężczyzna dał to po sobie poznać. – Jego Wysokość potrzebuje krawca. Rozkazano mi, abym zabrał cię do Letniego Pałacu.

Wlepiłam wzrok w podłogę, starając się nie reagować. Baba nie przetrwałby podróży do Letniego Pałacu, nie w swoim stanie. Zaczęłam się wiercić, wiedząc, co powie, jeszcze zanim się odezwał…

– To dla mnie zaszczyt, ale niestety nie mogę jechać.

Zobaczyłam niedowierzanie przemieszane z pogardą malujące się na twarzy eunucha. Próbowałam trzymać język za zębami, świadoma, że nie powinnam się wtrącać, lecz wszystko we mnie buzowało. To była nasza szansa.

– Ja mogę – wyrzuciłam z siebie w chwili, gdy urzędnik otwierał usta. – Znam fach mojego ojca. To ja uszyłam suknię Lady Tainak.

Baba zwrócił twarz w moją stronę.

– Maia!

– Potrafię szyć – nie ustępowałam. – Najlepiej ze wszystkich. – Wskazałam przestrzeń nad wieszakiem, gdzie wisiały bogato zdobione wstęgi, które haftowałam tygodniami i miesiącami. – Proszę tylko spojrzeć na moje prace…

Baba pokręcił głową, każąc mi przestać.

– Rozkazy Jego Wysokości były jasne – oznajmił eunuch, pociągając nosem. – Sprowadzić mistrza z rodziny Tamarin do Letniego Pałacu. Dziewczyna nie może być mistrzem.

Baba zacisnął pięści.

– A kim ty jesteś, żeby decydować, kto jest mistrzem mojego fachu? – zagrzmiał potężnym głosem, jakiego dawno u niego nie słyszałam.

Mężczyzna wypiął tors.

– Minister Lorsa z Ministerstwa Kultury Jego Cesarskiej Wysokości.

– Od kiedy ministrowie pełnią funkcję posłańców?

– Masz o sobie zbyt wysokie mniemanie, mistrzu Tamarinie – wycedził Lorsa. – Przybyłem po ciebie tylko dlatego, że mistrz Dingmar jest chory. Może i w przeszłości cieszyłeś się szacunkiem, ale lata, które straciłeś na rzecz alkoholu, rzuciły cień na reputację twojej rodziny. Gdyby nie pochwała Lorda Tainaka, w ogóle by mnie tu nie było.

Nie mogłam tego znieść.

– Nie masz prawa tak do niego mówić.

– Maiu. – Baba położył mi dłoń na ramieniu. – Na tyłach czekają koszule do zacerowania.

Chciał mnie odprawić. Zazgrzytałam zębami i łypnęłam na posłańca cesarza, a potem wycofałam się najwolniej, jak potrafiłam.

– Mój powóz będzie czekał na ulicy Yanamer – rzekł Lorsa. – Jeśli ty albo twój syn nie stawicie się do jutra rana, będę zmuszony złożyć tę hojną ofertę komuś innemu. Wątpię, żeby wasz skromny sklep przetrwał hańbę w postaci zawodu cesarza.

Obrócił się na pięcie i wyszedł.

– Babo. – Podbiegłam do ojca, gdy tylko zamknęły się drzwi. – Nie możesz jechać.

– Rozkazu cesarza nie wolno zignorować.

– To nie rozkaz – zaprotestowałam – tylko zaproszenie.

– Tak to nazwali, ale wiem, co się wydarzy, jeśli nie pojadę. – Westchnął. – Rozpuszczą plotkę, że nie odpowiedzieliśmy na wezwanie cesarza. Ludzie przestaną przychodzić do sklepu i stracimy wszystko.

Miał rację. Nie chodziło tylko o pieniądze i zaszczyty, lecz o przymus. Baba musiał udać się do pałacu, tak jak moi bracia musieli wyjechać na wojnę.

– Teraz, kiedy wojna się skończyła – zaczął Baba – cesarz musi pokazać światu, że A'landi jest wspaniała. Uczyni to, zatrudniając mistrzów: muzyków, krawców, malarzy. Nie będzie oszczędzał. Zaproszenie to wielki zaszczyt. Nie mogę odmówić.

Milczałam. Baba nie dałby rady dotrzeć do pałacu, a co dopiero zostać nowym krawcem cesarza. A Keton… nie potrafił wykonywać najprostszych ściegów, a co dopiero szyć strojów godnych dworu.

Ale ja? Wiedziałam, że mogę to zrobić. Pragnęłam być krawcową cesarza.

Weszłam do mojego pokoju i rękawem wytarłam smugi na lustrze, by móc dobrze się sobie przyjrzeć. By zobaczyć siebie dokładnie.

Baba zawsze powtarzał, że wdałam się w Mamę. Nigdy mu nie wierzyłam. Spojrzałam na mój prosty nos, duże, okrągłe oczy i pełne usta – tak, te miałam po matce. Lecz ona była najpiękniejszą kobietą, jaką znałam, a ja… dorastałam w domu pełnym mężczyzn i nawet nie umiałam zachowywać się jak dziewczyna.

Finlei droczył się ze mną i mówił, że od tyłu wyglądam jak Keton – tyczkowata jak chłopak. Piegi na twarzy i na ramionach nie pomagały. Dziewczęta powinny być blade i delikatne. Ale może, może to wszystko zadziała na moją korzyść.

Nie potrafiłam śpiewać, recytować poezji ani tańczyć. Nie grzeszyłam wdziękiem, powabem czy urokiem. Ale umiałam szyć. Na niebiosa, umiałam szyć.

Musiałam to zrobić.

Gdy Baba wrócił do modlitwy, potarłam palcami węgiel z paleniska i przeciągnęłam po brwiach. Na moim stole leżały nożyczki. Chwyciłam je, lecz się zawahałam. Ręce nigdy mi nie drżały, gdy cięłam tkaninę – mogłam ciąć po linii prostej przez sen – więc dlaczego robiły to teraz?

Dotknęłam końcówek włosów, które nawet w warkoczu sięgały mi za pas. Rozwiązałam wstążki i rozplotłam warkocz. Miękkie fale rozlały się na plecy, łaskocząc kręgosłup.

Opuściłam dłoń, a wraz z nią nożyczki. Mój plan był szalony. Musiałam myśleć racjonalnie, rozważyć konsekwencje.

Ale w głowie dudniły mi słowa ministra Lorsy, że nie mogę jechać. I słowa Baby, że nie mogę jechać.

Całe życie mówiono mi, czego nie mogę robić, bo jestem dziewczyną. Teraz miałam szansę się przekonać. Musiałam ją wykorzystać.

Rozluźniłam uchwyt i przycisnęłam nożyczki do karku. Jednym płynnym ruchem obcięłam włosy do wysokości ramion. Kosmyki osunęły się po plecach i wylądowały u moich stóp niby płat czarnego atłasu, po czym uleciały z bryzą przez otwarte okno niczym pióra.

Moje ręce przestały drżeć. Związałam włosy tak jak Keton i inni chłopcy w jego wieku. Poczułam dziwny spokój, jakbym wraz z włosami pozbyła się moich lęków. Wiedziałam, że to nieprawda, ale było za późno, by panikować. Teraz potrzebowałam odpowiednich ubrań.

Zaniosłam Ketonowi zupę z zimowego melona i rybę gotowaną na parze. Kiedyś dzielił pokój z Finleiem i Sendem. Wtedy nasz dom wydawał się mały. Teraz – za duży. Połowę mojego pokoju zajmował skład tkanin, paciorków i barwników... a Keton miał cały pokój dla siebie.

Mój brat spał. Jego usta wykrzywiły się, gdy zachrapał. Zapewniał nas, że choć ma połamane nogi, nie czuje bólu.

– Jak mogę czuć ból, skoro nie czuję nóg? – próbował żartować.

Postawiłam kolację przy jego łóżku i opatuliłam go kocem, a potem sięgnęłam do szafy po spodnie. Przewiesiłam je sobie przez ramię i cichutko ruszyłam w stronę wyjścia.

– Maiu. – Keton się poruszył.

Obróciłam się.

– Myślałam, że śpisz.

– To źle myślałaś. – Poprawił się na poduszce.

Przycupnęłam na łóżku.

– Jesteś głodny? Przyniosłam ci kolację.

– Kradniesz moje ubrania – zauważył, wskazując podbródkiem rzeczy na moim ramieniu. – O co chodzi?

Stanęłam w cieniu, żeby nie dostrzegł moich włosów.

– Odwiedził nas urzędnik cesarza. Zaprosili Babę do Letniego Pałacu, żeby szył stroje dla cesarza Khanujina.

Keton zamknął oczy. Wojna odarła mojego najmłodszego brata z buntowniczości. Wyglądał o wiele starzej niż na swoje dziewiętnaście lat.

– Baba nie szyje od lat. Nie może jechać.

– Pojadę za niego.

Keton się podniósł.

– Na oddech demona, Maiu! Oszalałaś? Nie możesz…

– Nie chcę tego słuchać.

– Nie możesz jechać – dokończył, podnosząc głos. – Jesteś dziewczyną.

– Już nie. – Dotknęłam moich włosów i zacisnęłam zęby. – Mam dosyć słuchania, że nie jestem godna.

– Nie chodzi o bycie godną – powiedział Keton i zakaszlał w rękaw. – Tylko o tradycję. A poza tym nikt nie pozwoli dziewczynie pobierać wymiarów od cesarza.

Zarumieniłam się wbrew sobie.

– Pojadę jako ty, Keton Tamarin.

– Baba nigdy się na to nie zgodzi.

– Baba nie musi wiedzieć.

Keton pokręcił głową.

– A ja zawsze myślałem, że jesteś tym posłusznym dzieckiem. – Odchylił się i westchnął. – To niebezpiecznie.

– Ketonie, proszę. Muszę to zrobić. Dla nas. Dla…

– Właśnie dlatego nie powinnaś jechać – przerwał mi. – Przestań mnie przekonywać. Jeśli masz zachowywać się jak chłopak, nie możesz myśleć jak dziewczyna. Nie gap się w podłogę. Kiedy mówisz, patrz ludziom w oczy i nigdy się nie wahaj.

Prędko podniosłam wzrok.

– Wcale nie próbuję cię przekonać! I nie zawsze się waham. – Znów spuściłam wzrok.

Keton jęknął.

– Przepraszam! Nic na to nie poradzę, taki nawyk.

– Nikt nie uwierzy, że jesteś chłopakiem – stwierdził. – Przygryzasz wargę i patrzysz w podłogę. A jeśli nie w podłogę, to w niebo.

– Wcale nie! – oburzyłam się.

– Więcej tego – pochwalił mnie Keton. – Więcej krzyków. Chłopcy są wybuchowi i aroganccy. Lubią być we wszystkim najlepsi.

– Myślę, że jedynie ty.

– Gdybym tylko miał czas cię nauczyć…

– Dorastałam z waszą trójką. Wiem, jacy są chłopcy.

– Czyżby? – Zmarszczył brwi. – Jesteś dziewczyną z miasteczka, Maiu. Nie znasz świata. Spędziłaś życie na szyciu w kącie naszego warsztatu.

– A teraz spędzę je na szyciu na tyłach pałacu.

Skrzywił się, jakbym właśnie potwierdziła jego słowa.

– Staraj się zbyt dużo nie mówić. Nie zwracaj na siebie uwagi. – Założył ręce za głowę. – Ludzie zobaczą to, co chcą zobaczyć.

Smutna mądrość w jego głosie sprawiła, że zabrzmiał jak Baba.

– Co masz na myśli?

– Właśnie to. Nikt nie dorównuje ci talentem. Skup się na tym, co potrafisz, a nie na tym, kim jesteś. – Oparł się na łokciach i obrzucił mnie uważnym spojrzeniem. – Finlei miał rację. Z tyłu rzeczywiście wyglądasz jak chłopak. A dzięki piegom nie jesteś blada jak większość dziewczyn… Baba pozwala ci spędzać zbyt dużo czasu na słońcu.

– Ktoś musi zbierać jedwabniki – rzuciłam z rozdrażnieniem.

– Nie masz zbyt wielu krągłości. – Zmrużył oczy. – Ani zbyt śpiewnego głosu. Właściwie zupełnie nie umiesz śpiewać.

Za tę obelgę o mało nie cisnęłam w niego ubraniami.

– Nie kandyduję na nałożnicę.

Keton mlasnął językiem.

– Przestań marszczyć nos i staraj się nie uśmiechać.

– Tak? – zapytałam, naśladując grymas, który pojawiał się na twarzy Ketona, gdy spał.

– Lepiej. – Odchylił się. Lekki uśmiech wpłynął na jego usta, lecz zniknął tak szybko, jak się pojawił. – Jesteś pewna, że chcesz to zrobić? Jeśli cesarz się dowie… Jeśli ktokolwiek się dowie…

– Zabiją mnie – dokończyłam. – Wiem.

Jednak tylko tak mogłam zatroszczyć się o rodzinę. To była moja szansa, by zostać prawdziwą krawcową i najlepszym krawcem w całej A'landi.

– Dostanę dużo pieniędzy – oznajmiłam pewnie. – Wyślę je wszystkie do domu. A poza tym… – udało mi się uśmiechnąć – …już ścięłam włosy.

Keton westchnął.

– Nie wierzę, że ja ci to mówię, ale bądź ostrożna.

– Będę.

– Oczekuję mnóstwa historii o dziewczętach na dworze – powiedział beztroskim tonem. – I o cesarzu Khanujinie. – Spiął się. – Może nawet spotkasz szansena.

– Obiecuję, że wrócę z mnóstwem historii – wyszeptałam.

Zerknęłam na laskę, którą kupiłam Ketonowi miesiąc temu, gdy wrócił do domu. Nawet jej nie tknął. Jak miał jej używać, skoro ledwie ruszał nogami?

– Weź ją – rzekł, wiodąc za moim wzrokiem.

Chwyciłam laskę i poczułam pod palcami szorstkie drewno. Ucieszyłam się – dzięki odrobinie bólu zachowam czujność.

– Obiecasz mi, że spróbujesz chodzić? – poprosiłam. – Trochę każdego dnia.

– Zrobię krok za każdy dzień twojej nieobecności.

To umocniło mnie w mojej decyzji. Pocałowałam brata w czoło.

– W takim razie mam nadzieję, że moja nieobecność potrwa wiele dni.

• • •

Gdy Baba spał, Keton wbijał mi do głowy, jak zachowywać się po męsku. Jak śmiać się nisko z brzucha, jak stękać z zadowoleniem po dobrym posiłku, jak krzywić się po kieliszku mocnego wina. Nauczył mnie nie przepraszać za bekanie, nie ukrywać puszczania wiatrów i spluwać za każdym razem, gdy ktoś śmie mnie znieważyć.

Kiedy Keton padł ze zmęczenia i nie był w stanie kontynuować lekcji, wróciłam do swojego pokoju. Kręciłam się w kółko, analizując wszystko, co może się nie udać.

Jeśli mnie złapią, zabiją mnie.

Ale muszę to zrobić dla Ketona i dla Baby.

W głębi serca wiedziałam, że muszę to zrobić również dla siebie. Gdybym nie wyjechała, zostałabym żoną Calu – żoną piekarza – a moje palce zapomniałyby, jak obchodzić się z igłą.

Dlatego bez dalszego wahania spakowałam wszystko, co mogło mi się przydać: ubrania Ketona na zmianę, najlepsze nici, kordonki, szydła i igły, wstążki do haftowania i igielnik, kredę, pędzle, farby, szkicowniki oraz przybory do rysowania.

Słońcu spieszyło się do wzejścia, a przynajmniej takie odnosiłam wrażenie. Okrycie gwiazd nade mną bladło w promieniach. Patrzyłam, jak poranek przetacza się po morzu, a potem dosięga mojej ulicy i mojego domu.

Przerzuciłam tobołek z dobytkiem przez ramię i ruszyłam ku drzwiom. Kroczyłam pewnie – tak jak niegdyś Keton – ale lekko utykałam, żeby dopełnić wrażenia. Pomagałam sobie laską.

– Zaczekaj – wychrypiał Baba z tyłu. – Zaczekaj.

Wezbrało we mnie poczucie winy.

– Przepraszam, Babo.

Pokręcił głową.

– Spodziewałem się tego. Zawsze byłaś tą silną wśród nas.

– Nie – zaprotestowałam cicho. – Finlei i Sendo byli silni.

– Finlei był odważny. Sendo też, na swój sposób. Ale ty, Maiu, jesteś silna. Jak twoja matka. Trzymasz nas razem.

Kolana mi zmiękły.

– Babo…

Przytrzymał się framugi drzwi i wyciągnął rękę.

– Weź to.

Podał mi materiałowe zawiniątko. Jedwab był tak delikatny, że myślałam, iż roztopi się pod moim dotykiem. Rozwiązałam złoty sznurek i ujrzałam…

Nożyczki.

– Należały do twojej babki – wyjaśnił Baba, ponownie zawijając nożyczki, jakby ich widok sprawiał mu ból. – Nigdy do mnie nie przemówiły. Czekały na ciebie.

– Jakie mają zas…

– Dowiesz się, gdy będziesz ich potrzebować.

Już chciałam prosić, by dbał o siebie i o Ketona, lecz Finlei i Sendo odeszli z tymi słowami na ustach i nigdy nie wrócili. Dlatego tylko skinęłam głową.

– Maiu – zaczął Baba, kładąc mi rękę na ramieniu. W jego oczach lśnił błysk, którego nie widziałam od lat. – Bądź ostrożna. W pałacu… jest niebezpiecznie.

– Będę, Babo. Obiecuję.

– Więc idź. Pokaż im, co potrafisz.

Oparłam się na lasce i powłóczyłam prawą nogą, kuśtykając w kierunku powozu.

Światło już raziło w oczy, ale brakowało mi wolnej ręki, by zasłonić twarz. Zmarszczyłam brwi, a Lorsa stęknął na mój widok.

– Keton Tamarin? – spytał, taksując mnie od stóp do głów. – Jesteś bardzo podobny do siostry.

Poczułam, że cała się skręcam. Wymusiłam z siebie męski śmiech, który przemienił się w kaszel.

– Mam nadzieję, że tylko z wyglądu. W końcu ja potrafię szyć, a ona nie.

Eunuch chrząknął na znak zgody i rzucił Babie sakiewkę jenów.

– Wsiadaj – mruknął do mnie.

Keton miał rację. Ludzie zobaczą to, co chcą zobaczyć.

Ostatni raz zerknęłam na Babę i na okno Ketona, a potem wsiadłam do powozu, nieświadoma tego, co mnie czeka. Wiedziałam tylko, że za wszelką cenę muszę odnieść sukces.

Rozdział trzeci

Podróż z Port Kamalan do Letniego Pałacu trwała pięć dni. Żałowałam, że droga nie prowadzi przez ocean – choć dorastałam w portowym mieście, nigdy nie płynęłam statkiem. Powozem też nigdy nie jechałam, a przynajmniej nie tak długo. Nogi i plecy bolały mnie od siedzenia, ale nie śmiałam narzekać. Byłam zbyt podekscytowana. I zdenerwowana.

Czy okażę się wystarczająco dobra, by szyć na dworze? Czy zobaczę cesarza Khanujina? Na pewno, skoro mam zostać jego krawcową. Nie wiedziałam, co o tym sądzić.

Znałam mojego władcę tylko z opowieści. Urodził się w roku smoka, jak Finlei, więc miał dwadzieścia trzy lata. Podobno dzielnie walczył w Wojnie Pięciu Zim, potrafił zjednać sobie lojalność skinieniem głowy, a w porównaniu z jego urodą samo słońce wydawało się blade. Każdy, kto go ujrzał, z miejsca go pokochał.

Zastanawiałam się jednak, czy te opowieści mówią całą prawdę.

Skoro cesarz był taki wspaniały, jak mógł doprowadzić A'landi do wojny? Nawet jeśli miała ona ocalić kraj przez rozpadem. Nawet jeśli miała uratować tron przed podstępnym szansenem.

Dobry władca nie odebrałby mi braci.

Zacisnęłam palce na udzie, aż się wzdrygnęłam. Ból pomagał mi się nie rozsypać za każdym razem, gdy rozmyślałam o tym, że wojna kosztowała mnie moją rodzinę.

Mężczyźni nie płaczą, upomniałam się. Obróciłam twarz do okna i wytarłam nos grzbietem dłoni.

Próbowałam skupić się na innych rzeczach. Siedzenie bezczynnie zawsze mnie stresowało, więc zajęłam się dzierganiem swetra. Pracowałam szybko, a kiedy skończyłam, rozprułam go i wydziergałam na nowo. Potem zaczęłam ćwiczyć hafty na kawałku bawełny.

Minister Lorsa nigdy nie odpowiedział na te kilka pytań, które odważyłam się zadać, i nie nawiązywał rozmowy. Spał tyle co niedźwiedź, a cuchnął dwa razy gorzej. Wybekiwał wszystko, co zjadł, dlatego spędziłam większą część podróży z głową w oknie, wdychając zmieniające się zapachy A'landi i szyjąc.

Piątego dnia dostrzegłam Letni Pałac w oddali. Z tego miejsca miał rozmiar paznokcia mojego kciuka. Leżał w dużej dolinie wzdłuż rzeki Dżingan, otulony Śpiewnymi Górami. Słyszałam historie o jego majestacie – spadzistych złotych dachach, cynobrowych kolumnach, ścianach w odcieniu kości słoniowej – i drżałam z podniecenia, patrząc, jak z każdą chwilą staje się coraz większy i coraz bardziej prawdziwy.

Nad naszymi głowami poszybował jastrząb. Miał czarne pióra, tylko koniuszki skrzydeł białe, jakby przyprószone śniegiem. Coś złotego błysnęło na jego nodze, jakby pierścień albo bransoleta.

– Cóż za dziwny ptak – odezwałam się. – Należy do cesarza? Na pewno, stąd ta obręcz. Co robi tak daleko od lasu?

Mój głos obudził Lorsę, który zgromił mnie wzrokiem.

– Proszę spojrzeć. – Wskazałam za okno. – Jastrząb.

– Utrapienie – mruknął Lorsa, gdy jastrząb krzyknął. – Przeklęty ptak.

Jastrząb rozpostarł wielkie skrzydła i opadł, zrównując się z powozem. Był tak blisko, że mogłam zajrzeć mu w oczy. Zobaczyłam w nich żółty błysk i przenikliwą inteligencję. Ptak odwzajemnił spojrzenie i utrzymał je, jakby studiował moje rysy i starał się je zapamiętać.

Jego wzrok wydawał się... ludzki.

Zahipnotyzowana wyciągnęłam rękę, by pogłaskać jego podgardle. Jastrząb poderwał się i odleciał. Pomknął ku niebu, po czym zniknął za drzewem niedaleko pałacu.

Wysiedliśmy z powozu u stóp wzgórza. Delikatna bryza kołysała pnączami wisterii i roznosiła ich słodki zapach w powietrzu wokół osiemdziesięciu ośmiu stopni prowadzących do wejścia dla służby. Wspinaczka, jak dowiedziałam się później, miała przypomnieć nam, że jesteśmy sługami i nie dorastamy do pięt cesarzowi Khanujinowi, Synowi Niebios.

Rozprostowałam nogi i cicho jęknęłam, czując sztywność w łydkach po długiej podróży.

– Nikt nie wniesie cię na górę – rzucił Lorsa z uśmieszkiem.

Na początku nie zrozumiałam, o czym mówi, a potem uświadomiłam sobie, że trzymam w dłoni laskę Ketona.

– Och. Proszę się o mnie nie martwić.

Lorsa z pewnością się nie martwił. Popędził po schodach i zostawił mnie w tyle.

Prędko ruszyłam za nim. Choć ręce bolały mnie od taszczenia tobołka, a nogi cierpiały skurcze, zdezorientowane koniecznością poruszania się o lasce, nie zatrzymywałam się.

Tutaj zacznie się moja przygoda. Tutaj przywrócę chwałę rodzinie. Tutaj udowodnię, że dziewczyna może być najlepszym krawcem w A'landi.

•••

Letni Pałac stanowił labirynt pawilonów o złotych dachach, krętych brukowanych ścieżek i wspaniale zaprojektowanych ogrodów. Wszędzie kwitły kwiaty w każdym odcieniu różu i fioletu, a wokół nich fruwały motyle.

Gdziekolwiek spojrzałam, widziałam mężczyzn w szaro-granatowych tunikach i o długich, rzadkich, czarnych brodach. Słudzy i niżsi rangą urzędnicy chodzili lekko przygarbieni, gotowi w każdej chwili się pokłonić. W przeciwieństwie do nich eunuchowie w błękitnych mundurach kroczyli wyprostowani, z zamkniętymi wachlarzami u boku. Niektórzy posyłali mi życzliwe uśmiechy, póki Lorsa nie spiorunował ich wzrokiem, lecz to wystarczyło, bym poczuła się lepiej. Może nie wszyscy w pałacu byli tak nieprzyjemni jak mój towarzysz.

Minęła nas służąca z tacą ciastek migdałowych i parujących ciast kasztanowych. Zaburczało mi w brzuchu, gdy podążałam za Lorsą wąską ścieżką. W tej części pałacowych włości budynki stały bliżej siebie, a ogrody wyglądały na mniej wypielęgnowane. Dotarliśmy do kwater służby.

Zniecierpliwiony Lorsa czekał na mnie przy otwartych szerokich wrotach.

– To Sala Najwyższej Pracowitości – oznajmił, kiedy w końcu się do niego doczłapałam. – Twoje miejsce pracy.

W środku przywitały mnie naturalnej wielkości posągi Trzech Wielkich Mędrców, legendarnych uczonych A'landi.

Podłoga miała chłodny odcień porcelany, na ścianach wisiały wstęgi. Na większości wypisano ulubione aforyzmy Jego Wysokości, na innych wymalowano piwonie, sumy i żurawie. Przez ażurowe okna do sali wpadały dźwięki prawdziwych ptaków z zewnątrz – nie jastrzębi, lecz skowronków i drozdów, które szczebiotały nawet teraz, gdy zapadał wieczór.

Nigdy w życiu nie widziałam tak ogromnego pomieszczenia. Sala była co najmniej dziesięć razy większa od kuchni ojca Calu i trzy razy większa od świątyni w Port Kamalan. W rogu dostrzegłam kołowrotki, a także dwanaście stołów, każdy zaopatrzony w krosno, tamborek oraz kosz pełen igieł, nitek i szpilek. Stanowiska pracy oddzielono drewnianymi parawanami wyposażonymi w haki do wieszania tkanin.

Jedenastu krawców już czekało przy swoich stanowiskach i gapiło się na mnie z szeptem na ustach.

Odruchowo spuściłam wzrok, jednak prędko zadarłam podbródek i zmarszczyłam brwi.

– Czy oni również są krawcami cesarza? – spytałam Lorsę, kuśtykając za nim najszybciej, jak potrafiłam.

– Będzie tylko jeden. – Eunuch przeszedł na drugą stronę sali, tę bardziej zacienioną. Wskazał stół. – Będziesz tu pracował, dopóki nie zostaniesz oddalony.

Oddalony?

– Przepraszam, panie, nie rozumiem.

Lorsa mi się przyjrzał.

– Chyba nie sądziłeś, że tylko ty jeden zwróciłeś uwagę Jego Wysokości?

– O-oczywiście, że nie – wydukałam.

– Z pewnością nie pomyślałeś, że Jego Wysokość zatrudni krawca bez uprzedniego sprawdzenia go?

Zrozumiałam mój błąd. Jak naiwnie uznałam, że zostałam wybrana, że bez trudu ocalę moją rodzinę.

Nie, nie. Całkiem się pomyliłam.

Miałam konkurować o to stanowisko. Pozostali krawcy byli moimi rywalami!

Odnalazłam w sobie odwagę i na nich spojrzałam. Każdy z nich wystroił się do granic możliwości. Ujrzałam dodatki z nefrytu i perły, aksamitne żakiety, brokatowe szale z jedwabnymi frędzlami, pasy ze złotymi ćwiekami... i wreszcie pojęłam, dlaczego wszyscy wlepiali we mnie oczy. Nie dlatego, że utykałam i miałam najmniej lat.

Byłam najgorzej ubrana! Nosiłam wypłowiałą, zmechaconą koszulę o za długich rękawach i podwinięte spodnie, których mankiety zsunęły się na kostki.

Jaki krawiec nie potrafi skrócić własnych spodni i dopasować koszuli?

Cała spąsowiałam i ze wstydu opuściłam głowę. Plułam sobie w brodę, że w powozie nie przerobiłam ubrań Ketona, tylko dziergałam głupi sweter.

Położyłam kosz i tobołek na stole i zaczęłam się rozpakowywać.

– Daję sto jenów, że odpadnie jako pierwszy – powiedział krawiec naprzeciwko mnie do sąsiada na tyle głośno, żebym usłyszała.

– Dlaczego miałbym obstawiać cokolwiek innego? – zarechotał ten drugi.

Jeszcze bardziej poczerwieniałam i na nich łypnęłam, a potem zakasałam rękawy i usiadłam twarzą do Lorsy.

– Skoro zebrała się cała dwunastka – rzekł minister – możemy rozpocząć próbę. Tylko najlepszy krawiec w A'landi może służyć rodzinie cesarza. Mistrz Huan zajmował to stanowisko przez trzydzieści lat, ale w związku z jego niedawną śmiercią zwolniło się miejsce. Jego Wysokość w swej nieskończonej chwale i mądrości zaprosił krawców z całej A'landi, by rywalizowali o ten zaszczyt. Wielu z was już służyło jako nadworni krawcy, jednak krawiec cesarza jest jednym z najbardziej szanowanych i uprzywilejowanych sług Jego Wysokości. To stanowisko zapewni pracę do końca życia i przyniesie dobrobyt temu, kto na to zasłuży. Jeden z was, tylko jeden, dołączy do sług Jego Wysokości i natychmiast rozpocznie pracę z Lady Sarnai.

Lady Sarnai? To nie miało sensu.

– A nie mieliśmy pracować dla Jego Wysokości? – mruknęłam.

– Słyszę, że coś mamroczesz, Ketonie Tamarinie. – Lorsa zwrócił na mnie swoje paciorkowate oczy.

Zacisnęłam usta. Przez jeden niebezpieczny moment zapomniałam o naśladowaniu głosu mojego brata. Czy Lorsa się zorientował?

– Jeśli masz coś do powiedzenia, powiedz to głośno.

– Hmm. – Nagle zaschło mi w ustach. Odchrząknęłam i wykrzesałam z siebie mój najlepszy męski głos. – Wydawało mi się, panie, że rywalizujemy o stanowisko krawca cesarza Khanujina.

– Waszym zadaniem jest spełniać życzenia cesarza – poprawił mnie eunuch. – A cesarz życzy sobie, aby nowy krawiec zaopatrzył szafę Lady Sarnai.

Skłoniłam się, ale wcześniej zauważyłam, jak krawcy przede mną wymieniają spojrzenia.

– Rozumiem, panie.

Ta informacja rozdrażniła zebranych. Nie wszystkim podobała się idea służenia córce szansena, zwłaszcza że wojna dopiero co się skoczyła.

– Gdy nowy krawiec cesarza zostanie wybrany – kontynuował minister Lorsa – jego pierwszym zadaniem będzie stworzenie sukni ślubnej Lady Sarnai, dlatego sprawą najwyższej wagi jest, by wasze projekty podobały się zarówno narzeczonej Jego Wysokości, jak i jemu samemu. Zacznijmy od czegoś prostego. Lady Sarnai pochodzi ze znacznie chłodniejszej północy i ma niewiele strojów, które może nosić w Letnim Pałacu. Jego Wysokość pragnie wręczyć jej szal odpowiedni na tutejsze wieczory.

Szal? Jak, na Dziewięć Niebios, Lady Sarnai oceni nasze umiejętności, patrząc na szal?

– Każdy z was dostał belę białego jedwabiu. Możecie wykroić ją, jak chcecie. Na każdym rogu widnieje pieczęć Jego Wysokości. Wszystkie cztery pieczęcie muszą być wyeksponowane w waszym projekcie. W tym wyzwaniu możecie wykorzystać tylko barwniki, nici i wstęgi z szafek z materiałami. Pomoc z zewnątrz jest zabroniona. Szale mają być gotowe na jutro rano.

Jutro rano? Rozejrzałam się i zobaczyłam, jak wszyscy krawcy sztywnieją. Byli tak zszokowani jak ja, ale nikt się nie odzywał, więc ja również milczałam.

– Lady Sarnai przybędzie rankiem i wybierze krawców, którzy przejdą do następnego etapu – oznajmił Lorsa. – Nie zapomnijcie, że tytuł szansena jest dziedziczony, tak jak cesarza, a osoba, która go nosi, należy do nieprzerwanej linii przywódców militarnych A'landi. Do Lady Sarnai należy zwracać się „Wasza Wysokość". Czy to jasne? – Zaczekał, aż potwierdzimy. – Dobrze. Niechaj Mędrcy zainspirują was do stworzenia dzieła godnego cesarzowej.

Nie zagrzmiał gong ani nie zabił dzwon, lecz jego słowa zadzwoniły mi w uszach. Wstałam i sięgnęłam po tkaninę oraz szkicownik. Pozostali krawcy już projektowali w ferworze emocji, ale ja nie miałam pomysłu na szal dla Lady Sarnai.

Wiedziałam, że w otoczeniu jedenastu spoconych, zaciekle rywalizujących mężczyzn nie znajdę inspiracji, więc zabrałam materiały z szafki i wymknęłam się z Sali Najwyższej Pracowitości poszukać własnego miejsca.

Rozdział czwarty

Za nowy dom służył mi wąski pokój w kształcie kolanka, wyposażony w pryczę i trójnogi stół, tak chybotliwy, że ledwie ustawała na nim świeca. Na drewnianym parapecie stało małe brązowe naczynie z kadzidłem do modlitwy, z sufitu zwisał bambusowy lampion, a w rogu znajdował się porcelanowy zlew, w którym utopiła się mucha.

– Przynajmniej jest czysto – powiedziałam do siebie. – I nie muszę się z nikim dzielić.

Byłam sama po raz pierwszy od niemal tygodnia. Oparłam głowę o malowaną ścianę i wypuściłam powietrze, zanim zajęłam się prawdziwym powodem, dla którego potrzebowałam czasu dla siebie.

Powoli rozpięłam guziki koszuli. Moja klatka piersiowa pulsowała z bólu. Byłam dosyć płaska jak na dziewczynę, lecz na wszelki wypadek owinęłam się lnianymi pasami i po pięciu dniach podróży dręczyła mnie okropna niewygoda. Nie odważyłam się zdjąć pasów, ale zanurzyłam palce w misce z wodą i zmyłam pot.

Będę musiała przyzwyczaić się do bólu.

Zapięłam koszulę i wysypałam zawartość torby na łóżko. Tym razem widok narzędzi nie zainspirował mnie ani nie przyniósł mi pociechy. Nie miałam szans wyhaftować całego szala na jutro rano.

Ale mogłam go pomalować.

Już przetrząsałam tobołek w poszukiwaniu pędzli, kiedy mój wzrok przyciągnęło zawiniątko od Baby. Z ciekawości rozwinęłam tkaninę i podniosłam nożyczki, a one zalśniły w przyćmionym świetle. Uchwyty były cieńsze i delikatniejsze niż w moich własnych, lecz oprócz symboli słońca i księżyca wyrytych na ramionach nie dostrzegłam w tych nożyczkach nic specjalnego. A poza tym nie potrzebowałam dodatkowej pary, więc zapakowałam je z powrotem i wcisnęłam pod pryczę.

– No dobrze, gdzie są moje farby? – mruknęłam, szperając w zapasach. – Zostawiłam je na stanowisku?

Najwidoczniej tak. Jęknęłam i pokuśtykałam do Sali Najwyższej Pracowitości. Liczyłam, że po drodze na nikogo nie wpadnę, lecz minęłam starszego mężczyznę, a on gestem przywołał mnie do siebie.

Wysoki i szeroki w pasie, miał szczupłe i zwinne palce. Jedno spojrzenie na jego szarfę i już wiedziałam, że był krawcem po fachu – nosił igły i szpilki tak, jak generałowie nosili medale. Stanęłam, by go przywitać. Nie należał do grupy, która obstawiała przeciwko mnie, przynajmniej o ile się orientowałam.

– Musisz być synem mistrza Tamarina – zagaił. – Najłatwiej cię rozpoznać. Wyglądasz, jakbyś ledwie mógł zapuścić brodę!

Powiedział to tak wesoło, że zapomniałam o krępujących mnie pasach i się zaśmiałam.

– Wing Longhai – przedstawił się. – Z prowincji Bansai.

Znałam to nazwisko. Mistrz Longhai słynął z męskich szat – ubierał najbardziej cenionych uczonych i najznamienitszych arystokratów. Uszył nawet szatę dla ojca cesarza Khanujina.

– Keton Tamarin – odparłam. – Z Port Kamalan na południe od Gangsunu.

Uśmiechnął się. Miał twarz naznaczoną bruzdami i skórę muśniętą słońcem, bardziej niż u typowego mistrza krawiectwa, co sugerowało, iż podobnie jak ja pochodził ze skromnego domu. Mimo to nosił eleganckie ubrania, a pod perfumami o zapachu drzewa sandałowego i lotosu dało się wyczuć delikatną woń wina ryżowego.

– Podejrzewałem, że jesteś z południa. Wziąłeś ze sobą amulety na szczęście? Żona nie pozwoliła mi wyjechać bez całego arsenału. Mistrz Yindi już powiesił dwanaście talizmanów nad stołem!

Ścisnęłam laskę w dłoni.

– Nie wierzę w takie rzeczy.

– I nazywasz się południowcem?

– Port Kamalan to małe miasteczko – rzuciłam zwięźle. – Mało w nim miejsca na magię.

Longhai pokręcił głową.

– Może i w Port Kamalan nie ma miejsca na magię, ale teraz jesteś na dworze cesarza. Zmienisz zdanie. Zwłaszcza po spotkaniu z Lordem Czarodziejem.

Uniosłam brew. O czarodziejach, lordach czy nie, wiedziałam niewiele – tylko tyle, że trudno ich spotkać i że wędrują od kraju do kraju. Nie wydawali mi się lojalnymi doradcami, więc nie rozumiałam, dlaczego królowie i cesarzowie tak ich cenią.

Longhai musiał zauważyć moją niechęć.

– Lord Czarodziej doradza cesarzowi Khanujinowi w wielu kwestiach. Służył ojcu cesarza przez lata, a nie postarzał się ani o dzień! Niektórzy krawcy próbują się z nim zaprzyjaźnić. Zrobią wszystko, żeby wyprzedzić konkurencję.

– A magia to nie oszustwo?

– Powiedziałbym raczej, że nieuczciwa przewaga. Ale oszustwo? – Zaśmiał się. – Sądzisz, że próba cesarza będzie jedynie testem umiejętności?

Wzruszyłam ramionami. Zawsze podchodziłam sceptycznie do magii. Ale podchodziłam sceptycznie do większości rzeczy, których nie mogłam zszyć igłą i nitką.

– A co jeszcze mogą przetestować?

– Musisz się wiele nauczyć – upomniał mnie, lecz nie nieżyczliwie.

Ruszyliśmy razem w kierunku Sali Najwyższej Pracowitości, okrążając ogród usiany krętymi ścieżkami i drzewami śliwy oraz sosnami.

– To Dziedziniec Niebiańskiego Spokoju. Nie możemy wychodzić poza tamten wodospad, nie bez pozwolenia. – Longhai ściszył głos. – Ale to nie znaczy, że nie możemy rzucić okiem.

Przykucnął, wyciągając głowę, i szturchnął mnie, żebym zrobiła to samo. Wskazał na drugą stronę ogrodu, gdzie młoda panienka kroczyła żwawo z ogonem trzech służek.

Była piękna – miała porcelanową cerę, kaskadę czarnych włosów i łabędzią szyję. Służki i królewski krok zdradzały, że jest wysoko urodzona, jednak nosiła przedziwne ubranie: skórzane buty, prostą, luźną suknię z niebieskiej popeliny, która ledwo sięgała jej do kostek, i futrzany płaszcz, zupełnie nieodpowiedni na tę ciepłą pogodę.

– Wasza Wysokość, za chwilę zacznie się twój bankiet powitalny – jęczały służki. – Nie przebierzesz się?

– A co jest nie tak z moim strojem? – spytała tonem nieznoszącym sprzeciwu.

– Wasza Wysokość, prosimy!

Służki goniły panienkę, lecz ona parła do przodu, głucha na ich błagania. Za nimi podążał największy mężczyzna, jakiego w życiu widziałam. Przypominał niedźwiedzia i zajmował całą szerokość ścieżki. Miał ostro przyciętą brodę i wąskie oczy przysłonięte przez gęste, czarne brwi.

– Wasza Wysokość – odezwał się niskim, chropawym głosem. – Powinnaś posłuchać rad swoich służek. Proszę. Tego życzyłby sobie twój ojciec.

Panienka zamarła. Nie spojrzała na swojego towarzysza, ale między tą dwójką aż iskrzyło. Uniosła podbródek.

– Zawsze bierzesz jego stronę, prawda, Lordzie Xina?

Nie widziałam, czy Lord Xina przytaknął, ale panienka zwróciła się do głównej służki.

– Dobrze – oznajmiła jakby mniej pewnie. – Zobaczę, jakie stroje ma do zaoferowania Jego Wysokość, ale nie obiecuję, że któryś włożę.

Kiedy panienka się oddaliła, Longhai wstał.

– No, no. Opłacało się trochę poczekać. Jutro będziemy mieli przewagę nad pozostałymi. To była Lady Sarnai, córka szansena.

Próbowałam ukryć zaskoczenie. To była narzeczona cesarza, dla której mieliśmy projektować? Wyobrażałam ją sobie jako wojowniczkę podobną do ojca – dziewczynę noszącą zbroję i spodnie, odartą z jakiejkolwiek kobiecości, dziką i nieposkromioną. Lady Sarnai wyglądała na waleczną, ale była też… piękna.

Pomarszczona twarz Longhaia rozciągnęła się w uśmiechu.

– Widzę, że nie tego się spodziewałeś.

– Jest pełna wdzięku – wydukałam tylko. – A mężczyzna za nią?

– To Lord Xina – wyjaśnił skrzekliwie. – Ulubiony wojownik szansena i syn jego najbardziej zaufanego doradcy. Jego obecność to zniewaga dla cesarza.

– Zniewaga?

– Podobno Lord Xina był zaręczony z Lady Sarnai, zanim ogłoszono rozejm. Ludzie twierdzą, że jest jej kochankiem. Ale to tylko dworskie plotki. Nikt nie ma pewności. – Stary krawiec sięgnął do kieszeni szaty po piersiówkę. Zaproponował mi trunek, a kiedy odmówiłam, pociągnął potężny łyk.

Zastanowiłam się nad tonem córki szansena, gdy przemawiała do Lorda Xiny – jej gorycz była przeznaczona dla kochanka czy dla ojca? Może dla obu?

Longhai schował piersiówkę.

– Widziałeś jej futro? Królik, lis, wilk, co najmniej trzy różne niedźwiedzie. Mieszkańcy północy noszą tylko to, co sami upolują. Lady Sarnai musi być wprawną łowczynią. – Westchnął ze współczuciem. – Nie będzie jej łatwo przyzwyczaić się do życia w pałacu. – Nachylił się, jakby chciał mi zdradzić tajemnicę. – Ale wygląda na to, że lubi irytować Jego Wysokość. Włożyła bryczesy na podwieczorek z cesarzem i ministrami wojny.

Lady Sarnai miała tupet. Nie wiedziałam, czy przez to szanowałam ją bardziej, czy mniej.

– Na pewno usłyszymy o tym jutro – uznał Longhai, gdy dotarliśmy do celu.

Żałowałam, że stanowisko Longhaia nie znajduje się bliżej mojego – niestety, pracował po przeciwnej stronie sali. Podeszłam do swojego stołu i wyjęłam szkicownik, by zacząć projektować szal, nawet nie siląc się na przywitanie pozostałych krawców. Czułam, że nie podoba im się moja obecność.

Ku mojej uldze oni również mnie ignorowali. Przybyłam jako ostatnia, więc dostałam najgorsze stanowisko – najdalej od okna i na środku, gdzie wszyscy widzieli, co robię.

Żaden z rywali oprócz Longhaia mi się nie przedstawił, ale ze strzępków rozmów wyłapałam znane mi nazwiska. Gdy dorastałam, studiowałam i naśladowałam prace tych mistrzów, tak jak studiowałam i naśladowałam prace Longhaia. Ci mężczyźni zostali znanymi krawcami na długo przed moimi narodzinami.

Mistrz Taraha i mistrz Yindi reprezentowali dwie różne szkoły haftowania, lecz obu uważano za geniuszy – Taraha słynął z kwiatów, Yindi z haftów dwustronnych. Mistrz Boyen plótł najpiękniejsze makramy, mistrz Delun tkał brokat jak nikt inny. Mistrz Norbu zaskarbił sobie miłość arystokratów.

A ja? W Gangsunie uczyłam się regionalnych stylów od gości odwiedzających Babę, a w Port Kamalan podłapywałam technikę każdego krawca, który zechciał ze mną rozmawiać.

Ale nie byłam mistrzem. Nie byłam sławna.

– Ej, ty! – zawołał męski głos, wyrywając mnie z moich zatroskanych myśli. – Pięknisiu!

Włoski zjeżyły mi się na karku, lecz obróciłam głowę. Głos należał do mistrza Yindi, puszystego – choć nie tak grubego jak Longhai – mężczyzny o okrągłym, wiecznie zmarszczonym nosie. Był całkiem łysy, choć miał siwe baki i, o ironio, brodę niemal do kolan.

– Oddasz mi swój jedwab? – zapytał. – I tak niedługo pojedziesz do domu, więc równie dobrze możesz oddać tkaninę komuś, kto umie się z nią obchodzić.

Pozostali wybuchnęli śmiechem. Widocznie wszyscy zgadzali się co do tego, że odpadnę z rywalizacji jako pierwsza. Zacisnęłam usta.

– Zostawcie chłopaka w spokoju – zagrzmiał Longhai. – Gdybyście byli tacy świetni, nie potrzebowalibyście więcej jedwabiu.

– Zaprzyjaźniasz się z hołotą, Longhai? Nie spodziewałbym się po tobie niczego innego – prychnął Yindi, a potem ponownie zwrócił się do mnie. – Na pewno nie ukłujesz się igłą? – kpił. – Taki gładki podbródek miałem jako niemowlak.

– Co ci się stało w nóżkę? – zadrwił inny.

Tusz na kartce się rozmazał. Przewróciłam stronę i zaczęłam szkicować od nowa. Ludzie zobaczą to, co chcą zobaczyć, powtarzałam sobie. Lepszy dziewczęcy chłopak niż chłopięca dziewczyna.

– Jesteś niemową, pięknisiu?

– Czy tylko kaleką?

Przerwałam szkicowanie.

– Walczyłem na wojnie. Złamana noga nie oznacza niesprawnych rąk – odpyskowałam. – Założę się, że potrafię szyć szybciej niż którykolwiek z was.

Mistrz Yindi się zaśmiał.

– Zobaczymy. W twoim wieku prałem koszule dla mojego mistrza. Staruszek nie dopuszczał mnie do krosna. Pokaż mi ręce, pięknisiu. Umiem odróżnić krawca od pracza.

Rozczapierzyłam palce, żeby zobaczył odciski i zgrubienia. Kiedyś bracia dokuczali mi, że nigdy nie znajdę męża, bo mam dłonie mężczyzny.

– No i co? – rzuciłam. – Jestem krawcem czy praczem?

Yindi odchrząknął, pogładził się po brodzie i wrócił na swoje stanowisko.

Longhai podszedł i oparł się na moim parawanie.

– Nie przejmuj się Yindim – pocieszył mnie. – Ujada, ale nie gryzie.

– Mistrz Longhai mądrze prawi – wtrącił Norbu ku mojemu zaskoczeniu. Wcześniej milczał i nie zauważyłam, jak się zbliżył. – Jeśli będziemy marnować czas na dokuczanie chłopakowi, nic nie zrobimy. – Wskazał posągi Trzech Mędrców. – Bogowie nas słuchają. Chcecie ich rozgniewać?

Krawcy pokręcili głowami. Nawet Yindi, otoczony talizmanami ze wszystkich stron, zmarszczył brwi.

– Więc wracajcie do pracy.

Pozostali liczyli się z jego słowami, ponieważ Norbu prowadził sklep w stolicy – Dżapporze – i miał pod sobą ponad setkę krawców. Był najbogatszy z nas wszystkich i najbardziej wpływowy. Jego córka wyszła za ważnego urzędnika. Praktycznie należał do arystokracji.

– Teraz na pewno przestaną ci dogryzać – powiedział Norbu, kiedy trajkotanie przycichło. Posłał mi uśmiech, a ja odniosłam dziwne wrażenie, że jestem mu coś winna.

– Dziękuję.

Zaczął bawić się nićmi, które położyłam na stole. Norbu przypominał wypchaną jaszczurkę – miał długie, szczupłe ciało, ale okrągły brzuch, a do tego półprzymknięte, zwodniczo senne oczy. Choć potraktował mnie milej niż Yindi, nie chciałam, żeby dotykał moich rzeczy.

– Słyszeliśmy, że zająłeś miejsce ojca – rzekł. – To szlachetne z twojej strony. Mój baba zmarł przed moimi narodzinami, ale mistrz Huan, ostatni krawiec cesarza, był dla mnie jak ojciec.

Świerzbiło mnie do pracy, jednak z grzeczności złożyłam ręce.

– Nie wiedziałem, że był twoim mistrzem.

– Dawno temu. – Norbu pociągnął nosem. – A mimo to rozpaczałem, gdy w zeszłym miesiącu znaleźli jego ciało w rzece Dżingan.

Przełknęłam ślinę.

– Przykro mi to słyszeć.

– Pracował w tej sali z tuzinem czeladników. Nawet ja czasami mu pomagałem. – Urwał na chwilę. – Służki przysięgają, że jego duch nocami nawiedza pałac.

Przeszły mnie ciarki.

– Nie wierzę w duchy.

– Ja też nie. – Norbu przechylił głowę i uważnie zlustrował moją twarz. Miał oczy jak paciorki. – Nie martw się pozostałymi, młody Tamarinie. Będę nad tobą czuwał.

Odetchnęłam z ulgą, kiedy wreszcie zostawił mnie w spokoju. Przewiesiłam szal przez ramię. Jedwab z natury był bardzo lekki. Dlatego wszyscy tak go pożądali, dlatego tyle kosztował.

Umiałam malować, jak mistrz Longhai, ale najlepiej czułam się w haftowaniu – jak mistrz Yindi i mistrz Taraha. Postanowiłam namalować ogród i wyhaftować kwiaty. Piwonie, lilie i złocienie, a do tego kobietę z ważką na palcu. Ćwiczyłam tę scenerię setki razy. Wiedziałam, że farba szybko wyschnie, a miałam tylko jeden dzień, więc nie chciałam niepotrzebnie ryzykować.

Mijały godziny. Malowanie zajmowało moje ręce i umysł, ale w tle ciągle słyszałam gderaninę pozostałych.

– To robota pachołka – marudził jeden. – Ostatni raz wiązałem frędzle jako młody chłopak.

– Farbowanie jest gorsze.

– I to wszystko, żeby służyć córce zdrajcy. Co to za zaszczyt?

– Sama możliwość służenia Jego Wysokości to łaska – wciął się Longhai. – Trochę więcej łaski i musielibyśmy zostać kapłanami w Najwyższej Świątyni.

Rozmawiali i rozmawiali, aż minęła północ. Powieki mi opadały. Nie wyspałam się porządnie, odkąd opuściłam Port Kamalan.

Nie, muszę zachować czujność. Jeśli teraz pójdę spać, nie skończę szala.

Rozprostowałam palce i rozmasowałam obolały mięsień w karku. Przez ten czas cała zesztywniałam. Przyzwyczaiłam się do spędzania godzin w pochylonej pozycji, ale nie w towarzystwie jedenastu innych krawców. Czułam ogromną pokusę, żeby zerkać, jak im idzie, a ich nieustająca paplanina nie pozwalała mi się skupić.

Ściągnęłam ramiona i chwyciłam igłę, żeby wyhaftować krawędzie szala, uważając, żeby nie rozmazać namalowanego pejzażu.

– Uszyłem pelerynę dla szlachcianki z Bandeiyi i wyhaftowałem na niej tysiąc piwonii – chwalił się mistrz Taraha. – Panience tak się spodobało, że podarowała mi swój najlepszy nefrytowy naszyjnik. Moja córka ma szczęście, że ma takiego ojca. Oddałem go jej jako część posagu.

– Osobiście poznałem Lady Sarnai. Wiem, co lubi.

– Nie wyobrażam sobie córki barbarzyńcy w tak wspaniałym jedwabiu. Co za marnotrawstwo.

Zawiązałam supeł i zerwałam nitkę ze szpuli. Ach, gdyby tylko przestali gadać!

– A ty, Ketonie Tamarinie? – zawołał Yindi z drugiego końca sali. – Jesteś milczący. Dlaczego chcesz zwyciężyć w tym małym konkursie?

Zamarłam. Co miałam odpowiedzieć? Pragnęłam chwały, ale przede wszystkim chciałam pomóc rodzinie.

„Nie bądź skromna", ostrzegał mnie Keton. „Mężczyzna jest dumny ze swojej pracy. Jeśli tego nie pokazuje, to znaczy, że się jej wstydzi".

– Bo jestem najlepszym krawcem w A'landi – oznajmiłam z największą arogancją, jaką udało mi się wykrzesać.

Kilku rywali parsknęło.

– Ledwo co zostałeś mężczyzną.

– Młodość sama w sobie jest talentem – uspokoił ich Norbu. – Ufam osądowi Jego Wysokości.

Yindi nie odpuszczał.

– A co czyni cię najlepszym krawcem, młody Tamarinie?

Miałam ściśnięte gardło, ale przemówiłam śmiałym głosem.

– Umiem prząść, tkać i pleść. Znam wszystkie cztery szkoły haftowania. Potrafię wyszyć sto różnych ściegów we śnie. I jestem szybki.

Ktoś stęknął.

– Genialny projekt to coś więcej niż szybkość i skomplikowane ściegi.

– Wiem – rzuciłam. – To również kompozycja. I kolory…

– Myślisz, że znasz się na kolorach lepiej niż ja? – prychnął Yindi. – No, pięknisiu, zobaczymy, co nam pokażesz. Stawiam, że rankiem spakujesz swoje rzeczy.

– Skoro potrafi zwęzić i skrócić spodnie z zamkniętymi oczami – wyszeptał teatralnie Boyen tak, żebym go usłyszała – to czemu przyjechał ubrany jak chłop ze wsi?

Te słowa ugodziły moje ego, ale kątem oka dostrzegłam pokrzepiający uśmiech Longhaia.

– Zobaczycie – rzuciłam tylko.

Nie zwracaj na siebie uwagi, upomniałam się w duchu. Już i tak myślą, że coś z tobą jest nie tak.

Ręce mi drżały. Pierwszy raz, odkąd pamiętałam, nie mogłam nawlec nitki na igłę.

– Nie idzie ci, Tamarinie? – szydził Boyen. – Może powinieneś zwilżyć nitkę w ustach. – Cmoknął. – Tego uczy się dzieci.

Stwierdziłam, że dłużej tego nie zniosę. Chwyciłam laskę i ruszyłam do drzwi.

– Jesteś zmęczony, młody Tamarinie? – zapytał Norbu, kiedy mijałam jego stanowisko. – Może napijesz się herbaty?

Uznałam, że to dobry pomysł, więc skinęłam głową i mu podziękowałam. Zapasy herbaty przechowywano w przedsionku. Nalałam sobie naparu i pociągnęłam długi łyk.

Gdy wróciłam po szal, aż krzyknęłam. Ktoś wylał herbatę na moją tkaninę! Farby rozmazały się na jedwabiu. Kobieta, którą w najmniejszym szczególe wzorowałam na Lady Sarnai, zamieniła się w jedną wielką plamę.

Kto to zrobił? Popatrzyłam po krawcach, lecz oni mnie ignorowali.

Przygryzłam wargę i zebrałam zniszczony materiał. Łzy napłynęły mi do oczu, ale nie zamierzałam dać im satysfakcji i pokazać, że mnie zranili.

– Masz dosyć, pięknisiu?! – krzyknął Yindi.

Norbu klasnął w dłonie, żeby zwrócić uwagę całej grupy.

– Młody Tamarinie, jeśli potrzebujesz jedwabiu, możesz wziąć moje ścinki. Idę się położyć.

– Dziękuję – szepnęłam – ale dam sobie radę.

– Norbu, już idziesz spać? – zdziwili się pozostali.

– Pracuję najlepiej w samotności – odparł, tłumiąc ziewnięcie. – I rankiem.

Wepchnęłam tkaninę do torby i wyszłam z sali za Norbu, cała czerwona od powstrzymywania łez.

Mknęłam korytarzem w słabym świetle księżyca i lampionów, otulona kojącym nocnym powietrzem. Liczyłam drzwi, wszystkie szare z brązowymi klamkami, aż dotarłam do mojego pokoju.

Opadłam na pryczę. Straciłam jedyną szansę, by zostać kimś więcej niż tylko szwaczką, która skraca spodnie i przyszywa guziki w Port Kamalan. By zostać krawcową cesarza, najlepszą w całej A'landi, szyć ubrania dla monarchów i cieszyć się szacunkiem w całym kraju.

Co teraz?

Wzięłam płytki wdech. Finlei nie chciałby, żebym się poddała. Sendo też nie. A Keton… Muszę wygrać, żeby zająć się Babą i Ketonem, pomyślałam. Żeby ocalić ich przed głodem i uniknąć małżeństwa z Calu. Żeby nie okazać się nieudacznicą.

Wytarłam oczy rękawem, podniosłam się i zapaliłam świecę, by ocenić stan mojego szala. Z kwiatów, które malowałam całe popołudnie, zostały same zacieki. Nawet gdybym je osuszyła, nie uratowałabym pejzażu. Jedyne, co mogłam zrobić, to zacząć od nowa, może przykryć plamę herbaty i rozmazaną farbę haftem. To było trudne zadanie, szczególnie że miałam czas tylko do rana.

Usiadłam ze skrzyżowanymi nogami, wypuściłam powietrze i wyjęłam z torby pergamin, a potem zaczęłam szkicować.

Nie śpij!

Oparłam głowę o ścianę, obiecując sobie, że zrobię tylko krótką przerwę. Kiedy otworzyłam oczy, zobaczyłam wypaloną świecę.

– Na oddech demona! – zaklęłam pod nosem. Widocznie zasnęłam.

Zapaliłam kolejną świecę i popatrzyłam na księżyc, by ocenić upływ czasu.

Skronie mi pulsowały, a w uszach wibrowało niskie brzęczenie.

Sięgnęłam do torby i przetrząsnęłam ją w poszukiwaniu igły i nitki, ale moje palce natrafiły na nożyczki Baby. Dziwne. Wydawało mi się, że schowałam je pod pryczą.

Wsunęłam je do torby razem z resztą narzędzi. Co mi po nich, kiedy mój szal został zrujnowany?

Uspokój się, powiedziałam sobie. Jak zazwyczaj reagujesz w takich sytuacjach? Nie panikujesz i nie robisz kolejnych błędów. Bierzesz się w garść. Idziesz na spacer.

Wzięłam lampion i wróciłam do Sali Najwyższej Pracowitości. Stała pusta, więc obejrzałam dzieła pozostałych krawców. Drapowania mistrza Boyena były wyśmienite, wzory z paciorków mistrza Garada wyborne. Longhai wyhaftował łabędzia, a wokół niego drzewa – jego szal można by powiesić na ścianie jako dzieło sztuki. Yindi dokonał czegoś imponującego: pokrył haftem niemal całą powierzchnię jedwabiu.

Kartki mojego szkicownika zaszeleściły, zbyt nerwowo, by uznać to za sprawkę wiatru. Zaniepokojona odłożyłam szkicownik i podeszłam do najbliższego okna.

To nie duch, uspokoiłam siebie. Tylko ptak.

Z westchnieniem postawiłam lampion na stole i zabrałam się do haftowania.

Brzęczenie w mojej głowie się nasilało. Spojrzałam w dół, czując dziwne drganie u boku. Na początku pomyślałam, że to nożyczki Baby, ale uznałam to za niemożliwe, więc zbagatelizowałam sprawę.

Wtedy nożyczki zaczęły świecić.

Chwyciłam je, by uciąć luźną nitkę, i odkryłam, że nie mogę ich odłożyć. Nagle oczyma duszy ujrzałam szal – gotowy, taki, jakim go naszkicowałam. Ale wiedziałam, że nie mam szans dokończyć go do rana.

Ależ masz, zapewnił mnie głos. Mój własny głos, tylko że jakimś cudem pewniejszy siebie.

Nożyczki sunęły po szalu jak opętane, a moje dłonie tylko wodziły za nimi. Niewidzialne nici naprawiły tkaninę i tchnęły w nią nowe życie. Farby wsiąknęły w jedwab, rozmazane plamy się rozpuściły, aż w końcu szal wrócił do poprzedniego stanu.

Choć nie miały prawa, nożyczki nie tylko cięły, lecz również haftowały. Cienkie srebrne ostrza rozchylały się, zbierały nici i tańczyły po jedwabiu, z misterną precyzją wyszywając kwiaty, ptaki, drzewa oraz góry.

To była magia.

Magia, której nie mogłam zatrzymać. Nie potrafiłam puścić nożyczek, choć nie wiem jak próbowałam. Zaczarowały mnie, a ja upoiłam się ich mocą.

Gdyby nie ból w palcach, pomyślałabym, że śnię.

Z ostatnim cięciem nożyczki straciły iskrę i ich blask zgasł.

Wykończona opadłam na stół i zasnęłam.

Rozdział piąty

Coś ostrego ukłuło mnie w bok.

Powieki mi zadrgały, ale nie otworzyłam oczu. Na bogów, jeśli to Keton dźga mnie drutem do dziergania…

Usłyszałam rechot.

– Już nie śpisz, pięknisiu?

Chwileczkę, ten głos nie brzmiał jak mój brat. Oczywiście. Byłam w pałacu, a nie w domu z Babą i Ketonem.

Powoli podniosłam głowę. Wytarłam ślinę, która pociekła mi przez sen, i zobaczyłam nad sobą okrągłą twarz mistrza Boyena.

– Ojej. – Cmoknął. – Przerwałem ci drzemkę dla urody, mistrzu Tamarinie?

Przeraziłam się, słysząc, jak podkreśla ostatnie słowa. Czyżby domyślił się, że jestem dziewczyną?

Nie, oprzytomniałam. Widocznie rozniosło się, że żaden ze mnie mistrz. Wystarczyło trochę popytać, żeby dowiedzieć się, iż żaden z synów mojego ojca jeszcze nie zdobył tytułu.

Boyen posłał mi uśmieszek.

– Zacznij się pakować. Wracasz do domu, bo twój szal jest brudny.

Zerwałam się. Mój szal! Gdzie on jest?

Jak przez mgłę pamiętałam blask i taniec nożyczek... jakby opętanych przez ducha. Nie, nie. To niemożliwe, na pewno to sobie wyobraziłam.

Na niebiosa, najwyraźniej zasnęłam i nie dokończyłam!

W panice przetrząsnęłam stanowisko, a potem przypomniałam sobie, że schowałam szal razem z nożyczkami Baby w koszu z nićmi, które zabrałam z domu.

Ukucnęłam i wyłowiłam szal z kryjówki. Od razu go znalazłam – jasny, narcyzowożółty materiał prześwitywał między szpulami.

Rozwinęłam go i aż się zapowietrzyłam.

To nie był sen.

Ujrzałam idealne ściegi i delikatne hafty, tak wspaniałe, że powinny zająć mi miesiąc. Aplikacje wyszły perfekcyjnie, a tuzin barw tworzył gładkie przejścia, dzięki czemu lilie i piwonie wyglądały jak prawdziwe. Nawet panienka została naprawiona – nosiła jaskrawą fioletową suknię w różowe i czerwone kwiaty, choć kiedy się jej przyjrzałam, bardziej przypominała mnie niż Lady Sarnai.

Mimo to skarciłam się w duchu. Szal się pogniótł – dlaczego, ach, dlaczego go nie złożyłam?

Niespokojnie wygładziłam zagniecenia. Poprosiłam służącą o żelazko z węglem i zabrałam się do prasowania, ostrożnie, żeby nie spalić tkaniny.

Praca pochłonęła mnie do tego stopnia, że nie miałam czasu zjeść parującej owsianki, którą przynieśli mi służący. To do mnie niepodobne, rezygnować z darmowego posiłku – Baba zawsze powtarzał, że kieruję się żołądkiem, a dopiero potem sercem – ale choć cudowny zapach mnie dręczył, musiałam dokończyć pracę nad szalem.

W sali panował gwar.

– Słyszeliście, co się wydarzyło na wczorajszym bankiecie? – odezwał się mistrz Garad. – Lady Sarnai nie wypiła za zdrowie cesarza.

– A cesarz nie wypił za zdrowie Lady Sarnai.

– Idealna para, córka Tygrysa i syn Smoka.

– Cesarz powinien uważać, żeby córka zdrajcy nie wydrapała mu oczu podczas nocy poślubnej.

– Lepiej nie obmawiajcie córki szansena – ostrzegł Yindi.

– Boisz się, że jego demony podsłuchują? – zadrwił Garad. – Wiemy, że twoim zdaniem szansen jest opętany, ty stary, przesądny głupcze.

Yindi wzruszył ramionami.

– Poczekamy, zobaczymy.

Zarechotali, lecz do nich nie dołączyłam, choć cieszyłam się, że wzięli za cel jego, a nie mnie. Yindi poderwał się, żeby wyprasować swój szal, a przynajmniej tak myślałam, dopóki nie zatrzymał się przy moim stanowisku.

Zignorowałam go i uniosłam moje dzieło. Jedwab lśnił jak blade złoto. Szal zachwycał, ale nie wiedziałam, czy to powód do dumy, czy do zmartwień. Kto to sprawił – ja czy magia?

– Zrobiłeś to w jedną noc? – zapytał mnie Norbu. – Imponujące, niezwykle imponujące. Powiedziałbym, że twój szal jest najlepszy ze wszystkich.

Nie mogłam powstrzymać uśmiechu.

– Dziękuję, mistrzu Norbu.

– Rzeczywiście imponujące – przyznał Yindi. Jego posępna mina świadczyła, że zrozumiał, iż mnie nie docenił. Uśmiechnęłam się jeszcze szerzej, dopóki nie dodał: – Ale Lady Sarnai nienawidzi żółci.

Po tych słowach odszedł.

Ta uwaga mnie zabolała i straciłam pewność siebie.

– Przemawia przez niego zazdrość – uspokoił mnie Norbu. – Twój szal jest oszałamiający. Na pewno wygrasz.

Polubiłam go trochę bardziej.

– Mam nadzieję.

Wycieńczona opadłam na taboret. Nie minęła minuta, a zagrzmiał gong i usłyszałam głos Lorsy.

– Jej Wysokość Lady Sarnai!

Podniosłam się i razem z pozostałymi krawcami zawołałam:

– Dzień dobry, Lady Sarnai!

Córka szansena weszła do sali w towarzystwie świty służek i strażników. Ledwie ją rozpoznałam. Wczoraj podglądałam wojowniczkę, która pogardzała dekadencją Letniego Pałacu – tysiącami służących, złoconymi bramami, zasadami i etykietą.

Dziś ujrzałam księżniczkę. Rubiny i szmaragdy lśniły na jej nadgarstkach i w jej uszach, sznury pereł pobrzękiwały na przybraniu głowy – koronie inkrustowanej złotem układającym się w sylwetki smoków, wysadzanej klejnotami we wzory kwiatów i zdobionej niebieskimi piórami zimorodków. Widocznie Lady Sarnai przegrała walkę o strój z cesarzem, a może ze służkami.

– Dzień dobry, krawcy – przywitała nas głosem cichym, lecz nie łagodnym. – Zebraliście się tutaj, by pokazać mi, co mistrzowie A'landi mają do zaoferowania. Ostrzegam, niełatwo zrobić na mnie wrażenie. Nie dorastałam, nosząc jedwabie. Nigdy nie podziwiałam strojów za ich piękno czy elegancję. Spodziewam się jednak, że za sprawą nowego krawca cesarza zmienię zdanie.

– Tak, Wasza Wysokość – odpowiedzieliśmy chórem ze skłonionymi głowami. – Dziękujemy za tę szansę, Wasza Wysokość.

Za Lady Sarnai pojawił się wysoki młodzieniec. Przemknął między stołami Norbu i Yindiego, żeby okrążyć nasze stanowiska. Pozostali krawcy wystawili na pokaz swoje najlepsze próbki – brokatowe sakiewki ze złotymi frędzlami, kryzy z aplikacjami piwonii i złocieni, szarfy z wyhaftowanymi scenami z Siedmiu Klasyków, z kobietami tańczącymi i grającymi na cytrach. Moje miejsce pracy było żenująco nagie – tak spieszyło mi się do wyjazdu z domu, że nawet nie pomyślałam, by zabrać ze sobą dzieła, które mogłabym zaprezentować w pałacu.

Tajemniczy młodzieniec nie zatrzymał się przy moim stole. Wrócił do Lady Sarnai, a ona ruszyła ocenić pierwszego krawca.

– Nie chciałam urządzać konkursu na szal. – Podsłuchałam, jak mruknęła do towarzysza. – Co za marnotrawstwo konkurencji.

– Cesarz Khanujin zauważył, że nie masz letnich ubrań. Martwi się o twoje zdrowie – wyjaśnił młodzieniec.

– Tak twierdzi. – Pociągnęła nosem. – Wy, południowcy, i te wasze tradycje. Całe to zamieszanie tylko po to, żeby wybrać krawca.

Posłał jej przyjazny uśmiech.

– Cesarz dał mi do zrozumienia, że to ty wymyśliłaś próbę, Wasza Wysokość.

Mówił uprzejmym tonem, lecz jego zuchwałe słowa mnie zaintrygowały. Lady Sarnai go nie przedstawiła, więc nie mógł być zbyt ważny, a jednak nosił czerń, zwykle przeznaczoną dla arystokratów. Złote epolety, ciężkie buty i czarny płaszcz przerzucony przez jedno ramię sugerowały, że był żołnierzem Dalekich Wydm Zachodnich. Tyle że większość żołnierzy nie ubierała się tak modnie – ani tak bogato.

Może był eunuchem. Jeśli tak, to ważnym. A może ambasadorem? Miał w sobie coś z cudzoziemca – włosy czarne jak A'landczycy, lecz kręcone, nie proste, skórę oliwkową, lecz oczy jasne, jakby skradły błysk słońca.

Zauważył, że na niego patrzę. Prędko spuściłam wzrok na stopy, ale wcześniej dostrzegłam, jak unosi kąciki ust. Zniknął z pola widzenia – poruszał się leniwie, choć z wdziękiem, bardziej jak kot niż jak szlachcic.

Stwierdziłam, że go nie lubię.

Gdy podniosłam wzrok, Lady Sarnai kończyła oceniać pracę mistrza Deluna. Lorsa deptał jej po piętach, prawiąc służalcze komplementy. Pozostawałam zgięta w ukłonie, chociaż już bolały mnie plecy. Krawcy nie prostowali się, dopóki Lady Sarnai nie odwiedziła ich stanowisk. Po kolei poznawaliśmy swój los.

– Nie pozwoliłabym służbie czyścić tym nocnika – wycedziła do jednego z mistrzów. Zmrużyła oczy i rzuciła mu lodowate spojrzenie spod lazurytowych, przydymionych węglem powiek. – To najlepsze, na co cię stać?

Następnie zbeształa Nampę, który wcześniej obstawiał przeciwko mnie.

– Wykorzystałeś tylko cztery kolory. Masz mnie za chłopkę ze wsi?

– Wasza Wysokość – wydukał Nampo – na tym polega ten styl. To jak kaligrafia...

– Gdyby zależało mi na kaligrafii, posłałabym po poetów, nie po krawców. – Lady Sarnai trzymała w dłoni filiżankę herbaty. Pociągnęła łyk przez zaciśnięte usta. – Mistrzu Nampo, odpadasz z konkursu.

Kiedy podeszła do mojego stanowiska, serce tłukło mi się w piersi.

Wczoraj nie widziałam jej z bliska. Była podobnego wzrostu i podobnej budowy co ja. Mogłybyśmy uchodzić za siostry, gdybym ja nie udawała chłopaka, a ona nie była Klejnotem Północy, jedyną córką szansena.

– Keton Tamarin – przedstawiłam się, skłaniając głowę jeszcze niżej.

– Tamarin – powtórzyła. – Nie słyszałam o tobie.

Dzieliły nas nie więcej niż dwa lata, jednak odczuwałam między nami przepaść.

– Pochodzę z Port Kamalan.

– Nie pytałam.

Zamilkłam. Lady Sarnai dotknęła rogu mojego szala i podniosła tkaninę, by dokładniej jej się przyjrzeć. Oglądała go dłużej niż prace pozostałych krawców, a przynajmniej takie odniosłam wrażenie.

Starałam się na nią nie gapić, ale z ukradkowych spojrzeń wyłapałam, że nosiła zbyt dużo pudru, szczególnie wokół oczu, które wyglądały na przekrwione i opuchnięte.

Czyżby w nocy płakała?

Też nie skakałabym z radości, gdyby ojciec sprzedał mnie jakiemuś mężczyźnie. Ale ślub z cesarzem Khanujinem... to chyba nie taka tragedia?

Puszczasz wodze fantazji, Maiu, zganiłam się. Co ty wiesz o Lady Sarnai?

– Twój szal jest niezwykły, mistrzu Tamarinie – orzekła w końcu Lady Sarnai. – Masz ogromny talent. Nigdy nie widziałam tak misternych ściegów...

Wstrzymałam oddech, czekając, aż ogłosi moje zwycięstwo na oczach wszystkich krawców, którzy ze mnie szydzili. Dorównywałam im. Nie, przewyższałam ich.

Baba pękałby z dumy.

Lady Sarnai się skrzywiła.

– ...ale nienawidzę żółci.

Zamrugałam, pewna, że się przesłyszałam.

– To wszystko – oznajmiła i ruszyła dalej. Minister Lorsa parsknął, dając mi do zrozumienia, że na pewno odpadnę.

Ścisnęło mnie w gardle i zadrżały mi ręce. Nie, nie, nie. Nie mogę jechać do domu. Nie mogę zawieść Baby. Nasz sklep nie przetrwa kolejnej zimy, jeśli nie wygram albo nie wyjdę za Calu.

Tak pogrążyłam się w rozpaczy, że nie zauważyłam, kiedy podszedł do mnie wysoki młodzieniec. Odchrząknął, a ja podniosłam wzrok.

Był wyższy, niż sądziłam, i bardziej urodziwy. Mogłabym nawet nazwać go przystojnym, gdyby nie coś przebiegłego w jego spojrzeniu. Lekko krzywy nos – pewnie kiedyś złamany – jeszcze bardziej podkreślał figlarny błysk w oczach, które tańczyły ze światłem, nigdy nie zatrzymując się na tyle długo, żebym mogła wyłapać ich kolor.

Wskazał mój szal dłonią o długich, szczupłych palcach.

– Ty to zrobiłeś?

Jego zainteresowanie zbiło mnie z tropu.

– T-tak, panie.

Uniósł ciemną brew.

– W jeden dzień?

Zesztywniałam. Wysoki młodzieniec i jego pytania sprawiły, że na moment się zapomniałam. Co za różnica, skoro i tak zaraz miałam odpaść?

– Szal ma wszystkie cztery pieczęcie – rzuciłam arogancko. – Możesz sprawdzić.

Zagadkowy uśmiech powrócił na jego usta.

– Nie, nie. Wierzę ci.

Złączył dłonie za plecami i odszedł.

Oderwałam wzrok od młodzieńca i popatrzyłam na Lady Sarnai. Stała z przodu sali z otwartym wachlarzem.

– Na dzisiejszą kolację z Jego Wysokością założę szal mistrza Yindiego – ogłosiła.

Wypuściłam powietrze, próbując ukryć zawód.

Lorsa wręczył Yindiemu czerwoną jedwabną sakiewkę.

– Zwycięzca otrzymuje pięćset jenów do wykorzystania w następnej konkurencji.

Pięćset jenów? Nawet nie śniłam o takiej sumie!

Minister kontynuował:

– Do następnego etapu przechodzą również: mistrz Boyen, mistrz Garad, mistrz Longhai, mistrz Taraha, mistrz Norbu i... – Urwał, ściągając krzaczaste brwi.

Zacisnęłam pięści tak mocno, że paznokcie wpiły mi się w skórę. Święta Amano, proszę...

– Keton Tamarin.

Odetchnęłam z ulgą. Dzięki ci!

Lady Sarnai machnęła drugą sakiewką.

– Mistrz Tamarin jest drugim zwycięzcą. Jego szal zrobił na mnie największe wrażenie. To nie lada wyczyn.

O mało nie upuściłam laski, spiesząc w kierunku Lady Sarnai. Nawet zazdrosne spojrzenia krawców i zadowolony uśmieszek młodzieńca nie mogły popsuć tej chwili.

– Dziękuję, Wasza Wysokość – wysapałam. – Dziękuję.

Upuściła sakiewkę na moją dłoń i mnie odprawiła.

– Następnym razem nie będę taka hojna – powiedziała. – W każdej konkurencji wyłonimy jednego zwycięzcę, aż zostanie najlepszy. – Wskazała Yindiego i mnie. – Teraz wiecie, kogo musicie pokonać.

Obróciła się na pięcie i wyszła, a wysoki młodzieniec podążył za nią.

– Drugie zadanie dostaniecie jutro rano – poinformował nas Lorsa. – Nie będzie takie proste jak pierwsze, więc radzę dziś się nie upijać. – Spojrzał na mnie. – Ani nie oszukiwać się, że jesteście bezpieczni.

Uśmiech zniknął z mojej twarzy i radość ze zwycięstwa wyparowała.

Nie wygrałam dzięki moim umiejętnościom. Wygrałam, ponieważ użyłam magicznych nożyczek.

Gdyby nie one, odesłaliby mnie do domu – bo ktoś zniszczył mój szal, bo nie miałam szans zdążyć na czas, bo nie wiedziałam, że Lady Sarnai nienawidzi żółci. Tylko dzięki magii stworzyłam wyjątkowe dzieło, które zrobiło wrażenie na narzeczonej cesarza.

Magia istniała, naprawdę istniała, a świadomość, że jakimś cudem się nią posłużyłam, przepełniła mnie zachwytem – i strachem.

Rozdział szósty

Kiedy odprawieni krawcy opuścili salę, usiadłam na taborecie i objęłam się ramionami.

Za drewnianym parawanem moja maska pewności siebie pękła. Magiczne nożyczki zmieniły mój szal w jedno z najpiękniejszych dzieł, jakie kiedykolwiek stworzyłam.

Złożyłam i schowałam go do torby, gdzie wcześniej włożyłam nożyczki Baby. Wyglądały zwyczajnie, a ich ostrza nawet nie błysnęły w świetle. Ich widok mnie zahipnotyzował – czułam pokusę, by użyć ich ponownie i zobaczyć, co potrafią.

Zamknęłam torbę i wrzuciłam ją pod stół.

Jeszcze dwa dni temu nie wierzyłam w magię. Nigdy jej nie widziałam. A teraz świerzbiło mnie do zaczarowanych nożyczek.

Z ich pomocą miałam zagwarantowane zwycięstwo.

Czy nie powinnam się cieszyć? Wygrałam pięćset jenów i udowodniłam swoją wartość.

Nie, nic nie udowodniłam. Teraz pozostali będą mnie bacznie obserwować. Jeśli ktoś się dowie, że używam magicznych nożyczek, doniesie na mnie Lorsie. Minister rozpocznie dochodzenie… i zdemaskuje mnie jako dziewczynę.

Już więcej ich nie użyję, postanowiłam. O ile absolutnie nie będę musiała.

– Gratulacje – zagaił Longhai, wychylając się zza parawanu. – Co się dzieje? Nie cieszysz się, że wygrałeś?

– Cieszę się. – Wymusiłam uśmiech. Odchrząknęłam i nerwowo postukałam palcami w udo, a potem splotłam dłonie. – Cieszę się – powtórzyłam – ale o mało nie pojechałem do domu. Nie miałem pojęcia, że Lady Sarnai nienawidzi żółci.

– Na twoim miejscu każdy skakałby z radości – stwierdził Longhai, podśmiewając się z moich rozterek. – Ale rozumiem. – Ściszył głos. – Yindi płaci służkom za informacje. Stąd wiedział.

Boleśnie oczywiste stało się, iż aby zwyciężyć, trzeba poznać gust Lady Sarnai.

– Nie mam pieniędzy, żeby przekupywać służbę.

– Masz pięćset jenów! – zaśmiał się. – A poza tym nie musisz nikogo przekupywać, kiedy masz taki talent.

Poczułam ukłucie winy.

– Ale uważaj, co mówisz – poradził. – Piątka, która dziś pojechała do domu, wczoraj źle wyrażała się o Lady Sarnai. Wątpię, że to zbieg okoliczności.

– Dziękuję za ostrzeżenie.

A więc Lady Sarnai miała oczy i uszy w Sali Najwyższej Pracowitości.

Zaburczało mi w brzuchu. Kiedy Longhai wrócił na swoje stanowisko, sięgnęłam po owsiankę. Zdążyła wystygnąć i przyciągnąć kilka muszek, ale i tak ją spałaszowałam.

Jedna ze służek kuchennych przeszła się po sali z tacą, żeby zebrać naczynia. Miała szeroką talię, młodzieńczą twarz i przyjazne oczy, okrągłe jak dwie czarne pętle, które upięła z tyłu głowy.

Umieściła moją filiżankę na szczycie wieży filiżanek.

– Zakładaliśmy się, kto wygra. Postawiłam na ciebie.

– Na mnie? – Podniosłam wzrok znad szkicownika. – Dlaczego?

– Bo jesteś młody i… i… sprawiasz wrażenie, jakbyś miał talent. – Zarumieniła się, a ja zmarszczyłam brwi. Zanim zdążyłam zapytać, co przez to rozumie, dodała: – Nie myliłam się. Twój szal był wspaniały.

– Dziękuję – powiedziałam z większą goryczą, niż zamierzałam. – Następnym razem na pewno nie będę miał tyle szczęścia.

– Gust Lady Sarnai zmienia się jak wiatr – rzekła dziewczyna – a przynajmniej tak twierdzą jej służki. – Nachyliła się bliżej i wyszeptała: – Ale i tak myślę, że zwyciężysz.

Jej szczerość sprawiła, że zrobiło mi się cieplej na sercu. Dawno nie miałam przyjaciółki w moim wieku.

– Dziękuję za miłe słowa.

– Nazywam się Ammi. Sama trochę szyję, ale hafty zawsze wychodzą koślawe. – Nieśmiało dotknęła mojego ramienia. – Może pokażę ci moje prace i mi pomożesz.

– Hmm. – Jej bliskość mnie zaniepokoiła. Odsunęłam się najtaktowniej, jak potrafiłam. – Chciałbym, ale będę zajęty konkursem.

Uśmiechnęła się.

– Jeśli zgłodniejesz, wpadnij do kuchni. Sam Lord Czarodziej czasami nas odwiedza. Zawsze podkrada zioła i przyprawy, najczęściej te drogie.

– Wykorzystuje je do robienia eliksirów? – zaciekawiłam się.

– Nie! – Zachichotała. – Do przykrycia zapachu kadzideł. Jego komnata znajduje się niedaleko głównej świątyni. Narzeka, że śmierdzi dymem i popiołem.

Skinęłam głową.

– To ciekawe. Ale nie mam potrzeby poznawać Lorda Czarodzieja.

– Już go poznałeś. Towarzyszył Lady Sarnai, chodzi za nią wszędzie.

Zamarłam. Wysoki, szczupły młodzieniec był Lordem Czarodziejem? Wyglądał tak młodo. Nie mogłam sobie wyobrazić, że żył kilkaset lat – a może nawet dłużej, jeśli wierzyć plotkom.

– Kiedyś opowiadał niesamowite historie i flirtował ze wszystkimi służkami. Ale kiedy pojawiła się Lady Sarnai, przestał tak często zaglądać do kuchni.

– Naprawdę potrafi czarować? – spytałam.

– Tak – odparła Ammi. – Potrafi zmienić ziarenko ryżu w owsiankę i kostkę w pieczonego kurczaka. – Jej ciemne oczy zalśniły. – A nawet przeobrazić sadzonkę w drzewo.

– Widziałaś to?

– Nie, ale o tym słyszałam. Lord Czarodziej spędził lata na wojnie. Odkąd wrócił, nie obnosi się ze swoją magią.

– Dlaczego?

Zniżyła głos do szeptu.

– Córka szansena uważa, że magia służy demonom.

Ścisnęło mnie w gardle. Teraz już na pewno musiałam zrezygnować z nożyczek – nie mogłam dać się przyłapać i urazić Lady Sarnai.

– A ty co myślisz o magii? – Ammi znów się do mnie zbliżyła. Nie spieszyło jej się ze zbieraniem naczyń.

Coś w mojej głowie zaskoczyło i zrozumiałam, dlaczego Ammi tak dziwnie się zachowuje. Ona ze mną flirtowała!

Podniosłam rękę do kołnierzyka, który nagle wydał mi się za ciasny.

– S-staram się z-zbyt wiele o niej nie myśleć.

– Czerwienisz się, mistrzu Tamarinie – zaśmiała się Ammi. Wreszcie podniosła tacę i obróciła się w stronę wyjścia. – Gdybyś czegoś potrzebował, znajdziesz mnie w kuchni.

Kiedy odeszła, nawiedzili mnie Longhai i Norbu.

– Widzę, że masz wielbicielkę – zauważył Longhai. – Śmiała z niej dziewczyna. Właściwie służki muszą takie być.

– Co masz na myśli?

Potrząsnął piersiówką i się skrzywił. Była pusta.

– Życie w kuchni nie jest łatwe. – Westchnął. – Gdyby została żoną krawca, wiodłoby jej się lepiej.

– Jesteś młody – dodał Norbu. – Powinieneś się rozerwać.

Posłałam mu ponure spojrzenie.

– Przyjechałem tu szyć, a nie szukać... żony.

– Więc znajdź przyjaciół – przekonywał mnie Longhai. – Nie poznasz zbyt wielu mistrzów krawiectwa w twoim wieku. Zaprzyjaźnij się ze służbą. Posługacze są młodsi, a strażnicy na pewno z radością posłuchają twoich historii wojennych.

Zacisnęłam zęby. Nie miałam żadnych historii wojennych.

– Dziękuję za radę, mistrzu Longhai, ale na razie wolę własne towarzystwo.

– Szkoda – skwitował Longhai. – Mamy wolne popołudnie i Norbu zaprosił wszystkich na obiad w Niyanie.

– Ja stawiam – namawiał mnie Norbu. Był w wyśmienitym nastroju. Chyba powinnam do niego dołączyć, w końcu wygrałam pierwszą konkurencję, a do tego na samą myśl o parującym makaronie czułam ssanie w żołądku.

Sięgnęłam po laskę.

– W porządku.

– Fantastycznie! – ucieszył się Norbu. – Po obiedzie pójdziemy do łaźni. Ketonie, musisz mi zdradzić sekret swoich niezwykłych haftów.

Zdławiłam jęk.

– Właściwie... – Serce zabiło mi mocniej, ostrzegając, że nie mogę iść do łaźni z piątką mężczyzn. – Właściwie to nie mogę dzisiaj iść do Niyanu. Noga... noga mnie boli. I te wszystkie... schody.

– Jesteś pewien? – spytał Norbu. – Powinieneś uczcić swój sukces. Lecznicze wody dobrze ci zrobią. Odpoczniesz.

– Jestem pewien – oznajmiłam stanowczo. – Bawcie się dobrze.

Norbu poklepał mnie po plecach.

– Dobrze, młody Tamarinie. Będzie nam ciebie brakowało.

Zmusiłam się do uśmiechu i pomachałam im.

– Miłego popołudnia.

Patrzyłam, jak się oddalają, i moje szalejące tętno zwolniło. Zyskałam cały dzień, żeby wykombinować, jak pozostać w konkursie bez używania nożyczek i dowiedzieć się więcej o Lady Sarnai.

Postanowiłam, że przyjmę zaproszenie Ammi i odwiedzę kuchnię. Któraś ze służek musiała wiedzieć coś o narzeczonej cesarza.

Po drodze minęłam dziedziniec, gdzie brzoskwinie i magnolie rosły wokół stawu, w którym pluskały się karpie i sumy, a małe żabki skakały po liściach lilii.

Babie i moim braciom spodobałby się ten staw. Mieliśmy podobny, choć mniejszy, w naszym ogrodzie w Gangsunie. Sendo i ja każdego ranka karmiliśmy rybki, a Finlei i Keton na zawody łapali karpie, po czym wypuszczali je z powrotem, zanim Baba zauważył.

Uśmiechnęłam się na to wspomnienie. Przyklęknęłam nad stawem, by zanurzyć palce w wodzie. Wąsaty sum podpłynął i skubnął mój opuszek. Poczułam przyjemne łaskotanie. Zastanowiłam się, co porabiają Baba i Keton.

Ach, jak tęskniłam za naszym domem nad morzem!

Westchnęłam i się podniosłam, wycierając dłoń o tunikę. Zobaczyłam, że po drugiej stronie stawu stoi wysoki, szczupły młodzieniec – Lord Czarodziej. Obserwował mnie. Nasze oczy na moment się spotkały, a potem – ku mojej uldze – czarodziej się odwrócił.

Przede mną ciągnęła się migocząca złota ścieżka zarezerwowana wyłącznie dla cesarza Khanujina. Była usiana różowymi kwiatami moreli, co oznaczało, że niedawno tędy przechodził.

Ostrożnie ją ominęłam i ruszyłam w dalszą drogę, jednak kiedy spojrzałam w dal, ujrzałam cesarza za drzewem magnolii!

O mało nie padłam na kolana, jak uczono mnie w dzieciństwie, lecz pozostawałam poza zasięgiem wzroku władcy, więc przykucnęłam za krzewem, by ukradkiem na niego popatrzeć.

Wysoki i majestatyczny, bez wątpienia był najprzystojniejszym mężczyzną, jakiego w życiu widziałam. Jego włosy, wystające spod złotej korony zdobionej perłami i rubinami, lśniły jak najdroższa czarna laka, a oczy emanowały ciepłem letniego poranka. Choć poruszał się z gracją króla, miał posturę budzącego strach wojownika.

Wszystkie historie okazały się prawdziwe. Zawstydziłam się na myśl, że lata temu poprosiłam braci, by narysowali dla mnie jego portret. Żaden rysunek nie mógł oddać wspaniałości cesarza. Zdawało się, iż nawet słońce pada na niego tak, że jaśnieje niczym bóg z niebios.

Serce mi przyspieszyło i zrobiłam krok w jego stronę. Coś dziwnego i pięknego przyciągało mnie do cesarza – czułam żar i przyjemność, które nie wydawały się naturalne. Zahipnotyzował mnie do tego stopnia, że nie zwróciłam uwagi na jego strój – ani na cień malujący się za mną…

– Gapienie się na cesarza to przestępstwo grożące karą śmierci.

Zesztywniałam. Rozpoznałam ten głos. Zarumieniona oderwałam wzrok od cesarza Khanujina i obróciłam się do Lorda Czarodzieja.

Nosił elegancko zakasane rękawy, by eksponować długie, smukłe palce. W przeciwieństwie do powabnego, jasnego cesarza czarodziej był patykowaty i mroczny. Przynajmniej tym razem światło nie tańczyło w jego oczach, więc mogłam dostrzec, że tlą się na niebiesko niczym słabe płomienie. Zazwyczaj uwielbiałam niebieski – ale nie na nim.

– Zamknij usta, *xitara* – rzucił z uśmieszkiem. – Wyglądasz, jakbyś szedł na rzeź.

Xitara? Natychmiast się otrząsnęłam i wróciłam na ścieżkę. Nie wiedziałam, jak zachować się w obecności Lorda Czarodzieja, ale na pewno nie zamierzałam bić mu pokłonów po tym, jak nazwał mnie owieczką.

– To ty wyhaftowałeś kobietę na szalu – zauważył, uśmiechając się jeszcze szerzej. – Masz szczęście, że wygrałeś.

Nie podobało mi się, jak na mnie patrzy – jakby wiedział, że mam sekret.

Więc zachowuj się, jakbyś nie miała sekretu, upomniałam się.

– To nie szczęście – odparłam lekceważąco. – Mój szal był niezwykły, sama Lady Sarnai tak powiedziała.

– To prawda – zgodził się Lord Czarodziej. Kiedy mówił, gestykulował. Mama zawsze powtarzała, że to niegrzeczny nawyk. – Trochę zbyt niezwykły... przynajmniej jak na pierwsze zadanie. Lady Sarnai nie chce oczywistego zwycięzcy. Pragnie przeciągnąć konkurs. Taka wskazówka na przyszłość. Teraz wszyscy wiedzą, żeby na ciebie uważać. Jak myślisz, dlaczego wyróżniła ciebie i Yindiego i wyłożyła pozostałym, że muszą was pokonać? Jest mądrzejsza, niż ci się wydaje. Tworzy ci wrogów.

Zacisnęłam szczękę.

– Dlaczego mi to mówisz?

Wzruszył ramionami.

– Życie w pałacu jest nudne, odkąd wojna się skończyła. Muszę znaleźć sobie zajęcie, a ty zaintrygowałeś mnie na tyle, że postanowiłem ci pomóc.

– Nie potrzebuję twojej pomocy – wycedziłam, czując narastającą wściekłość. – Wojna cię bawi? Gdyby nie ty i twoja wojna, moi bracia... A ja mógłbym chodzić bez laski!

Po tych słowach uciekłam, potykając się o własne nogi.

Odpuściwszy wizytę w kuchni, wróciłam do pokoju i rzuciłam torbę na łóżko z myślą, iż powinnam podreperować swój strój, żeby nie wyglądać jak parobek. Magiczne nożyczki wypadły na poduszkę.

Tym razem nie brzęczały ani nie świeciły.

Pewnie uszyłyby mi strój godny księcia, ale zwalczyłam pokusę. Wsunęłam je pod materac i zaczęłam skracać spodnie zwyczajnym sposobem.

Gdy zapadł zmierzch, wyjrzałam przez okno i dostrzegłam czarnego jastrzębia szybującego w chmurach. Jego złoty pierścień błyszczał, a żółte oczy, jasne jak księżyc, zdawały się mnie obserwować.

Zasunęłam zasłony.

Rozdział siódmy

Cieszyłam się, że nie spędziłam dnia z pozostałymi. Po wizycie w łaźni poszli do miejscowej tawerny, gdzie mistrz Taraha i mistrz Garad upili się do nieprzytomności. Teraz od rana wymiotowali – czułam smród nawet ze swojego stanowiska.

– Za dużo miodu i krewetek w czosnku – stwierdził Norbu, klepiąc Garada po plecach. Krawiec wyglądał, jakby znowu mu się zbierało.

Norbu wyszczerzył się w moją stronę.

– Ominęło cię wesołe popołudnie, młody Tamarinie. Urządziliśmy sobie konkurs, kto zje i wypije najwięcej. Taraha i Garad, te żarłoki, wygrali. A może przegrali, jeśli sądzić po tym, jak dziś wyglądają.

Wymusiłam uśmiech, ale zastanowiłam się, czy ktoś nie zaplanował tego konkursu, żeby Taraha i Garad się rozchorowali i odpadli z rywalizacji.

Przestań być taka podejrzliwa, Maiu.

Jednak miałam ku temu powody. Nie chciałam nikogo do siebie dopuszczać – nie mogłam pozwolić, by odkryli, że jestem Maią, a nie Ketonem.

Pozostali nie ryzykowali niczego.

Ja ryzykowałam wszystko.

• • •

– W ramach następnego zadania – ogłosił minister Lorsa – na prośbę Jego Wysokości wykonacie parę haftowanych pantofli dla Lady Sarnai. Na swoich stołach znajdziecie kosze ze skórą, płótnem, lnem i satyną. Zabraliśmy wszystkie kolorowe nici do haftowania z szafek i zastąpiliśmy je białymi, żebyście mogli dowieść swojego kunsztu. Jeżeli zapragniecie użyć kolorów, musicie stworzyć je sami. Macie trzy dni.

Zaczynałam z gorszej pozycji. Nigdy czegoś takiego nie robiłam, więc szybko opracowałam plan działania. Farbowanie nici zajmuje co najmniej jeden dzień, a ja nie wzięłam z domu tylu kolorów, żeby wyhaftować pantofle godne przyszłej cesarzowej.

Nauczyłaś się siedemdziesięciu różnych ściegów w wieku dwunastu lat, przypomniałam sobie. Dasz radę uszyć buty.

I to bez magicznych nożyczek.

Przyznawałam to z trudem, ale korciło mnie, by znów ich użyć. Nie było łatwo spać z nimi pod łóżkiem, spodziewając się, że zaraz zaczną brzęczeć i świecić.

A do tego wciąż zastanawiałam się, czy potrafię zwyciężyć bez nich.

Przynajmniej w jednym aspekcie górowałam nad pozostałymi: miałam stopy zbliżone rozmiarem do stóp Lady Sarnai. Mogłam projektować pantofle na sobie.

Obrysowałam stopy kredą na płacie skóry i zagięłam materiał przy palcach oraz piętach. Uzyskane wzory naniosłam na belę satyny. Wykonałam cztery wykroje – dwa na podszewki i dwa na bazy pod haft.

Piskliwy głos Yindiego ucichł, od godziny nie słyszałam też śmiechu Longhaia. Podniosłam się i wyjrzałam przez ażurowe okna. Pozostali krawcy już krążyli po ogrodzie, zbierając rzeczy do farbowania nici. Musiałam pójść w ich ślady.

I wiedziałam, gdzie się udam.

Chwyciłam laskę i pospiesznie opuściłam salę. Nade mną kłębiły się szare chmury, a niebo było ciemne, choć wciąż trwał poranek. Pokuśtykałam na dziedziniec, pozwalając, by nos zaprowadził mnie do kuchni.

W środku panował gorąc – ogień buchał z tuzina palenisk, setka kucharzy i służących przekrzykiwała się i krzątała po pomieszczeniu. Pot spłynął mi po skroniach, gdy uderzyły mnie przeróżne zapachy: od kurczaków i kaczek wiszących na sznurkach po solone ryby suszące się na stojakach.

– Szukam Ammi – powiedziałam do kucharza, którzy smażył ciasto i przyprawiał je kminem. Woń sprawiła, że pociekła mi ślinka, a skwierczący olej wystrzelił i ubrudził mi rękawy.

Mężczyzna mnie zignorował, więc minęłam kucharzy i zapuściłam się głębiej. Zobaczyłam służki uwijające się z naczyniami, ale ani śladu Ammi.

Pokręciłam się przez dziesięć minut, aż trafiłam do składziku z herbatą. Tam ją znalazłam – parzyła liście z suszoną skórką pomarańczy.

– Mistrz Tamarin! – ucieszyła się.

– Przepraszam, że przeszkadzam – zaczęłam. – Zastanawiałem się, czy mogłabyś mi pomóc.

Zdmuchnęła włosy z twarzy.

– Spróbuję. Czego potrzebujesz?

– Przypraw do farbowania.

– Przypraw? – Wytarła ręce o fartuch. – Przyprawy są drogie.

– Jagody też się nadadzą. Korzenie, kora, grzyby. Wszystko, co możesz mi oddać.

– No, skoro szyjesz pantofle dla Lady Sarnai…

– Skąd wiesz?

Uśmiechnęła się.

– Ludzie plotkują, szczególnie w kuchni.

– Co możesz mi powiedzieć o Lady Sarnai? – spytałam.

– Niewiele – odparła. – Nie da się jej dogodzić. Jej służki narzekają, że uwielbia się nad nimi znęcać.

Tego się obawiałam. Ale przynajmniej Lady Sarnai uwielbiała znęcać się tak samo nad każdym.

Ammi poprowadziła mnie do spiżarni.

– Odwrócę uwagę mistrza przypraw – wyszeptała. – Musisz się spieszyć.

Kiedy dała mi sygnał, wśliznęłam się do pomieszczenia. Ujrzałam mozaikę przypraw – cynamon, czarny pieprz, imbir, gałkę muszkatołową, kasję, a także bogactwo smaków, o jakich nigdy nie słyszałam. Krokosz, szafran, kardamon. Kolory były żywe, ale nie tego szukałam.

Za ścianą Ammi zachichotała i grzmotnęła w drzwi. To znak, żeby się zbierać.

Sięgnęłam po przypadkowy słoik na półce. Modliłam się, żeby to nie była papryka. Nie, to chili. Następny kurkuma. Potem żeń-szeń, lukrecja, fenkuł. Kończył mi się czas!

Chwyciłam słoik z narożnika. Gdy tylko go otworzyłam, podziękowałam bogom.

Suszony błękitny groch. Kucharze często używali go do barwienia ryżu w deserach.

Wsypałam garść suszonych płatków do kieszeni, wyrwałam kilka kartek ze szkicownika i zapakowałam szafran, fenkuł oraz szczaw – same żółte barwniki. Nawet jeśli Lady Sarnai nie lubiła żółci, ja ją lubiłam. Podobało mi się, jak plamiła moje palce słońcem i rozjaśniała wszystkie kolory wokół siebie.

Ammi jakimś cudem sprawiła, że gdy wymknęłam się ze spiżarni, czekały na mnie trzy rozchichotane służki.

– Ammi ma szczęście, że służy krawcom.

– Wrócisz i pokażesz nam swój zwycięski szal?

– Ammi mówiła, że na pewno wygrasz cały konkurs.

– Mam nadzieję. – Śmiałam się z nimi, aż dotarłam do wyjścia z kuchni.

Ammi puściła do mnie oko, a ja uśmiechnęłam się naprawdę, po raz pierwszy od kilku dni.

– Dziękuję – szepnęłam bezgłośnie i ruszyłam do Sali Najwyższej Pracowitości.

• • •

– Gdzie byłeś? – zapytał Yindi, kiedy wróciłam z kuchni.

Ucieszyłam się, że schowałam przyprawy do kieszeni.

– Poszedłem na spacer.

Yindi pociągnął nosem i się nasrożył.

– Wyczuwam przyprawy.

Wzruszyłam ramionami.

– Jedna ze służek poczęstowała mnie jedzeniem.

Zagrodził mi przejście do stanowiska.

– Zadziwiasz mnie, młody Tamarinie. – Nawinął sobie pasmo brody na palec. – Może jednak masz jakiś talent.

– Dziękuję – mruknęłam. Próbowałam go wyminąć, ale on nie chciał mnie przepuścić.

– Ale taki młodzik jak ty musi zapracować, zanim zostanie krawcem cesarza – ciągnął Yindi. – Nie wiem, gdzie się nauczyłeś tak szyć, ale nie odbierzesz mi tej posady. Jestem najlepszym krawcem w A'landi i wszyscy to wiedzą. Ostrzegam cię, nie wchodź mi w drogę, bo pożałujesz.

Teraz byłam pewna, że to Yindi zniszczył mój szal.

– Przyjechałem tu służyć cesarzowi, a nie grać w twoje gierki.

– A więc dobrze – rzekł. – Nie mów, że cię nie ostrzegałem.

Na odchodne zdmuchnął moje świecie i zostawił mnie w ciemności.

– Uważaj, żeby nie spalić swoich pantofli – zawołał ze śmiechem.

Zapaliłam świece. Przyniosłam ze sobą cynobrowe i szmaragdowe barwniki, więc przygotowałam nici w tych odcieniach jako pierwsze. Potem namoczyłam kwiaty i przyprawy z kuchni w pojemnikach po farbach – potrzebowały kilku godzin, żeby puścić kolor.

Wyprasowałam satynę, wyobrażając sobie mój projekt na czystym płótnie. Krajobraz górski miał przywodzić Lady Sarnai na myśl jej dom – musiał zachwycać, więc planowałam wykonać drobne ściegi, aby wyeksponować dbałość o szczegóły i misterną robotę ręczną.

Moje palce zabrały się do pracy. Zaczęłam od kwiatów – zawsze na początek wyszywałam prosty krzyż, a potem wypełniałam płatki i łodygę, wydłużając ją o liście. Każdy kwiat zajmował tylko kilka minut, lecz musiałam nanieść ich dziesiątki. Następnie zamierzałam wyhaftować góry, tworząc długie, poszarpane linie, by zarysować kształt.

Moja igła raz po raz zanurzała się w satynie. Trzy ściegi na jedno uderzenie serca. Do środka i na zewnątrz.

Pracowałam przez noc. Zapach kadzidła z miniaturowej kapliczki mistrza Yindiego mnie przytłaczał i czułam się senna. Uszczypnęłam się w policzek, żeby nie zasnąć.

Przed świtem rozciągnęłam ręce i plecy, które bolały od godzin spędzonych w pochylonej pozycji. Podniosłam się i zobaczyłam, że Norbu wykonał podstawowy wykrój, ale jeszcze nie zaczął konstruować pantofla. Może miał doświadczenie w szyciu butów, lecz i tak uznałam marnowanie czasu pracy za dosyć zuchwałe.

Gdy zabrzmiał gong, palce piekły mnie od prowadzenia igły.

– Uwaga! – zawołał Lorsa. – Natychmiast przerwijcie pracę.

To już ranek? Światło wlewało się do środka przez otwarte okna, ale ja ledwie je zauważyłam. Przetarłam oczy i obróciłam się do ministra Lorsy.

Ku mojemu zdziwieniu u jego boku stała Lady Sarnai. Obserwowała nas z nieprzeniknioną miną.

Co ona tu robi? – zastanowiłam się i przywitałam ją razem z pozostałymi krawcami.

– Stwierdziłam, że to zadanie jest zbyt proste – oznajmiła córka szansena. – Schlebia mi, że Jego Wysokość polecił wam wyhaftować dla mnie pantofle, ale mam ich mnóstwo. Dlatego postanowiłam poprosić o coś bardziej... wyjątkowego. Jako cesarzowa będę przyjmować gości z całego świata. A'landyjskie pantofle są cenione za piękno i hołdowanie tradycji. Jednak w Samaranie królowe noszą pantofle z żelaza, a w Agorii księżniczki chodzą w butach ze złota. Chcę, aby moje pantofle symbolizowały władzę i siłę, a jednocześnie były miłe dla oka.

Do sali wszedł sługa i postawił na stole górę niebieskich porcelanowych talerzy. Za nim pojawił się kolejny, niosący szklane miski, wazony i żłobkowane karafki do wina. Wkrótce blat uginał się pod przedmiotami z przeróżnych materiałów, od papieru, przez słomę, po brąz, a nawet kwiaty.

Mistrz Taraha powiedział na głos to, co myśleliśmy wszyscy:

– Wasza Wysokość, krawiec zazwyczaj nie pracuje z porcelaną, szkłem ani…

– Krawiec cesarza jest mistrzem wybranym przez bogów – przerwała mu Lady Sarnai. – Oczekuję, że oswoi każdy materiał, czy to jedwab, czy to szkło. A nawet powietrze, jeśli go o to poproszę. Jeśli to dla ciebie problem, możesz wrócić do domu.

To ucięło wszystkie pytania.

Lady Sarnai obróciła się na pięcie i wyszła, a minister Lorsa pomknął za nią.

Kiedy tylko zniknęli, krawcy rzucili się do stołu. Pokuśtykałam za nimi na tyle szybko, na ile pozwalała mi laska, ale ktoś kopnięciem wytrącił mi ją z dłoni i runęłam na podłogę.

Podniosła mnie silna ręka Longhaia.

– Pospiesz się, Tamarinie, zanim wszystko zniknie.

Mistrz Garad już chapnął słomę, pozostali wybrali brąz, żelazo i papier. Gdy dotarłam do stołu, na blacie stały już tylko szkło i porcelana. Norbu w ostatniej chwili sięgnął po porcelanowe talerze i zostawił mnie ze szkłem.

Mistrz Boyen zerknął na mnie ponad parawanem. Trzymał pęk orchidei i już plótł łodygi i liście na kształt pantofla.

– Och, szkło. – Cmoknął z udawanym współczuciem. – To będzie wyzwanie.

– Dam sobie radę – wycedziłam.

– Jestem ciekaw, co zaprezentujesz tym razem. Wszyscy byliśmy pod wrażeniem twojego szala, nawet Yindi ci zazdrościł. Lepiej nie drażnij staruszka. Szkło jest bardzo kruche, a nie wiemy, kto wylał herbatę na twój szal, prawda?

Zmroziłam go wzrokiem, aż w końcu zostawił mnie w spokoju.

Z westchnieniem rozłożyłam przed sobą materiały. Co my tu mamy? Dwie miski i wysoki, smukły wazon. Nacięcie i zabarwienie szkła nie będzie stanowiło kłopotu. Ale zrobienie z niego pantofli…

Złapałam za krawędź taboretu, wyobrażając sobie buty ze szkła. W każdej wizji ostatecznie tłukłam pantofle.

Chyba że… stłukłabym je wcześniej.

Gorączkowo starałam się opracować plan. Długim pędzlem pomalowałam wnętrze wazonu farbą z błękitnego grochu. Zostawiłam ją do wyschnięcia i pobiegłam do kuchni, skąd wzięłam zaprawę ryżową, której zamierzałam użyć jako kleju.

Ostrożnie wyłożyłam stół długim skrawkiem muślinu, po czym zaczęłam laską tłuc wazon, aż tysiące odłamków zalśniły na blacie niczym niebieskie diamenty.

Jeden po drugim przyklejałam odłamki do bazy pantofli. Szkło kaleczyło moje palce, aż krwawiły, lecz owinęłam je materiałem i pracowałam dalej. Nie zamierzałam przestać, dopóki każdy centymetr nie będzie lśnił.

Stworzę coś niesamowitego, pomyślałam. I nie potrzebuję do tego nożyczek.

•••

W dniu oceny Lady Sarnai zjawiła się w sali rankiem w towarzystwie ministra Lorsy i Lorda Czarodzieja. Obecność Lorda Czarodzieja nie pomogła na moje już skołatane nerwy, ale zignorowałam go i zajęłam się bandażowaniem dłoni oraz zmiataniem resztek szkła ze stołu. Wycieńczona, chciałam paść na taboret, ale stałam przed stanowiskiem tak jak pozostali krawcy i czekałam na ogłoszenie ministra Lorsy.

– Każdy krawiec włoży swoje pantofle, aby zaprezentować je Lady Sarnai – zaśmiał się Lorsa. – Jeśli nie da rady zrobić ośmiu kroków, zostanie wysłany do domu.

Wsunęłam stopy w pantofle i poczułam ulgę. Pasowały idealnie i wiedziałam, że spokojnie się w nich przejdę, ale kątem oka zobaczyłam, jak Longhai z przerażeniem patrzy na swoje wielkie, spuchnięte stopy.

Stary krawiec był dla mnie dobry. Nie chciałam, żeby odpadł z eliminacji przez takie głupie zadanie.

Udając, że ćwiczę przemieszczanie się, poczłapałam w kierunku przyjaciela.

– Chodź na palcach – poradziłam mu szeptem, gdy mijałam jego stanowisko. – To tylko kilka kroków.

Spojrzał na mnie z wdzięcznością. Nie on jeden miał problem. Widok Yindiego zataczającego się i przeklinającego swoje „szczęście demona" sprawił, że niemal mu współczułam.

Lady Sarnai wydawała się rozbawiona cierpieniem innych. Jednak jakimś cudem niemal wszyscy zdołali przejść się w swoich pantoflach i ich nie zniszczyć – tylko słomiane buty mistrza Garada rozpadły się, rozepchane przez jego szerokie stopy.

Lady Sarnai uniosła podbródek i mistrz Garad został odesłany do domu.

Dostrzegłam, iż u jej boku brakuje Lorda Czarodzieja. Poruszał się tak cicho, że niemal nie zauważyłam, gdy zbliżył się do mojego stanowiska.

– Masz filigranowe stopy, jak na chłopaka – rzekł, wskazując je lśniącym, czarnym trzewikiem. Światło odbiło się od moich niebieskich szklanych pantofli, malując tysiąc gwiazd na drewnianej podłodze. – Sam zrobiłeś pantofle?

– Tak, panie – odpowiedziałam, lecz unikałam jego wzroku. Bałam się, że jego jasne, wciąż zmieniające się oczy złapią mnie w sidła.

– Są niesamowite – przyznał Lord Czarodziej. – Niewiele diamentów lśni takim blaskiem jak one, mistrzu Tamarinie. – Założył ręce na piersi, postukał się długimi palcami po łokciu i się uśmiechnął. – Proszę, kontynuuj.

Zerknęłam przez parawan na prace pozostałych krawców. Mistrz Taraha wykorzystał dziesiątki jaskrawych kolorów, by wyhaftować sto kwiatów na każdym bucie. Stworzył dzieło sztuki... lecz uparcie nie wykorzystał żadnego ze specjalnych materiałów Lady Sarnai.

Został odesłany do domu.

Mistrz Boyen poprosił pałacowego kowala, by przetopił przedmioty z brązu na podeszwy, ale elementy były tak ciężkie, że zniszczyły delikatnie plecione orchidee, gdy ten robił swoje osiem kroków.

Również został odesłany do domu.

Test kroków się zakończył, więc zdjęłam pantofle, położyłam je na stole i zasłoniłam kawałkiem haftowanej satyny. Właśnie w tym momencie do mojego stanowiska podeszła Lady Sarnai.

– Gdzie są twoje pantofle?

Podskoczyłam ze strachu.

– Wasza Wysokość… tutaj, tutaj.

Podniosłam satynę, spodziewając się, że buty zalśnią i zamigoczą, jednak chmura przysłoniła słońce i przyćmiła ich blask.

Lady Sarnai prychnęła.

– Trochę zbyt proste jak na mój gust. Jestem zawiedziona, mistrzu Tamarinie. Miałam duże nadzieje po twoim szalu.

Nie! Musisz ją przekonać, szybko.

– Ufarbowałem je kwiatami błękitnego grochu, Wasza Wysokość – wyrzuciłam z siebie – które z tego, co wiem, rosły niedaleko pałacu twojego ojca…

– Nie próbuj mi się przypodobać – zganiła mnie, ale przestała uderzać wachlarzem o dłoń. Słońce wróciło, promienie odbiły się od pantofli i zatańczyły po stole oraz parawanie. Uniosła łukowatą brew. – Z czego są zrobione?

Podniosłam jeden pantofel, żeby zaprezentować, jak mieni się w słońcu.

– Ze szkła.

Lady Sarnai zmrużyła oczy.

– Szkło się stłucze.

Prędko włożyłam pantofle, by pokazać jej, że się myli.

– Już jest…

– Szkło to materiał pełen sprzeczności – wtrącił się Lord Czarodziej. – Delikatny, lecz wytrzymały. Jak pantofle.

– Widzę, że polubiłeś chłopaka – zadrwiła Lady Sarnai. – Mam przysłać go do twojej komnaty pod wieczór?

– Jak miło z twojej strony, Wasza Wysokość – odparł niewzruszony. – Rzeczywiście myślałem, żeby sprawić sobie nowe buty, ale chyba jeszcze jakiś czas pochodzę w starych. Nie mam potrzeby nosić nic kłującego, kiedy twoje towarzystwo wystarczająco mnie kłuje.

Powstrzymałam chichot, ale Lady Sarnai nie było do śmiechu. Z impetem otworzyła wachlarz i wróciła na przód sali.

– Do następnej konkurencji przejdą mistrz Norbu, mistrz Longhai i mistrz Yindi – ogłosiła.

Przygryzłam wargę i aż skręciło mnie w środku. Yindi posłał mi uśmieszek, ale Lady Sarnai nie skończyła.

– Zatrzymam też mistrza Tamarina.

Zalała mnie fala ulgi i wdzięczności, jednak radość nie trwała długo.

– Mistrz Yindi zwycięża po raz kolejny – ciągnęła Lady Sarnai. – Będzie moim gościem na dzisiejszym bankiecie na moją cześć. Pozostali, nie zawiedźcie mnie więcej.

O mało nie odpadłaś, dokuczał mi wewnętrzny głos.

Mogłaś wygrać – gdybyś użyła nożyczek.

Rozdział ósmy

Byłam w pałacu od tygodnia, a poza domem prawie od dwóch. Strasznie tęskniłam za Babą i Ketonem – czasami po wyjściu z sali w myślach komponowałam listy. To niemądre, ale łagodziło ukłucia samotności.

Kiedy pozostali odpadli i została nas tylko czwórka, wreszcie znalazłam chwilę, żeby napisać prawdziwy list. Udałam się nad otoczony śliwami staw karpi, który prędko stawał się moim ulubionym miejscem w pałacu, i usiadłam z pergaminem na kolanach… ale nie wiedziałam, co przekazać.

Drodzy: Babo i Maiu,

cesarz zaprosił dwunastu mężczyzn do rywalizacji o stanowisko krawca, a wczoraj zrobiłem parę pantofli – ze szkła! Możecie w to uwierzyć? Nie użyłem nożyczek, które mi dałeś, Babo.

Zawahałam się i położyłam dłoń na kamieniu.

– Och, Babo, czy wiedziałeś, co one potrafią? Muszę wygrać, ale co, jeśli nie dam rady bez nich? – Załamałam ręce. – Nie, nie mogę tego napisać.

Nie użyłem nożyczek, które mi dałeś, a moje pantofle pozwoliły mi przejść do następnego etapu. Mam nadzieję, że pieniądze, które wysłałem do domu, wystarczą, byście przetrwali lato.

Pędzel drżał mi w dłoni, gdy na głos czytałam ostatnią linijkę.

Maiu, dwanaście kroków. Jeden za każdy dzień mojej nieobecności.

Nagle z tyłu dobiegł głęboki głos.

– Często rozmawiasz sam ze sobą?

Wepchnęłam list do kieszeni, podniosłam się i o mało nie wpadłam do stawu. Nie musiałam się odwracać, by wiedzieć, że to Lord Czarodziej. Zaczynałam się do niego przyzwyczajać.

– Widzę, że przetrwałeś kolejną rundę – rzekł, gdy stanęłam twarzą do niego. Znowu nosił czerń. Ten kolor pasował do człowieka, który czaił się w cieniu i brał innych z zaskoczenia. – Byłoby szkoda, gdybyś musiał wracać do domu. Na szczęście dla ciebie, postanowiłem się wtrącić.

Ugryzłam się w język i przełknęłam ripostę. To prawda, pomógł mi. Mając w pamięci jego pozycję, sztywno skłoniłam głowę i najgrzeczniej, jak umiałam, odpowiedziałam:

– Dziękuję, panie.

– Ukłon? – Przyjrzał mi się. – Czyli ktoś powiedział ci, kim jestem. Co za pech. Teraz jesteś tak samo oficjalny i nudny jak reszta i zwracasz się do mnie: „panie".

– Nie wiem, jak inaczej się do ciebie zwracać.

Na jego usta wypłynął drwiący uśmieszek.

– Moje pełne imię jest zbyt skomplikowane, żebyś mógł je wymówić. Możesz nazywać mnie Edan.

– Edan – powtórzyłam. Imię brzmiało obco w moich ustach.

Lekko się ukłonił.

– Służę Jego Wysokości jako Lord Czarodziej. Na zachodzie znają mnie jako Jego Znakomitość, na wschodzie Jego Wspaniałość, a wszędzie indziej na świecie: Jego Okrutność.

Zapowietrzyłam się. Co Sendo opowiadał o czarodziejach? Pamiętałam tylko, że służyli królom i pili krew młodych dziewcząt.

Finlei zawsze żartował z tych historii, ale mnie przeszedł dreszcz.

Odwagi, Maiu, pomyślałam. Jeśli Edan chciał młodej dziewczyny, miał do wyboru mnóstwo mieszkanek pałacu.

Poza tym mężczyzna przede mną wyglądał zbyt młodo, by móc zwiedzić cały świat. Czułam, że jego słowa to puste przechwałki.

– Nigdy o tobie nie słyszałem – mruknęłam.

Zaśmiał się.

– Nie wierzysz we wszystko, co słyszysz. To świadczy o twojej mądrości. Jednak dziwi mnie taki sceptycyzm u kogoś tak młodego.

– Brat opowiadał mi o bajki o magii, kiedy jeszcze... – Nie mogłam się zmusić, by powiedzieć: „kiedy jeszcze żył". – Ale to tylko bajki – dokończyłam niższym, mroczniejszym tonem.

– A'landczycy to przesądni ludzie. Ciągle modlą się do swoich martwych przodków. Jeśli wierzysz w duchy, nie widzę powodu, dla którego miałbyś nie wierzyć w magię.

Wierzyłam w magię, tylko nie chciałam mu się do tego przyznać. Szczególnie jemu.

– Wierzę w ciężką pracę i zapewnianie bytu rodzinie.

– Nie będziesz miał z tym problemu – stwierdził Edan. – Widziałem twoje dzieła. Robią wrażenie. Twój szal był wyjątkowo... interesujący.

I znowu to figlarne spojrzenie, jakby znał mój sekret. Policzki mnie zdradziły i spąsowiały. Nie, nie mógł wiedzieć.

– Co ty wiesz o szyciu? – Siliłam się na nonszalancję.

– W rzeczy samej, co ja wiem – odparł z szelmowską miną. – Wygląda na to, że wyzwalam w tobie najgorsze instynkty. Przy wszystkich innych jesteś…

– *Xitara*? – rzuciłam beznamiętnie.

Zachichotał.

– Chciałem powiedzieć: „uprzejmy".

Marzyłam, żeby sobie poszedł.

– Pozory mylą.

– Lepiej bym tego nie ujął.

Wyrwał mi laskę i uderzył mnie w nogę – tę, która miała być nieodwracalnie złamana – a ja krzyknęłam.

– Hej! – Tak się zezłościłam, że zapomniałam obniżyć głos. – Oddaj to!

– Po co? Nie potrzebujesz laski.

Z gniewną miną pokuśtykałam na pokaz i przytrzymałam się żywopłotu.

Edan rzucił mi laskę. Obserwował mnie z zainteresowaniem.

– Myślisz, że nie zauważyłem, iż raz kulejesz na prawą nogę, a raz na lewą? Tylko głupiec by to przeoczył. Na twoje szczęście ten pałac jest pełen głupców.

Moja złość wyparowała, zastąpiona przez strach.

– Proszę, nie…

– Ale tak naprawdę ukrywasz coś innego.

Krew odpłynęła mi z twarzy. Podniosłam wzrok i spojrzałam w oczy Edana. Tym razem miały kolor głębokiego bursztynu i zaglądały w moją duszę.

– Nie wiem, o czym mówisz, panie.

– Nie jesteś Ketonem Tamarinem, a już na pewno nie starym Kalsangiem Tamarinem. Jego dwaj najstarsi synowie zginęli na wojnie, ale słyszałem, że miał córkę, która w czasie trwania zmagań całkiem sprawnie prowadziła sklep...

Ścisnęło mnie w żołądku.

Edan nachylił się bliżej, wbijając we mnie chłodne, niebieskie tęczówki. Mogłabym przysiąc, że kilka sekund temu były żółte.

– Czy słusznie zakładam, iż jesteś Maią Tamarin?

Otworzyłam usta, lecz on przyłożył palec do moich warg, zanim zdążyłam się odezwać.

– Zastanów się, zanim okłamiesz czarodzieja – ostrzegł. – Czasami dobrze spojrzeć w lustro. – Wyciągnął lusterko i uniósł je do mojej twarzy.

Osłupiałam. W odbiciu ujrzałam siebie, ale z długimi włosami, i mojego brata, prawdziwego Ketona, stojącego za mną.

– Co to za czary? – zażądałam odpowiedzi.

– To zwykłe odzwierciedlenie prawdy – wyjaśnił. – My, czarodzieje, widzimy więcej niż inni. Wiedziałem, że nie jesteś Ketonem Tamarinem. Jesteś dziewczyną, którą namalowałaś na szalu.

Odsunęłam lustro.

– Próbowałem namalować Lady Sarnai.

– Hmm. – Zastanowił się, chłonąc mnie wzrokiem. – Podobieństwo nie jest uderzające, ale rzeczywiście ją przypominasz. Ciekawe.

– Nie przypominam – warknęłam. – Nie jestem dziewczyną.

– Nikomu nie powiem.

– Myślisz, że ci ufam?

– Powinnaś. – Edan poluzował stójkę. Sięgała wysoko i wyglądała na niewygodną, szczególnie w upale, jednak on się nie pocił. Ja nosiłam najlżejszą płócienną koszulę i już spływałam potem. – Co cię powstrzymuje?

Mogłam wymienić tysiąc rzeczy, ale z jakiegoś nieznanego mi powodu wypaliłam:

– Mój... mój brat mówił, że czarodzieje piją krew młodych dziewczyn.

Edan wybuchnął śmiechem.

– Zostało czterech krawców – oznajmił surowym tonem, gdy już się opanował. – Jeśli chcesz wygrać, musisz zacząć się popisywać.

Zmarszczyłam brwi i trochę się odsłoniłam.

– Powiedziałeś, że mój szal był zbyt niezwykły.

– Jak na pierwsze zadanie – przypomniał. – Nie mówiłem, żebyś straciła polot w drugiej rundzie.

– Wcale nie... – jęknęłam. Nie widziałam sensu w tłumaczeniu, jak trudno stworzyć cud w trzy dni... a przynajmniej bez pomocy magicznych nożyczek. – Dlaczego życzysz mi wygranej? – spytałam po prostu.

Uśmiechnął się tajemniczo.

– Czarodziej nigdy nie zdradza swoich zamiarów. Powiedzmy – wyjął z rękawa moje nożyczki – że te nożyczki nie trafiłyby w ręce zwyczajnej krawcowej.

– Skąd je masz? – Stanęłam na palcach, żeby mu je zabrać. – Są moje!

– A więc jest w tobie ogień. – Uśmiechnął się szerzej. – Dlaczego miałbym ci je oddawać? Są dla ciebie ważne?

Serce mi przyspieszyło. Te nożyczki tworzyły cuda. Nie mogłam pozwolić, żeby Lord Czarodziej poznał mój drugi sekret i wyeliminował mnie z konkursu.

– Podarował mi je ojciec – powiedziałam, wciąż wyciągając rękę.

– A oprócz tego mają w sobie coś wyjątkowego?

– Nie – twierdziłam uparcie.

Opuścił nożyczki o centymetr.

– Powiedz: „proszę".

– Proszę – powiedziałam niechętnie.

Wyciągnął dłoń, a ja prędko wzięłam nożyczki i schowałam je do kieszeni.

– Nie umiesz kłamać, Maiu Tamarin. – Edan przechylił głowę. – Te nożyczki są zaczarowane. Każdy czarodziej wyczułby na tobie magię.

Odwróciłam się, lecz Edan stanął mi na drodze.

– Twoje pantofle były udane, ale z pomocą nożyczek mogłaś rozgromić Yindiego, Norbu i Longhaia. – Nachylił się, by nasze twarze się zrównały. – Jeśli sądzisz, że odeślę cię do domu, mylisz się. Zainteresowałaś mnie, mistrzyni Tamarin. Zaczarowane przedmioty nie służą byle komu.

– A co ty możesz o tym wiedzieć? – spytałam ostro, choć te słowa wzbudziły moją ciekawość.

– Mnóstwo. – Edan zachichotał. – Jeśli chcesz wygrać konkurs, *xitara*, potrzebujesz mojej pomocy.

Jego arogancja mnie irytowała.

– Przestaniesz mnie tak nazywać?

– Nie podoba ci się?

– Dlaczego miałoby mi się podobać, że nazywasz mnie owieczką?

– Ach, znasz stary a'landyjski. – Nagle rozbawiony postukał się po brodzie. Miał kwadratową szczękę, ale spiczasty podbródek. Uznałam to połączenie za całkiem przyjemne, choć niespotykane. – Przestanę… jeśli wygrasz.

– Wygram – zapewniłam go. – I to bez twojej pomocy.

– Jesteś dziwna, wiesz? – Założył ręce na piersi i spojrzał na mnie z drwiącym uśmieszkiem. – Kiedy pozostali krawcy zjawili się w pałacu, próbowali przekupić mnie klejnotami, jedwabiami, futrami, a nawet swoimi córkami, wszystkim, bylebym im pomógł. Ale ty odmawiasz pomocy, choć proponuję ją za darmo.

– Nie pomagasz mi – wycedziłam – tylko mnie dręczysz.

I znowu ten ironiczny śmiech.

– Jak sobie życzysz, mistrzyni Tamarin. Ale przyjmij radę: włóż kamyk do buta, żeby pamiętać, na którą nogę utykać.

Ukłonił się jak przed narzeczoną cesarza i odszedł, pogwizdując.

Prychnęłam. Miałabym przyjąć pomoc od kogoś tak nieznośnego?

Sam fakt, że ją zaproponował, napawał mnie zdumieniem.

Obróciłam się na pięcie, nie chcąc na niego patrzeć. Jednak przez resztę dnia stawiałam stopy ostrożnie w nadziei, że dochowa moich tajemnic.

Rozdział dziewiąty

Następnego ranka panował piekielny upał. Gorąc nie usprawiedliwiał paradowania po sali bez koszuli, ale Yindi i Norbu nic sobie z tego nie robili. Odwracałam wzrok, szczególnie przed Norbu, bo naprawdę nie miałam ochoty patrzeć na jego owłosiony brzuch.

Ten jeden raz byłam wdzięczna, kiedy minister Lorsa przybył ogłosić kolejne zadanie.

– Jego Wysokość wkrótce będzie miał przyjemność gościć ważnych dygnitarzy z Dalekiego Zachodu. Dlatego Jej Wysokość Lady Sarnai potrzebuje nowego stroju na ceremonię powitalną. Wie, że wszyscy potraficie szyć tradycyjne a'landyjskie ubrania, ale życzy sobie, byście poszerzyli swój repertuar. Konkurencję wygra ten, kto uszyje żakiet, który najlepiej odda całą gamę stylów spotykanych na Korzennym Szlaku.

Przez moją głowę już pędził tysiąc myśli. Wschodni koniec Korzennego Szlaku zajmowała A'landi, a zachodni – Frevera. Jedyne, co wiedziałam o tamtejszej modzie, to to, że tubylcy lubowali się w głębokich dekoltach i ciasnych gorsetach, a książę obsesyjnie wręcz kochał koronki i brokaty. Wszystko to stanowiło całkowite przeciwieństwo skromnych, zwiewnych ubrań popularnych w A'landi.

– Dziś po południu możecie udać się na targ w celu zakupienia materiałów – kontynuował Lorsa. – Dostaniecie trzysta jenów na zakupy i pół tygodnia na uszycie żakietu. – Zamilkł na moment, jak zawsze, kiedy zamierzał powiedzieć coś złego. – Ach, i jeszcze jedno: żakiet musi być zrobiony z papieru.

• • •

– Z papieru! – mruknął Longhai, gdy wchodziliśmy do miasta. – Ze wszystkich materiałów wybrała papier... – Pogładził się po brodzie i sięgnął do kieszeni po piersiówkę. – Nie włoży żakietu z papieru na ceremonię powitalną. Wiesz, zaczynam podejrzewać, że Lady Sarnai wykorzystuje konkurs, by odsunąć w czasie ślub z cesarzem Khanujinem.

Mlasnęłam. Właściwie to samo powiedział Edan.

Posłuchałam jego rady i włożyłam kamyk do buta, ale teraz ból był prawdziwy i mnie spowalniał. Nawet Longhai stąpał szybciej, więc wyprzedził mnie i zrównał się z Yindim.

Z westchnieniem szłam dalej sama. Droga z pałacu do Niyanu to nie lada wyprawa – osiemdziesiąt osiem stopni z pałacu, dwieście kroków w dół Wzgórza Złocieni, a potem jeszcze półtora kilometra do targowiska Tangsah.

Mimo bryzy znad rzeki Dżingan krople potu perliły się na moim czole, spływały po policzkach i kapały na ramiona. Szpilki, którymi spięłam lniane pasy wokół piersi, kłuły mnie w bok i nie mogłam się powstrzymać przed drapaniem podrażnionej skóry. Bandaże brzydko pachniały i mnie obcierały, ale zapomniałam o wszystkich niedogodnościach, gdy ujrzałam Tangsah.

Nie byłam na prawdziwym targu, odkąd wyjechaliśmy z Gangsunu. Stragany rozciągały się na ulicach, handlarze kusili klientów z jaskrawych, spadzistych namiotów w każdym odcieniu pomarańczu oraz z wózków toczących się po asfaltowych drogach. Zobaczyłam snycerzy nefrytu, mistrzów tekstyliów i dmuchaczy szkła, między nimi osły, dzikie kury i dzieci, a dalej akrobatów i połykaczy ognia. Na targowisku panował chaos, ale już je pokochałam.

– Niezłe widowisko, co? – zagaił Longhai, znów pojawiając się u mojego boku. – Tangsah ustępuje jedynie targowi w stolicy. – Wskazał drugi koniec targowiska i dodał: – Handlarze jedwabiem będą próbowali cię oszukać, gdy dowiedzą się, że pracujesz w pałacu. Nie płać więcej niż połowę ich ceny. I nie zachowuj się, jakbyś był tu pierwszy raz.

Przeniosłam ciężar ciała z nogi na laskę.

– To aż tak oczywiste?

– Tak. – Zawahał się. – Masz prawdziwy talent, Ketonie, ale jesteś młody. Gdybyśmy nie rywalizowali w tym niemądrym konkursie, wziąłbym cię na czeladnika. – Wzruszył szerokimi ramionami. – Ten konkurs mnie męczy. Jesteśmy rzemieślnikami, powinniśmy uczyć się od siebie nawzajem, a nie rywalizować.

Zanim zdążyłam odpowiedzieć, między naszą dwójkę wśliznął się Norbu.

– Idziesz z nami do piwiarni, młody Tamarinie? Postawię ci piwo, jeśli zdradzisz mi sekret swoich pięknych haftów. Tamten szal był niesamowity.

Bawiłam się laską.

– Muszę wykorzystać ten dzień na kupowanie materiałów.

– Nudziarz – mruknął Yindi. – Mamy dzień wolny i trzysta jenów do wydania. Powinniśmy się nacieszyć.

– Łatwo ci mówić – wytknął mu Longhai. – Wygrałeś ostatnie dwa zadania. Ja skłaniam się ku podejściu młodego Tamarina.

Jednak ostatecznie miał wybrać się z nimi. Longhai miał słabość do trunków – odnosiłam wrażenie, że Yindi i Norbu wykorzystywali to przeciwko niemu.

– Nie jest ci gorąco? – spytał Yindi, machając ręką na moją tunikę. Nosiłam co najmniej trzy warstwy, by ukryć piersi.

– Dla mnie jest wręcz chłodno – skłamałam. Liczyłam, że nie zauważy potu spływającego mi po plecach.

Yindi założył ręce na piersi i jak zwykle zmarszczył nos.

– Jesteś dziwny, Tamarinie. – Pokręcił głową i wszedł do piwiarni za Norbu.

Zajrzałam do środka. Roiło się tam od mężczyzn, jedni grali w pai gow, inni po pijaku recytowali poezję. Na środku stał Norbu – spoufalał się z urzędnikami i szlachcicami, podczas gdy jego sługa robił za niego zakupy.

– Czy on nigdy nie pracuje? – spytałam Longhaia, zanim podążył za nimi.

– Nie lekceważ Norbu – ostrzegł mnie. – Myślisz, że jak został najbogatszym krawcem w A'landi? Na pewno nie stojąc przy krośnie przez cały dzień.

Wycofałam się w cień mandarynkowego namiotu rolnika i popatrzyłam na mapę, a potem zacieśniłam wokół szyi sznurek, na którym wisiała sakiewka pieniędzy. Tangsah był znany z kieszonkowców.

Mijając liczne kramy piekarzy, dostrzegałam ciasta sezamowe i ciasteczka z plastrem miodu. W pałacu dobrze mnie karmili, ale nic nie dorównywało świeżym ciasteczkom z plastrem miodu.

Otrząsnęłam się. Jedwab, nie ciasteczka, przypomniałam sobie. Nici, nie wypieki.

Z nową determinacją ruszyłam na poszukiwania materiałów. Po kilku godzinach mój kosz stał się ciężki. Wydałam niemal wszystkie pieniądze, które wręczył nam Lorsa, na barwniki, nowe igły, złotą folię do uprzędzenia metalicznej nici i mniejszy tamborek do wyszywania misternych haftów.

Zostały mi dwa jeny i trzydzieści fenów – tyle wystarczyło, bym mogła kupić coś do jedzenia. Zajrzałam do piekarza, którego bułeczki z warzywami na parze wyglądały i pachniały najbardziej świeżo, a u rolnika obok za ostatniego fena nabyłam jabłko.

Ktoś dotknął mojego kosza. Odskoczyłam, sądząc, że to złodziej, lecz moim oczom ukazał się Edan.

– Co ty tu robisz? – zapytałam.

– Po co ci to wszystko, skoro masz swoje nożyczki? – odpowiedział pytaniem, marszcząc brwi na widok moich zakupów.

Prędko uciekłam ze straganu rolnika.

– Obędę się bez nich.

Poszedł za mną.

– To najgłupsze, co w życiu słyszałem.

– Lady Sarnai nienawidzi magii. Nie dam się wyrzucić przez parę nożyczek. I nie mam zamiaru oszukiwać. – Spiorunowałam go wzrokiem. Uśmiechał się i pałaszował lśniące żółte jabłko. Moje jabłko! – Czy ty cokolwiek traktujesz poważnie?

– Wszystko traktuję poważnie. Szczególnie magię. Gdybym miał zaczarowane nożyczki jak ty, konkurs już dawno by się skończył.

– Nie potrafiłbyś nawet nawlec nitki – prychnęłam, sięgając po jabłko.

– Ach, ale przecież bym nie musiał. – Zacisnął dłoń wokół jabłka, a potem ją otworzył. Owoc zniknął.

Starałam się nie zastanawiać, jak to zrobił, żeby nie dawać mu satysfakcji.

– Nie powinieneś być w pałacu, chronić cesarza, doradzać mu, czy czym tam się zajmujesz?

– Jego Wysokość nie potrzebuje mojej ochrony. Ani moich rad. Jest dorosłym mężczyzną. – Wyszczerzył się. – Jak zapewne zauważyłaś.

W słońcu było strasznie gorąco. Zaczerwieniłam się.

– Cesarz Khanujin jest wspaniałym mężczyzną. Ma wiele cech godnych podziwu.

– Na przykład? Wdzięk, dowcip, urodę? Śmiem twierdzić, że ktoś tu się zadurzył. – Edan przyjrzał mi się z zaciekawieniem. – Rozmawiałaś z nim?

Moje policzki płonęły.

– N-nie.

– A chciałabyś? – Pogładził się po brodzie. – Mógłbym to zorganizować.

Przypomniało mi się, co Lady Sarnai powiedziała o Edanie – że mnie polubił. Nie, pomyślałam. Po prostu lubił mnie dręczyć, bo znał mój sekret. Wiedział, że jestem dziewczyną.

Czy to dlatego tak drażniło mnie jego towarzystwo? A może minęło tyle czasu, odkąd bracia się mną opiekowali, że nie potrafiłam uwierzyć, iż ten chłopak naprawdę o mnie dba? Że nie mogłam mu zaufać?

– Jesteś tak znudzony, że nie masz co robić, tylko za mną łazić?

– Mam obowiązek chronić A'landi i dopilnować, by doszło do królewskiego wesela. „Łażę za tobą" w najlepszym interesie A'landi.

– Nie powinieneś łazić za Lady Sarnai?

– Ach – westchnął z zadowoloną miną. – Śledzisz pałacowe intrygi. Bardzo dobrze, Maiu.

– Nie nazywaj mnie tak przy ludziach! – sapnęłam.

Uśmiechnął się jeszcze szerzej.

– W porządku. A na osobności?

– Pff. – Założyłam ręce na piersi. – Nie widzę, żeby Lady Sarnai się tu kręciła.

– Zażywa kąpieli w wodach Świątyni Świętego Księżyca. Nic bym nie miał z tej wyprawy, więc skorzystałem z okazji, żeby uzupełnić zapasy.

Wyciągnął przed siebie puste dłonie. Zanim zdążyłam zapytać, jakie zapasy, zobaczyłam, jak sokół pikuje na targ i przysiada mu na ramieniu. Edan odwiązał pergamin z lewej nogi ptaka, nie spuszczając ze mnie wzroku, i pogłaskał jego białe podgardle.

Zapoznawał się z treścią listu, a ja wstrzymywałam oddech. Nie mogłam nic wyczytać z jego miny, ale gdy skończył, bezgłośnie zaśmiał się pod nosem.

– Mam nadzieję, że znajdziesz kogoś, kto pomoże ci zanieść zakupy do pałacu, mistrzyni... przepraszam, mistrzu Tamarinie. Zaoferowałbym swoje usługi, jednak obawiam się, że zostałem wezwany do pałacu. Jak wiesz, muszę wypełniać rozkazy cesarza.

– Nawet ty? Potężny Lord Czarodziej?

– Nawet ja. – Ukłonił się. Sokół na jego ramieniu wyciągnął szyję i wlepił we mnie okrągłe żółte ślepia. – Do zobaczenia, mistrzu Tamarinie.

– Do niezobaczenia – mruknęłam.

Usłyszał mnie i zachichotał.

– Uważaj na złodziei! – rzucił na odchodne.

Zmartwiona sięgnęłam do kieszeni, lecz znalazłam w nich tylko nowe jabłko – i pięćdziesiąt jenów.

Obróciłam się, jednak Edan już zniknął.

Jęknęłam z rozdrażnienia. W życiu nie spotkałam kogoś tak zadowolonego z siebie.

Wzięłam kęs nowego jabłka. Może jednak nie był taki zły.

Może.

Rozdział dziesiąty

Następnego ranka zabraliśmy się do projektowania, szczęśliwi, że przez następne kilka dni córka szansena nie wparuje do Sali Najwyższej Pracowitości, kiedy nagle Lady Sarnai wkroczyła do środka, niezapowiedziana i nieoczekiwana. Nożyczki poleciały na podłogę, a Longhai rzucił piersiówkę za siebie, gdy wszyscy poderwaliśmy się na równe nogi.

Lady Sarnai przeszła obok nas, ubrana w białą pelerynę, całą z gołębich piór, z kołczanem szkarłatnych strzał na ramieniu i z łukiem w dłoni. Zauważyliśmy nieobecność Lorsy – dziś towarzyszyła jej tylko służka, która wyglądała, jakby wolała być gdziekolwiek indziej, tylko nie tutaj z czterema martwymi ptakami w rękach.

Kiedy Lady Sarnai stanęła i zwróciła na nas ciemne oczy, służka rzuciła po martwym sokole na stół Norbu, Yindiego, Longhaia, a na koniec na mój. Ptak wylądował z plaśnięciem – żółte ślepia miał otwarte, a cętkowane szare skrzydła rozpostarte tak szeroko, że zajmował cały blat. Przełknęłam gulę w gardle, wspominając czarnego jastrzębia z pierwszego dnia w pałacu.

Lady Sarnai odchrząknęła.

– Życzę sobie, aby te pióra zostały wkomponowane w jedwabną szarfę dla Jego Wysokości. Będzie zakładał ją na swoją uroczystą szatę podczas wizyt w świątyni.

Zdusiłam grymas. Lady Sarnai musiała wiedzieć, że to była zniewaga dla cesarza. Nie można nosić symboli śmierci w świątyni.

– Mistrzu Longhaiu – powiedziała. – Wyglądasz na zakłopotanego. Czy moje życzenie cię zmartwiło?

– Nie, Wasza Wysokość – zapewnił prędko Longhai.

– To ciekawe – mruknęła Lady Sarnai. – Widok moich porannych łupów tak zdenerwował Lorda Czarodzieja, że ten wymówił się od mojego towarzystwa na cały dzień.

Zadrżałam, myśląc o sokole z targu. Czy te ptaki należały do Edana?

Następnie Lady Sarnai przyczepiła się do mnie.

– Lord Czarodziej jest wyjątkowo zagadkową postacią. Zastanawiam się, jakie tajemnice kryje jego niecne oblicze. Mistrzu Tamarinie, rozumiem, że wy dwaj się zaprzyjaźniliście?

Otworzyłam usta, by zaprotestować, lecz ona ciągnęła:

– Radziłabym trzymać się od niego z daleka. Magia to sztuka demonów, bez względu na to, jak żarliwie Lord Czarodziej temu zaprzecza. A jak dobrze wiesz, pomoc z zewnątrz jest zabroniona.

– Tak, Wasza Wysokość.

– Świetnie. – Wyrwało jej się westchnienie i przez chwilę wyglądała na nieszczęśliwą, jednak prędko przybrała chłodną maskę i dodała: – W takim razie zostawię was, byście mogli pracować.

Nie chciałam oskubywać martwego sokoła, ale pozostali krawcy nie mieli z tym problemu. Longhai pracował szybko i już układał pióra na swoim stole. Słyszałam ciachanie nożyczek dochodzące ze stanowiska Norbu – wzdrygałam się za każdym razem, gdy jego ostrza cięły ptaka.

Niedługo po wyjściu Lady Sarnai zjawił się Lorsa.

– Na kolana! – warknął, a my natychmiast popędziliśmy na środek sali i przytknęliśmy czoła do podłogi.

– Co się dzieje? – szepnęłam do Longhaia.

Jednak zanim zdążył się odezwać, dostałam odpowiedź. Przybył cesarz Khanujin.

Znów ogarnęło mnie ciepło, jak wtedy, gdy ujrzałam go po raz pierwszy. Tylko przez moment zaświtało mi, że to dziwne – jakby mój umysł spowiło jakieś zaklęcie – lecz po chwili już upajałam się jego obecnością i marzyłam, żeby nigdy nie wychodził.

– Wasza Wysokość – zawołaliśmy chórem. – Obyś żył dziesięć tysięcy lat!

– Władca Tysiąca Krain – zagrzmiał Lorsa – Kagan Królów, Syn Niebios, Ulubieniec Amany, Wspaniały Suweren A'landi.

Tytuły się ciągnęły. Nie śmiałam podnieść oczu, nawet kiedy cesarz wreszcie przemówił.

– Powstańcie.

Wstałam jako ostatnia. Wyprostowałam kolana i zobaczyłam Edana stojącego w cieniu cesarza. Skinął brodą na moją lewą nogę, przypominając mi, że powinna być niesprawna.

Gdy się poprawiałam, zauważyłam, jak Edan lustruje pióra na naszych stołach. Jego zwyczajowy uśmieszek zmienił się w grymas, a ramiona sztywno przylgnęły do tułowia.

– Rozumiem, że Jej Wysokość Lady Sarnai dzisiejszego ranka odwiedziła Salę Najwyższej Pracowitości – rzekł cesarz Khanujin.

– Tak, Wasza Wysokość – przytaknął Lorsa. – Zleciła krawcom dodatkowe zadanie.

– Jakie?

– Zażyczyła sobie, aby stworzyli dla ciebie szarfę z piór, którą będziesz nosił na porannych modlitwach.

Cesarz otaksował Lorsę.

– I nie przyszło ci do głowy, żeby poinformować Lady Sarnai, iż polowanie na ptaki na terenie dworu jest zabronione?

Lorsa spochmurniał i spuścił wzrok.

– Przyjmij moje najpokorniejsze przeprosiny, Wasza Wysokość – wydukał, a potem padł na kolana i całował stopy monarchy, aż ten nie kazał mu wstać.

Ukradkiem spojrzałam na cesarza. Dostrzegłam dziesiątki nefrytowych i złotych wisiorów, które nosił wokół szyi i na szarfie. Jeden z nich nie lśnił tak jasno jak pozostałe.

Był zrobiony z brązu i wygrawerowano na nim ptaka. Nic dziwnego, że cesarz zdenerwował się na Lady Sarnai z powodu polowania na sokoły w jego ogrodach.

– Jestem wdzięczny za hojność Lady Sarnai – zwrócił się do nas cesarz – ale nie potrzebuję nowej szarfy. Noszę szarfę mojego ojca, by uczcić jego poświęcenie dla zjednoczenia tego kraju. – Urwał na moment. – Teraz zjednoczenie A'landi jest moim obowiązkiem. Może was dziwić, że Lady Sarnai nadzoruje wybór nowego krawca, ale jej zadowolenie jest kluczem do utrzymania pokoju. Ufam, że zrobicie wszystko, co w waszej mocy, by jej dogodzić.

– Tak, Wasza Wysokość – zaintonowaliśmy.

– Pochodzicie z różnych części A'landi i niektórzy z was przebyli długą drogę. Cieszę się, że wkrótce jeden z was zamieszka w pałacu.

Serce biło mi tak szybko, że omal nie zauważyłam, jak Edan puszcza do mnie oko, wychodząc za cesarzem.

Otrząsnęłam się z transu. Cesarz Khanujin miał w sobie coś dziwnego. Dziwnego i wspaniałego, pomyślałam.

A może dziwnego i strasznego.

•••

Kiedy opuszczałam salę, było już późno. Moje palce zesztywniały od godzin dziergania koronek i plecenia jedwabnych kwiatów na żakiet Lady Sarnai, a umysł dryfował, spragniony snu. Otworzyłam drzwi pokoju, marząc tylko o tym, by rzucić się na łóżko...

Cofnęłam się. Prycza lśniła, ściany zdawały się brzęczeć.

Magiczne nożyczki.

Wyszarpnęłam je spod materaca i niemal instynktownie wsunęłam palce w uchwyty. Tak bardzo mnie kusiło. Lady Sarnai nienawidziła magii, ale Longhai powiedział, że to nie oszustwo, a Edan zachęcał mnie, bym ich użyła.

Gwałtownie pokręciłam głową. Teraz słuchasz Edana, Maiu? Co w ciebie wstąpiło?

Postanowiłam, że muszę pozbyć się nożyczek.

Zanim zdążyłam zmienić zdanie, zapakowałam je i wymknęłam się do ogrodów. Nie mogłam wrzucić ich do studni, bez względu na to, jak bardzo tego chciałam. Nożyczki należały do mojej babki, dostałam je od Baby. Może mogłam je zakopać – tylko na jakiś czas.

Właśnie mijałam dziedziniec magnolii, kiedy usłyszałam łkanie, tak ciche, że niemal zagłuszone przez cykanie świerszczy.

Płacz ustał, zastąpiony przez głos, który znałam aż za dobrze.

– Kto tam jest?

Rozkazujący ton Lady Sarnai kazał mi zastygnąć. Wiedziałam, że weszłam gdzieś, gdzie nie powinnam, jednak coś w jej reakcji zdradzało... strach?

Lecz Lady Sarnai była córką swojego ojca. Nie ustępowała.

– Pokaż się.

Wyłoniłam się zza krzaków.

– P-przyjmij moje przeprosiny, Wasza Wysokość. Zgubiłem się w drodze z sali i...

Byłyśmy tego samego wzrostu, ale jej głos – surowy i gniewny – sprawił, że poczułam się mała.

– Cesarz kazał ci mnie śledzić?

Wybałuszyłam oczy.

– N-nie, Wasza Wysokość. Wziąłem cię za jedną ze służek.

Prychnęła, ale ścisnęła w dłoni chusteczkę z miną tak smutną, że zmiękło mi serce.

– Tęsknisz za domem? – spytałam cicho. – Ja też.

– Nie masz pojęcia, co czuję. – Osuszyła oczy i szorstko dodała: – Nie mów mi, że walczyłeś na wojnie, że przez lata nie mogłeś wrócić do domu. Nie obchodzi mnie to.

Zastanowiłam się, czy jej chłód – ta zimna, pozbawiona emocji twarz, którą pokazywała za każdym razem w Sali Najwyższej Pracowitości – to tylko kamuflaż.

Lady Sarnai tęskniła za domem. Widziałam to w bezdennej otchłani jej ciemnych oczu.

Była wściekła i nieszczęśliwa, bo ojciec poświęcił ją, by zawrzeć pokój z cesarzem Khanujinem. Jeśli Longhai nie mylił się co do jej związku z Lordem Xiną, miała jeszcze więcej powodów do smutku.

– Lady Sarnai – zaczęłam ostrożnie – wiem, że jest ci trudno. Ale Jego Wysokość robi wszystko, by cię uszczęśliwić. To dobry mężczyzna…

– Dobry mężczyzna? – zaśmiała się gorzko. – Ten czarodziej wszystkich was zbałamucił.

Zmarszczyłam brwi.

– Cesarz by cię uszczęśliwił – powtórzyłam. – Gdybyś tylko mu pozwoliła.

– Co ty wiesz o szczęściu? – zdenerwowała się. – Jesteś mężczyzną. Teraz, kiedy wojna się skończyła, możesz robić, co tylko zechcesz. Udowodniłeś A'landi swoją wartość. Świat stoi przed tobą otworem.

– Jestem… zwykłym krawcem.

– Krawcem zaproszonym, by szyć dla cesarza. Dziewczyna nie mogłaby tego zrobić. Dziewczyna nie nadaje się do niczego, tylko do bycia nagrodą. Ojciec obiecał, że nigdy nie zmusi mnie do małżeństwa. Nauczył mnie polować i walczyć. Byłam tak samo dobra jak moi bracia, a teraz? – Załamała ręce. – Złamał obietnicę. Na początku myślałam, że wojna i magia spowiły jego serce mrokiem, ale zrozumiałam, że po prostu jest mężczyzną. Za nic ma obietnice złożone kobiecie.

Jej słowa tak mnie uderzyły, że niemal się zachwiałam.

– Ja złożyłam… złożyłem – prędko się poprawiłam – obietnicę mojej siostrze. Że wygram ten konkurs i zapewnię jej lepsze życie. Zamierzam jej dotrzymać.

– Zobaczymy. – Lady Sarnai wyprostowała się, powoli odzyskując opanowanie. – Odejdź.

Ukłoniłam się i spełniłam jej życzenie.

Nie mogłam powiedzieć, że polubiłam Lady Sarnai. Tak, zobaczyłam jej wrażliwą stronę, ale nadal była zimną, nieczułą córką szansena. Mimo to coś się zmieniło.

Teraz jej współczułam.

Rozdział jedenasty

Po tym spotkaniu starałam się za bardzo nie oddalać od Sali Najwyższej Pracowitości. Odniosłam wrażenie, że Lady Sarnai nie potraktowałaby mnie tak pobłażliwie, gdybym znowu się na nią natknęła.

Siedziałam sama w sali i pracowałam nad żakietem, gdy znalazł mnie Edan. Papier od ministra Lorsy był sztywny, co sprzyjało malowaniu, ale utrudniało wykrojenie szerokich, zwiewnych rękawów.

– Co ty tu robisz? – spytałam, podnosząc wzrok, gdy cień Edana zasłonił poranne światło.

– Cesarz jest w świątyni, więc pomyślałem, że wybiorę się na spacer.

– Sprawdzasz mnie, prawda? – Zanurzyłam pędzel w złotej farbie.

– Nie tylko ciebie. Innych też.

– Jeszcze śpią. – Wskazałam puste bukłaki po winie na stole Longhaia. – Pili do późna, jak zwykle.

Nabrałam farby na pędzel i otarłam włosie o krawędź puszki, a następnie prędko namalowałam parę liści na cesarskim brokacie – tkaninie z tłoczeniami, utkanej ze złotej nici.

– Niezła z ciebie artystka – pochwalił Edan i pochylił się nade mną. – Brat nauczył cię tak malować?

Zmarszczyłam brwi.

– Nigdy mi nie powiedziałeś, skąd wiesz, że moi bracia zginęli na wojnie.

– Taka moja rola, żeby wiedzieć – rzekł. Przez moment wyglądał na zmęczonego, tak jak Keton, kiedy ktoś wspominał o wojnie. Zastanowiłam się, czy Edan walczył u boku cesarza.

Westchnęłam i wróciłam do pracy. Nie chciałam pokazywać mu mojej żałoby.

– Nie powinieneś towarzyszyć Lady Sarnai?

– Ktoś tu dziś jest drażliwy – zauważył i założył ręce na piersi. Znów jawił się jako spokojny i opanowany. – Ucieszy cię wiadomość, że Jego Wysokość postanowił osobiście nadzorować konkurs.

– Dlaczego ta wiadomość miałaby mnie ucieszyć? – Udawałam niewzruszoną, ale serce zabiło mi mocniej. Często marzyłam, by to cesarz Khanujin odwiedzał nas codziennie zamiast Lorda Czarodzieja.

Nagle zorientowałam się, że Edan trzyma mój szkicownik i kartkuje strony zapełnione rysunkami cesarza Khanujina. Gwoli ścisłości, były to projekty strojów, lecz na każdym z uwagą narysowałam jego twarz.

Przerażona poderwałam się z taboretu.

– To moje! Skąd to… Oddaj!

– Rysujesz portrety cesarza w wolnym czasie? – rzucił nonszalancko. – Nie jestem zdziwiony. Każda dziewczyna w A'landi wzdycha do naszego młodego władcy.

Z płonącymi policzkami wyszarpałam mu szkicownik.

– Młodego władcy? – prychnęłam. – Jest starszy od ciebie.

– Wygląda na starszego ode mnie – poprawił mnie. – Sama powiedziałaś, że pozory mylą.

Wcisnęłam szkicownik do kieszeni.

– Nie wzdycham do niego.

Edan zachichotał.

– To, że udajesz mężczyznę, nie czyni cię mężczyzną. Dobrze wiem, że nie jesteś odporna na wdzięki cesarza.

– Sugerujesz, że cesarz Khanujin czaruje kobiety – odcięłam się. – Jeśli to prawda, nie powinien zaczarować Lady Sarnai?

Spodziewałam się ciętej riposty, lecz Lord Czarodziej przyznał:

– To dziwne, ale jest na niego odporna. Zazwyczaj wszyscy kochają cesarza, przynajmniej gdy mu towarzyszę.

Cóż za przedziwna uwaga.

Wzruszył ramionami.

– Może Lady Sarnai też umie czarować.

Zawahałam się.

– Podobno się zdenerwowałeś, kiedy zestrzeliła sokoły.

Uniósł brew.

– Rozmawiałaś z nią o mnie? – zapytał i zaśmiał się, widząc moje zakłopotanie. – Musisz uważać, bo wciąż się rumienisz, mistrzu Tamarinie.

– Sama o tobie wspomniała – broniłam się.

– I czego jeszcze się o mnie dowiedziałaś?

– Niczego. Oprócz tego, że lubisz mnie torturować.

– Pomagam ci.

– Nie chcę twojej pomocy.

– Nawet z twoim małym zauroczeniem? – Oczy Edana zalśniły, tym razem zielone jak liście za nim. – Sądząc po tym, jaką niechęcią darzy go Lady Sarnai, może cesarz weźmie konkubiny. – Rzucił mi figlarne spojrzenie. – Mogę zadbać, żebyś znalazła się na szczycie listy.

Spiorunowałam go wzrokiem.

– Zostanę krawcem cesarza.

– Mistrz Huan służył ojcu Jego Wysokości przez trzydzieści lat. Myślisz, że przetrwasz tyle czasu w pałacu, nie zdradzając nikomu, kim jesteś?

Poczułam gulę w gardle. Szczerze mówiąc, zupełnie o tym nie pomyślałam, ale nie zamierzałam mu się do tego przyznać.

– Tak.

– Więc jesteś naiwna.

– Kim jesteś, żeby mówić mi, co mam robić? – fuknęłam. – Jak na razie radzę sobie świetnie.

– Jesteś tu od niedawna – przypomniał mi. – I miałaś pomoc – dodał z wyższością. – Gdyby nie ja, już wracałabyś do domu. Albo siedziałabyś w lochu.

Odchrząknęłam, ale słysząc te słowa, przycisnęłam pędzel do papieru mocniej, niż miałam zamiar.

– Może gdybyś została, pomógłbym ci utrzymać tajemnicę – dumał. – Już i tak ci pomagam.

– I co dokładnie z tego masz?

Wyłowił monetę z kieszeni i podrzucił ją w jednej ręce.

– Założyłem się z ministrem Lorsą. – Odchylił głowę. – Zwycięzca dostanie świnię.

Pędzel wypadł mi z dłoni i zrobił plamę.

– Na szali jest moja przyszłość, a ty zakładasz się o świnię?

– Świnie są mądrzejsze, niż nam się wydaje! Tam, skąd pochodzę, są niemalże obiektem czci. – Brzmiał tak poważnie, że nie wiedziałam, czy żartuje. – A poza tym nie lubię Lorsy.

Z chęcią zobaczę, jak przegrywa świnię. – Uśmiechnął się. – Mając to na uwadze, radzę odsunąć żakiet od okna. Nadchodzi burza.

Podniosłam wzrok.

– Nie widzę chmur.

– Możesz mi nie ufać, ale uwierz, że czarodziej potrafi przewidzieć pogodę.

– Zaryzykuję.

Skrzywił się.

– W takim razie przynajmniej odsuń go od tych wszystkich kadzideł Yindiego. Nie chcesz, żeby twój strój zajeżdżał jak świątynia.

– Ach, więc jesteś świętokradcą – mruknęłam. – Jakie to ma znaczenie? Lady Sarnai nie nosi naszych strojów.

– Szuka rozrywki.

– Tak jak ty, zakładając się o świnię?

– Nie do końca. Chociaż zwyciężyłbym prędzej, gdybyś użyła tych swoich nożyczek.

Osuszyłam pędzel.

– Zostały zakopane.

– Zakopane? – Wyszczerzył się i ostatni raz podrzucił monetę. – Ile razy ci mówiłem, żebyś nie okłamywała czarodzieja, Maiu Tamarin?

– Mistrzu Tamarinie. Nie potrzebuję ich.

– Przyzwyczaiłaś się do tego, że ludzie cię nie doceniają, więc chcesz udowodnić swoją wartość. Nie pozwól, by to doprowadziło cię do zguby. Przyjmij pomoc, kiedy jej potrzebujesz.

– Tak zrobię. A teraz możesz sobie iść?

Ukłonił się i jego czarne włosy zalśniły w słońcu.

– Jak sobie życzysz, mistrzu Tamarinie. – Puścił do mnie oko. – Jak sobie życzysz.

•••

Choć nie znosiłam Edana, musiałam przyznać mu rację. Wkrótce po zmierzchu chmury pociemniały. Uderzył grzmot, a potem błyskawice przecięły niebo. Deszcz zaczął bębnić o dach, a ja prędko wzięłam żakiet i zatrzasnęłam okna.

Modliłam się, żeby farba wyschła mimo wilgotności w powietrzu. Wydałam małą fortunę na ten kolor – głęboki fiolet, jeden z najbardziej cenionych przez A'landczyków towarów eksportowych z Korzennego Szlaku.

– Gdzie jest Norbu? – spytałam Longhaia. – Nie widzę jego żakietu.

– Nie widziałem go. Yindi też nie. – Longhai pociągnął łyk z bukłaka, większy niż poprzedni. Podejrzewałam, że dostał trunek „w prezencie" od Norbu. – Oby nie złapał go deszcz.

Nie miałam czasu przejmować się Norbu. Odłożyłam mój projekt na stół i oceniłam swoją pracę. Żakiet był na tyle sztywny, że mógł ustać w pionie, miał zwiewne rękawy i haftowaną kryzę rodem z freveryjskich dworów, a dziś wieczorem zamierzałam wpleść jedwabne tasiemki w spinający go koronkowy pas. Każdy szczegół stanowił mariaż dwóch końców Korzennego Szlaku.

Nie jest źle, stwierdziłam. A co najlepsze, poradziłam sobie bez magicznych nożyczek.

Ale pomyśl, co wyczarowałabyś z ich pomocą, dręczył mnie wewnętrzny głos.

Zignorowałam go. Jeśli Lady Sarnai odkryje, że używam magii, odeśle mnie do domu.

Z drugiej strony, jeśli przegram, też odeśle mnie do domu. Została nas czwórka – na pewno da nam jeszcze przynajmniej jedno zadanie, zanim wybierze cesarskiego krawca.

Pracowałam do późna, jeszcze długo po tym, jak Longhai i Yindi poszli do łóżek, aż dudnienie ucichło do stukotu, a ciepły deszcz rozpłynął się w mgłę. Byłam sama, więc postanowiłam przymierzyć żakiet, by upewnić się, że pas utrzyma papierowe elementy. Gdy zawiązałam go wokół talii, czarny jastrząb ze skrzydłami o białych koniuszkach krzyknął i poszybował po nocnym niebie.

– To znowu ty! – Wyjrzałam przez okno, ale on już odleciał. Wymknęłam się z sali, aby go poszukać.

Cienie pełzały po pałacu, a okrągłe czerwone lampiony na korytarzu lśniły jak gwiazdy. Z oddali dobiegało cykanie świerszczy i cichy szelest drzew. Nigdzie nie widziałam jastrzębia.

Zawiedziona nagle uświadomiłam sobie, że zapomniałam wziąć laski, a do tego wyszłam w żakiecie. Zdjęłam go i zawróciłam. Straszny widok przede mną sprawił, że się zachłysnęłam.

Dym. Nie dochodził z kuchni, tylko z Sali Najwyższej Pracowitości. Nasza sala płonęła!

Upuściłam żakiet i pobiegłam do najbliższego dzwonu.

– Pożar! Pożar!

Wciąż krzycząc, otworzyłam drzwi. Płomienie tańczyły na stole Yindiego. Zobaczyłam jego żakiet wiszący na drewnianym parawanie i żakiet Longhaia rozłożony na jego blacie. Jeśli czegoś nie zrobię, spłoną!

Wyrywanie do środka nie było najlepszym pomysłem, lecz i tak to zrobiłam, ignorując uwierający kamyk w bucie i pędząc na ratunek żakietom.

Chwyciłam projekty i pomknęłam do drzwi. Podłoga tliła mi się pod stopami, a ciężki dym palił płuca i zasłaniał drogę.

Obróciłam się zdezorientowana. Pamiętałam, że zostawiłam drzwi otwarte, jednak gdy do nich dopadłam, były zatrzaśnięte!

Pchnęłam je, ale ani drgnęły.

Stęknęłam, próbując jeszcze raz.

– Pomocy! – wrzasnęłam, kaszląc w rękaw. – Pomocy!

Płomienie lizały drewniany podest, na którym stał jeden z Trzech Mędrców. Drewno trzasnęło i pękło jak kość. Wielki posąg z hukiem runął na ziemię. Potoczył się w moim kierunku, nabierając prędkości.

Nie miałam dokąd uciec. Wspięłam się na stół i skoczyłam na lampion, który ledwie utrzymał mój ciężar. Podciągnęłam stopy w ostatniej chwili, a Mędrzec przetoczył się pode mną i zniknął w ogniu.

Lampion się zerwał i spadłam na stół.

Dym wypełniał moje płuca. Rzuciłam się do najbliższego okna – dzięki Amanie, trafiłam na takie bez szyb. Najpierw wypchnęłam żakiet, a potem zaczęłam się przeciskać, jednak moje biodra utknęły w ażurowych zdobieniach.

Nie, nie, nie. Wierciłam się w panice. Jestem tak blisko.

– Norbu? – zawołałam, widząc postać na zewnątrz. – Norbu, to ty?

Nie dostałam odpowiedzi.

Wciągnęłam brzuch i pchnęłam biodra do góry, aż w końcu wydostałam się z sali, z trudem łapiąc oddech. Wtedy zobaczyłam Norbu wyłaniającego się z cienia.

– Norbu! – krzyknęłam. – Dzięki Amanie, jesteś…

Norbu nadepnął mi na nadgarstek i przyszpilił mi rękę do ziemi.

Kopałam i piszczałam – robiłam wszystko, żeby się wykręcić.

– Norbu, co ty…

Urwałam. Dostrzegłam, że trzyma ciężki metalowy garnek, jeden z tych, których używaliśmy do wygładzania tkanin. Próbowałam wyszarpać rękę, ale był zbyt silny. Zbyt szybki.

Podniósł garnek i spuścił go na moją dłoń.

Ból przeszył mi palce i zalał umysł. Wrzasnęłam, ale Norbu zasłonił mi usta wolną stopą, tłumiąc dźwięk, zanim ten podniósł się nad zgiełk wokół nas.

Ostatnim, co zobaczyłam, był Norbu wymykający się na korytarz. Potem wszystko pociemniało.

Rozdział dwunasty

Nie mogłam ruszyć dłonią. Czułam, jakby zamieniła się w poduszeczkę nabitą płonącymi szpilkami. Łzy napłynęły mi do oczu, a serce waliło tak szybko, że ledwie mogłam oddychać. Chciałam krzyknąć, ale miałam zakneblowane usta.

Coś dotknęło złamanej ręki i złagodziło ból na tyle, że zdołałam odetchnąć.

Zamrugałam. Leżałam na ławce z głową opartą na poduszce.

Gdzie ja jestem? Nie w swoim pokoju. Czułam ostrzejsze zapachy, nutę cynamonu i piżma. Kolory rozmazywały mi się przed oczami – plamy lawendowego błękitu, ochrowa ściana, wieża książek ze spłowiałymi karmazynowymi grzbietami. Opuściłam powieki, a potem znów podniosłam.

Jak się tu dostałam?

– Ach, już nie śpisz – powiedział spokojny męski głos, za którym pojawiła się pociągła twarz Edana. – Wypij to.

Przyłożył mi do ust tkaninę i przesączył odrobinę herbaty. Płyn spłynął do gardła, ciepły, ale nie za gorący, zadziwiająco słodki – nektarynka i imbir maskowały smak lekarstwa.

– Dodałem wiórki z kory wierzby – dodał. – Powinny złagodzić ból. – Rozwiązał sznur wokół mojego ramienia i podniósł moją rękę. – Będziesz krzyczeć?

Mrugnęłam. Nie.

– Ostrzegam cię – zaczął, luzując knebel – nie cierpię, kiedy dziewczyny krzyczą.

– Nie jestem dziewczyną – wysapałam.

Spróbowałam poruszyć palcami, ale ani drgnęły. Zalała mnie fala paniki.

– Nie mogę…

– Spokojnie. *Xitara*, nic sobie nie wyobrażaj. – Podniósł moje palce do ust i podmuchał.

– Co ty…

Puścił moją dłoń.

– To potrwa kilka minut. Możesz poczuć się trochę dziwnie. Lepiej o tym nie myśl.

– O czym?

– Oparzenia nie są tak poważne, jak się obawiałem. – Zignorował moje pytanie. – Ale stawy i mięśnie są w kiepskim stanie.

– O czym mam nie myśleć? – powtórzyłam.

A potem to poczułam – ostre ukłucie. Ukłucie przerodziło się w mrowienie, bardziej bolesne niż przyjemne, lecz przedziwne, jakby kości zrastały się na nowo. Odzyskiwałam czucie palec po palcu, krew napływała do dłoni, obrzęk ustąpił, a żyły zabarwiły się na niebiesko. Wstrzymywałam oddech, gdy magia robiła swoje, a kiedy było po wszystkim, zachłysnęłam się z wrażenia.

– Jak…

Edan zmył krew z mojej dłoni i rozmasował siniaki.

– Nigdy nie byłem uzdrowicielem, ale czegoś tam się nauczyłem.

Podniosłam się.

– Chodziło mi o to, jak mnie znalazłeś.

– Och. Usłyszałem, jak krzyczysz. Dobrze, że to zrobiłaś. Mam świetny słuch, wiesz?

Jego słowa ledwie do mnie docierały. Żałowałam, że zabrał knebel – ból wrócił i pragnęłam krzyknąć, ale nie zamierzałam, nie przy Edanie. Zacisnęłam zęby.

Siniaki powoli bladły na moich oczach. Te na knykciach rozpływały się najdłużej. Obserwowałam je tak zahipnotyzowana, że niemal zapomniałam o bólu.

– No i proszę – oznajmił Edan. – Jak nowa. No, prawie.

Patrzyłam na moją dłoń.

– Żadnego „dziękuję"? – zapytał łagodnie.

– Dziękuję – szepnęłam, przebierając palcami. Nawet zgrubienia zniknęły. Wiedziałam, że będę cierpiała, gdy zaczną wyrabiać się na nowo, ale wolałam to od złamanej ręki. – Dziękuję.

– Hmm. – Obcesowo chwycił moją dłoń i zlustrował ją wzrokiem. – Wygląda nieźle. Najłatwiej wyleczyć najświeższy uraz. Kiedy krew i kości osiądą w złym miejscu, trudno przekonać je do powrotu.

– Co to znaczy?

– To, że zaklęcia zazwyczaj są chwilowe. Dlatego będę musiał czuwać nad twoją dłonią.

Odchrząknęłam, nagle zawstydzona uwagą Edana. Wysiliłam się na oficjalny ton:

– Chcę się odpłacić. Nie mam zbyt wiele pieniędzy, ale…

Zaśmiał się.

– Oszczędź swoje jeny. Czarodzieje nie potrzebują pieniędzy, właściwie nic nie potrzebują. Nie musisz mi płacić.

– A może mogę coś naprawić? – nalegałam, wskazując jego strój. – Albo uszyć nową pelerynę, trochę bardziej kolorową niż ta czarna, którą wiecznie nosisz.

– Nowa peleryna brzmi kusząco – podumał. – Chociaż, gdyby się nad tym zastanowić, kiedyś mogę potrzebować twojej przysługi, szczególnie że masz te nożyczki. Pomyślę o tym, Maiu Tamarin. Dziękuję.

Jego długie palce musnęły moją dłoń, gdy zakładał mi bandaże. Ten intymny gest sprawił, że mój żołądek zrobił fikołka. Gdy Edan skończył, cofnęłam rękę.

– To ja dziękuję – powiedziałam cicho.

On tylko się uśmiechnął. Po raz pierwszy zapragnęłam, by mówił więcej. Cisza była ciężka, niezręczna.

– Dokończ herbatę.

Zawahałam się.

– Na żabie łajno, dziewczyno, to nie trucizna. Wypij do końca.

Wychyliłam resztę płynu i wytarłam usta rękawem.

– Kiedy mogę wrócić do szycia?

Edan przysiadł na taborecie obok mnie.

– Za kilka dni. Na razie się oszczędzaj.

– Nie mogę. – Rozciągnęłam palce. Mięśnie i kości wróciły na miejsce, ale to nie znaczy, że nie bolało. – Muszę wygrać.

– Dlaczego tak bardzo musisz? – zainteresował się.

– Dla mojej rodziny. Ostatnio jest nam ciężko.

– Więc nie dla siebie?

– Trochę dla siebie – przyznałam.

– Jeśli martwisz się o ból, masz przecież magiczne nożyczki.

Zmarszczyłam czoło.

– Chcę wygrać bez magii.

– Nie rozumiem, czemu to dla ciebie takie ważne – rzucił.

– To nieuczciwe wobec innych – wyjaśniłam. – I wobec mnie. Nie chcę, żeby lata nauki krawiectwa zostały wymazane przez magię.

– Nie bądź głupia. Jeśli to cię pocieszy, Norbu też używa magii.

– Co? – Ścisnęło mnie w gardle. – Jak?

– Wiedz, że wszyscy na wysokich stanowiskach od czasu do czasu korzystają z odrobiny magii. Nawet szef kuchni cesarza Khanujina. Robi najpyszniejszą kaczkę, jaką w życiu jadłem. – Cmoknął. – Nie zaciskaj pięści, zostaną blizny.

Rozluźniłam rękę. Chciałam, żeby się odsunął. Siedział za blisko. Odstawiłam kubek.

– Nie odpowiedziałeś na moje pytanie.

– Nie? – Jego figlarne oczy zalśniły na niebiesko. Przypominały ocean w Port Kamalan, głębokie i przejrzyste.

Obserwował mnie, czekając na odpowiedź. Zarumieniłam się i udałam, że muszę podtrzymać głowę.

– Co mi dałeś?

– Głównie środki przeciwbólowe.

– Głównie?

Wyszczerzył zęby i się odchylił. Patrzył, jak moja twarz się rozluźnia, gdy ból ustępuje z minuty na minutę.

– Naprawdę nazywasz się Maia?

Stwierdziłam, że czas skończyć z udawaniem.

– Tak.

– Nie wiem, czy to imię do ciebie pasuje.

Skrzywiłam się lekko.

– Znaczy „posłuszna".

– Dlatego do ciebie nie pasuje – rzekł. – Czeka cię wspaniała podróż, Maiu. Widzę to w liściach herbaty.

Jak zwykle nie umiałam ocenić, czy sobie ze mną pogrywa.

– Muszę wracać – oznajmiłam zdecydowanym tonem. – Został tylko jeden dzień do końca zadania, a po tym pożarze...

Tak naprawdę nie chciałam już dłużej przebywać w jego komnacie. Zagadkowy żar podchodzący do gardła stawał się zbyt nachalny.

– Martwisz się o swój żakiet? – spytał. – Nożyczki dokończyłyby pracę w godzinę.

Odkleiłam się od ławki i rozciągnęłam nogi na drogim dywanie.

– Przestaniesz wreszcie nadawać o tych nożyczkach? Nie chcę ich używać.

Zaśmiał się i klasnął w dłonie.

– Muszę przyznać, że pasujesz na chłopaka.

Rozdziawiłam usta, a potem je zamknęłam. Zdałam sobie sprawę, że ma rację. Jako dziewczyna nigdy nie odpyskowałabym Lordowi Czarodziejowi. Prawda? A może to Edan tak mnie ośmielał? Podejrzewałam, że prowokował mnie celowo. Podobało mu się to.

– Twój talent przewyższa magię nożyczek – powiedział. Spojrzał na mnie czulej, jakby szanował moją decyzję. – Ale jeśli chcesz wygrać dla swojej rodziny, potrzebujesz ich pomocy. Jeśli chcesz pokonać Norbu, potrzebujesz ich pomocy.

– W jaki sposób używa magii?

Stłumił ziewnięcie.

– Na razie się tym nie przejmuj.

– Jak mogę się nie przejmować? – Wzdrygnęłam się, gdy spróbowałam zgiąć świeżo wyleczone palce. Kiedy mgła w moim umyśle opadła, nie mogłam przestać myśleć o tym, z jakim spokojem Norbu złamał mi rękę. Jakby robił coś takiego wcześniej.

Rozejrzałam się, dopiero teraz zwracając uwagę na otoczenie. Wszędzie stały książki, poukładane równo na półkach, i zwoje, oznaczone i przewiązane sznurkami w różnych kolorach. Sakiewki z suszonymi ziołami i płatkami jaśminu maskowały nikły zapach kadzidła dochodzący z zewnątrz. Dostrzegłam także sztylet w srebrnej pochwie, cienki drewniany flet i pomalowaną drewnianą figurkę konia, która wyglądała na zabawkę.

Wyciągnęłam sprawną rękę po jedną z książek.

– To twój pokój?

– Tak, kiedy przebywam w pałacu. – Ziewnął. – Nie bądź ciekawska. Powinnaś się położyć.

– Nie jestem zmęczona.

– A ja jestem. Idź spać. Szybciej wyzdrowiejesz.

Chciałam zaprotestować, ale dotknął mojego czoła i odpłynęłam w ciemność.

• • •

Norbu nie był zadowolony, kiedy zobaczył mnie w Sali Najwyższej Pracowitości, ale dobrze to ukrywał. Przyszedł razem z pozostałymi, żeby posprzątać. Jego stół spłonął, ale on sam nie wydawał się w połowie tak zmartwiony, jak Longhai czy Yindi – obaj mieli cienie pod oczami.

– Już wróciłeś z infirmerii? – rzucił chłodno Norbu. – Martwiliśmy się, że umarłeś. – Zerknął na moją dłoń i zauważył brak laski. – Złamałeś rękę, żeby pasowała do złamanej nogi?

– Ty mi ją złamałeś – odpaliłam, zbulwersowana jego bezczelnością.

– Ja? – prychnął. – Spałem w moim pokoju. Spytaj resztę.

– Widziałem cię – syknęłam. – Złamałeś mi rękę.

– Masz bujną wyobraźnię, młody Tamarinie. – Zaśmiał się, jednak brzmiał na podminowanego, kiedy podważał moje słowa. – Chodź, odprowadzę cię do stanowi...

Odepchnęłam go i ruszyłam do stołu. Zza jego pleców Longhai posłał mi współczujące spojrzenie, ale się nie odezwał. Nie miałam mu tego za złe. Norbu był słynnym krawcem i potężnym mężczyzną, ja byłam nikim. Kto oprócz Edana uwierzyłby, że to Norbu złamał mi rękę? Przynajmniej teraz wiedziałam, że używa magii. To nie dawało mi nad nim władzy, ale motywowało mnie, żeby go pokonać.

– Rozumiem, że jesteś oburęczny! – zawołał za mną.

Zignorowałam go, oceniając straty na swoim stanowisku. Upadły Mędrzec przewrócił mój parawan, lecz krosno się zachowało, za to tamborek został zniszczony.

Nachyliłam się, żeby podnieść laskę. Ogień lekko ją przypalił, ale dało się z niej korzystać. Oparłam się na znajomej podporze i wzięłam jedną ze szpul – wciąż była ciepła w dotyku. Edan powiedział, że moja dłoń potrzebuje czasu, by się zagoić, jednak nawet trzymanie szpuli sprawiało mi ból. Zdrową ręką zgarnęłam kilka rzeczy, które przetrwały.

– Longhai i Yindi znaleźli swoje żakiety na zewnątrz – oznajmił Norbu. Oczywiście polazł za mną. – Twój też. Jakaś dobra dusza próbowała je uratować.

– Jak dobrze, że ty zabrałeś swój żakiet z sali – wycedziłam. – Gdybyś tego nie zrobił, cała twoja ciężka praca poszłaby na marne i żakiet spłonąłby w pożarze.

– Bogowie nade mną czuwają – stwierdził, składając ręce. – Jestem bardzo wdzięczny.

Prychnęłam na tyle głośno, że usłyszał.

– Sabotowałeś nas.

Wyprostował się ze zszokowaną miną.

– Słucham?

– Podłożyłeś ogień. Słyszałem cię na zewnątrz…

– A ja myślę, że to ty podłożyłeś ogień, mistrzu Tamarinie – przerwał mi. – Ty jeden pracowałeś do późna, a twój żakiet jest praktycznie nietknięty.

– Ja? – niemal krzyknęłam. – Ty…

Longhai dotknął mojego ramienia i pokręcił głową.

– Najpierw oskarżasz mnie o złamanie ci ręki, a teraz o podłożenie ognia. – Norbu westchnął. – Wiem, że jesteś zły, młody Tamarinie, ale to nie daje ci prawa, żeby mnie oczerniać. Tym razem ci daruję, bo ta noc odcisnęła piętno na nas wszystkich. – Urwał na chwilę. – A teraz wybaczcie, muszę pracować.

Po tych słowach zostawił mnie z Yindim i Longhaiem.

– Przepraszam. – Zapowietrzyłam się, widząc, w jak okropnym stanie są ich żakiety. Moje próby ratowania ich pracy poszły na marne. – Próbowałem… – Zamilkłam, gdy Yindi zaczął wściekle drzeć swój żakiet na pół.

Longhai lekko się wzdrygnął. Z jego oczu biło poczucie klęski.

– Nie poddawaj się – poprosiłam, dotykając żakietu Longhaia, zanim on też dał za wygraną. – Zostało jeszcze pół nocy.

– Wiem, kiedy wycofać się z honorem – rzekł. – To coś, czego człowiek uczy się z wiekiem.

– Norbu podłożył ogień – szepnęłam. – Wiem to. Nie możesz pozwolić, żeby zwyciężył.

Longhai oklapł.

– Już wcześniej wiedziałem, że to on.

Zmarszczyłam brwi.

– Skąd?

– Jego ubrania cuchnęły dymem, chociaż twierdził, że w ogóle nie zbliżał się do sali – wyjaśnił, zmiatając stopą kupkę popiołu. – A ty skąd wiedziałeś?

Pomyślałam o krzyku jastrzębia – o tym, że brzmiał jak ostrzeżenie. Ale kto by mi w to uwierzył?

Zakasłałam i zasłoniłam usta rękawem.

– Wyszedłem, żeby zaczerpnąć świeżego powietrza, a potem zobaczyłem dym. Pobiegłem po wasze żakiety... i znalazłem Norbu przed salą.

– Zamierzam zrezygnować. Yindi również. – Longhai spojrzał na moją zabandażowaną dłoń. – Ty też powinieneś.

– Nie możesz się poddać, nawet nie próbując – błagałam. – Może cesarz Khanujin da nam więcej czasu. Nie możemy pozwolić Norbu zwyciężyć.

– Norbu to człowiek o dwóch twarzach. Myślałem, że się zmienił, ale jest tak samo bezlitosny jak wcześniej. Wiesz, jak zginął mistrz Huan, Ketonie?

Pokręciłam głową.

– Słudzy znaleźli go w rzece tuż pod Niyanem. Wszyscy założyli, że wpadł do wody, bo był pijany. – Zawahał się, a bruzdy na jego twarzy się pogłębiły. – Ale ja znałem mistrza Huana. Nigdy nie pił, nie kiedy służył jako krawiec cesarza. Został otruty.

Rozdziawiłam usta.

– Jak?

– Nie wiem. Ale Norbu był ostatnią osobą, z którą go widziano. – Westchnął, a ja zdałam sobie sprawę, że źle oceniłam jego relację z Norbu. – Próbuję wyciągnąć z niego prawdę od miesięcy, ale cwaniak nie chce gadać. Nauczysz się, że niektóre rzeczy nie są warte zachodu. Mam interes i rodzinę i nie chcę ryzykować reputacji dla jakiegoś konkursu. A ty... jesteś młody. Chodź ze mną, zostań moim czeladnikiem. Wyrobisz sobie dobre imię. Jeśli zostaniesz i Norbu znowu zrani cię w rękę, nie będziesz miał przyszłości.

Jego oferta była kusząca, lecz nie chciałam jej przyjmować.

– Zostaję – oznajmiłam stanowczo. – Nie pozwolę mu wygrać.

– Więc niech Amana będzie z tobą. – Złapał mnie za ramię. – I niech Mędrcy dadzą ci siłę, żeby zwyciężyć.

Yindi przez cały czas milczał, ale teraz podszedł do nas. Oczy miał rozbiegane.

– Pożar to znak od bogów, żeby wyjechać. Nic dobrego nie wyjdzie z tego wesela.

– Pożar to sprawka Norbu, głupcze – uświadomił mu Longhai. – Pogrywał sobie z nami wszystkimi.

– Nie – zaprotestował Yindi. – To szansen sobie z nami pogrywa. Stoją za nim siły demonów. Kiedy sprowadzi je do A'landi, będzie za późno.

– Nasłuchałeś się historii żołnierzy.

– Dlaczego uważasz, że szansen sprzymierza się z demonami? – spytałam. – Czy nie nienawidzi on magii, jak jego córka?

– To kłamstwa. – Yindi pociągnął nosem. – Jak może nienawidzić czegoś, co daje mu moc? Kiedy jego córka zasiądzie na tronie, szansen każe im zabić cesarza, tak jak kazał zabić swojego ojca i swoich braci. Potem ukradnie Lorda Czarodzieja. Jeszcze zobaczycie.

Przeszedł mnie dreszcz, ale Longhai zbagatelizował jego ostrzeżenie.

– Dosyć – zarządził. – Jesteś zdenerwowany. Wszyscy jesteśmy. Ale pałac ma oczy i uszy, a ty wygłaszasz tyradę szaleńca. Odejdź z godnością.

Yindi łypnął na Longhaia, a potem na mnie.

– Jeszcze zobaczycie – powtórzył, kierując słowa do mnie. Następnie opuścił salę.

Longhai zaczekał chwilę. Jego okrągła, radosna twarz była posępna jak nigdy.

– Powodzenia, mistrzu Tamarinie. Życzę ci pomyślności i szczęścia, na jakie zasługujesz. Znajdź mnie, jeśli kiedyś odwiedzisz Bansai.

Skłoniłam głowę i on również odszedł.

Obróciłam się z powrotem w stronę pustej sali, zebrałam mój żakiet i resztę ocalałych materiałów. Zostało mi tylko kilka cennych godzin, zanim Lady Sarnai wraz z cesarzem Khanujinem przybędą ocenić nasze prace.

To Norbu od początku był czarnym charakterem, teraz widziałam to wyraźnie. On zniszczył mój szal, on rozpijał pozostałych, żeby nie mogli pracować, on podłożył ogień i zamknął mnie w sali. On złamał mi rękę.

Gdyby Edan mi nie pomógł, Norbu zwyciężyłby w konkursie.

Na bogów, dopóki mogę szyć, dopóty na to nie pozwolę.

Rozdział trzynasty

Gdy tylko zobaczyłam żakiet Norbu, wiedziałam, że nie mam szans.

Był wspaniały – brawurowy, bez rękawów. Miał kryzę ze śnieżnobiałych łabędzich piór, falującą spódniczkę, brzęczącą od pereł, i lamówkę z gronostaja odpowiednią dla cesarzowej.

Zrobił wrażenie nawet na Lady Sarnai. Córka szansena nie zareagowała zbyt wylewnie na wiadomość, że Sala Najwyższej Pracowitości spłonęła i dwóch krawców zrezygnowało z rywalizacji, jednak kiedy spojrzała na żakiet Norbu, naprawdę się uśmiechnęła.

Serce mi zamarło. Mój jedyny sojusznik, Edan, się nie zjawił. Dopiero teraz zdałam sobie sprawę, jak bardzo polegałam na jego obecności podczas tych ocen.

Pracowałam całą noc po tym, jak Longhai i Yindi mnie zostawili, lecz przez ból dłoni musiałam pominąć sporo szczegółów, żeby zdążyć na czas. Planowałam dodać koronkę przy dekolcie i rękawach, a także przyszyć złote guziki, pasujące do pozłacanych liści, które staranie namalowałam na fioletowej farbie, żeby papier wyglądał jak brokat. Widząc pióra, perły i futro na żakiecie Norbu, zrozumiałam, że mój projekt był zbyt zwyczajny.

Lady Sarnai powachlowała się wachlarzem, udając, że rozmyśla. Gdy czekałam, narastał we mnie niepokój. Wiedziałam, kogo wybierze, choć nie chciałam tego usłyszeć.

– Żakiet mistrza Norbu wygrywa tę konkurencję – oznajmiła wreszcie, potwierdzając moje obawy. Lorsa ruszył w moim kierunku, ale Lady Sarnai uniosła wachlarz. – Jednak myślę, że z uwagi na pożar powinnam dać krawcom jeszcze jedno zadanie, aby móc podjąć słuszną decyzję.

Zerknęłam na cesarza Khanujina, pewna, że wścieknie się na córkę szansena za kolejną próbę opóźnienia wesela. Ku mojemu zaskoczeniu cesarz skinął głową.

– Dobrze. Damy krawcom jedno, ostatnie zadanie. Ale to ja je ogłoszę.

Lady Sarnai zmarszczyła brwi.

– Wasza Wysokość, powierzyłeś wybór krawca mnie, prawda?

– Prawda – zgodził się – ale żakiety z papieru i szklane pantofle nie świadczą o prawdziwym talencie krawca. – Zaczekał, jakby prowokował Lady Sarnai do sprzeciwu. Milczała, więc zwrócił się do Norbu i do mnie: – Tym razem nie ma zasad. Po prostu uszyjcie coś dla Lady Sarnai najlepiej, jak potraficie. Niech to będzie coś dla was znaczącego, coś, co uchwyci jej piękno. Macie na to tydzień.

Ukłoniłam się.

– Tak, Wasza Wysokość.

Norbu mi zawtórował i się uśmiechnął.

Pierwszy raz w życiu zapragnęłam na kogoś splunąć. Gdyby nie obecność cesarza, chyba naprawdę bym to zrobiła.

– Co zrobić z żakietami? – zapytał Lorsa, kiedy cesarz opuścił salę.

– Zapytaj mistrza Norbu – odparła Lady Sarnai.

Norbu obnażył zęby.

– Byłbym zaszczycony, gdyby mój żakiet został spalony w świątyni.

– Dobrze – zgodziła się Lady Sarnai. – Cesarz jest tak oddany świątyni i modlitwie do swoich niebiańskich przodków, że na pewno docenią oni ten dar.

Poczułam, jak żółć podchodzi mi do gardła. Edan musiał mieć rację w sprawie Norbu i magii – żaden krawiec przy zdrowych zmysłach nie zaproponowałby zniszczenia takiego żakietu, chyba że chciał coś ukryć. Choć mnie to przygnębiło, skłoniłam głowę.

– Proszę, niech mój żakiet również zostanie spalony, Wasza Wysokość.

Niemal wyszeptałam te słowa. Cała moja ciężka praca – spalona! I pomyśleć, że ryzykowałam życie, żeby ocalić ten żakiet z pożaru. Co za ironia losu.

Patrzyłam, jak słudzy zabierają żakiet. Gdy Lady Sarnai nas zostawiła, Lorsa podszedł do mojego stołu. Odezwał się lekceważącym tonem, jakbym już przegrała:

– Jej Wysokość życzy sobie, żebyś pobrał jej wymiary. Dołącz do niej w Pawilonie Orchidei.

Teraz? Ze strachu ścisnęło mnie w żołądku, ale pokiwałam głową.

•••

Pawilon Orchidei stał w sercu Letniego Pałacu, otoczony przez rzucające cień wierzby, pstrokaciznę ptaków w złoconych klatkach, zapierający dech w piersiach ogród i dziedziniec królewskich apartamentów zajmowanych przez córkę szansena.

Spociłam się, jeszcze zanim tam dotarłam. Główna służka Lady Sarnai spojrzała na mnie z dezaprobatą.

– Spóźniłeś się – oznajmiła. – Jej Wysokość nie cierpi spóźnialskich gości.

Spóźnialskich? Wyszłam z sali od razu po słowach Lorsy.

Służka wcisnęła mi chusteczkę i otarłam pot z twarzy. Następnie drzwi, których pilnowało dwóch strażników, otworzyły się.

Komnata Lady Sarnai była najwspanialszym pomieszczeniem, jakie do tej pory widziałam. Przy każdym obitym aksamitem fotelu stał stolik z palisandru, a na kwadratowym stole przy wejściu piętrzyły się płytki do gry wykonane z kości słoniowej oraz ręcznie malowane karty. W rogu znajdowały się skrzynie pełne – jak podejrzewałam – darów dla Jej Wysokości: najdroższych jedwabi, nefrytowych grzebieni, perłowych spinek, szkatułek z brązu i szarf w każdym kolorze.

Lady Sarnai czekała przy największym oknie. Siedziała z tamborkiem w dłoniach. Z mojego miejsca nie widziałam jej haftu, lecz wydawało się, że dobrze sobie radzi z igłą, lepiej niż przeciętna kobieta o jej pozycji.

– Podejdź bliżej – poleciła. – Nie możesz zmierzyć mnie spod drzwi.

Nie mogłam też zmierzyć jej całkowicie ubranej, ale nic nie powiedziałam. Lady Sarnai stanęła tak, by służka zdjęła z niej szatę, a ja rozwinęłam miarkę. Jak zauważył Edan, córka szansena i ja miałyśmy podobne proporcje.

Wiedząc, że służki uważnie mnie obserwują, zdjęłam miarę z Lady Sarnai i zapisałam jej wzrost oraz obwód w pasie, odwracając oczy od nagiej szyi i ramion. Jedno niewłaściwe spojrzenie i wtrąciliby mnie do lochu. To byłoby okropne, gdybym ja, dziewczyna, trafiła do więzienia za lubieżne gapienie się na Lady Sarnai!

Jednak niepatrzenie utrudniało mi zadanie, a gdy moje palce musnęły ramię Lady Sarnai podczas mierzenia długości rękawa, odezwała się:

– Masz delikatny dotyk, jak na mężczyznę, mistrzu Tamarinie.

Natychmiast spanikowałam i się ukłoniłam, jakby jej komentarz oznaczał wyrok śmierci.

– Przepraszam, nie chciałem…

– Spokojnie. Jesteś bardzo nieśmiały, a jednocześnie zadziwiająco nerwowy.

Przygryzłam wargę.

– Ten konkurs bardzo wiele znaczy dla mojej rodziny, Wasza Wysokość.

– Ach. Masz spory talent, jak na tak młody wiek, mistrzu Tamarinie. Powiedziałabym, że bogowie się do ciebie uśmiechają, ale zauważyłam, że nie masz kapliczki ani amuletów na szczęście. Nie jesteś przesądny?

– Wierzę w ciężką pracę, Wasza Wysokość. Ciężką pracę i szczerość.

Zaśmiała się.

– Widzę, że południowcy zapomnieli o demonach, ale mieszkańcy północy dorastają, mając się na baczności.

Podobno wszystkie bestie w naszych lasach i dżunglach są półdemonami. – Posłała mi sztuczny uśmiech. – Coś o tym wiem. Mój własny ojciec chciał wykorzystać ich moce w walce z cesarzem Khanujinem, ale… człowiek nie układa się z demonami, nie płacąc wysokiej ceny.

Skłoniłam głowę, żeby ukryć zdziwienie. Dlaczego mi to mówiła?

Gapiłam się na swoje stopy i modliłam, żeby pozwoliła mi odejść, lecz ona przeciągała ciszę. Gdy zauważyła, że mam sztywne palce, zapytała:

– Co ci się stało w rękę?

– Zraniłem się… w pożarze.

– Szkoda. Mam nadzieję, że to nie przeszkodzi ci w szyciu.

– Nie przeszkodzi.

Odsunęłam się i ukradkiem zerknęłam na haft Lady Sarnai. Była dopiero w połowie, ale rozpoznałam kształt tygrysa – pieczęć szansena. Prędko przeniosłam wzrok na nią, aby nic nie dostrzegła.

Powachlowała szyję.

– Niewiele o tobie wiem, mistrzu Tamarinie. Dostałam sprawozdania na temat wszystkich krawców, ale to o tobie i o twoim ojcu było niepełne. – Zamknęła wachlarz. – To oczywiste, że masz talent. Dlaczego nie próbowałeś wyrobić sobie imienia?

– W A'landi trwała wojna, Wasza Wysokość – odparłam stłumionym głosem. – Zostałem wezwany do walki.

– W Wojnie Pięciu Zim?

Skończyłam ją mierzyć i zwinęłam miarkę.

– Tak.

– Dwóch twoich starszych braci zginęło w walce. Minister Lorsa mi o tym wspomniał.

Milczałam. Nie miałam pojęcia, czemu mnie zatrzymywała, czemu zadawała pytania, na które znała odpowiedzi.

– Musisz nienawidzić mojego ojca za to, że ci ich odebrał. I cesarza Khanujina za to, że wysłał cię na wojnę w tak młodym wieku.

– Miałem obowiązek służyć w wojsku. Nie żywię urazy do szansena ani do cesarza Khanujina.

– Więc jesteś dobrym mężczyzną. O wiele lepszym niż większość. – Gestem poleciła służkom, aby się oddaliły. – Przekonałam się, że większość mężczyzn mówi jedno, a ma na myśli drugie. – Spojrzała mi w oczy. – Ale ty nie kłamiesz, mistrzu Tamarinie. Ty się chowasz. Nosisz w sobie tajemnicę, czuję to.

Ta rozmowa coraz bardziej mnie krępowała.

– Wasza Wysokość, jeśli to wszystko…

– Zachowaj ją – przerwała mi. – Nie chcę znać twoich sekretów. Za to sekrety Lorda Czarodzieja… bardzo mnie interesują. Interesuje mnie również to, że zwrócił na ciebie uwagę.

– Tylko z nudów – wyjaśniłam lakonicznie. Nie kłamałam, Edan praktycznie mi to powiedział. – Nie sądzę, żeby tak naprawdę interesował się innymi.

– Jest nieprzyjemny – zgodziła się Lady Sarnai. – Zastanawiam się, czy mógłbyś coś dla mnie zrobić… – Zaczekała, aż skinę głową. – Zauważyłam, że kiedy przyszedłeś, patrzyłeś na mój haft.

– Jest piękny – wyznałam szczerze. – Nie znam stylu północy zbyt dobrze. Nie mogłem się powstrzymać.

– Powinieneś przyjrzeć się bliżej – zachęciła, wskazując swoją pracę. – Powiedz mi, co widzą twoje bystre oczy.

Podeszłam do tamborka, przerażona, że wyczytam z niego jakąś tajną wiadomość i padnę ofiarą szantażu. Jednak na jej hafcie widniały po prostu trzy zwierzęta. Styl północy nigdy nie był uważany za jedną z najwspanialszych szkół haftowania w kraju – A'landczycy lubowali się w bardziej skomplikowanych, złożonych wzorach – a mimo to dzieło Lady Sarnai miało w sobie elegancję…

– Opisz, co widzisz.

– Tygrysa, czyli twojego ojca. I smoka, czyli cesarza Khanujina.

A także rozpoczętego ptaka – unosił się nad nimi, w szponach ściskając perłę, po którą sięgał zarówno tygrys, jak i smok.

– Wydajesz się zdezorientowany – zauważyła Lady Sarnai. – Perła reprezentuje A'landi, a ptak powoduje rozłam między tygrysem a smokiem, tak jak magia powoduje rozłam między północą a południem. – Nachyliła się. – Wy, południowcy, i ja się różnimy, ale jesteśmy bogobojnymi ludźmi. Obecność magii w A'landi jest nienaturalna. Podsyca konflikt między moim ojcem a cesarzem.

Przypomniałam sobie ostrzeżenie Yindiego.

– Ale nie każda magia jest dziełem demonów, prawda, Wasza Wysokość? Nie każda magia jest zła?

Cień przemknął po twarzy Lady Sarnai, a ja zastanowiłam się, co magia zrobiła z jej ojcem, że tak ją przeraziła.

– Magia jest źródłem wszelkiego zła na tym świecie, a w jej sercu znajdują się czarodzieje. Bo kimże są demony, jeśli nie upadłymi czarodziejami? – prychnęła. – Nie oczekuję, że chłopak ze wsi, jak ty, to zrozumie.

Skłoniłam głowę.

– Tak, Wasza Wysokość.

– Mój ojciec od początku nie ufał cesarzowi Khanujinowi – ciągnęła – ale nigdy nie powiedział mi dlaczego. Dlaczego w ogóle zaczął tę wojnę.

Zacisnęła usta. Wydawało mi się, że dostrzegam smutek w jej ciemnych oczach. Było mi trudno myśleć o Lady Sarnai – wysoko urodzonej damie – jako o więźniarce.

– Pamiętam, że w dzieciństwie spotkałam Khanujina – kontynuowała. – Był chorowitym dzieckiem, szczególnie w porównaniu ze swoim starszym bratem, następcą tronu. Miał skórę żółtą jak piasek i ledwie potrafił wsiąść na konia. A teraz proszę. Jest taki…

Urwała, a ja nie śmiałam podsunąć jej słowa, które przychodziło mi na myśl: wspaniały.

Zamilkła, jakby czekała na moją reakcję, ale mimo usilnych starań zupełnie nie pojmowałam, do czego zmierza.

Jak musiała się czuć, zdegradowana z roli księżniczki A'landi do roli córki zdrajcy? Od wieków spośród członków jej rodziny wybierano szansena, który służył jako przywódca militarny A'landi i chronił kraj przed wrogimi sąsiadami z północy. Jednak kiedy ojciec i brat Khanujina zginęli, obecny szansen odmówił posłuszeństwa Khanujinowi. Tak zaczęła się Wojna Pięciu Zim.

Poczułam ukłucie bólu, wspominając czas, w którym moja ojczyzna stanowiła jedność, a moja rodzina była w komplecie. Nawet teraz, po ogłoszeniu rozejmu, nikt nie wie, dlaczego szansen nie chciał służyć Khanujinowi. Lady Sarnai sugerowała, że to miało coś wspólnego z magią.

– Chcę, żebyś zbliżył się do Edana – przerwała wreszcie ciszę. – Poznaj jego siłę i słabości. Dowiedz się, co trzyma go przy Khanujinie. Skąd jego lojalność?

Zrobiłam krok w tył.

– Nie… nie sądzę, żeby mi powiedział.

– Jest kapryśny – stwierdziła – ale mam przeczucie, że przed tobą się otworzy. Prezentujesz się nie najgorzej, a Lord Czarodziej musi być samotny.

Podejrzewam, że na mojej twarzy malowało się przerażenie, bo Lady Sarnai zachichotała. Złączyła palce.

– Dobrze sobie radzisz w konkursie, mistrzu Tamarinie, ale mistrz Norbu cię prześciga. Dowiedź swojej użyteczności, a może spojrzę na ciebie przychylniej.

– Wasza Wysokość, sądziłem, że wygrana w konkursie jest kwestią umiejętności.

– Bo jest – potwierdziła, otwierając wachlarz.

Był to jeden z najpiękniejszych wachlarzy, jakie widziałam. Artysta namalował kwiaty z taką dbałością, że musiały zająć mu miesiące.

– Ale sztuka to luksus pokoju – oznajmiła, zbliżając wachlarz do świecy. – Rzemieślnicy tacy jak ty zostają żołnierzami w czasach wojny. Nie zapominaj.

– Jak mógłbym zapomnieć? – szepnęłam. Bolało mnie serce, gdy patrzyłam, jak głodne płomienie liżą wachlarz. – Dorastałem, poznając trudy wojny.

– No właśnie. – Wrzuciła płonący wachlarz do kadzielnicy.

Musiałam się powstrzymać, by nie pobiec mu na ratunek. Obserwowałam, jak długa drewniana rączka trzeszczy w ogniu, a pomalowany jedwab niszczeje i spala się na popiół.

– Wojna wymaga poświęceń – rzekła Lady Sarnai – i to z nich bierze się pokój. Czasami musimy rozstać się z tym, co nam drogie, dla przyszłości naszego kraju. Czy to z pięknym wachlarzem, czy z naszym honorem, czy nawet z naszym życiem. Ostatecznie i tak wszyscy należymy do bogów.

Jej ton stał się cięższy. Zastanawiałam się, o czym myśli – czy żałuje, że zgodziła się poślubić cesarza Khanujina.

– Potrzebuję krawca, który będzie rzemieślnikiem, ale też żołnierzem, gdy go o to poproszę. Zrobisz to dla mnie? – spytała. – Udowodnisz swoją użyteczność w czasach wojny i czasach pokoju?

– Tak, Wasza Wysokość – odparłam sztywno.

– Dobrze. Z niecierpliwością czekam na twój projekt, mistrzu Tamarinie.

Skłoniłam głowę i nie odwracając się tyłem do Lady Sarnai, powłóczyłam nogami w stronę wyjścia. Na zewnątrz naszła mnie myśl, że to spotkanie mogło być pewnego rodzaju testem. Ciekawe, czy zdałam…

Czy zawiodłam na całej linii.

Rozdział czternasty

Na czas odbudowy Sali Najwyższej Pracowitości Norbu i mnie przydzielono nowe pracownie w okolicach komnat Lady Sarnai, jednak nie mogłam się tam udać – musiałam umknąć przed jej czujnym wzrokiem.

Schowałam się więc na dziedzińcu niedaleko mojego pokoju i na pocieszenie przeczytałam list od Baby. Był krótki i nie wspominał o Ketonie, ale jego ostatnie słowa sprawiły, że pękło mi serce.

Próba cesarza będzie trudna, ale wiedz, że bez względu na to, czy zwyciężysz, czy zostaniesz odesłany do domu, dla mnie już jesteś najlepszym krawcem w A'landi. Schwytałeś wiatr – zawsze wierzyłem, że schwytasz.

Przycisnęłam list do piersi.

– Chwytaj wiatr – szepnęłam. – Bo zostaniesz latawcem, który nigdy nie wzleci. – To słowa Finleia. Zawsze mi je powtarzał.

Żałowałam, że nie byłam z nim tak blisko, jak z Sendem. Ze wszystkich braci Finlei martwił się o mnie najbardziej, a jednocześnie to on namawiał mnie, bym opuściła warsztat Baby.

– Nie zostaniesz najlepszą krawcową na świecie, jeśli nie wyjdziesz z domu – mawiał. – Chodź, przeżyjemy przygodę i pobudzimy twoją wyobraźnię.

Na palcach jednej ręki mogłam zliczyć, ile razy skorzystałam z tej oferty. Ach, jaka wtedy byłam uparta. Teraz bym się nie zawahała.

– Wyjechałam z warsztatu Baby – powiedziałam cicho. Miałam nadzieję, że mój brat czuł dumę, gdziekolwiek się znajdował.

Ostrożnie złożyłam papier. List Baby na nowo zmotywował mnie do działania. Sięgnęłam po szkicownik i zabrałam się do nowego projektu.

Nie mogłam wrócić do domu, nie, kiedy cesarz Khanujin dał mi drugą szansę. Tak niewiele brakowało. Mój ostatni projekt musiał być zachwycający – godny bogów.

Jednak nie potrafiłam się skupić, gdyż sumienie co chwilę przypominało mi o rozkazie Lady Sarnai. Nie chciałam szpiegować Edana!

Ale powinnaś, jeśli chcesz wygrać, podpowiadał wewnętrzny głos.

Zdegustowana sobą wykreśliłam szkic i zmięłam kartkę, potem następną, następną i następną.

Jęknęłam z frustracji.

– Podobno Khanujin dał ci drugą szansę.

Wstałam i obróciłam się w stronę intruza. Ten jeden raz nie zdziwiłam się, że to on. Właściwie odetchnęłam z ulgą.

– Gdzie się podziewałeś?

– Spałem. Odbudowanie ponad dwudziestu zmiażdżonych kości potrafi wykończyć nawet mnie.

Ujął moją dłoń, a ja natychmiast zesztywniałam.

– Rozluźnij się. – Przyciągnął moją rękę do twarzy, by się jej przyjrzeć. – Ładnie się goi, ale minęło dopiero kilka dni. Powinnaś więcej odpoczywać.

Zabrałam dłoń.

– Jak mam odpoczywać, kiedy dostałam kolejne zadanie? O mało nie przegrałam.

Edan odchrząknął.

– Cesarz dobrze zrobił, że przedłużył konkurs. To szlachetne z jego strony. Oczywiście nie spodziewałbym się niczego innego. – Wyłapałam nutę sarkazmu w jego głosie. – Powiedział, że widzi w tobie siebie.

Wróciłam do szkicowania, lecz ciekawość kazała mi dociec:

– To znaczy?

– Młodego mężczyznę, który pragnie osiągnąć sukces. Nikt nie sądził, że Khanujin zostanie cesarzem. Musiał nauczyć się wszystkiego w bardzo krótkim czasie. Tak jak ty... Nie chciał tak prędko cię odprawiać. – Gdy nie odpowiedziałam, Edan zasłonił oczy przed słońcem i spytał: – Zawsze pracujesz na dworze?

– Tylko kiedy szkicuję. Czerpię inspirację z natury.

Zerknął mi przez ramię.

– Morska suknia?

– Inspirowana moim domem. – Westchnęłam. – To nie ma znaczenia. Norbu i tak wygra.

– Och? – Edan udał ignorancję. – Bo jest najlepszy?

Poczułam ukłucie zazdrości.

– Tak. Jest mistrzem i najlepszym krawcem w A'landi.

– To prawda, jest mistrzem – przyznał Edan. – Ale ty też. Gdybyście mieli miesiąc na każde z tych zadań, na pewno oboje wyczarowalibyście cuda. Ale nie stworzycie arcydzieła w tydzień. A przynajmniej nie bez pomocy. – Wypuścił powietrze. – Pamiętasz, co ci mówiłem?

– Że Norbu używa magii. W jaki sposób?

– Ma farbę, która maluje ilustracje – zdradził. – To podstawowa magia, wytrzymuje tylko kilka godzin, najdłużej dzień lub dwa. Do tej pory był ostrożny i prześlizgiwał się do kolejnych etapów, pilnował, żeby nie wygrywać.

Teraz wszystko nabrało sensu. To dlatego Norbu nigdy nie pokazywał swojego projektu aż do dnia prezentacji. Dlatego zawsze zachowywał się tak zagadkowo. Dlatego chciał spalić swój żakiet.

– Magia to dzika, nieokiełznana energia, która nas otacza – wyjaśnił Edan. – Niektórzy są na nią bardziej czuli niż inni. My, czarodzieje, nosimy talizmany, które pozwalają nam się nią posługiwać, i w rzadkich przypadkach czarujemy przedmioty codziennego użytku, takie jak twoje nożyczki, by pomagały nam w pracy lub dawały innym tymczasowy dostęp do magii.

Zmarszczyłam czoło. Edan nie nosił pierścieni ani amuletów, w przeciwieństwie do cesarza Khanujina.

– Nie widzę żadnych talizmanów.

– Gdybym powiedział ci dlaczego, zyskałabyś nade mną zbyt wielką władzę – oznajmił z uśmiechem. – No, nie krzyw się tak, bo będziesz miała zmarszczki. – Zaczekał, aż rozluźnię mięśnie twarzy. – Ja nie potrzebowałbym magicznej farby, by stworzyć iluzję, ale zwykły człowiek, taki jak Norbu, już tak. Musi coś oddać, na przykład naparstek krwi, za każdym razem, gdy pragnie jej użyć. Na pewno kosztowała go fortunę.

– Dlaczego nikt inny nie widzi, że jego projekty to iluzje?

– Och, sam w sobie jest świetnym krawcem, więc używa magii oszczędnie. Jednak ja widzę to wyraźnie, a pożyczoną magię zawsze można cofnąć. – Postukał się knykciami po brodzie. Wyglądał na zamyślonego. – Podejrzewam, że mógłbyś go zdemaskować z pomocą wiadra wody. W końcu używa farby.

– Ja też używałam magii – przypomniałam mu cicho. Czułam się z tym źle.

– Tak. – Nachylił się nade mną. – Ale magia twoich nożyczek nie jest pożyczona.

– Co masz na myśli?

– Nie zapłaciłaś za nią krwią. – W jego lewym policzku pojawił się dołeczek. – To znaczy, że w twoich żyłach płynie odrobina magii.

Nie znałam historii nożyczek mojej babki, nie miałam też pojęcia, czy Baba wiedział o ich magicznych właściwościach.

– To było takie proste – szepnęłam. – Praca z nożyczkami… Szal wyglądał, jakbym zrobiła go sama, a jednak nie zrobiłam. Nie do końca. Nie wiedziałam, jak mam się czuć: dumna, zawstydzona czy…

Dołeczek zniknął.

– Czuj się szczęśliwa. Twoje nożyczki zdecydowały się do ciebie przemówić. To dar, taki dar, którego możesz potrzebować. – Odczekał moment, a potem szeptem dodał: – Taki dar, który możesz stracić, jeśli przestaniesz być godna jego mocy.

Smutek w jego głosie poruszył czułą stronę mojej duszy. Zastanowiłam się, czy uważał swoją własną magię za dar. Dlaczego wcześniej mu nie ufałam? Zawsze mi pomagał. Zawsze we mnie wierzył.

A Lady Sarnai kazała mi go zdradzić.

– Milczysz – zauważył. – Czy to, co mówię, cię martwi?

– Nie, nie o to chodzi. – Przeniosłam ciężar z nogi na nogę. Kamyk w bucie uwierał mnie jak nigdy wcześniej.

– Więc o co? – Jego szelmowski uśmiech powrócił, odrobinę posępniejszy niż wcześniej, jednak widziałam, że Edan stara się rozluźnić atmosferę. – Powinienem wyciągnąć z ciebie prawdę? Może serum pomoże…

Nie mogłam dłużej wytrzymać.

– Lady Sarnai kazała mi cię szpiegować – wyrzuciłam z siebie.

Przez sekundę nie reagował. A potem, przeklęty, wybuchnął śmiechem.

– Co cię tak bawi? – Oparłam ręce na biodrach. – Nie wierzysz mi?

– Kiedy dała ci ten rozkaz? – zapytał między napadami śmiechu.

Już żałowałam, że zdradziłam mu prawdę.

– Dziś rano.

– Więc jest jeszcze głupsza, niż myślałem.

– Dlaczego? Ma powody, żeby ci nie ufać.

– Tak – zgodził się. – Ale żeby prosić ciebie? Byłabyś najgorszym szpiegiem na świecie, Maiu Tamarin, ponieważ absolutnie nie umiesz kłamać. – Nie przestawał chichotać. – Dlaczego mi powiedziałaś? Czy mogę podejrzewać, że w końcu się do mnie przekonałaś?

Posłałam mu moje najgroźniejsze spojrzenie. Edan miał talent do irytowania mnie.

– Jestem lojalna wobec cesarza. Służysz mu, więc ci powiedziałam.

– A już myślałem, że to przez wzgląd na moją sympatię i naszą kwitnącą przyjaźń.

– Lubiłam cię bardziej, kiedy miałam cię za eunucha – mruknęłam.

Był na wpół rozbawiony, na wpół obrażony.

– Miałaś mnie za eunucha?

– Wysoko postawionego eunucha. – Zadarłam nos. – Takiego, który ubiera się ponad swoją pozycję.

– Jestem zbyt przystojny na eunucha – zaprotestował.

– Polemizowałabym. Niektórzy są dosyć przystojni, a ty... – Szukałam odpowiedniej obelgi. – Cesarz Khanujin jest od ciebie przystojniejszy.

Na jego usta wstąpił lekki grymas, którego zupełnie nie potrafiłam zinterpretować. Nie wiedziałam, czy go ubodłam, czy może rozbawiłam.

– Czy to prawda, że szansen wezwał demony, żeby zamordowały ojca cesarza?

Grymas zniknął.

– Kto ci to powiedział?

– Lady Sarnai. Powiedziała, że jej ojciec musiał zapłacić wysoką cenę za układanie się z demonami.

– To prawda, że szansen układał się z demonami – zaczął ostrożnie Edan. – Ale to, czy kazał im zabić ojca Khanujina, to zupełnie inna sprawa. Dziwne, że usłyszałaś o tym od Lady Sarnai.

– Myślę, że Lady Sarnai nienawidzi swojego ojca za używanie magii. I ciebie za bycie czarodziejem.

– Ona nienawidzi wszystkich – rzucił wesoło.

Zmarszczyłam brwi, widząc, jak beztrosko przyjął moje słowa.

– Powiedziała, że demony to upadli czarodzieje.

– Teraz się o mnie martwisz, Maiu? – Znów zachichotał. – Nie obawiaj się. Nie grozi mi przemiana w demona, zapewniam cię. Jestem o wiele potężniejszy niż wszelkie demony, które mógłby zwerbować szansen.

Pierwszy raz jego arogancja podniosła mnie na duchu. Chciałam mu uwierzyć, więc uwierzyłam.

– Bądź ostrożna, Maiu – ostrzegł mnie szeptem. Zdziwiła mnie nagła zmiana w jego tonie. – Lady Sarnai dowie się, że ją zdradziłaś. Przejąłbym się, gdyby coś ci się stało.

Zapomniałam języka w gębie i wcale mi się to nie podobało. Uniosłam brew.

– Przejąłbyś się? – powtórzyłam.

Wycofał się.

– Tak – oznajmił nonszalancko. – Bez względu na to, kim jesteś, masz wielki talent, a także magiczne zdolności. To wystarczy, żebym czuł się za ciebie w pewnym sensie odpowiedzialny.

Przewróciłam oczami.

– Wiesz, jesteście do siebie podobni.

Skrzywił się, jakbym śmiertelnie go obraziła.

– W jakim sensie?

– Oboje lubicie naigrawać się z innych. Ona wykorzystuje konkurs, żeby znieważyć cesarza Khanujina, a ty…

– Nie naigrawam się z cesarza – przerwał mi Edan. – Nigdy.

Ale naigrawasz się ze mnie, pomyślałam.

– Jeśli Lady Sarnai i ja jesteśmy podobni pod jakimkolwiek względem, to takim, że oboje mamy niewiele do powiedzenia w kwestii naszej przyszłości. Ona daje upust swojej frustracji, sabotując ślub, a ja mojej, zgłębiając wiedzę.

– Na jaki temat?

Spojrzał mi w oczy.

– Ludzi, którzy mnie interesują.

– Nie wyglądasz na kogoś, kogo interesowałby konkurs krawiecki.

– Bo nie interesował – przytaknął – dopóki nie zobaczyłem twoich nożyczek.

Wiedziałam, co chce powiedzieć.

– Nie zamierzam ich używać, Edanie...

– To nie jest oszustwo.

– Lady Sarnai nienawidzi magii.

– Mając wybór między dwoma krawcami, którzy używają magii, powinna wybrać tego, który robi to lepiej. Twoje nożyczki odzwierciedlają twój talent, farba Norbu nie. A poza tym nie przyjechałaś tu z tego samego powodu co inni. Longhai, Norbu, Yindi, oni wszyscy pragnęli tego stanowiska dla chwały. Ty chcesz przywrócić dobre imię rodzinie. No i udowodnić sobie, że potrafisz dorównać każdemu mężczyźnie.

Miał rację, choć brakowało mi odwagi, by przyznać to na głos.

– Ale doceniam, że ostrzegłaś mnie przed Lady Sarnai – rzekł. – Dziękuję.

Ta szczerość zbiła mnie z tropu.

– Nie myśl, że zrobiłam to, bo uważam cię za przyjaciela.

– Czarodzieje nie mają przyjaciół. – Odchrząknął. Odniosłam wrażenie, że zdradził coś, czego nie chciał zdradzać. – Dobranoc, mistrzyni Tamarin.

– Mistrzu Tamarinie! – zawołałam za nim. Któregoś dnia Edan doprowadzi mnie do zguby. Czułam to w kościach.

• • •

Nie powinnam była zastać uchylonych drzwi. Zawsze pamiętałam, by zamykać pokój, szczególnie że nie miałam przywileju w postaci zamka. Weszłam do środka z walącym sercem. Coś tu nie grało.

Tych kilka rzeczy, które ze sobą przywiozłam, leżało porozrzucanych na łóżku – szkice, listy z domu, a także nożyczki Baby. Żałowałam, że intruz nie okazał się zwykłym złodziejem, bo prawda bolała o wiele bardziej.

Norbu.

– Wyjdź – poleciłam chłodno.

Posłał mi sztuczny uśmiech.

– A dlaczego miałbym wychodzić? – zadrwił. – Szkoda, że nie spłonąłeś w pożarze. A przy okazji, jak tam twoja ręka? Lord Czarodziej ją wyleczył? – Przeciągnął dłonią po mojej poduszce. – Jak zapłaciłeś za jego usługi?

Powstrzymywałam się, żeby go nie uderzyć.

– Wyjdź – powtórzyłam.

Nie poruszył się.

– Wiesz, jaką cenę płacą ci, którzy okłamują cesarza? – zapytał powoli, jakby upajał się każdym słowem. – Połamią ci kości jedna po drugiej. Kruki żywcem wydrapią ci oczy.

– Nie wiem, o czym mówisz.

Uśmiechnął się szerzej.

– Biegasz całkiem szybko jak na kalekę, młody Tamarinie, biorąc pod uwagę twoje urazy wojenne.

Ścisnęło mnie w gardle.

– Nie...

– Coś w tobie zawsze mi nie pasowało, ale nie potrafiłem stwierdzić co – przerwał mi. – Nigdy nie słyszałem, żeby stary mistrz Tamarin miał tak utalentowanego syna, więc trochę popytałem. Twój ojciec stracił dwóch synów w Wojnie Pięciu Zim. Przeżył tylko trzeci, kaleka. Nikt nie był w stanie mi powiedzieć, jak ten radzi sobie z igłą, więc odpuściłem... aż do naszego spotkania w noc pożaru. Zobaczyłem, jak biegasz po sali, i zacząłem się zastanawiać. Nie połączyłem faktów od razu, jednak potem dowiedziałem się od ministra Lorsy, że stary Tamarin ma jeszcze jedno dziecko... – Podniósł jeden z moich lnianych pasów. – Córkę, która, tak się składa, pracowała w jego warsztacie jako krawcowa.

Kolana się pode mną ugięły. Chciałam oskarżyć go o kłamstwa, ale miałam gulę w gardle.

Zaśmiał się.

– Szyjesz lepiej niż większość dziewczyn. To największy komplement, jaki ode mnie usłyszysz. Wycofaj się z konkursu, a nie zdradzę Jego Wysokości, kim naprawdę jesteś.

– Dlaczego? Boisz się, że przegrasz z kobietą?

– Nie. – Skrzywił twarz w okrutnym grymasie. – Ale twój ojciec stracił dwóch synów i nie wiem, jak poradzi sobie ze śmiercią córki.

Te słowa wbiły niewidzialny sztylet w moje serce.

– Więc idź, powiedz cesarzowi. – Głos mi drżał. – A ja... ja mu powiem, że otrułeś mistrza Huana.

Zarechotał.

– Longhai naopowiadał ci historyjek, co? Nic nie udowodnisz. Żadne z was nic nie udowodni.

Zacisnęłam pięści. Nie pokazałam po sobie bólu, kiedy mięśnie przypomniały mi, że dłoń wciąż się goi.

– Nie zaprzeczasz.

– Nadszedł jego czas. Jego projekty wyszły z mody, a cesarz i tak potrzebował nowego krawca.

– Ale ty nim nie zostaniesz!

Omal nie oskarżyłam go o używanie magii, ale się powstrzymałam. Gdybym udowodniła to przy Lady Sarnai, może odprawiłaby go do domu.

Norbu dotknął mojego policzka i przycisnął udo do mojej nogi.

– Zawsze uważałem, że przystojny z ciebie chłopak. Co powiesz na małego całusa?

Nadepnęłam mu na stopę, a potem wymierzyłam mu policzek.

– Ostrzegam cię. – Chwyciłam nożyczki z łóżka i wycelowałam w jego żebra. – Wyjdź. Teraz.

Znowu się zaśmiał.

– Nie martw się, nie zdradzę twojego sekretu… jeszcze. – Stanął w drzwiach, ale się obrócił. – Właściwie to nawet cię szanuję. Szkoda, że czeka cię okrutny upadek.

Po tych słowach odszedł.

Panika, która mnie zmroziła, odtajała, wiążąc mój żołądek w ciasny, twardy supeł. Drżącymi rękoma ochlapałam twarz zimą wodą, lecz nawet to nie przepędziło cieni z mojego serca.

Nie mogłam pozwolić, by Norbu zwyciężył. Nie mogłam się go bać, mimo że znał mój sekret.

Wygram ten konkurs, bez względu na cenę.

Rozdział piętnasty

Nie mogłam zasnąć, czując nad sobą zagrożenie w postaci Norbu. Podskakiwałam na każdy dźwięk – pisk myszy pod drzwiami, szelest liści na dachu. A jednak nikt nie przychodził, co oznaczało, że Norbu nie zdradził cesarzowi mojej tajemnicy. Jeszcze.

Im więcej się martwisz, tym mniej skupiasz się na tym, by go pokonać, zganiłam się w duchu. Kątem oka dostrzegłam nożyczki i się podniosłam. *A zamierzasz go pokonać*.

Pracowałam całą noc – szkicowałam, aż poranne światło wlało się do komnaty. Dłoń miałam brudną od węgla, palce sztywne od rysowania, lecz w końcu na papierze pojawiła się suknia idealna. Wzięłam szkicownik pod pachę, pomknęłam do nowej pracowni i zaczęłam rozkładać tkaniny na stole.

Najpierw skonstruowałam gorset, nakładając płachty lśniącego bladoniebieskiego jedwabiu na satynę i zszywając wszystko razem. To połączenie przywodziło na myśl migoczący ocean – widok, z którym dorastałam.

Szyłam wolniej ze względu na osłabioną rękę, ale moje ściegi nadal były idealne, tak ciasne, że nie przebiłaby ich nawet najcieńsza igła. Ozdobiłam kołnierz setką maleńkich perełek, które lśniły jak gwiazdy, a także srebrną koronką.

Około południa ciche pukanie rozproszyło moją uwagę.

Założyłam, że to Edan – przyzwyczaiłam się do jego niezapowiedzianych wizyt i prawdę mówiąc, wyczekiwałam ich, szczególnie teraz. Może mógłby mi doradzić, co zrobić z Norbu.

Okazało się, że to Ammi przyniosła mi posiłek.

Służka kuchenna uśmiechała się szeroko. Odłożyła tacę na okrągły drewniany stół i spojrzała na gorset na moich kolanach. Zachłysnęła się, podniosła go i przycisnęła do piersi.

– To część sukni dla Lady Sarnai? W życiu nie widziałam nic piękniejszego.

– Naprawdę? – Wzięłam głęboki wdech. – Jeszcze nie skończyłem.

Ammi oddała mi gorset.

– Co jeszcze planujesz zrobić?

Ucieszyłam się na chwilę przerwy, więc pokazałam Ammi mój szkic.

– Myślisz, że jej się spodoba?

– Nawet bogini Amana byłaby zachwycona – oznajmiła stanowczo Ammi.

Westchnęłam.

– Czasami wydaje mi się, że nawet Amana jest mniej wybredna niż Lady Sarnai.

Obie zachichotałyśmy i na moment zapomniałam, że powinnam udawać chłopaka. Opanowałam się, ale Ammi nie zauważyła, że wypadłam z roli.

– Dasz radę skończyć w tydzień? – spytała.

Krótki termin stanowił moje główne zmartwienie.

– Zrobię, co w mojej mocy.

– Norbu nawet nie zaczął – zdradziła mi. – Zaniosłam mu jedzenie i nie zastałam go w pracowni.

Odchrząknęłam. Wiedziałam, dlaczego nie mógł zacząć pracy nad projektem.

– Wiesz, dokąd poszedł?

– Nie, ale dzisiaj nikt nie może opuszczać pałacu. Wrócił Lord Xina. Cesarz nie jest zadowolony. Wrota pozostaną zamknięte aż do jego wyjazdu.

– Rozumiem. Dziękuję, Ammi. Nawet nie wiesz, jak mi pomogłaś.

Ramiona Ammi zadrżały tak, jak moje, gdy zaprzątało mnie coś, co powinnam zachować dla siebie.

– Widziałam, jak Lord Czarodziej obserwuje cię podczas zadania – wypaliła. – Czemu mi nie powiedziałeś… – Przygryzła wargę. – Zrozumiałabym, ale założyłam…

– Myślisz, że jestem z Edanem? – Nie wiedziałam, czy mam być przerażona, czy rozbawiona. – Lordem Czarodziejem.

– Nikomu nie powiem – zapewniła mnie prędko. – W każdym razie to wiele wyjaśnia. – Odchrząknęła, cała czerwona. – Często flirtował ze służkami, ale zawsze się zastanawiałam, dlaczego nie wybrał sobie którejś z nich. Bogowie wiedzą, że się na niego rzucały.

Już otwierałam usta, by powiedzieć, że postradała zmysły, jeśli myślała, że wdałam się w jakiś zakazany romans z Edanem, ale w ostatniej chwili się powstrzymałam. Gdyby Ammi uznała mnie za chłopaka, który nie interesuje się dziewczynami, moglibyśmy się zaprzyjaźnić. Rozpaczliwie pragnęłam przyjaciółki w pałacu.

– Jest bardzo przystojny – przyznałam. Zdziwiłam się, gdy odkryłam, że wcale nie kłamię. Zacisnęłam usta. Co jeszcze mogłam powiedzieć o Edanie? Był wysoki i szczupły, nie w typie żołnierza, jak cesarz, ale równie silny. Nie, nie mogłam tego powiedzieć! Nie mogłam też mówić o jego oczach i o tym, jak zmieniają kolory.

– Dba o ciebie – stwierdziła ze śmiechem. – Rumienisz się.

– Wcale nie! – zaprzeczyłam. Chcąc zmienić temat, podniosłam szkic sukni. – Proszę, poradź mi jako dziewczyna, która dorastała na cesarskim dworze. Osoba o pozycji Lady Sarnai wolałaby szerokie rękawy czy bufki, które opadają na ramiona, jak na zachodzie...?

Ammi została ze mną tak długo, jak mogła. Opowiadała mi o pałacowej modzie i sugerowała, co może spodobać się Lady Sarnai. Gdy wyszła, szyłam tak długo, aż pęcherze na moich palcach popękały i musiałam je zabandażować. Czułam, że w tym zadaniu będę potrzebowała nożyczek.

Rozłożyłam płachtę szafirowego jedwabiu na blacie i sięgnęłam po nożyczki. Światło odbiło się od ostrzy i zatańczyło na ścianach. Podniosłam nożyczki, a one zaczęły świecić.

•••

Dopiero gdy wyprasowałam suknię i zaniosłam ją do komnat Lady Sarnai, zdałam sobie sprawę, że od kilku dni prawie nie jadłam ani nie spałam.

Mimo to nie byłam głodna ani zmęczona, tylko zestresowana.

Norbu już czekał z suknią na drewnianym manekinie. Wybrał cięższy jedwab, który z daleka wyglądał niemal jak aksamit, w kolorze ciemnego burgundu, przypominającym krew. Jak zwykle każdy element jego dzieła zachwycał – bluzka obszyta czarnym futrem przy kołnierzu, szarfa ozdobiona paciorkami z nefrytu i szkarłatnej politury, spódnica z haftowanym wzorem złotych feniksów, które szybowały w górę ku zgrabnie drapowanym fałdom. Jednak moja suknia była zjawiskowa.

Zakrywałam swoją pracę materiałem, żeby ochronić ją przed słońcem. Kątem oka zauważyłam, że Norbu przystaje, by się ze mną przywitać.

Kopnął spódnicę.

– Nieźle jak na chłopaka – zaakcentował – ze złamaną ręką. – Dotknął mojego przedramienia, a ja się wyrwałam.

– Zostaw mnie.

Cmoknął, ale mnie puścił. Zjawili się Lady Sarnai, Edan i minister Lorsa, jednak brakowało cesarza. Gdzie on się podziewał?

Zerknęłam na Edana, lecz on patrzył na moją suknię. Czy to uśmiech błąkał się na jego ustach?

Odwróciłam wzrok i dostrzegłam imbryk na jednym ze stolików Lady Sarnai. Miałam nadzieję, że nie będę musiała wylewać herbaty na suknię Norbu, by zdemaskować jego iluzję. Wydawało się oczywiste, że moja suknia jest lepsza.

– Mistrzu Norbu – zwróciła się do mojego rywala Lady Sarnai. – Twoja suknia spodobałaby się mojej matce.

Ruszyła ku mnie. Jak mogła mieć tyle wdzięku, a jednocześnie być tak okrutna? Choć jej nie lubiłam, musiałam przyznać, że ją podziwiam.

Odsłoniłam suknię i usłyszałam kilka zachwyconych okrzyków ze strony służek Lady Sarnai.

– Jest wspaniała – szeptały między sobą.

– To najpiękniejsza suknia, jaką w życiu widziałam.

– Wszystkie panie na dworze będą taką chciały.

Oparłam ciężar ciała na lasce, pławiąc się w ich pochwałach. Setny raz przyjrzałam się mojej sukni krytycznym okiem i spróbowałam znaleźć powód, dla którego Lady Sarnai mogłaby ją odrzucić. Nie znalazłam żadnego.

Suknia miała odcień delikatnego, perłowego błękitu – jednej z barw, które w dzieciństwie nauczył mnie dostrzegać Sendo. Wierzchnia warstwa, krótka szata zawinięta pod szarfą i związana srebrnym sznurkiem, była ciemniejsza, głęboko szafirowa, a długie rękawy miały wyhaftowane maleńkie pąki róż i szybujące żurawie o majestatycznych białych skrzydłach. Spódnicę zdobiły jasnoróżowe lilie wodne i złote rybki pluskające się w srebrnym stawie nad lamówką wysadzaną perłami i obszytą warstwami koronki, które przypominały fale.

Czułam, że wszyscy się zgodzą, iż moja suknia bardziej pasuje do cesarzowej. Z pewnością była piękniejsza.

Wypuściłam powietrze, pewna, że wreszcie go pokonałam.

– Wspaniała suknia – szepnęła Lady Sarnai. – Mistrzu Tamarinie, przeszedłeś sam siebie.

Miała łagodną, niemal przyjazną minę. Może wizyta Lorda Xiny poprawiła jej humor?

– Niestety – powiedziała głośno – konkurs musi dobiec końca. Obaj mistrzowie są niezwykle utalentowani, ale czuję, że jeden z nich będzie służył mi lepiej niż drugi. – Łagodność zniknęła i Lady Sarnai ostro spojrzała na Lorsę.

Eunuch klasnął w dłonie i ogłosił:

– Wygrywa mistrz Norbu.

Krew napłynęła mi do uszu i usłyszałam bicie własnego serca. Co? Po tym wszystkim, co się wydarzyło, to nie mogło się tak skończyć. Nie mogłam zawieść Baby i Ketona, nie w taki sposób.

– M-mistrz Norbu nie może wygrać – wydukałam. – Jego suknia to iluzja.

Zanim ktokolwiek zdążył mnie powstrzymać, sięgnęłam po imbryk i wylałam herbatę na dzieło Norbu.

Suknia zwiędła, głęboki burgund zbladł, a jedwab przerzedził się i schropowaciał. Futro i paciorki powoli zniknęły, złote feniksy zmarszczyły się i wyświechtały, aż wreszcie naszym oczom ukazała się zwykła płachta białego jedwabiu zebranego w kształt sukni.

– No i proszę – odezwał się Edan sekundę po tym, jak Lorsa sapnął z niedowierzaniem. – Magiczna sztuczka, i to wyjątkowo słabo wykonana. Mistrz Tamarin jest bardziej utalentowany, to jasne.

Lady Sarnai założyła ręce na piersi i się skrzywiła.

– Mimo to wolę, by służył mi Norbu.

– Ale... Wasza Wysokość – zaprotestował słabym głosem Edan – wszyscy wiemy, jak bardzo nienawidzisz magii.

– Decyzja należy do mnie – upierała się Lady Sarnai. – Cesarz i ja uzgodniliśmy to, zawierając rozejm.

– Jego Wysokość i twój ojciec pozwolili ci wybrać krawca – wycedził Edan – nie szpiega. Rozumiem, że mistrz Norbu przystał na twoje warunki chętniej niż mistrz Tamarin.

Lady Sarnai zacisnęła szczękę i na mnie łypnęła.

Tymczasem Norbu nigdzie się nie wybierał.

– Mistrz Tamarin? – powtórzył spokojnie. – Chyba „mistrzyni" Tamarin?

Był szybki jak na takiego wielkoluda, a ja zareagowałam zbyt późno. Rozerwał moją tunikę i odsłonił pasy na piersi.

Lady Sarnai się zachłysnęła, a służki zasłoniły usta.

Zalała mnie lodowata fala paniki. Przez chwilę nie mogłam oddychać. Stałam nieruchomo, zszokowana, gdy świat wokół mnie wirował.

– To dziewczyna, Wasza Wysokość – rzekł Norbu. – Okłamała was wszystkich.

– Nie… – zaczęłam.

Lady Sarnai uniosła rękę i nas uciszyła.

– Lordzie Czarodzieju – zwróciła się do Edana, przywołując go do siebie. – Czy to prawda?

Nie wiedziałam, czy oskarża go, że wiedział, czy chce, żeby mnie sprawdził. Edan wbił we mnie niezłomny wzrok.

– Tak, to prawda.

Ścisnęło mnie w sercu. Popatrzyłam w oczy Lady Sarnai, czekając na chłodne słowa, których spodziewałam się po córce szansena. Jednak jej czoło pozostało gładkie, a usta wolne od wiecznego grymasu. Mijały minuty. W jej spojrzeniu dostrzegłam coś, czego nie znalazłam tam nigdy wcześniej: współczucie.

Ośmieliłam się marzyć, że okaże mi litość. W końcu byłam dziewczyną – jak ona. Ryzykowałam wszystko, by wyrwać się z roli, którą narzucał mi świat. Lady Sarnai rozumiała to jak nikt.

Machnęła ręką, a moje serce stanęło.

– Zabierzcie ją.

– Proszę, Wasza Wysokość! – zawołałam. – Proszę…

Jej strażnicy złapali mnie za ramiona. Obróciłam twarz w stronę Edana, ale on nie powiedział ani słowa na moją obronę. Norbu uśmiechał się pod nosem, a słudzy obserwowali wszystko z wybałuszonymi oczami.

– Jaka będzie jej kara? – spytał Edan.

Córka szansena się zastanowiła.

– Czterdzieści batów. Jeśli zemdleje, ocućcie ją i zacznijcie liczyć od początku. Powiem Jego Wysokości, że jutro ma zawisnąć.

Z mojego gardła wyrwał się zduszony okrzyk.

Edan ukłonił się Lady Sarnai. Był oschły, lecz posłuszny.

– Jak sobie życzysz.

Rozdział szesnasty

Do lochu prowadziło czterdzieści dziewięć stopni. Nie wiem, czemu je policzyłam – może aby się uspokoić. Na próżno.

Serce waliło mi tak szybko, że nie mogłam złapać tchu. Gdy strażnicy zaciągnęli mnie na dół, dyszałam ze zmęczenia. Poczułam smród zgnilizny, który wywrócił mi żołądek do góry nogami, i usłyszałam karaluchy oraz szczury drepczące po chłodnej, kamiennej podłodze.

Włoski na karku zjeżyły mi się ze strachu. Nie będę się bała, powiedziałam sobie. Nie będę się bała.

Moje oczy usiłowały przyzwyczaić się do ciemności – właściwie nie dostrzegłam, jak zaatakowali mnie strażnicy. Uderzyli mnie w żebra i podcięli tak, że wylądowałam na kolanach w stogu siana, kaszląca i skomląca.

Jeden z nich chwycił mnie za włosy, a potem przykuł za kostkę do ściany.

– Ostatnim razem te kajdany nosiła służąca, która okradła Jego Wysokość. Kazał obciąć jej ręce. Ciekawe, co zrobi z tobą.

Kaszlałam, aż w końcu udało mi się wziąć oddech. Nie potrafiłam sobie wyobrazić, że cesarz Khanujin wymierza tak okrutną karę. Ale właściwie co o nim wiedziałam?

Co wiedziałam o nich wszystkich?

Edan mnie nie obronił.

To bolało bardziej niż baty. Chociaż ostrzegał mnie, żebym nie brała go za przyjaciela, prawda? Powinnam była posłuchać.

Bez względu na to, co się stanie, nie będę krzyczeć. Nie pozwolę im mnie złamać.

Łatwiej pomyśleć, niż zrobić.

Strażnicy zerwali ze mnie tunikę i pasy tak szybko, że ledwie zdążyłam się zasłonić, a oni już mnie chłostali. Bicz smagnął moje plecy i skóra zapłonęła. Krew chlusnęła na posadzkę. Starałam się na nią nie patrzeć, tylko skupić się na zakrywaniu piersi i niewyobrażalnym odliczaniu do czterdziestu. Chłodne łzy pomagały, rozmazując obraz.

Strażnicy wpadli w rytm. Szybciej. Mocniej. Z każdym smagnięciem bicz wpijał się w moją skórę, a ja przygryzałam policzek od środka tak mocno, że usta wypełniła gorąca krew. Przy siódmym bacie krzyknęłam. Świat poczerniał, a potem wybuchł kolorami, i wybuchał od nowa z każdym uderzeniem, aż w którymś momencie zapomniałam oddychać między krzykami.

– Dosyć! – zagrzmiał nagle głos.

Ledwo go poznałam. Moje plecy płonęły. Runęłam na podłogę.

Kajdany upadły ze szczękiem i Edan otulił mnie swoją peleryną. Niósł mnie. Światło pochodni raziło mnie w oczy, lecz w powietrzu wciąż panowały chłód i wilgoć.

Usłyszałam jęk metalowych drzwi. Edan przeszedł pięć kroków i się zatrzymał. Ostrożnie usiadł, tuląc mnie na kolanach.

– Zostaw mnie – powiedziałam, ale moje słowa stłumił bulgot. Nawet ja siebie nie zrozumiałam.

– Otwórz. – Uniósł mój podbródek i wlał mi do ust jakiś płyn. – No dalej, Maiu, musisz to wypić.

Lekarstwo było tak gorzkie, że niemal je wyplułam. Tym razem Edan nie posłodził swojej mikstury.

Jednak ból zaczął powoli ustępować.

Głośno wypuściłam powietrze i spróbowałam odsunąć się od Edana, lecz on mocno mnie trzymał. Dotykał moich nagich pleców swoimi smukłymi palcami.

– Powinienem był przyjść tu wcześniej – powiedział przez zaciśnięte zęby.

Chwyciłam za pelerynę i przycisnęłam materiał do piersi.

– Czy jutro zawisnę? – spytałam.

– To cela dla wysoko postawionych więźniów – odparł, unikając odpowiedzi. – Jest trochę przyjemniejsza niż lochy.

Nadal czułam zapach zgnilizny, ale przynajmniej małe okno wpuszczało do środka trochę światła.

Odwróciłam się od Edana.

– Co się stało z Norbu?

– Zabrali go. Jego Wysokość był niezadowolony, gdy usłyszał, jak łatwo dał się przekupić.

– Więc zostanie stracony.

– Taka kara czeka tych, którzy spiskują przeciw cesarzowi.

Podniosłam wzrok, lecz mój głos zadrżał.

– Czy ja zostanę stracona?

– Poprosiłem Khanujina, żeby najpierw cię wysłuchał – rzekł, wyraźnie spięty.

– Po co? Wszyscy wiedzą, że jestem dziewczyną.

Milczał.

O dziwo prawie się nie bałam. Może baty mnie znieczuliły, a może czar, który rzucał na mnie Edan, gdy dotykał mojego policzka.

– Zostaniesz ze mną? – zapytałam cicho.

Otarł kąciki moich ust chustką.

– Do czasu, aż zaśniesz.

Wykończona oparłam głowę na jego piersi. Nie ruszał się. Nie objął mnie ani nie odsunął. Ale jego serce odrobinę przyspieszyło.

– Przepraszam, Maiu – wyszeptał.

Może te słowa znaczyłyby dla mnie więcej, gdybym wiedziała, że był to pierwszy raz, gdy Lord Czarodziej Edan kogokolwiek przeprosił.

•••

Obudziłam się rankiem. Strażnicy na zewnątrz się kłócili, a Edan zniknął.

Ostrożnie dotknęłam pleców. Skóra odrętwiała, rany już się goiły. Nawet pasy materiału na nowo zawiązały się wokół moich piersi.

Magia.

Poczułam gulę w gardle, kiedy przypomniałam sobie wizytę Edana. Kiedy przypomniałam sobie, co czeka mnie za kilka krótkich godzin.

Spróbowałam wstać. Ognisty ból przeszył moje nogi, gdy pokuśtykałam do drzwi i przytknęłam ucho do dziurki od klucza.

Usłyszałam chlupot i szelest mioteł.

– Szybciej, guzdrały! – krzyknął ktoś. – Jego Wysokość już tu jest.

Znowu chlupot, znowu szelest, a potem cisza.

Nerwowo przeczesałam włosy palcami i wycofałam się do kąta. Nie potrafiłam wyobrazić sobie cesarza w lochu.

Ale oto stał przed moją celą.

Strażnicy otworzyli drzwi. Szare światło zatańczyło na twarzy cesarza Khanujina, złota lamówka jego szat zamigotała na tle smętnych więziennych ścian.

– Wasza Wysokość – wychrypiałam, zmuszając pokiereszowane ciało do ukłonu. Miałam suche usta i na pewno cuchnęłam. Nie śmiałam podnieść wzroku.

– Mistrzu Tamarinie – przemówił ostro – na twoje nieszczęście mnie okłamałeś. To przestępstwo karane śmiercią.

Nie podnosiłam głowy. Od początku wiedziałam, co się stanie, jeśli mnie przyłapią. Musiałam być silna.

– Okłamałeś Lady Sarnai, podając się za syna Kalsanga Tamarina. Nie jesteś Ketonem Tamarinem.

– Nie, Wasza Wysokość. – Gapiłam się na swoje dłonie. – Nazywam się Maia. Jestem najmłodszym dzieckiem i jedyną córką Kalsanga Tamarina.

– Córką – wyszeptał cesarz. – Tak, teraz wszystko nabiera sensu. Zawsze mi się wydawało, że jest w tobie coś innego. Może przez twoje oczy. – Zrobił krok do przodu i stanął w słabym świetle. – To nie są oczy chłopaka, który walczył w mojej wojnie.

Perły i rubiny w jego koronie zalśniły, gdy przechylił głowę i spojrzał na moje zakrwawione szmaty.

– Mam nadzieję, że mimo batów będziesz mogła szyć. – Wyciągnął dłoń, w której trzymał moje nożyczki. Nie świeciły nawet w promieniach słońca, ot, zwykłe nożyczki. A przynamniej tak się wydawało. Wstrzymałam oddech. – Mój Lord Czarodziej twierdzi, że władasz pewną magią. Czy to prawda?

– Tak, Wasza Wysokość.

Uniósł mój podbródek, a mnie przeszedł dreszcz. Zapowietrzyłam się i popatrzyłam mu w oczy.

Znowu wpadłam w sidła jego tajemniczej wspaniałości. Nawet w lochu promieniał, a jego dotyk wystarczył, bym zapomniała o bólu, wstydzie i strachu.

– Szkoda, że nie powiedziałaś mi wcześniej. Taki talent jest rzadki, szczególnie u dziewczyny. – Musnął dłonią moje wargi, a ja pomyślałam, że zemdleję. Cofnął rękę, lecz nie odwrócił wzroku.

– Powinnaś zawisnąć. Ale... – Urwał. – Masz dar, którego potrzebuję, więc złagodzę karę, przynajmniej na razie.

– Panie?

– Na nowo przyjmiesz tożsamość brata. Stanowisko cesarskiego krawca może objąć tylko mężczyzna. Edan zadba, by wszyscy zapomnieli o twoim kłamstwie. Ale ja będę pamiętał.

Skinęłam głową, choć byłam zdezorientowana.

– Przyszłość A'landi zależy od mojego małżeństwa z córką szansena. Masz robić wszystko, o co cię poprosi. Daruję ci życie tylko dlatego, że potrafisz posługiwać się tymi nożyczkami. – Wcisnął je w moje ręce. – Jeśli mnie zawiedziesz, zawiśniesz. Twój ojciec i brat też. Rozumiesz?

– Tak, Wasza Wysokość – szepnęłam.

Czułam się oszołomiona. Nie mogłam zebrać myśli. Czego tak pragnęła Lady Sarnai, że cesarz postanowił mnie oszczędzić?

Jednak nie umiałam znaleźć słów w obecności cesarza Khanujina. Dopiero gdy wyszedł, jego czar został przerwany.

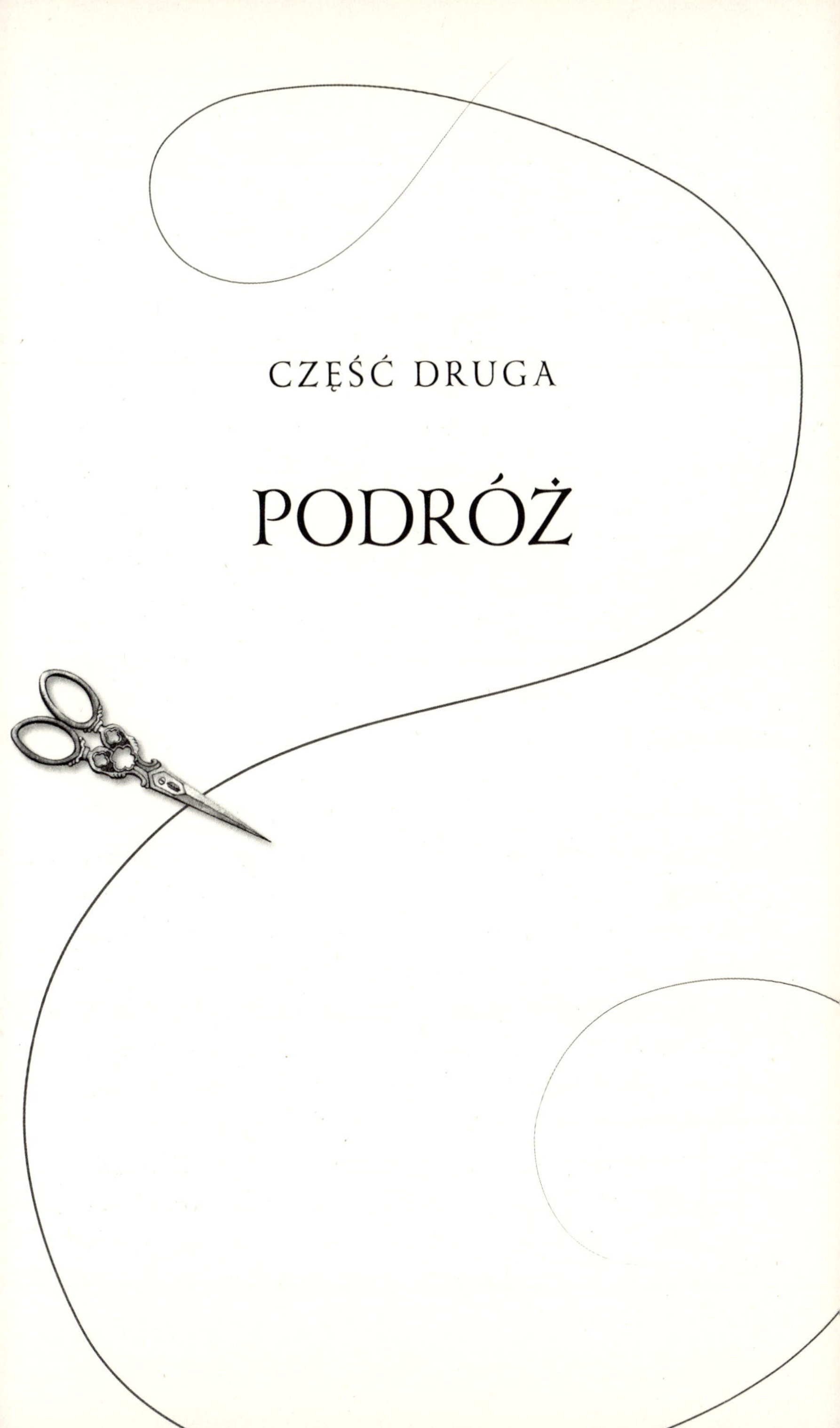

CZĘŚĆ DRUGA

PODRÓŻ

Rozdział siedemnasty

Otrzymanie tytułu cesarskiego krawca powinno być jednym z najszczęśliwszych momentów w moim życiu, jednak układ, który zawarłam z cesarzem, rzucał potężny cień na to zwycięstwo. Jeśli nie zadowolę Lady Sarnai, Baba i Keton zginą.

Nie zachwycała mnie perspektywa pracy dla córki szansena. Z drugiej strony, już kazała mi tworzyć buty ze szkła i żakiet z papieru – i jakoś przetrwałam.

Powinnam poradzić sobie z kolejną suknią, prawda?

Serce tłukło mi się w piersi, gdy wchodziłam do Wielkiej Sali Cudów. Największa sala audiencyjna w Letnim Pałacu zajmowała teren ogromnego placu i wznosiła się kilka pięter w górę. Na schodach wyrzeźbiono złote ptaki, słonie i tygrysy. Wnętrze zdobiły mozaikowe ściany – dar dla A'landi od przyjaciół z Samaranu – jaskrawe cynobrowe dywany, które rozciągały się dalej, niż sięgał mój wzrok, okna wpuszczające do środka rozproszone światło oraz trzy wyeksponowane nefrytowe posągi bogini Amany.

Nagle za mną pojawił się Edan.

– Cieszę się, że wyszłaś z tego ohydnego lochu.

Obróciłam się, by spojrzeć w twarz czarodziejowi. Pierwszy raz jego usta nie wykrzywiały się w uśmieszku, jego oczy nie lśniły szelmowskim blaskiem. Stał z założonymi rękoma i wbijał we mnie poważny wzrok.

Zawahałam się.

– Naprawdę sprawiłeś, że wszyscy zapomnieli, kim jestem?

Przechylił głowę.

– Spełnię każde życzenie cesarza.

– Tak po prostu? – Zmarszczyłam brwi. – Machnięciem ręki? Albo pstryknięciem palcami?

Wzruszył ramionami. Wyglądał na zmęczonego, miał cienie pod oczami. Pomyślałam, że zaklęcie, które rzucił na cały dwór, mogło się do tego przyczynić.

– To trochę bardziej skomplikowane – wykrzesał z siebie tylko. Zanim zdążyłam odpowiedzieć, wskazał drogę prowadzącą do głównej komnaty. – Chodź ze mną.

Nerwowo podążyłam za nim. Stąpałam po dywanie, jakbym brnęła przez kolczaste zarośla. Zobaczyłam ministra Lorsę, Lady Sarnai i cesarza Khanujina, a także Lorda Xinę, który – jak wspomniała Ammi – był gościem w pałacu. Nie znałam pozostałych członków dworu: eunuchów, ważnych urzędników i kilku zagranicznych dygnitarzy.

Czekałam, aż ktoś zawoła: „To dziewczyna! Oszustka!", lecz nikt nawet nie mrugnął okiem.

Mimo to każdy kolejny krok sprawiał mi coraz większą trudność. Gdy wreszcie dotarłam przed tron cesarza, dyszałam, jakbym przeszła sto kilometrów, a nie sto metrów.

– Konkurs dobiegł końca – oznajmił cesarz Khanujin, kiedy uklękłam przed nim. – Postanowiłem przyznać stanowisko cesarskiego krawca Ketonowi Tamarinowi. Mistrz

Tamarin będzie otrzymywał wypłatę w wysokości dwudziestu tysięcy jenów rocznie.

Dwadzieścia tysięcy jenów rocznie! Pozwoliłam sobie przez chwilę rozkoszować się świadomością, że Baba i Keton już nigdy nie będą głodować. Że zostałam mistrzem i nikt już nie zakwestionuje moich zdolności.

– Wstań, mistrzu Tamarinie – kontynuował cesarz. – Teraz służysz Synowi Niebios i jesteś mistrzem wszystkich krawców.

Wstałam i zmusiłam się do uśmiechu.

– Dziękuję, Wasza Wysokość.

– To ja dziękuję, mistrzu Tamarinie. – Ministrowie i urzędnicy mu zawtórowali. – Lady Sarnai, poprosiłaś, abym znalazł najbardziej utalentowanego krawca w A'landi, który uszyje ci suknię ślubną. Mistrz Tamarin jest na twoje rozkazy.

Lady Sarnai milczała. Tak jak Edan stała przy tronie cesarza, jednak wbijała wzrok w coś – a może raczej w kogoś – tak mocno, że mogła wywiercić dziurę w ścianie. Nie widziałam, kto tak ją zafrapował, ale rozpoznałam jego głos. Był głęboki i burkliwy.

– Szansen chciałby wiedzieć, kiedy odbędzie się ślub – zaczął Lord Xina – oraz czy warunki Lady Sarnai zostały spełnione.

Spięłam się, rozmyślając, czy wyobraziłam sobie nutę boleści w jego tonie. Jak musiał się czuć, wiedząc, że próby Lady Sarnai, by opóźnić małżeństwo z cesarzem, zawiodły i wkrótce jego ukochana weźmie ślub z innym?

– Możesz przekazać szansenowi – odparł zwięźle cesarz – że jego córka życzy sobie, aby jej suknia ślubna została ukończona przed…

– Trzy suknie ślubne – wtrąciła nagle Lady Sarnai.

Przeniosła wzrok z Lorda Xiny na mnie. Zobaczyłam w jej oczach błysk, który mnie zaniepokoił.

W mojej piersi podniósł się szmer przerażenia. Córka szansena powoli zstąpiła z podium, na którym stał tron cesarza, i zrównała się ze mną. Stanęła tak blisko, że poczułam olejek jaśminowy w jej włosach. Tak blisko, że dostrzegłam cień konsternacji na jej twarzy, gdy mi się przyglądała.

Wstrzymałam oddech, dobrze wiedząc, co próbuje sobie przypomnieć. Zaklęcie Edana zadziałało na wszystkich, ale jeśli Lady Sarnai…

Konsternacja odpłynęła i Lady Sarnai otrząsnęła się z dręczących ją wątpliwości. Nie były tak ważne jak to, co miała do powiedzenia.

– Znasz legendę o bogu złodziei? – spytała. – Był tak zdolny, że pochwalił się, iż mógłby ukraść dzieci Amany: słońce, księżyc i gwiazdy. Bogowie go wyśmiali, lecz on się nie zniechęcił. Bez trudu schwytał pierwszą dwójkę, jednak gwiazdy tańczyły po niebie i mu się wymykały. Wystrzelił więc strzały i zebrał ich esencję, gdy krwawiły. Tak rozjuszył Amanę, że bogini okryła świat ciemnością. Nie złagodniała nawet wtedy, kiedy zwrócił to, co ukradł. Dlatego wezwał krawca Niebios, by ten stworzył dla niej dar. Bóg złodziei zachował drobiny słońca, księżyca i gwiazd i poprosił krawca o uszycie sukien tak pięknych, że oślepią śmiertelne oko. Krawcowi się udało. Gdy Amana ujrzała olśniewające suknie, wybaczyła złodziejowi i oddała światu światło, lecz tylko na pół dnia, ponieważ bez okruchów, które tkwiły w sukniach, dzień już nigdy nie mógł być pełen. Opowieść uczy, że nie należy gniewać bogini matki. – Urwała, a na jej czerwonych ustach zagościł groźny uśmiech. – Jesteś najlepszym krawcem w A'landi, mistrzu Tamarinie. Uszyj dla mnie suknie Amany.

Słyszałam szyderczy ton Lady Sarnai i z całych sił starałam się zachować spokój. Każdy krawiec w A'landi znał historię sukien Amany. I każdy wiedział, że żaden człowiek nie potrafił ich stworzyć.

– Jedna upleciona ze śmiechu słońca – wyszeptałam. – Druga wyhaftowana z łez księżyca. I wreszcie trzecia, pomalowana krwią gwiazd.

– Jak rozumiem, będziesz musiał udać się w daleką podróż, by zebrać wszystkie potrzebne materiały – powiedziała spokojnie Lady Sarnai.

– Wasza Wysokość, te suknie są mitem – wyrzuciłam z siebie. – Nie da się uprząść nici ze słońca ani z księżyca…

– A próbowałeś?

Przełknęłam gulę w gardle.

– Nie, Wasza Wysokość.

– Wiem, że wielu próbowało uszyć te trzy suknie i poniosło klęskę. Módl się, by ciebie spotkał inny los.

Nie tylko ponieśli klęskę. Wszyscy zniknęli albo zginęli, goniąc za niemożliwym. I po co? Wokół tych sukien krążyło tyle legend. Niektórzy mówili, że Amana spełni życzenie – każde, nawet najbardziej niemożliwe – krawca, który zdoła je uszyć. Inni, że suknie obudzą niewypowiedzianą moc, która sprowadzi na nas koniec świata.

Powstrzymałam się przed wzdrygnięciem.

– Tak, Wasza Wysokość.

– Mój ojciec przybędzie w noc czerwonego słońca. To daje ci miesiąc na każdą suknię. Cesarz na pewno poinformował cię o wadze tego zadania i o tym, co się stanie, jeśli nie podołasz. – Na moment zamilkła, a potem lodowatym tonem dodała: – Nie zawiedź mnie.

– Możesz korzystać ze wszystkich zasobów w pałacu, mistrzu Tamarinie – dodał cesarz, niewzruszony żądaniami Lady Sarnai.

Prawie ich nie słuchałam. Nawet całe jeny na tym świecie nie kupią mi słońca, księżyca i gwiazd. Prosi mnie o niemożliwe!

Lady Sarnai przechyliła głowę.

– Wyglądasz na zmartwionego, mistrzu Tamarinie. Może przekonasz Lorda Czarodzieja, żeby ci pomógł?

Przeszedł mnie dreszcz. Wcześniej domagała się, żebym dla niej szpiegowała Edana, teraz chciała, bym poprosiła go o pomoc. Nie zmieniła zdania z dobroci serca – co do żadnego z nas.

Złożyłam ręce i ukłoniłam się z nadzieją, że nie dostrzegą mojej narastającej paniki.

– Lordzie Czarodzieju – zwróciła się do Edana. – Mój młody krawiec wyruszy w podróż w celu pozyskania materiałów do stworzenia sukien. Czy może liczyć na twoją pomoc?

– Wasza Wysokość, obawiam się – zaczął Edan dosyć gniewnie – że nie mogę opuścić cesarza na tak długi czas.

– Ach, nie ufasz swojemu kochanemu Khanujinowi, jeśli chodzi o mnie. Męczy cię, że nie uległam jego urokowi. Może jeśli wyjedziesz, to się zmieni.

Cień przemknął po twarzy cesarza, a za moimi plecami wzniosły się stłumione okrzyki. Jednak Edan zachował spokój.

– Z całym szacunkiem, Wasza Wysokość, muszę odmówić.

Lady Sarnai mlasnęła.

– Szkoda. Możliwe, że tylko ty jeden potrafisz pomóc mistrzowi Tamarinowi. Biedak jest przerażony swoim zadaniem.

– Więc może powinnaś je zmienić. – Edan wreszcie na mnie spojrzał i ściągnął usta. – Mistrz Tamarin ma nieporównywalny talent do szycia. Jestem pewien, że może zaprojektować coś innego, co cię zadowoli.

– Niestety już postanowiłam – oznajmiła Lady Sarnai. – Pragnę sukien Amany. Z całego serca wierzę, że mistrz Tamarin zdoła je uszyć. Pomyśl, jak zawiedziony będzie cesarz, jeśli sojusz upadnie, bo nasz młody krawiec zniknął, zanim zdążył stworzyć moje suknie.

– Oczywiście, będę zawiedziony – odezwał się cesarz Khanujin – jednak Lord Czarodziej najlepiej służy A'landi u mojego boku.

Edan zacisnął pięści, ale nie zmienił wyrazu twarzy. Schylił głowę, słuchając cesarza, który kontynuował:

– Dziś po południu naradzę się z Lordem Czarodziejem, jak najlepiej spełnić twoje życzenie. A jeśli to wszystko, Lady Sarnai, wybacz, ale wzywają mnie inne sprawy.

Lady Sarnai obróciła się w moją stronę.

– Mistrzu Tamarinie, masz jakieś pytania?

– Nie – szepnęłam, lekko oszołomiona.

– Więc to wszystko. – Uśmiechnęła się słodko i machnęła ręką, odprawiając mnie. Ku mojemu zdumieniu Edan podążył za mną.

– Nie mogę jechać z tobą – syknął, gdy znaleźliśmy się na zewnątrz.

– Nie prosiłam cię – odparowałam. – Wiem, że to zadanie jest niemożliwe nawet dla ciebie.

Jego twarz przeobraziła się we wściekłą maskę. Nigdy nie widziałam go rozjuszonego. Przeraziły mnie jego oczy, czarne jak onyks, zbyt ciemne, by je zgłębić.

– Nie jest niemożliwe. To pułapka, która ma odciągnąć mnie od Khanujina, wysłać na wyprawę głupca.

– Więc pojadę sama – rzuciłam.

Zachrzęścił zębami.

– Nie, nie rozumiesz. Cesarz zagroził, że cię powiesi, jeśli poniesiesz klęskę. Ale nie będzie musiał tego robić. Prawdopodobnie zginiesz podczas wyprawy.

Jak Finlei i Sendo. Zginę, służąc A'landi, tak jak moi bracia.

Przygryzłam wargę, ale nie zamierzałam pozwolić, by jego ostrzeżenie mnie zniechęciło.

– Uszycie sukien Amany... nikt nigdy tego nie dokonał. Zakładałam, że to niemożliwe. A ty właśnie zaprzeczyłeś.

– To, że coś jest możliwe, nie znaczy, że należy to robić.

– Więc pomóż mi. Albo przynajmniej powiedz: gdzie znajdę światło słońca tak czyste, że uprzędę z niego nić? I światło księżyca tak gęste, że uplotę z niego haft? A krew gwiazd... Nawet nie wiem, od czego zacząć.

Przechodziliśmy przez most nad stawem. Edan oparł się na drewnianej barierce i zacisnął usta.

– Zacznijmy od słońca – powiedział wreszcie. – Nieliczni szczęśliwcy, którzy widzieli pająka niwa, znają go jako złotego tkacza. Jedwab z jego nici jest wart tysiące jenów ze względu na wyjątkowe cechy, między innymi ognioodporność. Przydaje się tym, którzy szukają śmiechu słońca.

Poczułam kwitnącą w piersi nadzieję.

– Gdzie znajdę pająka niwa?

– Na pustyni Halakmarat. Złote tkacze są rzadkie, ale znalezienie pająka to dopiero pierwszy krok. – Edan oderwał się od barierki i spojrzał mi w oczy. – Powinnaś wyjechać – szepnął. – Uciekaj.

Jego ton mnie zdziwił. Edan wydawał się niemal... zaniepokojony.

– Ojciec i brat na mnie liczą – odparłam ze ściśniętym gardłem. – Jego Wysokość powiedział, że jeśli nie spełnię wymagań Lady Sarnai... – Urwałam. Zabije ich.

Edan westchnął.

– Więc pojadę z tobą.

Zaskoczył mnie.

– Mówiłeś, że nie możesz opuszczać cesarza.

– Nie powinienem – poprawił mnie. – Pomimo tytułu jestem niewiele ważniejszy niż zwykły sługa – dodał gorzko. – Potrzebuję pozwolenia Khanujina, by się oddalić.

Zanim zdążyłam zapytać, co ma na myśli, kontynuował:

– Pomaganie ci w zadaniu jest najlepszym sposobem na powstrzymanie kolejnej wojny. Poza tym Jego Wysokość nie odmówi ci eskorty.

Zarumieniłam się.

– Nawet ciebie?

– Mam nadzieję, że jeśli odpowiednio dobiorę słowa, nie zabroni mi jechać z tobą.

– Dlaczego miałby ci zabronić?

Edan się skrzywił.

– To skomplikowane. Chronię A'landi, służąc cesarzowi. Jeśli się oddalę, Khanujin będzie słaby. Nie lubi być słaby.

– Ale...

– To wszystko, co musisz wiedzieć. Nie wtrącaj się w moje sprawy, Maiu. Narazisz się na niebezpieczeństwo.

Wydawał się wyjątkowo podminowany.

– Zamierzam wyjechać jutro – oznajmiłam.

– Wyjedziemy za trzy dni – zaoponował, stukając w lampion na krawędzi mostu. Drżące światło odbiło się w wodzie i zamigotało.

Trzy dni? Zmarszczyłam brwi. Chciałam jak najszybciej wyjechać z pałacu, który z każdym dniem coraz bardziej przypominał klatkę.

– Muszę przygotować się do podróży – ciągnął. – Dam ci listę rzeczy, których będziesz potrzebować.

– Wiem, czego będę potrzebować. Śmiechu słońca, łez księżyca i krwi gwiazd.

– Właśnie tak – przytaknął, nie wyczuwając mojego sarkazmu. – Potrzeba czasu, by obmyślić plan zdobycia tych materiałów. Wykorzystaj go mądrze. Prządź, szyj, rób to, co musisz.

– Nie mam z czego szyć... dlatego muszę wyjechać jak najprędzej.

Zastanowił się.

– A więc pojutrze. – Poszedł na kompromis. – Znajdę cię i dam ci listę, gdy będę gotowy.

•••

Tak jak obiecał, znalazł mnie następnego dnia tuż po wschodzie słońca. Od rana szkicowałam. Lekko uniósł brew, więc domyśliłam się, że jest pod wrażeniem.

– Wcześnie wstałaś – zauważył.

– Zawsze wcześnie wstaję.

– Proszę. – Wręczył mi cienki pergamin.

– „Orzechy z kuchni" – przeczytałam ze zdziwieniem. – Orzechy?

– Poproś o największe, jakie mają. Potrzebne mi trzy, nie, cztery orzechy. Czytaj dalej.

– „Rękawiczki z pajęczego jedwabiu..."

– Będziesz musiała je uszyć – wtrącił. – To pierwszy punkt. Najpierw udamy się na pustynię.

– „Porządne buty, najlepiej skórzane, z mocnymi sznurówkami. Dywan z frędzlami, w jednym lub w dwóch kolorach, powinno wystarczyć". – Zmarszczyłam brwi. – Po co nam dywan?

– Buty i dywan też musisz zrobić – odparł, nic nie wyjaśniając. – Będziesz zajęta.

– I wreszcie moje nożyczki. – Odłożyłam listę. – Mogę cię o coś spytać? Dlaczego Lady Sarnai tak uparła się na te suknie, skoro nienawidzi magii?

– Bo nie wierzy, że je uszyjesz – rzekł przytłumionym głosem. – Bo ma nadzieję, że zginiesz podczas wyprawy. – Urwał, a potem już weselszym tonem dodał: – Po prostu udowodnimy jej, że się myli.

– Nie wiem, czy ja sama wierzę, że je uszyję.

– Powiedz mi, dlaczego dziewczyna z tak ogromną wyobraźnią jest tak sceptyczna wobec magii?

– Nie jestem sceptyczna, już nie. Po prostu jej nie ufam.

– Co za rozczarowanie – mruknął. – Po tym, jak tyle razy cię uratowała.

Westchnęłam, czując, że jestem mu winna sprostowanie.

– Nie ufam nawet bogom. Nie wierzę, że mnie wysłuchają. Mój ojciec modli się do Amany każdego dnia rano i wieczorem. Kiedy moi bracia poszli na wojnę, ja też się modliłam, do każdego boga, do każdej wróżki, do każdego ducha, żeby sprowadzili ich do domu. Ale Finlei i Sendo zginęli, a Keton… – Gula urosła mi w gardle. – Wrócił, ale możliwe, że już nigdy nie będzie mógł chodzić. W co jeszcze miałabym wierzyć?

– Ci, którzy myślą, że bogowie ich wysłuchają, są łatwowierni – zaczął łagodnie. – Tak jak inni są naiwni, gdy sądzą, że magia czyni cuda. Nie zawsze. Ale… – rozciągnął usta w uśmiechu – czasami, gdy magią włada potężny czarownik, taki jak ja, cuda się zdarzają. Może podczas wyprawy znajdziemy sposób, by pomóc twojej rodzinie.

Przypomniałam sobie, jak Edan uleczył moją rękę. Może istniała jeszcze nadzieja dla Ketona. I dla Baby.

– Wyprawa nie powinna zająć dłużej niż dwa miesiące. To da ci dobre trzy tygodnie, by uszyć suknie, gdy wrócimy na dwór.

Perspektywa dwóch miesięcy spędzonych sam na sam z Edanem mnie onieśmieliła. Zaczęłam się wiercić, jakbym siedziała na igielniku.

– Może powinniśmy podróżować karawaną – zaproponowałam.

– Z obcymi? Lepiej nie zwracać na siebie uwagi. O tej porze roku na Korzennym Szlaku raczej nie roi się od bandytów, ale nie możemy ryzykować. Będziemy szybsi tylko we dwoje. Dlatego, choć wiem, że na pewno już cię świerzbi, by zrzucić to męskie przebranie – zmierzył mnie wzrokiem od stóp do głów – powinnaś jeszcze trochę je ponosić. – Przechylił głowę. – Chociaż handel na Przesmyku Samaranu mógłby okazać się łatwiejszy, gdybyś była dziewczyną.

Założyłam ręce na piersi.

– Dlaczego?

– Wymieniłbym cię na co najmniej pięć wielbłądów. – Zadumał się. – I wykradł z powrotem kilka godzin później, zanim kupiec wziąłby cię za kolejną żonę.

Wzdrygnęłam się.

– Nie ma mowy…

– Dobrze, więc zostań chłopakiem. – Ukrywał, jak bardzo bawiło go moje oburzenie.

– Poradzę sobie – rzuciłam sztywno. – Dokąd jedziemy?

– W trzy zakątki kontynentu. Po słońce udamy się na zachód, przez Przesmyk Samaranu na pustynię Halakmarat, następnie po księżyc na północ, na granicę Agorii, i wreszcie po gwiazdy na południe, na Zapomniane Wyspy Lapzuru na jeziorze Paduan. – Ruszył do drzwi. – Kupimy wszystko, czego potrzebujesz, by uszyć rzeczy z listy. I, Maiu… – Urwał na chwilę. – Weź nożyczki.

– Mówiłam, że wezmę.

– Tylko się upewniam, że nie zapomnisz. – Puścił do mnie oko. – Będą ci potrzebne.

Rozdział osiemnasty

Tym razem Edan nie zakradł się od tyłu – przybył pod bramy pałacu punktualnie o świcie następnego dnia, prowadząc dwa krzepkie konie, osiodłane i objuczone bagażami. Zrezygnował ze swojego typowego czarnego odzienia na rzecz niedopasowanej, nijakiej zielonej tuniki i znoszonych spodni, które widziały lepsze dni. Ukrył włosy pod płowym muślinowym kapturem, choć kilka zbłąkanych loków wciąż opadało mu na oczy. Z pasa zwisały mu liczne skórzane sakiewki, przez lewe ramię przewiesił torbę, a pod pachą niósł gruby stos książek, ciasno związany sznurkiem.

– Ledwie cię poznaję w tym nieeleganckim wydaniu – przywitałam go. – Nie sądziłam, że trzymasz w szafie cokolwiek oprócz czarnych jedwabi.

– Uznałem, że lepiej nie wyglądać zbyt zamożnie – odparł, tłumiąc ziewnięcie. – Wolę pospać kilka minut, niż się stroić. Nie przepadam za porankami.

– Widzę.

Promienie słońca powoli przebijały całun mgły nad nami. Edan zapakował książki na konia i zerknął przez ramię.

– Powinniśmy ruszać. Strażnicy jeszcze się nie dobudzili, a nie chcę marnować magii ani odpowiadać na ich pytania.

Więc nie powiedział Jego Wysokości, że jedzie ze mną.

Pomógł mi wsiąść na siodło i podał skórzane lejce.

– Ciągnij do siebie, żeby stanąć, i na boki, żeby skręcić. Nie puszczaj.

Zacisnęłam dłonie na lejcach.

– Skąd wiesz, że nigdy nie jeździłam konno?

Wskazał moją sztywną postawę i stopy wbijające się w ciało biednego konia.

– Rozluźnij się i kopnij go piętą w bok, żeby ruszyć. Nie zaśnij, bo spadniesz.

Skinęłam głową i nieśmiało poklepałam konia po grzywie. Miał sierść w kolorze głębokiego bursztynu, jak piaski pustyni, na którą mieliśmy się udać.

– Jak się nazywa?

– Dynia.

– A twój?

Edan wyszczerzył się, patrząc na swojego wierzchowca, który był znacznie większy niż mój, miał piękną czarną sierść i srebrną grzywę.

– Szlachetny Rycerz.

– No tak – mruknęłam, a on z gracją wskoczył na siodło i ruszył w drogę.

Kopnęłam Dynię, lecz koń zarżał i próbował mnie zrzucić, a dopiero potem szarpnął do przodu. Przylgnęłam do niego, podskakując w rytm kłusu. Przynajmniej wiedział, że ma jechać za Edanem.

•••

Wydawało się, że minęła wieczność, zanim Edan zarządził przerwę.

– Od jutra nie będziemy tyle stawać – ostrzegł mnie.

– Nie jestem… zmęczona – wysapałam. – Możemy… jechać… dalej.

Rzucił mi znaczące spojrzenie.

– Pięć minut. Usiądź prosto i złap oddech.

Wyprostowałam się i wyciągnęłam nogi, obolała po zaledwie godzinie jazdy. Ku mojemu przerażeniu, ledwie wyjechaliśmy z Niyanu! Wciąż widziałam w oddali zarys Letniego Pałacu – maleńkiego motyla z lśniącymi plamkami złotych dachów i szkarłatnych bram na tle rozległego miasta. Przełknęłam ślinę.

– Ile dni drogi do Przesmyku Samaranu?

– Zazwyczaj trzy, ale w tym tempie siedem.

Wzdrygnęłam się.

– Gdy tam dotrzemy, zamienimy konie na wielbłądy. Pustynia Halakmarat zaczyna się na krańcu A'landi. Musimy udać się w głąb niej, jeśli chcemy znaleźć złotego tkacza. – Wyłowił mapę z kieszeni. – I jeszcze dalej, by dotrzeć do Świątyni Słońca.

Popatrzyłam na mapę z niedowierzaniem.

– Dwa miesiące to za mało na tę podróż.

– Zaufaj mi – poprosił Edan, zwijając mapę. – Będziemy musieli się spiąć, ale wziąłem pod uwagę jeden czy dwa… skróty. – Zauważył moją sceptyczną minę. – Magiczne skróty. Zobaczysz.

Zrobiłam głęboki wdech, rozkoszując się chłodną bryzą znad rzeki Dżingan.

– Mam nadzieję.

Na początku Korzenny Szlak był szeroki. Im dalej podróżowaliśmy, tym stawał się węższy, jednak Edan zawsze stąpał dziesięć kroków przede mną, więc jazda ramię w ramię nie stanowiła problemu. Wyjechaliśmy tak wcześnie, że na drodze spotkaliśmy tylko kilku miejscowych kupców z taczkami. Wiedzieliśmy, że ruch tylko się zmniejszy, bo zmierzaliśmy w kierunku południowej gałęzi Szlaku i pustyni Halakmarat, gdzie kręciło się mniej podróżników i mniej straży.

Gdy już przestałam się zamartwiać, że spadnę z Dyni, ambitnie wyjęłam igłę i nitkę, aby popracować nad wzorem pierwszej sukni Lady Sarnai. Daremny wysiłek. Nie dało się szyć z precyzją na koniu.

Sfrustrowana dałam za wygraną i poświęciłam się obserwowaniu zmiennego krajobrazu.

Zmierzaliśmy w głąb kraju, słońce paliło mnie w plecy, komary gryzły w palce tak, że skóra okrutnie swędziała, a bryza znad rzeki zniknęła. Powinnam była czuć się przygnębiona, jednak widok zapierał mi dech w piersiach. Skały czerwone jak zachodzące słońce, jaszczurki mknące po łagodnych wydmach, co jakiś czas przystające, by wybałuszyć na mnie oczy, drzewa coraz niższe i niższe, aż wreszcie tylko bezwolne korzenie na chropowatej ziemi.

Rozbiliśmy obóz przed zachodem słońca. Byłam tak wykończona, że zasnęłam, gdy tylko rozstawiłam namiot.

Gdy się obudziłam, noc odpływała, a pierwsze promienie słońca wyglądały zza horyzontu i prześwitywały przez materiał namiotu. Przewróciłam się na bok i sięgnęłam do torby po pędzel oraz pergamin.

Drodzy: Babo i Maiu,

gdy podróżuję Szlakiem, coraz więcej myślę o Finleiu i Sendzie. Wczoraj w nocy spałem pod gwiazdami po raz pierwszy od ich wyjazdu od zakończenia wojny. Obudziłem się raz czy dwa, pewien, że Finlei otulił mnie kocem, a Sendo siedzi obok, by opowiedzieć mi historię, tak jak zawsze to robił, gdy miałem zły sen. Lecz otaczały mnie tylko piach i upiorna cisza tej bezludnej ziemi.

Podniosłam pędzel. Nie chciałam kończyć listu tak melancholijnie. Na dole strony narysowałam mojego konia, wydmy i jaszczurki. Wolałam nie wspominać o Edanie, który zniknął w swoim namiocie tuż po kolacji i jeszcze nie wstał.

Nie będę miał wody na pustyni. Wyobrażacie sobie? Ja na pustyni, ja, który dorastałem nad oceanem w Port Kamalan. Bardzo za Tobą tęsknię, Babo. Maiu, trzydzieści osiem kroków.

Złożyłam list na pół. Gdy schowałam pergamin do torby, w zagięciu osiadło trochę piasku. Byłam na pustyni już wystarczająco długo, by wiedzieć, że próby pozbywania się go nie mają sensu.

Wygramoliłam się z namiotu i położyłam głowę na piasku, obserwując blednące gwiazdy. Wspomnienia o Finleiu i Sendzie sprawiły, że zatęskniłam za Port Kamalan, i w tym miejscu, podróżując po wielkim świecie, jakimś cudem poczułam się bliżej Baby i Ketona niż kiedykolwiek wcześniej w pałacu. O dziwo, choć musiałam wrócić, by ukończyć suknie Lady Sarnai, nigdy nie czułam się tak wolna.

Czekały mnie dwa miesiące tej wolności. Zaczęłam odliczać dni, niepewna tego, co nadejdzie.

•••

Przesmyk Samaranu znajdował się na skraju pustyni Halakmarat, przy dwóch wystających kamieniach. Wyglądał jak długi pas piachu, nagich drzew i martwej trawy – jednak wewnątrz stało małe miasto handlowe. Tam zamieniliśmy konie na wielbłądy. Nie żegnałam Dyni ze smutkiem – po czterech dniach w jego towarzystwie miałam posiniaczone uda i kolana. Teraz naprawdę ledwo chodziłam.

Widok pustyni Halakmarat na horyzoncie i słońca tak ogromnego, jak nigdzie indziej, sprawił, że mój żołądek z podekscytowania zrobił fikołka. Nigdy nie zapuściłam się tak daleko na zachód A'landi! Już zobaczyłam więcej świata, niż kiedykolwiek marzyłam.

– Chodź – powiedział Edan. – Musimy zaliczyć kilka przystanków.

Gdy naciągnął kaptur, poszłam za jego przykładem. Silne wiatry przywiewały piasek z pustyni, a suche powietrze drażniło moją skórę.

Targ zajmował jedną długą ulicę i był zwieńczony gospodą. Zerknęłam na stragan, przy którym sprzedawali klejący ryż zawinięty w liście palmowe i dzbanki mleka daktylowego dla podróżników wyruszających na pustynię. Uniosłam brew, widząc cenę wody. Edan nie zatrzymywał się przy żadnym stoisku, więc zastanawiałam się, skąd weźmiemy picie. Z drugiej strony, nigdy nie widziałam, żeby Edan napełniał manierkę, a jakimś cudem pozostawała wiecznie pełna.

– Dokąd idziemy?

– Po zapasy.

Zmarszczyłam brwi i spojrzałam za siebie.

– Ale targ jest w tamtą stronę.

Zignorował mnie, dalej zmierzając w stronę gospody.

– Nie martw się – zapewnił. – To jeden z bardziej przyzwoitych przybytków. Panuje w nim zakaz bijatyk i chodzenia bez koszuli.

Uśmiechnęłam się nerwowo, gdy wyprzedziła nas grupa pijanych mężczyzn.

– Od razu czuję się lepiej.

Nigdy nie widziałam takiego tłumu. W środku siedzieli kupcy, gracze, żołnierze, a nawet kilku mnichów. Mniej więcej jedna trzecia gości pochodziła z A'landi, spora część z Agorii, a kilku – co zauważyłam z gulą w gardle – wyglądało na Balarczyków, barbarzyńców od lat walczących z A'landyczkami. Balarczycy pomagali szansenowi w kampanii przeciwko cesarzowi Khanujinowi.

Edan wskazał mężczyznę samotnie pijącego w kącie.

– Najlepszy sprzedawca skóry w mieście. Porozmawiaj z nim. Musisz uszyć buty. – Dotknął mojego ramienia i nachylił się bliżej. – Mała rada: nie przesadzaj z uśmiechaniem się. Zdarza ci się, kiedy jesteś zdenerwowana. Nie chcesz, żeby handlarze uznali cię za głupca.

Zmrużyłam oczy.

– A ty dokąd? – spytałam.

– Do sprzedawców jedwabiu – odparł i ruszył w kierunku mężczyzn grających w karty.

Stęknęłam – wolałabym targować się ze sprzedawcami jedwabiu.

– Partyjkę? – rzucił sprzedawca skóry, gdy stanęłam przy jego stole. Już rozstawiał figury na szachownicy.

Podrapałam się w ramię, gdzie ugryzł mnie komar, i zignorowałam jego propozycję. Szachy zawsze były grą Finleia, nie moją, choć szło mi całkiem nieźle. Właściwie w całym Port Kamalan tylko Finlei potrafił mnie pokonać.

Przybrałam najbardziej zaciętą minę, jaką umiałam.

– Podobno masz skórę do sprzedania.

– To jest karczma, chłopcze. – Twarz mężczyzny, chropowata i pomarszczona, przypominała jego towar. – Jeśli nie chcesz grać, nie mam ochoty na interesy.

Usiadłam na taborecie naprzeciwko niego. Przypomniałam sobie dawne czasy. Zazwyczaj handlarze, którzy trafiali do Port Kamalan, byli zbyt zmęczeni, żeby sprawiać kłopoty, ale radziłam sobie nawet z najgorszymi.

– Więc zagrajmy. Jeśli wygram, dasz mi płachtę swojej najlepszej skóry. Za darmo.

– Chyba wywiało ci rozum! – zaśmiał się i wziął haust wina. Przypominał mi Longhaia, jednak za przyjaznym tonem krył się człowiek, który chciał mnie oszukać. – Nie mieszam interesów z przyjemnościami.

– Nawet dla tego? – Wyjęłam sakiewkę jenów z pałacu i lekko rozchyliłam materiał, by sprzedawca dojrzał, co jest w środku.

Wybałuszył oczy.

– Za te pieniądze kupisz sobie dwadzieścia płacht skóry, chłopcze.

– Och, więc może chciałbyś od razu ubić interes?

Patrzył na sakiewkę chciwym wzrokiem.

– Nie ma mowy.

Dobrze, więc zgarnę darmową płachtę skóry i udowodnię Edanowi, że umiem się targować lepiej niż on.

– Zaczynasz.

Gdy on robił ruch, ja studiowałam swoją stronę szachownicy. Szachy to wojna dwóch armii, a zwycięża ten, kto pojmie generała przeciwnika. Finlei był mistrzem i pokonywałam go tylko wtedy, kiedy do samego końca dawałam mu wierzyć, że wygra – kiedy nie mógł przedrzeć się przez ochronę, którą zbudowałam wokół mojego generała.

Strategia zadziałała. Przez jakiś czas szliśmy łeb w łeb, jednak ostatecznie pokonałam sprzedawcę. Starając się nie epatować dumą, wsunęłam zwój nowo nabytej skóry pod pachę i poszłam szukać Edana.

W gospodzie zrobiło się jeszcze tłoczniej.

– Więcej jedzenia! Więcej picia! – krzyczeli mężczyźni na kelnerów, którzy żonglowali baniakami z winem i miskami makaronu, a pijani goście recytowali kiepską poezję głośniej, niż wypadało. Jednak gdy torowałam sobie drogę przez ten chaos, znajomy śmiech przeciął gwar grupy mężczyzn za bambusowym parawanem.

Serce mi podskoczyło. Norbu?

Nosił słomkowy kapelusz i szatę o wiele bardziej prza- śną niż w pałacu, ale rozpoznałabym tę sylwetkę – ten śmiech – wszędzie.

Zawiesił na mnie ciężkie spojrzenie, a ja prędko odwróciłam wzrok, lecz się spóźniłam. Przyłapał mnie. Otworzył oczy szerzej i wykrzywił usta w uśmiechu, który sprawił, że dostałam gęsiej skórki.

Wyszeptał coś do Balarczyków przy stole i wymknął się z sali do gry. Z tłukącym się w piersi sercem ruszyłam za nim, jednak Norbu zniknął, zanim przecisnęłam się przez tłum.

Za to znalazłam Edana, a przynajmniej go usłyszałam. Z nogami wyciągniętymi na dywanie, siedział na tyłach karczmy, śmiał się, pił i grał w karty ze sprzedawcami jedwabiu. Zbliżyłam się, ale udał, że mnie nie widzi.

– Słyszałeś, że cesarz Khanujin zachorował? – spytał go jeden z handlarzy. – Nikt nie widział go od kilku dni. Nie wychodzi z komnaty.

Na twarzy mojego towarzysza jak zwykle malował się nieprzenikniony uśmiech – albo nie miał o czym mówić, albo wiedział coś, czego nie wiedział nikt inny.

– Miejmy nadzieję – odezwał się, nadal mnie ignorując – że Jego Wysokość wyzdrowieje, zanim wyruszy w drogę do Jesiennego Pałacu.

– Tak – zgodził się z powagą handlarz. – Pamiętam, że w dzieciństwie był chorowity. Podobno jego ojciec cieszył się, że książę Khanujin jest drugi w kolejce do tronu. Sądził, że jego syn nie dożyje dorosłych lat. Modlę się, by cesarz prędko poślubił Lady Sarnai i doczekał się potomstwa.

– Tak, módlmy się za jego zdrowie – odrzekł Edan.

Handlarz go uściskał.

– Jak zawsze, interesy z tobą to przyjemność. Postaraj się następnym razem nie przepłacać, Gallanie.

– Przepłacać? – powtórzyłam, gdy Edan do mnie dołączył. Popchnął tylne drzwi i ruszył w kierunku straganu, by odebrać swój zakup.

– Ten człowiek nie ma pojęcia, o czym mówi – wyjaśnił. – Za to wszystko dałem dwieście jenów. Dzięki uprzejmości moich przyjaciół przy karcianym stole.

Popatrzyłam na jego zdobycz: dziesięć metrów dzikiego jedwabiu.

– Oszukiwałeś?

– Czarodziej nigdy nie zdradza swoich sekretów – rzucił tajemniczo.

– Powiedziałabym, że to ty zostałeś oszukany. – Założyłam ręce na piersi. – W Port Kamalan kupiłabym to wszystko za pięćdziesiąt jenów. Szkoda, że nie pozwoliłeś mi rozmawiać ze sprzedawcami jedwabiu.

Jego uśmieszek zniknął.

– A ile ty zapłaciłaś? – mruknął.

Tym razem ja mogłam uśmiechnąć się z wyższością. Pokazałam mu skórę.

– Cała skóra, jakiej potrzebujemy, najlepszej jakości, za darmo.

– Za darmo?

– Wygrałam w szachy. Uczciwie.

– Przypomnij mi, żebym nigdy nie bagatelizował twoich zdolności. – Wyszczerzył się, jakby trochę dumny.

Poczułam, że moje policzki pąsowieją, ale nie odpowiedziałam tym samym. Upewniłam się, że jesteśmy sami, i zapytałam:

– Kim jest Gallan?

– To jedno z wielu moich imion – odparł lekceważąco. – Nie nazywaj mnie Edanem z dala od pałacu.

– Dlaczego? Jak mam cię nazywać?

– Jakkolwiek. – Zawahał się, nagle zamyślony. – Cesarz nie będzie zadowolony z mojego wyjazdu. Może wysłać za mną ludzi. Albo, co gorsza, jeśli rozejdzie się wieść, że zniknąłem, szansen zechce mnie schwytać.

Odchrząknęłam.

– Chyba powinnam ci powiedzieć, że przed chwilą w gospodzie widziałam Norbu.

– Norbu? – zdziwił się Edan.

Potaknęłam.

– Myślałam, że miał zawisnąć.

– Możliwe, że przekupił strażników, żeby wypuścili go z więzienia – stwierdził Edan. – Z jego bogactwem i reputacją nie byłoby to niesłychane. Ale nie musisz się o niego martwić. Nie pamięta, że jesteś kobietą.

Nie o to się martwiłam.

– Siedział z grupą Balarczyków.

Wzruszył ramionami.

– Pewnie wynajął ich, żeby wywieźli go z A'landi. Jeśli uciekł z więzienia, strażnicy mogą go szukać. Ma większe zmartwienia niż my. A co ważniejsze, my mamy większe zmartwienia niż on.

Na to liczyłam.

Westchnęłam i spojrzałam w niebo. Słońce zachodziło, otoczone obwódką głębokiego szkarłatu. Za trzy miesiące, gdy zapłonie jaskrawą czerwienią, szansen przybędzie do Jesiennego Pałacu, a cesarz Khanujin i Lady Sarnai wezmą ślub.

Co przypominało mi, że zostało niewiele czasu.

Kiedy Edan odebrał nasze wielbłądy, wyprowadziliśmy je z miasta i rozbiliśmy obóz nad małym stawem na obrzeżach Przesmyku Samaranu. Był płytki i opanowany przez muchy, ale i tak napełniłam manierki po brzegi. Edan ostrzegł mnie, że jego zaklęcie nie utrzyma się na pustyni, a staw będzie ostatnim zaufanym źródłem wody na najbliższe dni.

– Jeśli nie przestaniesz marszczyć czoła, ta zmartwiona mina zostanie ci na zawsze – rzucił, gdy siedziałam ze skrzyżowanymi nogami i wycinałam gorset jednej z sukien.

– Łatwo ci mówić – odcięłam się. – To nie tobie dostało się niemożliwe zadanie zadowolenia Lady Sarnai. Założę się, że odlicza dni do zlecenia mojej egzekucji.

– Wiesz, cesarz Khanujin na pewno nie powita mnie z otwartymi ramionami, jeśli zawiedziesz. W końcu sprzeciwiłem mu się, wyruszając z tobą w podróż.

To prawda – a ja nawet mu nie podziękowałam.

Odłożyłam materiał na kolana.

– Słyszałam, jak handlarz mówił, że cesarz jest chory.

Edan strzelił palcami. Nigdy wcześniej tego nie robił.

– Khanujin czasami choruje. Twoi bogowie będą nad nim czuwać.

– Nie powinieneś wrócić, żeby go wyleczyć?

– Zgaduję, że jest bardziej wściekły niż chory.

Nie rozumiałam, co ma na myśli, ale napięcie w jego głosie ostrzegało, żebym nie naciskała.

– W każdym razie dziękuję ci, że pojechałeś ze mną.

– Podziękujesz mi, jak uszyjesz suknie.

Pokręciłam głową.

– Wciąż nie wierzę, że to możliwe. Bogowie żyją w innym świecie niż my – wyjaśniłam. – Te światy się nie stykają.

– Stykają się dzięki magii – poprawił mnie. – Nie kłamałem, mówiąc, że da się uszyć suknie Amany.

– Ale powiedziałeś też, że nie powinno się tego robić.

– To prawda – przyznał. – Te suknie mają wielką moc, moc, która nie powinna istnieć w świecie śmiertelników. Ale to dobrze, że masz opory. Może to utrzyma cię przy życiu.

Nigdy nie widziałam go tak poważnego.

– Próbujesz mnie przestraszyć?

– Nie. – Wciąż miał posępną minę. – Chcę, byś wiedziała, że niektóre podróże się kończą, ale ta nie. Ta cię zmieni. Nieodwracalnie.

– Czy nie wszystkie podróże nas zmieniają?

– To nie to samo. – Nachylił się bliżej. – Ja również kiedyś odbyłem podróż poza gwiazdy.

– I co odkryłeś? – spytałam.

– Że to dopiero początek – odparł zabójczo cichym głosem.

Wstał.

– Jeśli zmienisz zdanie i będziesz chciała wrócić, powiedz jedno słowo. Nie zakwestionuję twojej decyzji – oznajmił na odchodne.

– Co masz na myśli, mówiąc, że to dopiero początek? – zawołałam za nim.

Jednak Edan, oczywiście, nie odpowiedział.

Rozdział dziewiętnasty

Następnego dnia Edan znów miał dobry humor i, ku mojej uldze, nie nawiązywał do rozmowy z poprzedniego wieczoru. Chciałam prędko ruszać dalej. Im szybciej odbędziemy podróż, tym szybciej wrócę do pałacu i uszyję suknie, a więc uwolnię się od brzemienia zapewniania pokoju w A'landi.

Wielbłądy przemieszczały się szybciej niż konie, a do tego były o wiele wygodniejsze. Nawet nie przeszkadzał mi ich zapach. Musiałam przyzwyczaić się do garbu, ale moja wielbłądzica – którą nazwałam Mleko – nie szarpała w połowie tyle, co Dynia.

– Mleko? – skomentował Edan. Jego ciemna, szczupła sylwetka wybijała się na tle słońca. – Ja ochrzciłem mojego Śnieżna Stopa. – Wskazał białe futro u kopyt wierzchowca.

– A czemu nie Zaraza? – zasugerowałam słodkim głosem.

Edan wyszczerzył zęby.

– Droczysz się ze mną? To dobrze.

Wyciągnęłam rękę, by podrapać Mleko za małymi, płatkowatymi uszami. Jej długie rzęsy w kolorze miodu zatrzepotały, a z wąskich nozdrzy wyrwało się poirytowane parsknięcie. Skarcona, natychmiast cofnęłam dłoń. Mleko szła na tyle równym tempem, że mogłam wyciągnąć szkicownik i zacząć kreślić suknię ze słońca. Przypomniało mi się, jak w dzieciństwie pomagałam Mamie zaprojektować suknie na posąg Amany w naszym domu, jednak uszycie sukni od podstaw to co innego niż dopasowanie jej na rzeźbę. Legendy nie opisywały stroju bogini bardzo szczegółowo, wspominały jedynie spódnicę lśniącą jak promienie słońca. To wystarczyło, bym mogła coś zaplanować.

Gdy brnęliśmy w głąb pustyni Halakmarat, po szyi spływał mi pot. Nie zostałam stworzona do przebywania na pustyni, w przeciwieństwie do wielbłądów oraz – najwyraźniej – Edana. Kiedy ja cierpiałam i czerwieniałam pod słońcem, po jego gładkiej, śniadej skórze nie spłynęła nawet kropelka.

To skłoniło mnie do rozmyślań. Tak jak ja, Edan zawsze nosił przy sobie torbę, tyle że w swojej trzymał flakony pyłków i płynów, których nawet nie potrafiłam nazwać. Ja miałam swoje szpule i nici. Każde z nas wybrało swoje rzemiosło.

Powoli pojmowałam, jak jego oczy zmieniają kolor w zależności od nastroju. Gdy się złościł, były czarne niczym burzowe chmury. Gdy używał magii – żółte, okrągłe niby dwa księżyce w pełni. Gdy ogarniał go spokój – niebieskie jak jasne niebo nad nami.

Sądziłam, że dowiem się więcej o jego przeszłości, gdy będziemy razem podróżować, jednak on stał się jeszcze bardziej tajemniczy. Zawsze znikał o zmierzchu i budził się przede mną, mimo zapewnień, że nie cierpi porannego wstawania. A ostatnio ciągle wyglądał na zmęczonego.

– Jesteś milczący – zauważyłam.

– Rozmowy mnie wyczerpują – odpowiedział, przerzucając stronę książki. – Nie lubię pustyni bardziej niż innych terenów.

– Dlaczego?

– Jest sucha. I wietrzna. No i jest słońce. Tu demonstruje swoją siłę, przypomina ci, że jesteś mała i nieistotna. Z czasem spala wszystko, co masz, od nadziei, przez godność, aż po samo życie. – Urwał i zrobił przepraszającą minę. – Chyba spędziłem na pustyni za dużo czasu.

Wykrzesałam z siebie uśmiech. Żar rzeczywiście mocno doskwierał.

– Myślałam, że nie wierzysz w a'landyjskich bogów.

– Nie pochodzę z A'landi, ale słońce czci się w wielu krajach. To olśniewające, brutalne bóstwo. A my znajdujemy się w sercu jego królestwa.

– Ten obszar zawsze zajmowała pustynia? Słyszałam, że kiedyś A'landi otaczały lasy.

Edan odłożył książkę. Omiótł nas cień, który zapowiadał, że wkrótce zapadnie zmrok.

– Czemu pytasz?

– Bo... myślałam, że będziesz wiedział. Odnoszę wrażenie, jakbyś znał to miejsce...

– Znam wiele miejsc.

– Tak mówiłeś. – Pamiętam, jak wydawało mi się, że wygląda zbyt młodo, by móc osiągnąć tak wiele, że jego przechwałki to puste słowa. Teraz nie miałam pewności. – Byłeś tutaj? A jeśli tak, to kiedy?

W jego oczach mignęło światło słońca. Obrócił się do mnie z uśmiechem.

– Im więcej ci zdradzę, tym mniej będę cię intrygować.

Przewróciłam oczami, ale poczułam, że się czerwienię.

– Nie intrygujesz mnie.

– Ach, więc tym bardziej nic nie powiem.

Nie zamierzałam poddać się tak łatwo.

– Podobno służysz rodzinie cesarza Khanujina od trzech pokoleń.

– Niegrzecznie pytać mężczyznę o wiek – rzekł z nutą rozbawienia w głosie. – Dlaczego nagle tak się mną interesujesz?

Szturchnęłam Mleko, by zrównała się z wielbłądem Edana. Wspomnienia podsunęły mi obraz fletu i figurki konia w jego komnacie – czy to pamiątki z przeszłości, pozostałości po chłopcu, którym na pewno kiedyś był?

– Pomyślałam, że moglibyśmy się lepiej poznać. Nie mamy do wyboru innego towarzystwa.

– W takim razie powinnaś była zabrać więcej książek. Pożyczyć ci jakiś tytuł?

Kusiło mnie, żeby wziąć książkę i nią w niego rzucić.

– Słuchaj, jeśli masz mnie chronić przez najbliższe dwa miesiące, przyda mi się wiedza, co potrafisz.

Przechylił głowę.

– Nie czuję ciepła i zimna, chyba że w skrajnych warunkach. Mam fantastyczny wzrok jak na człowieka, wyjątkowo czuły słuch i ponadprzeciętny węch, niezwykle przenikliwy, gdy w grę wchodzi magia, za to na nic zdaje mi się smak. Proszę, teraz wiesz o czarodziejach więcej niż ktokolwiek na świecie.

Zamrugałam.

– To mi nic nie mówi. Skąd pochodzisz…

– Zewsząd i znikąd – przerwał mi. Sięgnął do torby i rzucił mi manierkę. – Ochrypłaś.

Rozpoznałam tę samą imbirową herbatę, którą podał mi wcześniej, tylko trochę mocniejszą. Zlizałam płyn z ust i się skrzywiłam.

– Nie masz smaku. Nic dziwnego, że ciągle pijesz tę ohydną herbatę.

– Kto powiedział, że to herbata? – Edan potarł ręce, napawając się moją zniesmaczoną miną. – Imbir wykorzystuje się do wielu eliksirów: serum prawdy, napojów miłosnych…

Zapowietrzyłam się.

– Co mi podałeś?

Wziął manierkę i upił łyk.

– Herbatę imbirową.

Zazgrzytałam zębami.

– Jesteś niemożliwy.

– A ty naiwna! – Zaśmiał się. – Nigdy nie musiałbym używać na tobie serum prawdy, Maiu. Zupełnie nie potrafisz kłamać.

– Nie mogę powiedzieć tego samego o tobie.

– Masz rację, ale do pewnego stopnia.

Zabrzmiał niemal smutno. Zerknęłam w jego stronę. Pod chłodnymi niebieskimi oczami wykwitły ciemne cienie.

– Wyglądasz na zmęczonego – odezwałam się.

– Większość arcyczarodziei źle sypia. Nie przejmuj się tym.

– Co cię trapi w nocy? – spytałam. – Zawsze wychodzisz z namiotu.

Po jego twarzy przemknął cień.

– Duchy i demony – odparł, a potem ze smutnym uśmiechem dodał: – I za mało książek.

Wiatry się nasiliły. Targały pustynnym piaskiem, aż dostał się wszędzie. Nawet gdy brałam wdech, wciągałam go więcej niż powietrza.

– To dobre miejsce na obóz – oznajmił nagle Edan, zeskakując z wielbłąda. – Przed nami szaleje burza piaskowa. Jeśli rozbijemy się tutaj, unikniemy najgorszego.

Wznieśliśmy dwa namioty. Wśliznęłam się do mojego, przekonana, że z samym zdjęciem peleryny zrzuciłam z siebie kilogram piasku.

– Głodna? – rzucił Edan, wchodząc do środka za mną. Rozłożył mały obrus, nie większy niż szachownica. – Nie możemy używać go zbyt często, musimy oszczędzać magię, ale uznałem, że powinniśmy wynagrodzić się za udany dzień podróży. – Usiadł ze skrzyżowanymi nogami. – Wyobraź sobie, co chciałabyś zjeść, a potem klaśnij w dłonie.

Spojrzałam na niego z niedowierzaniem.

– Spróbuj. Sam bym to zrobił, ale marny ze mnie kucharz. Wiesz, słaby smak i te sprawy.

Gdybym siedziała tu z Ketonem, przygotowałabym się na jakiś dowcip. Mój brat zawsze nabijał się ze mnie i z mojego apetytu, szczególnie kiedy nie mieliśmy pieniędzy ani jedzenia. „Gdybyś potrafiła prząść makaron, nigdy nie chodzilibyśmy głodni".

Ale Keton był w domu z Babą. Ach, jak pragnęłam, żeby wyzdrowiał. Żeby znów się ze mnie ponabijał, jeśli kiedykolwiek wrócę do Port Kamalan.

Edan czekał, więc zamknęłam oczy i wyobraziłam sobie owsiankę z kurczakiem mojej Mamy, pachnącą szczypiorkiem i imbirem. Ulubione pierożki Ketona z oliwą z chili, a do tego tyle słodkości, że wystarczyłyby na tydzień: kokosowe bułeczki na parze, smażone placki, klejący ryż z orzechami i plasterkami brzoskwini. Och, no i dzbanki wody. Mnóstwo, mnóstwo dzbanków wody.

Klasnęłam w dłonie.

Poczułam woń imbiru i otworzyłam oczy. Szczęka mi opadła – wszystko, co sobie wymarzyłam, stało przede mną.

– Trochę przesadziłaś – stwierdził aprobującym tonem Edan.

Jedzenie niemal spadało z obrusa.

– Czy to jest… prawdziwe?

Podał mi miskę.

– Sama się przekonaj.

Zacisnęłam palce na naczyniu. Targnął mną spazm głodu. Podniosłam pierożka i się wgryzłam, chwilę pożułam, a potem przełknęłam. Rozpłynęłam się z zadowolenia. Zaczęłam jeść łapczywie, nie zadając więcej pytań.

Edam wybuchnął śmiechem.

– Co cię tak bawi?

– Ty. – Sięgnął po garść daktyli i porzeczek. – Nie widziałem takiego żarłoka od zakończenia Wielkiego Głodu. Może zamiast krawcową powinnaś zostać degustatorką.

– Nie moja wina, że nie masz smaku. – Pochłonęłam łyżkę owsianki, a potem chciwie capnęłam kokosową bułeczkę.

Zauważyłam, że Edan nie tykał kurczaka. Powoli żuł owoce, jakby nad czymś rozmyślał.

Odłożyłam bułeczkę.

– Dorastałeś w czasie Wielkiego Głodu?

– Innego głodu. Moja macocha była beznadziejną kucharką, ojciec beznadziejnym rolnikiem. Dorastałem na wpół dziki, żywiłem się trawą i piaskiem. Czasem pochrzynami, jeśli udało mi się je znaleźć.

Pierwszy raz powiedział mi tyle o sobie.

– Dlatego tak mało jesz?

– Nie, po prostu nie jestem tak głodny jak ty – zaśmiał się. – Jedz, koniec gadania o głodzie.

Gdy wyciągnął rękę po placek, spod rękawa błysnęła złota bransoleta. Nie, nie bransoleta – metalowa obręcz, gładka, bez zdobień czy klejnotów. Nigdy wcześniej jej nie widziałam. Rękawy Edana zawsze zasłaniały jego nadgarstki. Czy to ten talizman, którego nie mógł mi pokazać?

– Wspominałeś, że czarodzieje posługują się magią dzięki talizmanom – zaczęłam. – Zauważyłam, że cesarz Khanujin nosi amulet z ptakiem, a przecież nie jest czarodziejem. Co to za amulet?

Edan zanurzył palce w jasnym piasku.

– Ochronny – odparł wymijająco.

– Po co go nosi? Myślałam, że to ty masz obowiązek chronić cesarza.

– Mam obowiązek mu służyć – poprawił mnie. – To co innego.

Znów spojrzałam na jego nadgarstek – ta złota obręcz mnie zastanawiała. Po raz kolejny podniosłam miskę. Zjadłam trochę, zanim odważyłam się zapytać:

– Spełniłbyś każde jego życzenie?

Wyprostował się. Placek leżał przed nim nietknięty. Edan o nim zapomniał – albo stracił apetyt.

– Przyjechałem tu z tobą, czyż nie? Mimo że mi zabronił.

Zmarszczyłam brwi.

– To pokazuje jedynie, że umiesz unikać bezpośrednich rozkazów.

– Tak – mruknął Edan, bardziej do siebie niż do mnie. – Niestety Khanujin nauczył się wyrażać bardzo dokładnie.

– Więc musisz się mu podporządkowywać?

– Tak.

– Bo inaczej co?

– Dosyć pytań na dziś, *xitara* – uciął. – Już prawie ciemno, a wbrew temu, co sądzisz, wybieram się do swojego namiotu. – Wstał i naciągnął kaptur. – Uważaj na węże i skorpiony. – Zastanowił się. – Ale daj mi znać, jeśli zobaczysz pająki.

Zniknął.

Nie widziałam żadnych pająków.

•••

Do siódmego dnia na pustyni zrozumiałam, dlaczego Edan jej nie cierpiał. Z każdym oddechem piekły mnie płuca, a skóra płonęła, tak gorąca, że najmniejszy ruch sprawiał ból. Edan zaczął brutalnie wydzielać jedzenie i wodę, co mnie zdziwiło. Widziałam moc obrusa. Wyobrażałam sobie wiadra świeżej, zimnej wody. Marzyłam, aby ugasić pragnienie.

– Musimy aż tak oszczędzać wodę? – jęknęłam.

– Im dalej w głąb pustyni, tym słabsza magia.

– Ale będzie lepiej?

– Raczej tak.

Raczej tak. Potarłam obolały kark. Pękała mi głowa, gardło błagało o wodę, lecz nie chciałam okazać słabości. Nie zamierzałam nas spowalniać.

Dlatego zaskoczyło mnie, gdy na kilka godzin przed zmierzchem Edan oznajmił, że rozbijamy obóz. Zazwyczaj upierał się, by podróżować aż do zmroku.

Miejsce, które wybrał, nie wyróżniało się niczym szczególnym. Gdzie sięgnęłam wzrokiem, widziałam tylko piasek i więcej piasku, ale coś ożywiło Edana.

Wyłowił z torby pusty słoik.

– Do czego to? – spytałam. Nie rozpoznałam własnego głosu, suchego i ochrypłego.

– Do polowania na pająki – odparł, jakby to była najnormalniejsza rzecz na świecie. – Złote tkacze są bardzo rzadkie, ale mam przeczucie, że sprzyja nam szczęście.

– Jak znajdziemy pająka?

– Dzięki obserwacji. – Położył się na brzuchu, wziął garść piasku i powoli wypuścił go przez palce. – Jesteśmy blisko.

– To jak szukanie igły w stogu siana.

– Więc zostaw to mnie.

Zasłoniłam oczy dłonią. Piasek aż palił.

– Jeśli będziesz tak leżeć, to się poparzysz.

– Nie mogę się poparzyć, ale ty tak. – Sięgnął do torby po maleńkie naczynie i rzucił w moją stronę. – To maść. Mam jej niewiele, ale żar się nasili, zanim osłabnie, a ty nie jesteś przyzwyczajona do życia na pustyni. Posmaruj się i owiń twarz szalem. Zaufaj mi, to pomoże.

Maść pachniała kokosem i miodem z odrobiną róży. Ostrożnie rozsmarowałam ją na nosie i policzkach. Od razu poczułam się lepiej. Balsam naprawdę ukoił ból. Wzruszona ściągnęłam usta.

– Dziękuję.

– Nie dziękuj – powiedział z drwiącym uśmieszkiem. – Zrobiłem to dla siebie, nie dla ciebie. Chciałem oszczędzić sobie widoku twojej ropiejącej, pokrytej pęcherzami twarzy.

– Och, ty... – Do głowy przychodziło mi tysiąc określeń, lecz gdy kąciki jego ust uniosły się szelmowsko, a oczy zalśniły głębokim niebieskim, który w sekrecie sobie upodobałam, nie potrafiłam wydobyć z siebie żadnego z nich. Prychnęłam i odmaszerowałam rozstawić swój namiot.

– Nakładaj maść codziennie rano i wieczorem – zawołał za mną. – Nie chcę podróżować z mumią!

• • •

Edan obudził mnie tuż po wschodzie słońca. Coś wiło się w jego słoiku.

Odpędziłam go z krzykiem.

– Co ty rob…

– To nocny pająk – przerwał mi. – Kiedy ty spałaś, ja pracowałem.

Przetarłam oczy i ujrzałam pająka – patykowate odnóża, mlecznobiałe kły i bulwiasty tułów wielkości mojej dłoni.

Edan odstawił słoik na ziemię. Pająk idealnie stopił się z bladożółtym piaskiem.

– Złoty tkacz – oznajmił. – Trafnie nazwany ze względu na to, że porusza się jak kołowrotek. Jest szybki. – Swobodnie wsunął słoik pod ramię. – Musisz uprząść jego jedwab. Zaprowadzę cię do jego nory. Jeśli zobaczysz inne pająki, nie dotykaj. Ukąszenie jest śmiertelne.

Poszłam za Edanem z moimi nożyczkami. Nora znajdowała się niedaleko naszego obozowiska, otoczona przez brązowo-czerwone skały wystające z piasku niczym zęby. Lśniąca srebrna nić rozciągała się od skały do skały. Ostrożnie uklękłam i zaczęłam nawijać ją na nożyczki, starając się nie zerwać ani jednego cennego pasma.

Gdy już zabrakło mi nici, cofnęłam się, by Edan mógł wypuścić pająka, jednak on uważnie mu się przyglądał.

– Wypuścisz go? – spytałam.

– Za chwilę – odparł i podał mi małą szklaną fiolkę. – Proszę, odkręć ją.

Przejechał cienką drewnianą łyżeczką po kłach pająka, wprawnie pobierając lepką próbkę.

Ukucnęłam przy nim, gdy przeniósł jad do fiolki.

– Kolekcjonujesz trucizny w ramach pracy dla cesarza?

– To nie trucizna – rzekł poważnie – i kolekcjonuję płyn dla siebie. Odsuń się.

Ostrożnie odkręcił pokrywę i przechylił słoik. Złoty tkacz potoczył się jak kołowrotek, wzbijając piasek ośmioma odnóżami.

Na dłoni Edana spoczywały trzy starannie nawinięte szpule jedwabiu niwa. Byłam tak oczarowana nićmi, że nawet nie zastanowiłam się, jak z moich nożyczek trafiły w ręce Edana. Jedwab lśnił, niemal srebrny w świetle księżyca, najgrubszy, jaki w życiu widziałam.

Edan zapalił zapałkę i podpalił szpule.

– Nie! – krzyknęłam.

Powstrzymał mnie.

– Jedwab złotych tkaczy jest wyjątkowy, bo nie ima się go ogień – przypomniał. – Lód także. – Z triumfalnym uśmiechem zdmuchnął płomień i podał mi nici. – Mistrzyni Tamarin, oto pierwszy krok do ukończenia zadania i okiełznania słońca i księżyca.

Zahipnotyzowana połyskującymi nićmi i uradowana perspektywą, że moje zadanie jednak nie jest niemożliwe, bez zastanowienia przytuliłam Edana.

– Dziękuję!

Prędko mnie odtrącił. Zaczerwienił się i zmarszczył brwi.

– Przepraszam – powiedziałam, odsuwając się.

– Nie jestem twoim bratem – rzucił lakonicznie – ani twoim przyjacielem. – Brzmiał, jakby chciał mnie skarcić, ale nie potrafił. – Mam dopilnować, żebyś nie zginęła.

Przełknęłam gulę w gardle.

– To się nie powtórzy.

Przez resztę dnia jechaliśmy w ciszy, ale nie miałam nic przeciwko. Mimo brutalnego słońca dopisywał mi dobry humor. Wreszcie mogłam zająć się czymś innym niż szkicowanie – szyciem!

Ochoczo wyciągnęłam igłę i poprowadziłam pierwszy rząd ściegów. Szycie rękawiczek jest trudne, bo gdy człowiek nie uważa, może skończyć z dziurami między palcami. Dlatego się nie spieszyłam – zaczęłam od ściegu ściągaczowego przy mankietach, później przeszłam do haftów krzyżykowych przy palcach. Tak pochłonęła mnie praca, że nie zauważyłam samotnego drzewa przed nami, dopóki wielbłąd Edana się nie zatrzymał.

W każdym innym miejscu widok drzewa nie wzbudziłby emocji, lecz w sercu Halakmarat sprawił, że niemal spadłam z wielbłąda.

Drzewo było powykręcane i kolczaste, wyciągało nagie gałęzie niczym pazury w stronę rozległego, bezchmurnego nieba. Otaczały je wyschnięte krzewy i skały wystające z piasku – jak kości ziemi.

Ku mojemu rozczarowaniu nie znalazłam ani kropli wody przy jego korzeniach.

Edan przywiązał nasze wielbłądy do pnia.

– Rozstaw namiot – przykazał, ocierając czoło. – Jutro czeka nas długi dzień. Udamy się na wschód, do samego serca pustyni. Tam schwytasz słońce.

Posłusznie wbiłam kostur w ziemię i zaczęłam wznosić namiot, lecz gdy Edan nie patrzył, zerknęłam w jego kierunku.

Miał czerwone policzki i brwi lśniące od potu. Nie, to niemożliwe – mówił, że nie czuje gorąca… chyba że w skrajnych warunkach. Ale po południu, kiedy grzało najmocniej, nic mu nie dolegało. Teraz słońce zachodziło i w końcu robiło się chłodniej… mimo to on zupełnie nie przypominał niestrudzonego Edana.

Co się z nim działo?

Rozdział dwudziesty

Ze snu wyrwał mnie krzyk jastrzębia. Podniosłam się i musnęłam głową klapę namiotu. Nie słyszałam prawie nic przez wycie wiatru, lecz jastrząb krzyknął ponownie, tym razem głośniej. Dźwięk zdawał się dochodzić z bliska.

– Edan! – zawołałam, zrzucając z siebie koc.

Żadnej odpowiedzi.

Wychyliłam się z namiotu. Księżyc lśnił jasno na tle czarnego, bezgwiezdnego nieba. Nie dostrzegłam mojego towarzysza, lecz zobaczyłam, jak jastrząb nurkuje w jednej z jego toreb i odlatuje z jaskrawoczerwoną sakiewką w dziobie.

Pobiegłam za nim, jednak moją uwagę przyciągnęły wielbłądy. Szarpały za cugle i wzbijały piasek kopytami. Próbowały uciec, ale przed czym?

Zamarłam. Nie szalała burza piaskowa. Nie słyszałam żadnych koni. Poza tym to konie bały się wielbłądów, nie na odwrót.

Rozbójnicy? Nie…

Zmrużyłam oczy. W oddali poruszały się cienie. Ścisnęło mnie w piersi.

Wilki.

Były blisko. Pomyliłam ich wycie z wyciem wiatru. Na oddech demona, nic dziwnego, że wielbłądy panikowały! Wycofałam się, a ich skowyt zagłuszał kołatanie mojego serca.

Ręce mi drżały, gdy przeszukiwałam torbę i kufry Edana. Książki, pergaminy, pióra, jeszcze więcej książek. Amulety, z których nie mogłam zrobić użytku. Nie wziął ze sobą żadnej broni?

Jest! Sztylet. Podniosłam go, ale nie mogłam wyciągnąć go z pochwy.

Nie, nie, nie.

Ponowiłam próbę – nadal nic.

Krew napłynęła mi do głowy. W akcie desperacji pognałam do namiotu i przetrząsnęłam mój dobytek. Jedwab, atłas, len. Nie mogłam narzucić na wilki płachty materiału ani potraktować ich igłami.

Wtedy ujrzałam moje nożyczki.

Przygryzłam wargę. Wiedziałam, że Edan skarci mnie za wypuszczenie wielbłądów, ale nie chciałam, by zostały pożarte. Wyskoczyłam na zewnątrz, przecięłam cugle i klepnęłam wierzchowce w zady.

– No już! – krzyknęłam. – Uciekajcie!

Nasze ognisko już dawno zgasło, więc nie mogłam odpalić pochodni, by odstraszyć wilki. Nie miałam dokąd uciec. Musiałam walczyć.

Zostały mi tylko nożyczki. Zalśniły, a ja ten jeden raz poczułam wdzięczność. Przytknęłam je do szorstkiego muślinu namiotu i poszły w ruch. Pomagały mi, gdy w szale plotłam mocny sznur. Przerzuciłam go przez gałąź drzewa i wspięłam się po pniu. Sucha, ostra kora haratała moją skórę. Niskie warknięcia za mną przybierały na sile.

I nagle wilki znalazły się pode mną. W świetle księżyca widziałam ich czarne futro i przekrwione, głodne ślepia. Naliczyłam ich pięć, nie, sześć.

Zdusiłam okrzyk. W namiocie jest jedzenie, chciałam zawołać. Część mnie współczuła tym wychudzonym, zaniedbanym zwierzętom. Jednak one wlepiły oczy we mnie. Uznały mnie za swoją zdobycz.

Pierwszy wilk skoczył, zacisnął zęby na sznurze i pociągnął. Wypuściłam sznur i uwiesiłam się na gałęzi. Wataha rzuciła się na moje dyndające nogi, a ja krzyczałam, kopiąc, próbując podciągnąć się wyżej.

Jastrząb wrócił z czerwoną sakiewką w dziobie. Poszybował w dół i zaatakował największego wilka. Poderwał się, a potem znów zanurkował. Tym razem przeciągnął szponami po skórze za uchem alfy i wepchnął sakiewkę w paszczę bestii. Wilk chapnął skrzydło jastrzębia, lecz to mnie wyrwał się krzyk.

Wilk gwałtownie machnął głową, gdy jastrząb próbował się uwolnić. Chciałam mu pomóc, ale reszta watahy wciąż czekała na mnie pod drzewem.

Wtedy wydarzyło się coś dziwnego. Alfa warknął i zwrócił się przeciwko pozostałym wilkom, jakby go opętało. Wypuścił jastrzębia i natarł na swojego brata. Wkrótce wataha o mnie zapomniała, zajęta walką między sobą. Widok był makabryczny: krew, futro i piach. Ukryłam twarz w dłoniach, aż warknięcia przeszły w jęki, a w końcu ustały.

Wciąż zasłaniałam twarz, kiedy jastrząb wrócił i przysiadł na gałęzi nade mną. Musnął skrzydłem moje plecy, więc podniosłam wzrok. Miał atramentowoczarne pióra, mlecznobiałe koniuszki skrzydeł i lśniące, jasnożółte oczy – intrygująco znajome.

Wykończona objęłam gałąź i zasnęłam.

• • •

– Maia!

Dźwięk mojego imienia zbudził mnie ze snu. Zmrużyłam oczy i dostrzegłam wysoką, szczupłą sylwetkę Edana, a także Mleko i Śnieżną Stopę.

Zsunęłam się z drzewa.

– Gdzie byłeś? O mało nie zginęłam!

– Szukałem wielbłądów, które ty zgubiłaś.

Jak mógł być tak spokojny?

– Nie słyszałeś mnie? – Zdenerwowałam się. – O mało nie zginęłam. – Wskazałam wielbłądy. – One o mało nie zginęły. Gdzie byłeś?

Nie odpowiadał, czym jeszcze bardziej mnie rozzłościł.

– Jak chcesz mnie chronić, skoro nawet cię tu nie ma?

– Nadal żyjesz, prawda?

Zmroziłam go wzrokiem i otrzepałam spodnie z piasku. Wszystko mi wyschło – usta, język, gardło. Jeśli Edan potrafił wyczarować źródło, mógł to zrobić teraz. Ale nie zamierzałam go prosić. Nie chciałam wysłuchiwać kolejnego kazania o oszczędzaniu magii.

Jemu też spierzchły usta. Zauważyłam, że ukrywa prawą rękę pod peleryną, a lewą ma posiniaczoną. Zazwyczaj żywo gestykulował, więc ten bezruch wzbudził moje podejrzenia.

Szturchnęłam go w ramię, a on jęknął.

– Za co to?

– Jesteś ranny – potwierdziłam przypuszczenia.

Przewrócił oczami.

– To tylko draśnięcie.

– Pokaż.

– Nie. – Wzdrygnął się. – Sam się uzdrowię.

Łypnęłam na niego.

– Mówiłeś, że magia na pustyni jest słaba.

– Bo jest. Ale się uzdrowię. Za jakiś czas.

– Przynajmniej pozwól mi oczyścić ranę.

Wyrwał mi swoją rękę.

– Musimy się zbierać.

Spojrzałam na jego wyschnięte usta.

– Powinieneś się napić.

Posłał mi drwiący uśmieszek.

– Mam do ciebie mówić: „mamo"?

Założyłam ręce na piersi.

– Jak daleko do Świątyni Słońca?

– Niedaleko.

– Jak to możliwe, że nigdy o niej nie słyszałam?

– Niewielu słyszało. Została opuszczona setki lat temu i większą jej część przykrył piach, ale złapiesz w niej czyste światło słońca. – Męczył się z odkręceniem manierki. – Za pomocą rękawiczek.

Widząc, jak siłuje się z manierką, odrobinę zmiękłam.

– Uleczyłeś moją rękę. Skoro magia na pustyni jest słaba, pozwól, że ja zajmę się twoją.

Pokręcił głową.

– Twoje oczy stają się czarne. – Wcześniej sądziłam, że to oznaka złości, ale może również bólu.

Zacisnął szczękę, jednak w końcu ustąpił.

– Tylko szybko. – Podwinął rękaw. – Musimy przejechać osiemdziesiąt kilometrów przed zachodem słońca.

Edan już próbował się połatać. Delikatnie odwinęłam bandaże. Rana sięgała głęboko, skóra wokół była poszarpana.

Zauważyłam krew pod jego paznokciami i pomyślałam o jastrzębiu. Zaatakował wilka szponami.

Serce mi przyspieszyło. Nie potrafiłam ukryć emocji.

– Szwy są nierówne. Zdejmę je i poprawię. Będzie bolało. Masz wino ryżowe?

– Po prostu to zrób – stęknął i zacisnął pięści. Kłykcie mu zbielały, gdy ostrożnie przecinałam nitki.

– W domu zakładałam szwy braciom – rzuciłam swobodnie, żeby odciągnąć jego uwagę od bólu. – Finlei i Keton byli najgorsi. Wdawali się w bójki o straszne głupoty. Sendo próbował ich rozdzielać i ostatecznie trafiał w sam środek bijatyki.

– Dlatego tak dobrze ci to wychodzi?

– Ćwiczyłam na braciach, ale wcześniej uczył mnie ojciec. Kiedy brakowało nam pracy, lekarz czasami prosił go o pomoc, głównie z litości. Często stawiałam się zamiast niego.

– Kiedyś też byłem czeladnikiem – wysapał przez zaciśnięte zęby. – Tyle że mój mistrz uczył mnie, jak otworzyć czaszkę, jak rozciąć skorpiona bez uśmiercania go, jak odróżnić szczwół od bluszczu. – Zakasłał. – Wiedza przydatna dla ciekawskiego młodego czarodzieja, ale nieprzydatna dla rannego, który musi zadbać o siebie.

– Ja nie miałam wyboru, musiałam się tego nauczyć. Moja matka zmarła, kiedy miałam siedem lat. Musiałam zająć się trzema dorastającymi chłopakami i ojcem. – Ściągnęłam usta, wspominając czasy, gdy moja rodzina była w komplecie. Czułam, jakby od tamtych dni minęły wieki. – A co z twoimi rodzicami?

– Ledwie ich pamiętam. Umarli dawno temu.

– Przykro mi – powiedziałam cicho.

– Nie ma powodu – odparł zamyślonym głosem. – Matka zmarła przy porodzie, a ojciec… nigdy nie byłem z nim związany. Z braćmi też nie. Kiedyś też miałem braci.

Milczałam. Wydawał się zagubiony, tak niepodobny do pewnego siebie czarodzieja, którego znałam. Może udało mi się uchwycić prawdziwego Edana – chłopaka skrytego pod mocą i magią.

– No i już. – Skończyłam bandażować mu rękę. – Zrobione.

– Dobra robota. – Opuścił rękawy i odzyskał opanowanie. – Żałuję, że wczoraj mnie nie tu było, ale dobrze sobie poradziłaś.

– Jesteś pewien, że cię nie było?

Zaśmiał się.

– Chybabym o tym wiedział, prawda?

Nie bawiło mnie to.

– Wilki zaczęły walczyć ze sobą jak zaczarowane. No i przyleciał jastrząb, grzebał w twojej torbie.

– Och. I co, zabrał coś?

– Czerwoną sakiewkę. – Odczekałam, żeby wywrzeć na nim wrażenie. – Zdawało się, że wiedział, gdzie jej szukać.

– Jastrzębie to inteligentne stworzenia. Pewnie szukał jedzenia.

– Pewnie tak – zgodziłam się, choć wcale mu nie uwierzyłam.

Zyskałam pewność.

Ten jastrząb to był Edan.

Rozdział dwudziesty pierwszy

Gdy wreszcie ujrzeliśmy Świątynię Słońca, bałam się, że to iluzja. Okolona ciemnymi, zwęglonymi drzewami, stała pośród morza wydm, a u jej wejścia znajdowała się sadzawka, długa jak rzeka i szeroka jak jezioro.

Poczłapałam w jej kierunku. Moje ciało pragnęło wody, zaschnięte gardło o nią wołało. Lecz kiedy uklękłam, by się napić, zobaczyłam jedynie własne odbicie.

To nie była sadzawka, tylko lustro, które odzwierciedlało niebieskoszare niebo. Załkałam cicho, choć brakowało mi łez.

Dawno temu świątynia mogła mieć kolor kości słoniowej, lecz – tak jak wszystko inne na pustyni – z czasem przybrała barwę piasku. Oczy mnie szczypały, gdy próbowałam spojrzeć na migoczącą w ostrym słońcu kopułę.

– Musisz wejść sama – rzekł Edan, przystając obok lustra.

Zamrugałam.

– Nie wejdziesz ze mną?

– Nie mogę. Cesarz Khanujin mi zabronił.

– A co za różnica? Zabronił ci ze mną jechać, a jednak tu jesteś.

Sposępniał.

– To nie do końca prawda. Kiedy z nim rozmawiałem, ostrożnie dobierałem słowa. Zabronił mi zdobyć dla ciebie dzieci Amany, a nie udać się w tę podróż. – Złożył dłonie w przepraszającym geście. – Obawiam się, że całą ciężką pracę będziesz musiała wykonać sama.

– A to mnie ojciec zawsze nazywał posłusznym dzieckiem. – Pociągnęłam nosem. – Dobrze, w takim razie nie powiem cesarzowi, że wszedłeś ze mną.

Edan pokręcił głową z zaskakującą stanowczością.

– Pójdziesz sama. Nie martw się, to zadanie nie jest w połowie tak niebezpieczne, jak dwa kolejne.

To mi się nie spodobało.

Podał mi swoją manierkę, w której została tylko ćwiartka wody.

– Świątynia to labirynt. Zawsze skręcaj tam, gdzie jaśniej świeci, bez względu na to, że będzie ci ciężko. W samym środku znajdziesz okrągłe lustro, które bezpośrednio odbija słońce. Musisz dostać się na gzyms tuż nad taflą. Włóż rękawiczki i wyciągnij ręce. – Zamilkł, lecz po dłuższym czasie dodał: – Każda niezakryta część twojego ciała spłonie.

Przełknęłam ślinę.

– A co potem?

Rozprostował pięść, odsłaniając ostatnią rzecz, jakiej się spodziewałam.

– Orzech?

– Chyba nie sądziłaś, że zamkniesz światło słońca i księżyca w słoiku? – Oblizał usta, by je zwilżyć. – Rozumiem, że nie znasz tej historii. Kiedy bóg złodziei ukradł słońce i księżyc, przechowywał ich światło w…

– Łupinach orzechów – przypomniało mi się. – Uwielbiał orzechy, a kto by szukał w łupinach?

Przytaknął.

– Tak się składa, że orzechy mają niezwykłe właściwości magiczne. Potrafią nie tylko przechowywać magię, ale też ją ukrywać, na przykład przed czarodziejami.

– Twoje kufry są wykonane z drewna orzechowego – zauważyłam. – Rękojeść twojego sztyletu także.

– Tak. – Podał mi orzech. – Rozłup go przy lustrze, gdy słońce będzie w zenicie. Nie patrz w słońce. Powtórz.

– Nie patrz w słońce.

– Dobrze. Będę tu na ciebie czekał.

Ledwie weszłam do świątyni, żar już zapragnął mnie udusić. Żaden dach nie chronił mnie przed ostrymi promieniami, a nie miałam odwagi dotykać ścian. Krocząc naprzód, zrzuciłam z siebie tunikę i obwiązałam ją wokół pasa. Moja skóra aż skwierczała, skwar drażnił oczy.

Słońce to naprawdę brutalny bóg, wspomniałam opowieści Senda. Okrutny i bezwzględny, oślepiał głupców, którzy odważyli się na niego spojrzeć. Czy obserwował, jak zapuszczam się w głąb jego labiryntu? Ukarze mnie, a może pomoże mi wykonać zadanie? Prawdopodobnie nie zrobi nic. Bóstwa rzadko się objawiają.

Ścieżki zwężały się i rozwidlały. Tak jak zapowiadał Edan, jedna zawsze znajdowała się w cieniu, druga w pełnym słońcu. Choć pragnęłam się ukryć, wybierałam tę jaśniejszą. Labirynt przypominał piec, więził wewnątrz cały żar pustyni. Jeśli to zadanie było najłatwiejszym z trzech, nie chciałam wiedzieć, jak wyglądają pozostałe.

W większości korytarzy walały się zniszczone cegły, które mnie spowalniały, jednak największe trudności sprawiały mi ścieżki przykryte piachem – musiałam brnąć przez nie na tyle wolno, by się nie zapaść, ale na tyle prędko, by nie stanąć w płomieniach.

Wreszcie dotarłam do samego środka labiryntu, gdzie moc słońca niemal mnie oślepiała. Nim zamknęłam oczy przed bezlitosnym blaskiem, w przelocie dostrzegłam dziedziniec, a na nim okrągłe lustro. Przypominało sadzawkę przed świątynią, choć lśniło tysiąc razy mocniej. Zamrugałam i wypatrzyłam drabinę opartą o ścianę. Nad nią wznosił się gzyms, który sięgał do lustra.

Prawie na oślep ruszyłam ku drabinie. Gdy weszłam na pierwszy stopień, drewno zatrzeszczało. Modliłam się, by szczeble nie popękały. Wiatr wciąż mnie zwiewał, więc wpiłam paznokcie w drewno, żeby nie odlecieć.

Amano, zlituj się nade mną, pomyślałam, wspinając się i raz po raz spoglądając na gzyms. Sterczał nad lustrem niczym wyciągnięte ramię, przez jego palce przesypywał się piach.

Słońce parło na nieszczęsne lustro. Szklana tafla odbijała ku niebu ścianę biało-złotego światła.

Z każdym zerknięciem moje oczy płonęły. Łzy ciekły mi po spękanych policzkach.

Wgramoliłam się na gzyms. Jego powierzchnia drażniła dłonie i kolana, parzyła skórę. Pomyślałam o Babie, schyliłam głowę i zaczęłam się czołgać. „Jesteś silna", powiedział mi ostatniego dnia przed wyjazdem. „Jak twoja matka". Nie mogłam go zawieść.

Wlekłam się w stronę krawędzi – w stronę wodospadu światła. Słońce sięgało zenitu, a moje ręce spuchły z gorąca do tego stopnia, że ledwie mieściły się w rękawiczkach z pajęczego jedwabiu. Naciągnęłam je na palce, nie zważając na ból.

Nie zamierzałam się poddać. Nie zamierzałam tu umrzeć.

Zamknęłam oczy. Zbierz światło słońca.

Serce mi waliło, a żołądek skręcał się ze strachu, lecz pokonałam ostatnie centymetry.

Sięgnęłam do kieszeni po orzech i spróbowałam rozłupać go paznokciami, jednak rękawiczki mi przeszkadzały, więc pomogłam sobie zębami.

Ostrożnie wyciągnęłam dłoń z orzechem.

Światło słońca musnęło moje palce. Łupina stała się ciężka, gorąca. Zadrżała, jakby światło w niej było żywe. Prędko ją zamknęłam i się wycofałam. Moja stopa ześliznęła się z gzymsu, a słońce syknęło, chciwie parząc skórę.

Krzyknęłam, lecz z wyschniętego gardła nie dobył się żaden dźwięk. Szeroko otworzyłam oczy i oślepiła mnie łuna bieli.

Powoli podnosiłam się, aż uklękłam na gzymsie. Dyszałam. Sapałam.

Czerwona i cała w pęcherzach, marzyłam tylko o tym, by się położyć. Nie miałam siły na nic innego.

– Nie! Nie możesz teraz się poddać.

To głos mój czy Edana? Nie wiedziałam. Mimo to dodał mi sił, żeby zejść z gzymsu. Zasłoniłam oczy, wsunęłam orzech do kieszeni i postawiłam stopę na drabinie.

Pierwszy krok. Drugi. Trzeci.

Na szczęście do wyjścia prowadziła prosta, szeroka droga. Gdy wreszcie zobaczyłam piasek na zewnątrz, puściłam się biegiem, tak szybko, że niemal ślizgiem wypadłam przez bramę. Moje ciało płonęło, ale wyrwał mi się zduszony, suchy śmiech.

Edan mnie złapał i przyłożył mi do ust manierkę.

– Widzę, że ci się upiekło… – Głos mu zadrżał, a na twarzy odmalowała się troska. – Maiu, nie wyglądasz dobrze.

Łapczywie wypiłam wodę, po czym wstałam i się otrzepałam.

– Nic mi nie jest. Udało mi się. – Wyciągnęłam orzech, lecz Edan go zignorował i wziął mnie w ramiona.

– Udało ci się – powtórzył, przytrzymując mnie w pionie zdrową ręką. – Dobra robota. – Przytknął wierzch dłoni do mojego policzka. – Masz gorączkę.

Czułam ból, gdy mnie dotykał, skórę miałam spaloną, ogarniała mnie maligna.

Pęcherze wykwitły na moich powiekach. Wzdrygnęłam się, kiedy Edan zasłonił mi oczy ręką.

– Nie otwieraj oczu.

– Nic mi nie jest, po prostu jest jasno.

Bez ostrzeżenia poderwał mnie z ziemi, oparł podbródek na moim czole i zaniósł mnie w cień drzew. Wiał silny wiatr, lecz Edan chronił mnie przed smagającym piaskiem.

Już chciałam go objąć, lecz jego oczy były jasne i żółte jak słońce… przerażały mnie. Wyswobodziłam się z uścisku i pomknęłam w stronę Mleko, a potem runęłam na piach.

•••

Gdy się obudziłam, Edan czytał przy słabym świetle lampionu. Mój ruch przestraszył Mleko i mnie samą. Zostałam przywiązana do siodła, ale kiedy zaczęłam się miotać, straciłam równowagę. Wielbłądzica zdążyła przyklęknąć, zanim moje nogi spadły z jej grzbietu, i zamrugała wielkimi bursztynowymi oczami, po czym polizała mnie po policzku.

Edan cmoknął na Śnieżną Stopę i zeskoczył na piasek.

– Nie śpisz.

Gdy uwolnił mnie ze sznurów, spróbowałam wstać. Ciało miałam sztywne, pulsujące od tępego bólu. Twarz i ręce kleiły się pod grubą warstwą maści.

– Dostałaś udaru słonecznego – poinformował mnie Edan. – Postaraj się nie zetrzeć maści, inaczej oparzenia zaropieją i wda się infekcja.

Przytrzymał mnie i podał manierkę. Upiłam długi łyk, nagle wdzięczna, że tak skrupulatnie oszczędzał zapasy.

– Jak się czujesz? – spytał.

– Dobrze – odparłam zwięźle. – Jestem głodna.

– Nic dziwnego, spałaś prawie dwa dni.

– Dwa dni!

Podał mi torbę. Wewnątrz znalazłam suchary, suszone owoce i suszone mięso. Cała uczta.

Edan wskoczył na wielbłąda i wziął książkę. Cienie pod jego oczami były ciemniejsze niż wcześniej, tęczówki bledsze niż kiedykolwiek, niemal szare.

– Nie wypij wszystkiego – poradził, machając książką. – Zostały nam cztery dni drogi do Agorii.

Agoria, gdzie czekały Góry Księżycowe, gdzie Keton walczył z żołnierzami szansena podczas Wojny Pięciu Zim, gdzie zginął Sendo.

„Armie szansena i cesarza utknęły w impasie w Górach Księżycowych", opowiadał mi Keton, gdy wrócił do domu. „Byłem tam. Strzały mnie dosięgły, więc Sendo zaciągnął mnie w bezpieczne miejsce. Wszędzie walały się ciała. Zanim zapadła noc, zginęły tysiące żołnierzy, z Sendem włącznie".

Przełknęłam przeżute jedzenie, nagle straciwszy apetyt. Ściągnęłam sznurek przy torbie i odwróciłam wzrok, aby zebrać się w sobie. Edan nadal czytał na wielbłądzie.

– Gdzie jest orzech? – zapytałam, wspinając się na grzbiet Mleko.

– Przechowam go, jeśli nie masz nic przeciwko.

– Czy jakiemuś krawcowi udało się uszyć coś ze światła słońca?

– O ile wiem, nie. – Edan zdjął kaptur. Czarne loki zalśniły drobinami piasku. Drobinami piasku, a także kroplami potu, co zauważyłam zmartwiona. – Szycie magii to rzadki dar, jeszcze rzadszy w rękach krawcowej utalentowanej jak ty. Między nami, przyjaciółmi, przyznam, że Lady Sarnai skazała cię na porażkę, ale wierzę, że uszyjesz te suknie. Pomogę ci, jak tylko będę mógł.

Uniosłam brew.

– Mówiłeś, że nie jesteśmy przyjaciółmi.

– Bo wtedy nie byliśmy. Ale czarodzieje są kapryśni. – Posłał mi lekki uśmiech. – Możliwe, że zmieniłem zdanie.

Poczułam przypływ ciepła. Gdyby nie Edan, nawet nie wiedziałabym, gdzie zacząć. Choć się sprzeczaliśmy, był moim jedynym przyjacielem na tej pustyni. Szczerze mówiąc, może nawet na całym świecie.

– Twój ojciec nie władał nożyczkami, prawda? – zmienił temat Edan.

– Nie. Powiedział, że należały do mojej babki.

Nachylił się nade mną, jakby studiował delikatny okaz.

– Dziwne. – Dotknął mojego podbródka. – Czarodzieje i czarodziejki zazwyczaj nie mają potomstwa.

Nie wiem, dlaczego ta uwaga sprawiła, że się zarumieniłam, ani dlaczego jego dotyk, tak przelotny i delikatny, jakby nierzeczywisty, wywołał ciarki na mojej skórze. Odsunęłam się w nadziei, że Edan nie zauważył mojego zakłopotania.

– Nie wiem zbyt wiele o moich przodkach – przyznałam.

– To nieważne – stwierdził, pozwalając, by między nami znów zrodził się niekrępujący dystans. – Masz trzy zadania: zdobyć słońce, księżyc i gwiazdy na suknie Amany. Te zadania przekładają się na trzy próby: próbę ciała, próbę umysłu i próbę duszy. Świątynia Słońca była próbą ciała. Pokazała, ile cierpienia jesteś w stanie znieść.

Przejechałam dłonią po policzku, który wciąż kleił się od maści, jednak skóra pod spodem wydawała się mniej spękana.

– I mówisz mi to teraz?

– Nie chciałem, żebyś się bała. – Zrobił wdech. – Najtrudniejsza będzie ostatnia.

– Krew gwiazd? – spytałam, a gdy przytaknął, dociekałam: – Co możesz mi powiedzieć?

– Nie wiem, co dokładnie cię czeka, wiem tylko kiedy. Raz w roku gwiazdy otwierają się na świat śmiertelników.

Znałam tę opowieść.

– Dziewiątego dnia dziewiątego miesiąca bogini księżyca jednoczy się ze swoim mężem, bogiem słońca. Tylko przez tę jedną noc mogą być razem. Zmierzają ku sobie po rozgwieżdżonej ścieżce, moście podtrzymywanym przez boga złodziei za karę, że ukradł gwiazdy. Gdy ich czas mija, most się zapada, a gwiazdy, przepełnione bólem kochanków, krwawią.

– Tak – przeciągnął Edan. – Romantyczne, nieprawdaż?

Skrzywiłam się. Dziewiąty dzień dziewiątego miesiąca. To za czterdzieści dni, a jezioro Paduan znajduje się na drugim końcu kontynentu.

– Myślałam, że to legenda.

– W każdej legendzie jest ziarnko prawdy. Czasem więcej niż ziarnko. – Osłonił twarz przed słońcem. – Powinnaś zacząć szyć buty. Jeśli się czymś zajmiesz, szybciej wyzdrowiejesz. Pamiętaj, żeby…

– Były nieprzemakalne – dokończyłam za niego. Po tygodniach płonięcia żywcem na pustyni nawet nie wyobrażałam sobie, że będę potrzebowała ochrony przed wodą.

– Pamiętasz. – Odwrócił się i potarł skronie. – To dobrze.

Zjadłam suszone mięso i oblizałam palce do czysta. Spodnie na mnie wisiały. Jeśli ja byłam głodna, Edan musiał umierać z głodu. Zawsze jadł mniej ode mnie, dumnie zapewniając, że czarodziei nie dręczy głód.

Chyba już mu nie wierzyłam.

Zagwizdał, nie zdejmując maski wesołości, i dalej prowadził mnie w stronę odległych gór. Martwiłam się, że nawet jeśli coś mu grozi, Edan i tak mi o tym nie powie. Był arogancki. Zbyt dumny, by przyznać się do słabości.

Dziś wieczorem, postanowiłam, dziś wieczorem nie pójdę spać i dowiem się, co przede mną ukrywa.

Rozdział dwudziesty drugi

Głowa mi podskoczyła. Trzymałam lejce Mleko i znów siedziałam w siodle z nogami złożonymi przed jej garbem. Nie pamiętałam, kiedy zasnęłam.

Potarłam oczy i spojrzałam na Edana, a potem na niebo. Przed chwilą wstał świt, a Edan miał ludzką postać.

Zazgrzytałam zębami. Jakimś cudem pokrzyżował mi plany. Niemożliwe, że zasnęłam, chyba że…

Z oburzeniem założyłam ręce na piersi.

– Zaczarowałeś mnie?

– Ach, ja też się cieszę, że cię widzę.

– Zaczarowałeś mnie, żebym zapadła w sen? – zażądałam odpowiedzi.

Uciszył mnie gestem dłoni. Zatrzymał wielbłąda, a ja po jednej sekundzie buntu poszłam w jego ślady. Zasłoniłam oczy, pragnąc, by wiatr przestał zwiewać mi włosy na twarz.

Edan wskazał przed siebie.

Za mgłą pustyni dostrzegłam obietnicę drzew. Drzew, kwiatów, kolorów, których nie widziałam od tygodni. Spojrzałam w dół. Piasek pod kopytami Mleko chrzęścił jak żwir. Zbliżaliśmy się na kraniec pustyni.

Jednak to nie to przykuło uwagę Edana. Ujrzałam dym ogniska. Konie. Wielbłądy. Ludzi.

– Rozbójnicy? – wyszeptałam.

Edan chwilę się ociągał.

– Nie – rzucił tylko, a następnie zeskoczył z wielbłąda i pomachał do grupki przed nami.

Nieznajomi od razu dobyli broni i pomknęli w naszą stronę, ale Edan zdjął kaptur i uprzejmie się ukłonił.

– Nazywam się Delann – oznajmił, a gdy go dogoniłam, położył mi rękę na ramieniu. – To mój kuzyn, Keton.

Skłamał tak gładko, że prawie nie drgnęłam na dźwięk nieprawdziwego imienia.

Skłoniłam głowę, poruszając się o wiele sztywniej niż Edan. Pospiesznie zdjęłam kapelusz, by zasłonić piersi. Przestałam je bandażować już dawno temu.

– Dzień dobry.

– Orksan – przedstawił się przywódca. Miał śniadą cerę i ciemny warkocz przyozdobiony koralikami czerwonymi jak jagody goji. W stylu popularnym wśród Balarczyków.

Uśmiechnęłam się nerwowo, jednak prędko przygryzłam wargę. To nie czas, żeby się głupio szczerzyć.

– Co was sprowadza na Halakmarat? – zapytał Orksan. Nie tracił czujności. Trzymał rękę na rękojeści miecza, a ja pożałowałam, że Edan i ja nie nosimy broni. Gdzie się podziewał jego sztylet? Nie wisiał u pasa.

– Właściwie to ją opuszczamy – odparł Edan.

Orksan zmierzył wzrokiem nasze kufry, co jeszcze bardziej mnie zmartwiło.

– Jedziecie na handel do Niyanu?

– Nie mamy czym handlować. Kiedy opuścimy pustynię, obierzemy kurs na Korzenny Szlak.

– Na Szlak? Nie wyglądacie na najemników. Ani na kupców.

– Mój kuzyn jest krawcem – rzekł dumnie Edan. – Najlepszym w całym kraju.

Orksan rzucił mi pobieżne spojrzenie. Nie zrobiłam na nim wrażenia. Moje spodnie były podarte, a tunika wypłowiała z soczystej zieleni w mętną oliwkę. Przestąpiłam z nogi na nogę.

– A ty? – drążył Orksan.

– Mój ojciec był kupcem na Szlaku. Wziął ślub z moją matką, no i urodziłem się ja. – Edan zamarkował czarujący uśmiech. – Obawiam się, że nie mam ręki do pieniędzy, dlatego zostałem odkrywcą. Chcemy kupić farby dla mojego kuzyna. Potem udamy się do A'landi i otworzymy warsztat.

Bez ostrzeżenia sięgnął do torby na moim ramieniu. Orksan i jego ludzie unieśli broń, jednak Edan poruszał się błyskawicznie. Wyciągnął rękaw, który szyłam dla Lady Sarnai.

– Spójrz – poprosił, prezentując rękaw niczym najcenniejszy klejnot. – To dzieło mojego kuzyna.

Jeszcze go nie skończyłam, ale wyhaftowałam złote kwiaty wzdłuż szwów i ozdobiłam mankiet dziesiątkami maleńkich pereł. Każdy mógł zobaczyć mój kunszt.

Orksan popatrzył na mnie z nowo nabytym szacunkiem.

– Potrafisz cerować?

Otworzyłam usta, lecz Edan mnie uprzedził:

– We śnie.

Nieufność Orksana nieco ustąpiła. Na pewno już zauważył, że nie jesteśmy uzbrojeni.

– Moja żona wspaniale gotuje, ale nie potrafi szyć. – Rozchylił pelerynę, ukazując postrzępione rękawy. – Może twój kuzyn mógłby nauczyć ją kilku sztuczek.

– Z radością – zgodził się Edan, klepiąc mnie w plecy tak mocno, że poleciałam do przodu. Skarciłam go wzrokiem, lecz on nadal się uśmiechał.

– Ci trzej to moi bracia, a ci dwaj szwagrowie – przedstawił towarzyszy Orksan. – Sami zmierzamy na północny wschód. Może dołączycie do nas na kilka dni? Razem uczcimy przesilenie letnie. Mamy mnóstwo wina, a Korin robi najlepszy gulasz na całym Szlaku!

Na myśl o jedzeniu i piciu ścisnął mi się żołądek, ale w moich oczach mignęła panika. Nie możemy dołączyć do bandy Balarczyków!

– Będziemy zaszczyceni – powiedział Edan, nie zważając na mój strach.

– Cieszę się. Te drogi są zdradliwe. Jestem zdziwiony, że podróżujecie sami.

– Natknęliście się na rozbójników? – rzucił od niechcenia Edan. – Albo żołnierzy?

Zmarszczyłam czoło. Dlaczego pytał o żołnierzy?

– Na szczęście nie – odparł Orksan. – Ale zostaliśmy zatrzymani na kilka tygodni na przesmyku Buuti. Książę prowincji nie chciał nas wypuścić bez dokumentów. Oskarżył nas o przemyt wina z kraju do A'landi. – Prychnął. – Jakbyśmy chcieli przemycać jego wino. Smakuje jak końskie szczyny.

– Podróżujemy na północ – oznajmił Edan. – W stronę Gór Księżycowych.

– To daleko stąd – zauważył Orksan. – Będziecie musieli zboczyć ze Szlaku.

– Tak, wiemy – przytaknął Edan bez dalszych wyjaśnień. Orksan nie zadawał więcej pytań.

– Możemy razem wjechać do Agorii. Ale chłopak będzie musiał trochę pocerować. – Spojrzał na mnie, a ja skłoniłam się na znak zgody. – Trzęsie się jak świerszcz – mruknął Orksan do Edana. – Jest niemową?

– Dochodzi do siebie po udarze słonecznym. Pierwszy raz podróżuje tak daleko od domu.

Orksan skinął głową ze współczuciem i gestem zaprosił nas, byśmy podążyli za nim do ogniska.

– Jesteś pewien, że to dobry pomysł? – wyszeptałam do Edana, gdy Orksan wystarczająco się oddalił.

– Potrzebujemy jedzenia i picia, a oni nam je proponują. Czemu mielibyśmy odmawiać?

– To Balarczycy – wyłożyłam mu, wciąż przyciskając kapelusz do piersi.

– Balar to rozległy kraj – zganił mnie. – Nie wszyscy są barbarzyńcami. I nie wszyscy walczyli w Wojnie Pięciu Zim.

Skrzywiłam się, zaciekła w swej nieufności. A potem zobaczyłam dzieci Orksana.

Wybiegły nam na powitanie w zniszczonych, postrzępionych ubraniach. Chłopiec pociągnął mnie za spodnie, pokazując mi stertę poszarpanych szmat.

– Naprawisz to? Tata mówi, że potrafisz.

Przyklękłam obok dwóch synów Orksana – nie mogli mieć więcej niż cztery czy pięć lat – i wzięłam ich ubrania.

– Będą jak nowe – obiecałam z uśmiechem.

Żona Orksana, Korin, zaśmiała się i delikatnie odciągnęła ode mnie dzieci.

– Idźcie pobawić się z wielbłądami. Mama musi popracować z nowym przyjacielem.

Chłopcy się oddalili.

– To twoje? – spytała Korin, otwierając kufer, z którego wystawał rąbek sukni Lady Sarnai.

Podskoczyłam.

– Zostaw to!

Na twarzy Korin odmalował się ból. Natychmiast zamknęła wieko.

– Przepraszam.

Ściągnęłam usta, a potem westchnęłam. Nie bądź niegrzeczna, Maiu. Korin nie wbije ci noża w serce.

– Nie, to ja przepraszam. Po prostu… mam za sobą długą podróż.

Otworzyłam kufer i wyjęłam to, co uszyłam do tej pory. Jeszcze nie wykorzystałam światła słońca, ale suknia powoli nabierała kształtu. Miała marszczoną górę i jeden zwiewny rękaw, a rąbek lśnił złotymi liśćmi i kwiatami.

Korin wstrzymała oddech, podziwiając moje dzieło.

– Sam to wyhaftowałeś?

– Tak – potwierdziłam z przekonaniem. Prawdę mówiąc, użyłam nożyczek, ale powoli oswajałam się z myślą, że ich praca była również moją pracą. Teraz rozumiałam, że uwydatniały moje naturalne umiejętności i pozwalały mi eksperymentować z projektami, na jakie wcześniej bym się nie odważyła. Ostrożnie złożyłam suknię i zaczęłam uczyć Korin cerować.

Gdy ona ćwiczyła na ubraniach Orksana, ja zacerowałam tyle spodni i koszul, że straciłam rachubę, ale cieszyłam się, że mam zajęcie. Choć Korin wydawała się zadowolona z mojego towarzystwa i mnie zagadywała, zachowywałam czujność. Poza tym nigdy nie umiałam gawędzić.

– Moja pierwsza poważna dziurka na guzik – powiedziała, ocierając pot z czoła. Pracowałyśmy pod namiotem, lecz i tak doskwierał nam gorąc.

– Wygląda dobrze – oceniłam.

Odetchnęła z ulgą.

– Nie wiem, jak ty to robisz tak szybko. Szycie jest trudne.

– To mój fach. Orksan mówi, że jesteś świetną kucharką. Ja nie wyobrażam sobie gotowania dla tylu mężczyzn.

– To prawda, łatwiej, gdy jest się we dwoje. – Zachichotała. – Więc od jak dawna ty i Delann jesteście małżeństwem?

Oddech ugrzązł mi w gardle, szarpnęłam i zerwałam nitkę. Małżeństwem?

Spojrzałam na mój szew i zobaczyłam błąd. Zwilżyłam nitkę w ustach, ponownie nawlekłam ją na igłę i zaczęłam od nowa. Korin czekała na odpowiedź.

– Jak moglibyśmy być… małżeństwem? – Głos mi się załamał. – Jesteśmy kuzynami. Niemal braćmi.

– Mnie nie oszukasz – oznajmiła wesoło. – Orksana też nie. Wiedziałam, że jesteś kobietą, w chwili, w której cię zobaczyłam. Dlatego Orksan nie strzelał do twojego towarzysza.

– O-och – zająknęłam się, spoglądając na swoje piersi. Zauważyliśmy karawanę tak nagle, że nie zdążyłam się zabandażować.

Korin się zaśmiała.

– Nie dlatego, przyjaciółko. Zobaczyłam, jak Delann się o ciebie troszczy, a przy tym cię szanuje. Latami przekonywałam Orksana, żeby zabrał mnie ze sobą na Szlak. Ale teraz, kiedy chłopcy podrośli, a wojna się skończyła… chętniej na to przystaje. Nie kazał mi przebierać się za mężczyznę, jednak to dobry pomysł, kiedy podróżujecie tylko we dwoje.

Wróciłam do szycia.

– Czy Orksan i jego bracia walczyli na wojnie?

– Dlatego jesteś taka cicha? Myślisz, że walczyliśmy po stronie szansena?

Nie odpowiedziałam. Słyszałam okropne historie o balarskich wojownikach plądrujących miasta, mordujących kobiety i dzieci.

– Nie – rzekła Korin. – Mój mąż nie jest żołnierzem. Używa noża do futra i mięsa... Szansen przyłączał do armii głównie najemników, zawodowych wojaków.

– Mam nadzieję, że cię nie uraziłam.

– To zrozumiałe. – Korin oparła rękę na biodrze. – Sama pochodzę z Balaru, ale Orksan nie. Urodził się i wychował na Szlaku, mój Orksan. Czuje niepokój, kiedy się nie przemieszcza, czy to karawaną, czy to statkiem.

– Nigdy nie płynęłam statkiem – wyznałam, nieco się otwierając. – Choć dorastałam w mieście portowym.

– A Delann? Nie wygląda na A'landczyka. Gdzie się poznaliście?

Uznałam, że lepiej mówić prawdę, biorąc pod uwagę, że nie umiem kłamać.

– W Niyanie.

– Jest uroczy, ten twój mąż. Szczęściara z ciebie.

Zawiązałam pętelkę i zerwałam nitkę.

– On nie... – Zamknęłam usta. Może powinnam pozwolić jej myśleć, że Edan jest moim mężem. Tym sposobem uniknę innych pytań. – Nie zawsze jest uroczy – dokończyłam. – Czasami jest irytujący.

– Aj, ale mu ufasz. – Machnęła ręką. – A niełatwo zdobyć twoje zaufanie.

Nie wiedziałam, co powiedzieć, więc po prostu się uśmiechnęłam. Była nieznajomą, a do tego Balarką, ale mogłam traktować ją przyjaźnie. Po tygodniach podróży z Edanem cieszyłam się na rozmowę z kobietą jako kobieta.

Przez resztę popołudnia uczyłam Korin wiązać siatkę na komary, cerować skarpety i prawidłowo zaszyć dziurę. W zamian za to ona pokazała mi, jak ugotować sycący gulasz z zaledwie trzech składników. Podczas pracy opowiadała mi historie o dzieciach i o podróżach Orksana.

Tuż przed kolacją wyszłam z namiotu Korin. Edan bawił się z chłopcami, wyciągał im monety zza uszu i wyczarowywał kwiaty pustynne z rękawa.

– Masz podejście do dzieci – zauważyłam.

– Jesteś zdziwiona – droczył się. – Wiesz, też kiedyś byłem dzieckiem.

– Może sto lat temu – rzuciłam oschle, co skwitował cichym chichotem. Zrozumiałam, że im mniej pytam o jego przeszłość, tym chętniej mi o niej opowiada.

Nie dodał nic więcej, ale usadowił się na piasku obok mnie.

– Dziś wzejdzie czerwony księżyc – odezwał się. – Obejrzysz wschód?

– Będziesz tam?

Skinął głową, jednak dopiero po chwili wahania.

– Tak. Przynajmniej dopóki nie zgaśnie światło.

To pierwszy raz, kiedy nawiązał do swoich nocnych zniknięć.

Przyjrzałam mu się. W jego bladoniebieskich oczach migały iskierki złota. Choć nie widziałam czarnego jastrzębia od tamtej nocy z wilkami, czułam, że to był Edan.

Miałam wrażenie, że słońce i księżyc pomagają mu zachować tajemnicę. Ostatnie kilka dni tak się dłużyło, że noc trwała zaledwie kilka godzin, a gdy zapadała, księżyc chował się za chmurami, otulając pustynię tak ciemnym kocem, że nie dało się nie zasnąć. Jednak wkrótce dni znów będą dłuższe.

– Jak zniknąłeś monetę? – spytałam.

– Z dzieciakami? To tylko sztuczka, której nauczyłem się podczas moich podróży, nie prawdziwa magia. Mogę ci pokazać, jeśli chcesz.

Zrozumiałam, że nie poznam jego sekretu dziś, nie w obozowisku rodziny Orksana. Wstałam.

– Może kiedy skończę suknie.

Poszłam posiedzieć sama na kamieniu przy wielbłądach. Tam z plecami obróconymi do słońca zabrałam się do haftowania. Łagodne, acz jasne światło rzucało na piasek czerwono-pomarańczową poświatę. Po mojej gehennie w Świątyni Słońca nie sądziłam, że jeszcze kiedyś z przyjemnością będę wygrzewać się w promieniach.

– Dosyć robienia na drutach – oznajmił Orksan, pojawiając się za mną.

Wetknęłam igłę w rąbek materiału, żeby nie spadła na piasek.

– Nie robię na dru…

– Otworzyliśmy trzy beczułki wina, a twój mąż już bawi się z nami. Dołącz do niego.

Więc wszyscy uważali, że Edan i ja jesteśmy małżeństwem. Otworzyłam oczy szerzej.

– Nie piję zbyt dużo. Naprawdę muszę wracać do pracy…

– Kobieto, masz całe życie, żeby szyć ładne rzeczy – przerwał mi. – Zabaw się. Co, świat się skończy, jeśli na chwilę odłożysz igłę?

Tak, nie wyszeptałam o mało co.

Ale potem zobaczyłam Edana. Z uśmiechem podniósł rękę i gestem przywołał mnie do siebie. Wyglądał na szczęśliwego. Szczęśliwszego niż kiedykolwiek w pałacu.

– Moja żona uwielbia dobre jedzenie – rzekł Edan, obejmując mnie ramieniem – choć dary pustyni nie pozwalają jej przygotować porządnego posiłku.

Nie poczułam zażenowania, gdy Edan nazwał mnie swoją żoną. I samo to sprawiło, że poczułam zażenowanie!

– Przestaniesz gadać, żebyśmy mogli zacząć jeść? – krzyknęłam.

Wszyscy wybuchnęli śmiechem, a ja się zarumieniłam. Nie chciałam podnosić głosu. Tak bardzo przyzwyczaiłam się do spędzania czasu sam na sam z Edanem, że zapomniałam o manierach.

Mimo to moja reakcja nikogo nie uraziła, więc wstałam, by pomóc Korin nałożyć jedzenie mężczyznom i dzieciom. Gulasz pachniał pysznie. Znalazło się w nim bogactwo przypraw, kawałki kaktusa oraz owoce jałowca, jednak nie rozpoznałam mięsa.

– Co jemy? – zapytałam Korin.

Spojrzała na mnie, jakbym nie chciała wiedzieć.

– Możesz mi powiedzieć.

– Kilka dni temu była burza i następnego ranka w naszym obozowisku zaroiło się od szczurów – wyznała. Z niechęcią zerknęłam na kocioł, a ona kontynuowała: – W życiu nie słyszałam, żeby podczas polowania mężczyźni tyle przeklinali. – Zadrżała ze śmiechu. – Zaczęłam suszyć mięso, ale jesteśmy tak blisko krańca Halakmarat, że Orksan zażyczył sobie gulaszu.

– Och... – wydusiłam tylko, nakładając wyjątkowo dużą porcję dla Edana. Nagle straciłam apetyt.

Korin posłała mi uśmiech.

– Są pyszne, przysięgam. Dodałam też trochę fasoli, którą zbierałam. Już prawie wyjeżdżamy z pustyni i mamy nowych przyjaciół, więc kiedy, jeśli nie teraz?

Jedliśmy, śmiejąc się i poznając nawzajem, aż jeden z braci Orksana usiadł na kocu obok mnie. Nie uśmiechał się jak pozostali. Nosił naszyjnik z monet przeplatanych ludzkimi zębami i miedziany kolczyk w lewym uchu. Poczułam się nieswojo.

– Nie wyglądasz na A'landczyka – stwierdził, podejrzliwie lustrując Edana. – Masz kufer pełen amuletów i książek w językach, których nigdy nie widziałem.

– Vachir! – warknął Orksan. – Szperałeś w jego rzeczach?

Edan machnął ręką, ale dostrzegłam, że wymusza uśmiech.

– Nic nie szkodzi.

Vachir nie spuszczał oczu z Edana.

– Podobno czarodziej cesarza Khanujina wyjechał. Szansen obiecał wysoką nagrodę temu, kto go schwyta.

Edan zachichotał.

– Wyglądam na czarodzieja?

– Czarodziej udał się na wyprawę. – Vachir przeniósł lodowate spojrzenie na mnie. – Z nadwornym krawcem. Widziano ich na Przesmyku Samaranu.

Zabrakło mi tchu.

Czy Norbu widział Edana? Musiał rozgadać, że podróżujemy razem, wiedząc, że narobi nam kłopotu.

Zacisnęłam zęby i zebrałam się na odwagę.

– Nadworny krawiec jest mężczyzną! – udałam osłupienie. – Nie mogłabym szyć dla cesarza. To nie przystoi.

– Może dziewczyna jest tym, za kogo się podaje – burknął Vachir. – Ale ty… – dzbankiem wina wskazał Edana – nie jesteś zwykłym odkrywcą.

– Vachir – ostrzegł go Orksan. – Niegrzecznie przesłuchiwać gości.

Vachir fuknął i wstał. Ostatni raz zmierzył Edana wzrokiem, po czym oddalił się w stronę koni.

– Nie zwracajcie na niego uwagi – przeprosił Orksan. – Moja żona też go nie lubi. Na szczęście przychodzi i odchodzi.

To wcale mnie nie uspokoiło. Edan śmiał się z ludźmi Orksana, próbując puścić sprawę w niepamięć, lecz skórę wokół oczu miał napiętą – martwił się.

– Pijcie! – wołali mężczyźni, podając między sobą bańkę z winem. – Pijcie!

Podniosłam bańkę do nosa i powąchałam. Skrzywiłam się – wino miało kwaśny zapach.

– Kobiety też mogą pić. Prawo nie zabrania.

– Tylko trochę – powiedziałam i pociągnęłam łyk. Zakasłałam. – Pali.

Edan przejął bańkę i poklepał mnie po plecach.

– Nigdy nie piłaś wina?

– Oczywiście, że piłam – prychnęłam.

– Wino w świątyni się nie liczy – droczył się.

Tu mnie miał. Piłam tylko wino ryżowe w świątyni, nigdy więcej niż łyk. Ale kiedyś moi bracia uwarzyli piwo z jęczmienia i smakowało paskudnie. Wypili je całe w jeden wieczór, a potem ich ubrania tak cuchnęły, że cały dzień pozbywałam się smrodu.

Oczy zaszkliły mi się na wspomnienie naszej czwórki w młodości. Zastanowiłam się, co u Baby, czy dostał mój list z Przesmyku Samaranu i wieści, że mianowano mnie nadwornym krawcem. Miałam nadzieję, że jest ze mnie dumny, że on i Keton wydali pieniądze, które im wysłałam, i wystarczało im jedzenia. Wiedziałam, że zima wkrótce nawiedzi Port Kamalan. Obiecałam sobie, że tej nocy do nich napiszę.

– Mój ojciec nie trzymał wina w domu – rzuciłam wymijająco, przypominając sobie trudne miesiące Baby po śmierci Mamy.

– Ale miałaś trzech braci.

– Trzech nadopiekuńczych braci – przypomniałam. – Nadal mam jednego.

– Chciałbym kiedyś go poznać – oznajmił Edan, gdy skończył jeść gulasz. Plamka sosu została mu na policzku, a ja walczyłam z pokusą, by ją zetrzeć. – Myślisz, że zaakceptowałby mnie... jako twojego męża? – Puścił oko, a ja musiałam zacisnąć pięści, żeby nie uderzyć go w żebra.

– Nie poznałeś jeszcze rodziny żony? – zdziwił się Orksan.

– Właśnie zmierzamy do jej domu – odparł gładko Edan.

Kiedy rozpoczął groteskową historię o tym, jak się poznaliśmy i wzięliśmy ślub, chciałam zasłonić twarz rękoma. Wyplątałam się z nieudanego związku z miejscowym rzeźnikiem, opowiadał, i zabrałam na gapę w karawanie Delanna, po czym on sam się we mnie zakochał. Byłam tak zażenowana, że wypiłam kolejny łyk. I kolejny. Im więcej piłam, tym mniej paliło mnie w gardle. Tym mniej martwiłam się o suknie Lady Sarnai, o Vachira, o Ketona i Babę.

– Spokojnie – rzekł Edan, zabierając mi bańkę.

– Nie chce, żebyś za dobrze spała – odezwał się jeden z ludzi Orksana.

Mężczyźni zachichotali, lecz Edan im nie zawtórował. Schyliłam głowę, nie wiedząc, czy rumienię się ze wstydu, czy od wina.

Przerzucali się historiami, a gdy nadeszła kolej Edana, wyciągnął spod peleryny drewniany flet. Podczas naszej podróży często gwizdał, jednak nigdy nie słyszałam, jak gra.

– Nigdy nie potrafię zapamiętać słów historii czy piosenki – oznajmił ze śmiechem. – Ale pamiętam nuty melodii.

Przytknął flet do ust. Rozległ się słodki dźwięk, niewinna melodia, która poruszyła struny mojego serca. Nawet dzieci ucichły – chłopcy tupali do rytmu.

Nad nami wzeszedł czerwony księżyc. Niebo nabrało odcienia bursztynu ze smugami miodu i persymony. Księżyc wspinał się niczym róża kwitnąca wśród łagodnych płomieni.

Siedziałam na kocu i patrzyłam na Edana. Normalnie nie pozwoliłabym sobie tak się na niego gapić, ale wino uśpiło moją czujność. Gdy go słuchałam, czułam łaskotanie w żołądku. Chciałam, żeby ta noc nigdy się nie kończyła.

Edan wyglądał tak spokojnie, jakby grał serenadę dla księżyca. Miał spaloną twarz, jak zapewne i ja. Niebo powoli ciemniało, przybierając barwę mahoniu.

Melodia się skończyła. Wszyscy bili brawo, a Edan skłonił głowę. Sprawiał wrażenie zmęczonego, lecz na jego ustach błąkał się uśmiech.

– Żona i ja powinniśmy się położyć. Już późno.

– Wcale nie – zaprotestowałam i spojrzałam w niebo. – Po prostu chcesz iść, żeby móc odlecieć.

Gdybym tyle nie wypiła, zobaczyłabym, jak Edan się wzdryga, jednak trwało to sekundę, więc ledwie zauważyłam. Wymusił śmiech i poklepał mnie po ramieniu.

– Wstajemy. Żona musi odpocząć.

– Nie pocałujesz jej na dobranoc? – rzucił prowokująco Orksan.

Jego bracia to podłapali.

– Pocałuj ją.

– Bez pocałunku was nie puścimy.

Łaskotanie w żołądku wróciło. Moja głowa ważyła więcej niż kiedykolwiek, gdy zwracałam twarz w stronę Edana. On już na mnie patrzył, w jego oczach migotało dziwne wahanie. Zamierzał mnie pocałować? Orksan i jego bracia skandowali w tle, a moje tętno przyspieszyło. Czy on się nachyla?

Nie wytrzymywałam tego napięcia. Z pośpiechem, który zaskoczył mnie samą, nachyliłam się i dałam mu całusa w policzek. Następnie wystrzeliłam w górę tak szybko, że musiał złapać mnie w talii, bym się nie przewróciła.

Założył sobie moją rękę na szyję. Nie mogłam protestować. Serce mi waliło, krew napłynęła do głowy, kiedy złożył delikatny pocałunek tuż obok moich ust.

Wargi miał miękkie mimo bezlitosnej suszy pustyni. Przeszedł mnie dreszcz, choć oddech Edana był ciepły, a jego ramię wokół mnie jeszcze cieplejsze.

Świat pode mną zawirował. Poczułam, jak Edan chwyta mnie pod kolanami, i presja, by stać, zniknęła. Niósł mnie! Ale przez zmęczenie o to nie dbałam. Schylił się, żeby wejść do namiotu. Odwróciłam wzrok od światła.

– Nie czaruj mnie, żebym zasnęła – ostrzegłam go sennym głosem.

– Nie sądzę, żebyś dziś potrzebowała pomocy w tej kwestii.

Wiedziałam, że ma rację, nawet kiedy przekornie powstrzymywałam ziewnięcie.

– Będę czuwać. Zobaczę, jak zmieniasz się w jastrzębia. Nie waż się mnie dotykać. Wiem, że ostatnio mnie zaczarowałeś.

Edan trzymał dłoń nad moim czołem, jednak cofnął ją i mnie nie dotknął.

– Dobranoc, Maiu.

A niech go – oczy same mi się zamykały. Gdy powieki opadły, umysł chwycił się jednej zakazanej myśli, zanim odpłynął w sen.

Szkoda, że Edan mnie nie pocałował.

Rozdział dwudziesty trzeci

Ból pulsował mi w uszach. Rozsadzał głowę tak gwałtownie, że bałam się, iż rozerwie ją na pół. Stanie tylko pogarszało sytuację, a każdy krok skutkował ostrym ukłuciem.

Szczerzący się Edan nie pomagał.

– Dzień dobry, *xitara*.

– Nie masz czegoś, co uśmierzy ból? – spytałam błagalnie.

– Mam leki na rozcięcia, oparzenia i siniaki – odparł ze śmiechem. – Nic na pokłosie upicia się do nieprzytomności.

Łypnęłam na niego z cierpiętniczą miną.

– Sam kazałeś mi pić.

– Nie wiedziałem, że wypijesz całą bańkę!

– Nie przypominam sobie tego. – Z jękiem potarłam skronie. – Czuję się, jakby moją głowę atakowały demony.

– To znaczy, że nie jest tak źle – zapewnił Edan. Pod oczami znów miał cienie. Zastanawiałam się, czy w ogóle spał. – Zaufaj mi.

Podał mi manierkę z herbatą z trawy cytrynowej zaparzoną przez Korin.

– To pomoże. – Gdy chłeptałam napar, posłał mi poważne spojrzenie. – Nie powinienem był namawiać cię do picia, szczególnie ledwie po udarze. Nie jestem przyzwyczajony do opiekowania się drugim człowiekiem.

Mimo woli złagodniałam.

– Wygląda na to, że czarodziej wiedzie samotny żywot. Krawiec też. – Odchrząknęłam, nagle się pesząc.

Zachichotał.

– Chodź, pozostali się zbierają.

Opuściliśmy pustynię przed południem następnego dnia. Gdy ujrzałam Szlak, omal nie padłam i go nie pocałowałam. Po tej stronie kontynentu był zalewie wąską żwirową ścieżką, ale o to nie dbałam. Kamienie, ptaki, nawet bzyczące komary, których kiedyś nienawidziłam – to wszystko sprawiło, że do oczu napłynęły mi łzy ulgi. A do tego rzeka w niedalekiej odległości – tyle wody!

Opuszczenie pustyni wiązało się z rozstaniem z naszymi nowymi przyjaciółmi, a także z wielbłądami, które Edan zgodził się wymienić na dwa konie Orksana.

Korin mnie przytuliła.

– Powodzenia z sukniami – powiedziała. – I dziękuję za pomoc. Napisz do mnie, kiedy z Delannem zadomowicie się w warsztacie.

– Napiszę. – Ściągnęłam usta. Żałowałam, że ją okłamaliśmy. – Mam nadzieję, że jeszcze się spotkamy.

Machaliśmy na pożegnanie Orksanowi i jego rodzinie, gdy się oddalali. Brakowało wśród nich Vachira – nie widziałam go od nocy przesilenia. To mnie martwiło, ale nie mogłam nic na to poradzić.

– Myślę, że polubisz ją bardziej niż Dynię – rzekł Edan, podając mi lejce. – Balarskie klacze nie są tak silne jak a'landyjskie, za to niezwykle oddane. – Zaśmiał się pod nosem. – Nawet ma piegi, jak ty.

Podeszłam do nowego wierzchowca ostrożnie. Dynia wierzgał, kiedy tylko się zbliżałam.

– Ma jakieś imię?

– Balarskie, ale Orksan powiedział, że możesz jej nadać nowe. Ja nazwałem mojego Gawron.

– Nazwę ją Opal.

Opal miała piegi w kolorze miodu, ale grzywę i sierść białe jak jedwab. Zarżała cicho, gdy wyciągnęłam rękę, by dotknąć jej policzka. Od razu się w niej zakochałam.

– Wolisz ją ode mnie – nadąsał się Edan.

– To nietrudne. – Poklepałam ją po grzywie, a potem posłałam mu uśmiech. – Ale dziękuję.

Odchrząknął.

– Skończyłaś buty?

Fuknęłam na to przypomnienie. Jeśli dobrze liczyłam, byłam co najmniej tydzień do tyłu z szyciem. Wyjęłam igłę, pewna, że wyhaftuję jeden z rękawów Lady Sarnai, zanim znów wyruszymy w drogę.

– Nie. Moje własne są w dobrym stanie, a muszę pracować nad suknią ze słońca.

– Sugeruję, żebyś przemyślała swoje priorytety. – Wskazał Góry Księżycowe majaczące w oddali. W większości pasma opadały łagodnie, ale jedno wznosiło się tak stromo, że niemal pomyliłam je z sosną. Nawet w lecie przykrywał je śnieg. – Widzisz to?

– Szczyt Zaklinacza Deszczu. – Potaknęłam, nie przerywając pracy. – Wygląda jak igła przebijająca niebo.

– Musisz się na niego wspiąć.

– Co? – zachłysnęłam się. – To samobójstwo!

– Nie w odpowiednich butach.

Z westchnieniem odłożyłam rękaw i przekartkowałam szkicownik, szukając rysunku Edana. Sięgnęłam po nożyczki, żeby zacząć ciąć skórę. Używanie ich weszło mi w nawyk i doceniałam ich pomoc. Znały mój rozmiar stopy, więc po kilku minutach miałam doskonałą podeszwę, na której mogłam bazować.

– Jak je zaczarujesz? – spytałam, przykładając podeszwę do stopy.

– Magią, dzięki której dotrzesz na szczyt żywa.

– A jak dostanę się na dół? – chciałam wiedzieć.

Zeskoczył z konia i dał znak, żebym zrobiła to samo.

– Tym będziemy martwić się później.

Przed nami znajdował się las Dhoya, ale szliśmy wzdłuż rzeki tak długo, jak tylko mogliśmy.

Zatrzymaliśmy się przy niewielkim, kipiącym źródełku. Uprałam trochę ubrań i zwalczyłam pokusę, by wskoczyć do wody i się wykąpać. Na pewno nie przy Edanie. Mimo to z rozkoszą umyłam twarz po raz pierwszy od kilku tygodni. Skóra jeszcze się goiła, ale chłodniejsze, wilgotniejsze powietrze już pomagało z pęcherzami i łuszczeniem.

Edan patrzył w niebo z posępną miną.

– Nie możemy zostać tu zbyt długo.

Szorowałam dłonie.

– Dlaczego?

– Jesteśmy blisko gór, ale musimy iść dalej na północ, jeśli chcemy dotrzeć na Szczyt Zaklinacza Deszczu. Następna pełnia za cztery dni. A noce w lesie są niebezpieczne.

Zmarszczyłam czoło. Nie widziałam, żeby korzystał z magii, odkąd zebraliśmy jedwabną nić na pustyni.

– Skoro opuściliśmy Halakmarat, nie możesz użyć magii, żeby bezpiecznie przeprowadzić nas przez las?

Ściągnął usta.

– To nie tak działa.

– Więc jak?

– Powinnaś nauczyć się posługiwać sztyletem – zmienił temat. – Tu czyha na ciebie o wiele więcej niebezpieczeństw niż na Halakmarat.

– Czemu? – Wyżymałam dół koszuli. – Bo zamierzasz znikać w nocy? – Nie czekałam, aż wymyśli wymówkę. – A w ogóle to gdzie tak znikasz?

– W namiocie, tak samo jak ty – powiedział z rezerwą w głosie.

Moje dłonie zacisnęły się w pięści.

– Przestań mnie okłamywać. Mam tego dosyć. Masz mnie za idiotkę, ale spędziłam z tobą wystarczająco dużo czasu, żeby wiedzieć, że coś ukrywasz...

– Maiu – przerwał mi. – Uspokój się.

– Nie uspokoję się! – krzyknęłam. – Zaatakowały mnie wilki, a ty gdzie byłeś? Wróciłeś z pokiereszowaną ręką i nie powiedziałeś, co się stało. Za każdym razem, kiedy proszę cię o wyjaśnienie...

– Powiem ci – wszedł mi w słowo. Trzymał mnie za ręce, choć nie pamiętałam, żeby je chwytał. Próbowałam się wyrwać, ale trzymał mocno. – Chciałem ci powiedzieć.

Wciąż byłam zła.

– Więc dlaczego nie powiedziałeś?

– Chciałem chronić ciebie – rzekł, puszczając moje dłonie. – I siebie. Nie chciałem, żebyś zobaczyła mnie takim, jakim jestem.

Cała jego arogancja odpłynęła. Założyłam ręce na piersi, by nie dostrzegł, że tak szybko mnie przekonał.

– Masz rację – kontynuował. – Powinnaś wiedzieć. Dobrze byłoby podróżować nocą, a ty powinnaś znać ograniczenia mojej magii.

Zdjął szatę i podciągnął rękaw, wskazując złotą obręcz na nadgarstku.

– To symbol mojej przysięgi – oznajmił. – Przysięgałem służyć temu, kto nosi moją pieczęć, ten amulet, który tak bystro zauważyłaś u cesarza.

Opuścił rękaw, a ja przełknęłam gulę w gardle.

– Więc... nie służysz mu z własnej woli?

– Ten, kto nosi amulet, jest moim panem.

– Twoim panem – powtórzyłam. – Twoim panem jest cesarz Khanujin.

– Nie lubi, gdy nazywam go „panem" – rzucił oschle – ale tym właśnie jest.

– Ale... dlaczego? – wyszeptałam. Myślałam, że czarodzieje są jak najemnicy, że służą tym, których stać na ich wygórowane stawki.

Wzruszył ramionami.

– To cena, którą płacimy za naszą moc. Wszyscy czarodzieje muszą złożyć przysięgę, dzięki temu nie stajemy się zbyt potężni ani chciwi. Rozumiesz, magia... uzależnia. A z czasem może zdeprawować.

Rozumiałam. Pamiętałam, jak nożyczki do mnie brzęczały, jak dobrze się czułam, gdy ich używałam. Wypełniały mnie nieodpartą mocą. Kiedy z nimi pracowałam, po moich dłoniach przebiegały ciarki.

– Możesz się uwolnić? – spytałam cicho.

– To trudne pytanie – odparł. Ujął mój podbródek i wziął mnie za rękę. – Khanujin jest dla mnie dobry. Nie mam tak źle, jak mogłoby się wydawać.

Ten intymny gest sprawił, że zadrżałam. Moje serce – moje nieposłuszne serce – zabiło mocniej.

– A co... jeśli uciekniesz?

Puścił mój podbródek.

– Wtedy zostanę na zawsze uwięziony pod postacią mojego ducha.

Pod postacią ducha...

– Jastrzębia – sapnęłam.

– Mądra dziewczyna – szepnął, wypuszczając również moją dłoń.

– Ale przecież jesteś... jastrzębiem tylko w nocy.

Skinął głową.

– Gdy jestem blisko mojego pana, mogę się zmieniać, kiedy chcę. Mogę szpiegować ludzi, ta umiejętność szczególnie przydawała się w czasie wojny. Jednak gdy się oddalam, noce są mi odbierane i muszę spędzać je pod postacią ducha. Moja magia słabnie, im dłużej trzymam się z daleka od mojego pana, i będzie słabła, aż w końcu nie będę mógł zmienić się z powrotem w człowieka.

Żołądek skręcił mi się w lodowaty supeł.

– Ile, zanim...

– Tutaj? – Kopnął w ziemię, a potem usiadł ze skrzyżowanymi nogami. – Wystarczająco długo, żebyśmy zdążyli wrócić do pałacu. Nie martw się o mnie.

Ale się martwiłam. Teraz wiedziałam, skąd zmęczenie wymalowane na jego twarzy, skąd ukrywanie się i wymijające odpowiedzi.

Dotknął czołem mojego czoła.

– Rozchmurz się – wychrypiał. – Bycie jastrzębiem nie jest takie złe. Mogę podróżować szybciej niż człowiek, no i nie potrzebuję tyle jedzenia.

Rozbolało mnie gardło.

– Jesteś rozpalony. – Zauważyłam to już kilka dni temu, ale dopiero teraz podjęłam temat. – Mówiłeś, że nie czujesz ciepła i zimna.

– Tak jak wspomniałem, im dalej odejdę i im więcej minie czasu, tym mniej panuję nad moją magią.

– Mówiłeś, że magia na pustyni jest słabsza.

– Bo jest, ale prawdziwy problem to bycie z dala od cesarza Khanujina. Każdej nocy mój duch instynktownie próbuje do niego wrócić. Zmniejszanie dystansu, nawet na chwilę, pomaga. Jednak już od jakiegoś czasu jesteśmy za daleko od pałacu.

Poczułam przypływ współczucia i uklękłam naprzeciw Edana.

– Więc twoja przysięga... jest na zawsze?

Pokręcił głową.

– Wszyscy czarodzieje w końcu odzyskują wolność. Kiedy wypełnimy tysiąc lat służby, magia nas opuszcza i przeżywamy resztę naszych dni jako śmiertelnicy.

Dostrzegłam promyk nadziei.

– Ile już wypełniłeś?

– Nieco ponad połowę.

– Och. – Przełknęłam ślinę. Edan miał ponad pięćset lat! Nie mogłam w to uwierzyć. Wyglądał na nie więcej niż dwadzieścia. – Nie możesz poprosić cesarza Khanujina, żeby cię uwolnił?

Nachylił się, opierając łokcie na kolanach.

– Kiedyś tak myślałem – powiedział po dłuższym czasie – ale już nie. Jego ojciec obiecał, że uwolni mnie, kiedy zjednoczy A'landi. Czekałem lata, lecz on ciągle się bał, że szansen powstanie przeciwko niemu. Gdy wreszcie postanowił spełnić obietnicę, zmarł. A potem wszystkie jego obawy co do szansena się spełniły.

– Ale rozejm…

– Sytuacja z szansenem wciąż jest napięta. Może wesele na jakiś czas uspokoi nastroje, ale Khanujin martwi się, że szansen go zdradzi.

– To byłoby haniebne.

– Możliwe – przyznał Edan. – Dopóki jednak szansen pozostaje zagrożeniem, Khanujin mnie nie uwolni. Zwłaszcza że szansen wie, iż Khanujin jest beze mnie słaby.

– Co masz na myśli?

Przeszył mnie wzrokiem.

– Khanujin czerpie z mojej magii, żeby uczynić siebie silniejszym, potężniejszym… bardziej ujmującym. Tak zjednuje sobie wszystkich. Nawet ciebie.

Nawet mnie. Zarumieniłam się, lecz nie mogłam zaprzeczyć. Trudno zignorować siłę przyciągania cesarza Khanujina. Zacisnęłam usta.

– Ale nie Lady Sarnai.

– Nie wiem, jak mu się opiera. Sama nie nosi w sobie magii.

Tyle rzeczy wreszcie nabrało sensu. Tę tajemnicę chciała poznać Lady Sarnai. Tę tajemnicę zatail przed nią jej ojciec, szansen. Chodziło o Edana.

– Dlatego cesarz nie wychodzi ze swoich komnat, odkąd go zostawiłeś. Dlatego nie pozwalał ci jechać ze mną.

– Zostawiłem go, bo małżeństwo Lady Sarnai i cesarza to najlepsza szansa na pokój. Bo obiecałem ojcu Khanujina, że zrobię wszystko, co w mojej mocy, by przywrócić pokój w A'landi.

– Pomogłeś Khanujinowi wygrać wojnę.

– Tak – zgodził się. – Ale twoi ludzie zapłacili za to ogromną cenę.

Wyrwałam kilka źdźbeł z ziemi i pozwoliłam, by poniósł je wiatr. To, co pomyślałam, było bluźnierstwem, mimo to nie mogłam nic na to poradzić.

– Gdyby umarł, odzyskałbyś wolność?

Obrócił twarz w stronę koni. Zadowolone żuły trawę.

– Nie, przysięga tak nie działa. Amulet wróciłby do piasku lub do morza, i pierwszy, kto by go znalazł, zostałby moim nowym panem.

– A w tym czasie…

– Byłbym jastrzębiem. W latach między służbą różnym panom zobaczyłem kawał świata. – Uśmiechnął się słabo. – Więc nie jestem aż tak stary, jak ci się wydaje.

Jego próby żartowania sobie zupełnie na mnie nie działały. Warga mi zadrżała.

– A gdybym ukradła amulet?

– Zostałabyś moją panią, tak, ale również celem każdego zabójcy w A'landi. To nie takie proste, Maiu. Amulet zawsze sprawia, że moi panowie się… zmieniają. Nie chciałbym, by to samo spotkało ciebie. – Zadumał się. – Przed przysięgą pasjonowałem się magią. Wierzyłem w dobro magii. W dobro ludzi. – Wiatr rozprostował mu loki, podkreślając jego chłopięcy wygląd. Edan zwrócił się ku mnie. – Przypominasz mi tę część mnie, którą zapomniałem.

– Wydaje mi się, że bardziej polubiłabym dawnego Edana – powiedziałam cicho.

– Pewnie tak. Był mniej dumny. Poważniejszy, ale też bardziej lekkomyślny. Był bardziej chłopakiem niż mężczyzną.

Posłałam mu uśmiech.

– Wciąż jesteś chłopakiem. Żaden mężczyzna nie nazwałby konia Szlachetnym Rycerzem.

Zachichotał i wyciągnął rękę, by dotknąć mojego policzka.

– Żałuję, że nie poznaliśmy się w innych okolicznościach, Maiu. – Cofnął dłoń. – Ale pojechałem z tobą, żeby ci pomóc. Bogowie wiedzą, że tego potrzebujesz.

Przez tę bliskość moje serce zadrżało.

– Co mi przypomina... – zaczął, jakby czytał mi w myślach. – Koniec udawania chłopaka. Jeśli ludzie szukają Lorda Czarodzieja i nadwornego krawca, lepiej, żebyś była dziewczyną.

Odgarnęłam do tyłu pukiel włosów – czułam, jak opadł mi na ramię. Włosy odrosły na tyle, że mogłam zapleść je w warkocz, ale tęskniłam za długą kaskadą spływającą po plecach.

– Poza tym – dodał – wolę cię w długich włosach.

I znów serce mi zadrżało, a na policzki wpłynął rumieniec.

– Możesz udawać moją kuzynkę.

„A nie żonę?", omal nie odważyłam się spytać.

– Ostatnim razem nam nie wyszło. Poza tym jak moglibyśmy być rodziną? Podróżujemy razem od tygodni, a nawet nie wiem, skąd pochodzisz!

– Ja też nie wiem o tobie zbyt wiele – zaznaczył.

Gdy mi to uświadomił, poczułam się zbita z tropu.

– Wiesz o mnie więcej niż ja o tobie! Szpiegowałeś mnie w Letnim Pałacu.

Zaśmiał się.

– Khanujin poprosił, żebym pilnował Lady Sarnai. Zajmowała się konkursem, więc nie miałem wyboru, musiałem was wszystkich szpiegować.

– Ale mnie szpiegowałeś najbardziej – upierałam się.

– Tylko dlatego, że byłaś dziewczyną udającą chłopaka. Byłaś interesująca. Pozostali nie byli interesujący. Ani ładni.

Ukryłam uśmiech.

– I czego się o mnie dowiedziałeś?

– Masz słabość do słodyczy – zaczął powoli – i bułeczek na parze, szczególnie z kokosem i pastą z nasion lotosu. Jesteś utalentowaną artystką, choć czasami wybierasz wątpliwe źródła inspiracji. – Zarumieniłam się na wspomnienie rysunków cesarza Khanujina. – A twój ulubiony kolor to niebieski. Jak ocean.

I jak twoje oczy, pomyślałam mimo woli. Teraz były niemal szafirowe, jak głębiny morza. Odchrząknęłam, pewna, że tak czerwona mogłam uchodzić za pomidora.

– Ale nie wiem, co cię bawi, co cię smuci. – Nachylił się i zatrzymał, zanim zawędrował zbyt blisko. – Tylko tyle, że tęsknisz za rodziną i za domem. Większość dziewczyn w twoim wieku jest po ślubie. Może w Port Kamalan czeka na ciebie jakiś chłopak.

Swobodny ton Edana kłócił się z jego intensywnym spojrzeniem.

Odwróciłam wzrok.

– Syn piekarza poprosił mnie o rękę. – Skrzywiłam się. – Nie byłam zainteresowana.

– Cieszę się. Nie zasługiwałby na ciebie. – Zakasłał. On także się czerwienił. – Chciałbym poznać twojego ojca i brata. – Wyszczerzył zęby. – W końcu jestem twoim mężem. To skandal, że jeszcze ich nie poznałem.

– Mówiłeś, że jesteś moim kuzynem.

– Masz rację, to nam nie wyszło. – Jego oczy rozbłysły. – Może powinniśmy dalej udawać małżeństwo.

– Nie powiedziałam, że powinniśmy być małżeństwem.

– A teraz się zirytowałaś – zauważył. – Zawsze ściągasz usta, kiedy jesteś zirytowana. Często, kiedy jesteś ze mną.

Prędko rozluźniłam wargi.

– Lubisz się ze mną droczyć, prawda?

– Twoja obecność to jedyne, co umila mi ten czas.

Ten czas. Z dala od cesarza. Każdej nocy pod postacią jastrzębia.

– Skoro jesteś zbyt daleko, żeby do niego wrócić, dokąd lecisz, gdy się przemieniasz?

Posłał mi posępny uśmiech.

– Na polowanie.

Przynajmniej się nie wzdrygnęłam. Przełknęłam gulę w gardle.

– Edanie… tak mi przykro.

– Nie jest tak źle – pocieszył mnie. Po jego twarzy znów przemknęło zmęczenie. Był wycieńczony, niemal udręczony. – Jeszcze nie. Ale będzie gorzej.

Czekałam na wyjaśnienie.

– Przysięga wie, że zbaczam z drogi. Będzie zmuszać mnie, żebym wrócił do pana, i ukarze mnie, jeśli tego nie zrobię.

Istnieją też inne niebezpieczeństwa. Cesarz i ja mamy wrogów. Jeśli nie będą mogli ukraść mu amuletu, przyjdą po mnie. Zwłaszcza jeśli dowiedzą się, że go opuściłem.

Czy Edana da się zabić? Zadrżałam, niepewna, czy chcę znać odpowiedź.

– Szansen wyśle za nami swoich ludzi? – spytałam przerażona.

– Prawdopodobnie – odparł ze ściśniętym gardłem. – Najpierw ludzi. Potem co innego.

Przejął mnie dreszcz.

– Demony?

– Tylko w ostateczności. Podobnie jak czarodzieje, demony są związane, jednak nie z panem, lecz z miejscem. Przez to trudniej nad nimi zapanować i często żądają wysokiej ceny za swoje usługi.

Wspomniałam słowa Lady Sarnai o tym, że jej ojciec układał się z demonami, a także ostrzeżenia Yindiego.

– Spotkałeś kiedyś demona?

– Jeden z moich nauczycieli stał się demonem. Dawno temu. – Zobaczył strach w moich oczach i dodał: – Nie przejmuj się tym ani szansenem. Postanowiłem wyjechać z tobą i z tobą zostanę.

– Tylko nie w nocy – szepnęłam.

– Tak – przyznał. – Kiedy jestem jastrzębiem, nie możesz na mnie polegać, ale zamierzam pomagać, jak tylko będę mógł.

Pomyślałam o Vachirze i innych wrogach, jakich możemy napotkać na swojej drodze.

– Pokaż mi, jak używać sztyletu – poprosiłam zdecydowanie.

Edan miał go przy sobie – ten sam sztylet, który widziałam w jego komnacie i w jego kufrze, schowany w srebrnej pochwie, z rękojeścią oplecioną cienkim czerwonym sznurkiem.

– Ostrze sztyletu jest obosieczne, bo służy do dwóch celów – wyjaśnił. – Jednej krawędzi najlepiej używać na ludzi, drugiej, wyciosanej z meteorytu, na… istoty, których mamy nadzieję nie spotkać. By go obnażyć, musisz złapać rękojeść i wypowiedzieć moje imię.

– Złapać rękojeść i powiedzieć: „Edan" – powtórzyłam. – To dosyć proste.

Pokręcił głową.

– Czarodzieje mają wiele imion, czasami tysiące. Edan to tylko jedno z moich imion.

– Cesarz Khanujin ma tysiąc imion.

– On ma tytuły, a tysiąc to przesada. Raczej pięćdziesiąt dwa, a każdy z nich jest odmianą tego samego.

Założyłam ręce na piersi ze sceptyczną miną.

– Ale ty, wszechmogący Lordzie Czarodzieju, masz tysiąc imion.

– Prawie tysiąc.

– Uwierzę, jak usłyszę.

– Nie chciałbym, żebyś usłyszała je wszystkie – rzekł rozbawiony. – Niektóre są dosyć obraźliwe. I nieprawdziwe.

– Och?

– Czarownik, Który Pożera Dziecięce Oczy, Enlai'naden. Nienawistny Mistrz Niegodziwców, Kylofeldal. I tak dalej, i tak dalej.

– A które z nich obnaża sztylet?

Zaczekał chwilę, zanim odpowiedział:

– Jinn. Jedno z moich pierwszych imion.

– Jinn.

– Noś go zawsze przy sobie. – Podał mi sztylet. – Jeśli ktoś cię zaatakuje, najszybciej poderżniesz mu gardło. – Przejechał palcem po szyi. – Wyceluj ostrze tam, gdzie bije tętno, i przeciągnij.

Finlei próbował uczyć mnie walczyć, gdy byliśmy mali. „Niby kiedy mi się to przyda?", zapytałam go wtedy.

Gdybym tylko wiedziała. Naśladowałam ruchy Edana.

– Możesz też wbić mu sztylet w pierś, o tak. – Położył dłoń na mojej dłoni tak, że trzymaliśmy sztylet razem. Uniósł ostrze do swojej piersi, przyciągając mnie do siebie. – Celuj między żebra, w płuca, a potem pchnij w górę, do serca.

Znowu poszłam w ślady Edana, jednak on mnie nie puścił. Gdy moja dłoń wylądowała na jego piersi, poczułam galopujące serce. Waliło prawie tak mocno, jak moje.

Jego druga ręka odnalazła moje biodro, nachylił się tak blisko, że czułam na nosie ciepły oddech.

Delikatnie, niemalże nienamacalnie, musnął moje usta. Zamknęłam oczy. Nie słyszałam nic, ani symfonii lasu, ani zniecierpliwionych, sapiących koni.

Uderzenie serca. Dwa uderzenia. Umierałam z niecierpliwości.

A potem… Edan puścił moją dłoń.

Otworzyłam oczy. Całe powietrze, które wstrzymywałam, wyrwało się ze mnie jednym krótkim sapnięciem.

– Co…

– Robi się późno – powiedział nagle Edan, opuszczając sztylet. – Dobry początek, ale wystarczy na dziś.

Zacisnęłam wargi, czując się odrzucona i oszukana. Mogłabym przysiąc, że miał zamiar mnie pocałować. Byłam pewna, że tego pragnął.

– Wiem, że chcesz się wykąpać. Choć, znajdziemy ci lepsze miejsce.

Bez słowa poszłam za nim, kopiąc piasek, kiedy Edan nie patrzył.

Cóż za zadziwiający, zadziwiający mężczyzna.

Rozdział dwudziesty czwarty

Korzenny Szlak wił się wokół Gór Księżycowych, wąski i kręty, przecinał gęste lasy u podnóży łańcucha. Gdy zagłębialiśmy się w las, w powietrzu wisiał chłód, a kiedy podniosłam wzrok, ujrzałam śnieg na szczytach.

Wyjęłam buty, nucąc pod nosem w rytm kroków Opal, i obejrzałam swoją pracę z poprzedniego wieczoru. Dopiero po chwili zdałam sobie sprawę, że nucę tę samą melodię, którą często gwizdał Edan.

Oczywiście czarodziej mnie usłyszał. Ze śmiechem zrównał swojego konia z moim, byśmy jechali obok siebie.

– To dobra piosenka. Wpada w ucho, jeśli mogę tak powiedzieć.

Nie czułam się gotowa na rozmowę. Odkąd prawie mnie pocałował, atmosfera między nami była ciężka. Inna.

Wbiłam piętę w bok Opal, żeby wyprzedziła Gawrona.

– Nie jedź w słońcu! – zawołał za mną Edan. – Wyskakują ci kolejne piegi.

Łypnęłam na niego i krzyknęłam:

– Wiesz, co powiedzieć dziewczynie!

Mimo to poprowadziłam Opal w cień, przeklinając Edana i moje łomoczące serce. Ach, jak te zaczepki załaziły mi za skórę! Jak sprawiały, że pierś mi drżała, a policzki płonęły. Żarty braci nigdy nie wzbudzały takich emocji.

Edan znów mnie dogonił, tym razem poważniejszy.

– Jesteś na mnie zła, Maiu? – Posłał mi wątły uśmiech. – Żartowałem z tymi piegami. Bardzo je lubię. Każdy jeden.

Oczy miał zbyt niebieskie. Odwróciłam wzrok, szukając odpowiednich słów.

– Dlaczego tak lubisz mnie dręczyć?

Milczał przez jedną rozdzierającą sekundę, po czym – a niech go – zamrugał zdezorientowany.

– Dręczyć?

Na oddech demona! Jak można być tak tępym?

Cały dzień nić słów wiła się wokół mojego gardła jak wokół szpuli, a gdy poszła w ruch, nie mogłam jej zatrzymać.

– Droczysz się ze mną i udajesz, że ci na mnie zależy. – Zaczęłam machać rękami, jakby naśladowanie Edana miało mu pomóc to zrozumieć. – A tamtej nocy, kiedy próbowałeś mnie pocałować, myślałam... myślałam, że...

Stanęłam, płonąc z zażenowania. Zapragnęłam, by ziemia pode mną się otworzyła i mnie pochłonęła.

Bogowie, co ja zrobiłam? Co ja powiedziałam?

Zeskoczyłam z konia, ale Edan złapał mnie za rękę, zanim uciekłam.

– Myślałaś, że co? – zapytał. Jego wesołość zniknęła. Nie mogłam znieść jego intensywnego spojrzenia.

– Nic – mruknęłam.

– Maiu... Maiu, spójrz na mnie.

Nie mogłam. Nie chciałam.

Nie puszczał. Ściszył głos.

– Myślałaś, że mi na tobie zależy?

Wściekła zacisnęłam powieki.

– Mówiłam, że to nic.

– Dla mnie to nie nic – wyszeptał. – Nie udawałem. Zależy mi na tobie.

Otworzyłam oczy, pewna, że na jego ustach błądzi uśmieszek, a w oczach tlą się szelmowskie iskry. Myliłam się.

– Zależy mi na tobie – powtórzył. – Ale czarodziej nie ma czasu na romansowanie. Żadna dziewczyna nigdy nie kazała mi tego kwestionować. – Dodał jeszcze ciszej, o ile było to możliwe. – Ale żadna z nich nie była tobą.

Kolana się pode mną ugięły. Wściekłość odpłynęła.

– Mną?

– Bywasz ślepa, *xitara*.

– Przestań się ze mną droczyć. – Warga mi drżała. – To nie jest zabawne.

Napiął ramiona, ale oczy – głębokie, szafirowe oczy – miał jasne.

– Chciałem ci powiedzieć, ale myślałem, że... – Wciągnął powietrze. Edanowi, którego znałam, nigdy nie brakowało słów.

– Myślałeś, że co?

Podszedł krok bliżej.

– Że uważasz, iż jestem nieprzyjemny.

Kolejny krok.

– Bo uważam – powiedziałam ze ściśniętym gardłem. Jego spojrzenie paliło, a wbrew temu, co mówiłam, moje ciało nie buntowało się przeciwko jego bliskości. – Bardzo nieprzyjemny. I niemożliwy.

– I arogancki – mruknął. Nasze nosy się zetknęły. – Nie zapomnij.

– Jak mogłabym zapomnieć? – wysapałam.

Przyciągnął mnie do siebie, praktycznie podrywając z ziemi, i pocałował.

Przytknął wargi do moich, na początku delikatnie, a potem gwałtowniej, odpowiadając na moje własne zniecierpliwienie.

Trzymał mnie mocno w talii, żebym nie upadła. Drugą ręką powędrował w górę pleców, odnalazł warkocz i go rozplątał. Zanurzył palce w moich włosach, rozsypując fale na ramiona.

Nagle puścił, jakby przypomniał sobie, że muszę oddychać.

Odsunął się. Zaciskał szczękę, cały był napięty.

– Co się stało? – spytałam.

– Nie. – Uniósł dłoń, jakby chciał utrzymać dystans między nami. Zrobił wdech. – To niewłaściwe. To był moment słabości.

Poczułam ukłucie w piersi.

– Ach, rozumiem. – Twarz mi płonęła. Odwróciłam się, zanim upokorzenie mnie przygniotło.

– Zaczekaj, Maiu. – Chciał złapać mnie za rękę, ale mój rękaw mu się wyślizgnął. – Nie…

– Nie co? – Zabrzmiałam na zranioną, a chciałam być ostra. – Zdecyduj się, czarodzieju.

– Mówiłem ci… Żałuję, że nie poznaliśmy się w innych okolicznościach. – Rozprostował i zacisnął pięści. Sapnął. – Nie chcę dawać ci fałszywej nadziei. I nie chcę być samolubny. Zasługujesz na kogoś, kto będzie mógł z tobą być. Ja nie jestem tym kimś.

– A więc jesteś samolubny. Nie możesz mnie całować, a potem mówić, że powinnam być z kimś innym. Nie możesz... – „Nie możesz sprawiać, żebym się w tobie zakochała". Nie potrafiłam tego powiedzieć. – Po prostu nie możesz.

Pobiegłam do konia, wskoczyłam na siodło i puściłam się galopem. Szum wiatru nie zagłuszał łomoczącego serca, ale cieszyłam się, że jestem sama. Potrzebowałam tego.

Emocje się we mnie kłębiły i nie wiedziałam, co z nimi zrobić. Co czułam do Edana? Czy to w ogóle miało znaczenie? Musiał służyć przysiędze, przynajmniej dopóki cesarz Khanujin go nie uwolni.

Miał spędzić tysiąc lat jako sługa magii, a ja uszyć kilka sukien dla nowej cesarzowej i utonąć w rozległym morzu czasu i historii.

Czy była dla nas jakaś nadzieja?

– Maiu? – wołał. – Maiu, proszę. Zaczekaj.

Nie chciałam na niego patrzeć.

Opal i ja pomknęłyśmy ku Górom Księżycowym. Tym razem Edan nas nie gonił.

• • •

Opal wierzgnęła i prychnęła, gdy tylko wjechaliśmy do Kotliny Obserwatora Księżyca. Przywitały nas para i mgła z pobliskiej przełęczy. Spojrzałam w górę, na Szczyt Zaklinacza Deszczu, tak wysoki, że przeszywał chmury. Przebiegł mnie dreszcz.

– Nie jedźmy tą drogą – powiedział Edan. Odezwał się do mnie po raz pierwszy tego dnia.

Byłam odwrócona plecami do niego. Wydęłam wargi.

– Dlaczego nie? – W moim głosie pobrzmiała irytacja, dawno nieużywany język mi ciążył. – Przestudiowałam mapę.

Jeśli nie pojedziemy tędy, stracimy dwa dni. Czas nam nie sprzyja, jak sam często zauważasz.

– Wolę uniknąć zagrożenia, niż jechać na skróty, żeby zaoszczędzić czas.

Zacisnęłam usta. Nie zamierzałam na niego patrzeć.

Stanowczo poklepałam Opal.

– No dalej, kochana. Wszystko w porządku.

Klacz posłusznie podreptała naprzód. Wzniesienie opadało łagodnie niczym brzeg płytkiej miski, jednak zapowietrzyłam się, gdy ujrzałam wetknięty w ziemię miecz, a za nim sterczące strzały, część ze szkarłatnymi piórami, niektóre pionowe, inne pochyłe, jakby nieuważny krawiec wbił w podłoże swoje igły i nitki.

Opal się zaparła. Nie chciała iść dalej, więc zeskoczyłam.

Widok przede mną przyprawił mnie o mdłości. Zniszczone bębny, przecięte sztandary, góry kości – ludzkich kości. I ciała.

– Żołnierze – wyszeptałam z drżeniem. Nigdy nie widziałam pola walki. Nigdy nawet nie widziałam martwego człowieka.

Z czasem deszcz zmył krew z trawy, lecz na mundurach poległych wciąż widniały plamy. Niektórzy mężczyźni zamarzli na śmierć. Rozpoznałam po ich bladych twarzach, zaciśniętych niebieskich ustach i zgarbionych ramionach – śnieg ich przykrył i utrwalił w tej postaci aż do odwilży. Pozostali nie mieli tyle szczęścia – sępy i inni padlinożercy już dawno zeżarli ich mięso. Tylko garstce zostały oczy, które beznamiętnie patrzyły przed siebie, gdy podjeżdżałam.

– Maiu! – zawołał Edan z tyłu. – Maiu, nie…

Ale ja już klękałam przy najbliższym trupie. Od tego smrodu o mało nie zwymiotowałam, ale się powstrzymałam. Szczątki twarzy chłopaka pozostawały wilgotne po niedawnym deszczu. Trafiły go trzy strzały – jedna w kolano, jedna w brzuch, jedna w serce.

Nie mógł być starszy od Ketona.

Objęłam się rękami, powstrzymując szloch. Tak zginęli Finlei i Sendo – sami, a jednak nie sami. Zarżnięci mieczem lub przeszyci strzałą. Sendo… Sendo zmarł właśnie w tych górach. Jego ciało znajdowało się wśród tych tysięcy rozsianych wokół mnie, gniło pod warstwą ziemi i śniegu. Gdybym go zobaczyła, nawet bym go nie poznała. Na samą myśl chciało mi się płakać.

– Nic ci nie jest? – zapytał Edan cicho, gdy mnie dogonił.

– Byłeś… – Mój głos się załamał. – Byłeś tu?

– Nie.

Oczywiście, że nie. Gdyby był, przetrwałoby więcej żołnierzy cesarza. Słyszeliśmy o cudownych zwycięstwach Khanujina. Zawsze myślałam, że triumfuje, bo w walce nie ma sobie równych, jak jego ojciec. Ale teraz wiedziałam… że to wszystko sprawił Edan. Edan, którego magia była warta tysiąca żołnierzy. Edan, który przeobraził cesarza we władcę, wojownika, mężczyznę, którego kochała i szanowała cała A'landi.

To od początku był Edan.

– Ale brałeś udział w wojnie – rzekłam, zaciskając pięści. – Jak mogłeś…

Nie odpowiedział, tylko mnie objął. Poczułam miarowe bicie serca i się uspokoiłam. Wypuścił mnie z objęć zbyt szybko.

Nie zapuszczałam się głębiej ani nie narzekałam, gdy Edan poprowadził mnie tam, skąd przyszliśmy.

Już prawie dotarliśmy do koni, kiedy zerwał się wiatr. Działo się coś złego – widziałam to po tym, jak Edan zesztywniał.

– Najemnicy – Pociągnął mnie za skałę i popchnął moją głowę w dół.

Serce mi przyspieszyło. Wyjrzałam za kamień.

Balarczycy. Rozpoznałam wśród nich brata Orksana, Vachira.

Napięłam mięśnie i sięgnęłam po sztylet. Naliczyłam ich kilkunastu, nie, dwudziestu kilku. Nie mieliśmy z nimi szans.

Edan wrócił – zakradł się do koni po łuk, którego wcześniej nie widziałam. Był prawie tak wysoki jak ja.

– Kiedy każę ci uciekać – zaczął Edan – weź Opal i jedź pod Szczyt Zaklinacza Deszczu.

– Nie odjadę bez ciebie.

– Potrafię nieźle strzelać – oznajmił stanowczo – ale ty nie. Razem nie pokonamy trzydziestu mężczyzn.

Przełknęłam gulę w gardle.

– Myślałam, że chcą cię schwytać.

– Tak byłoby najlepiej – przyznał ściśniętym głosem. – Jednak szansen nie jest wybredny. Jeśli będę sprawiał kłopoty, w ostatecznym razie mnie zabiją.

Jakby wezwani z kryjówek, w krzakach na wzgórzach zaszeleścili mężczyźni. Strzały błysnęły w słońcu – to łucznicy.

Świat zawirował mi pod stopami, zdrętwiałam ze strachu. Jeśli uciekniemy do doliny, łucznicy nas zabiją.

Ale jeśli zostaniemy, zabiją nas piechurzy.

Nie mogłam się ruszyć. Stopy przywarły mi do ziemi. Mogłam tylko patrzeć na żołnierzy biegnących w naszą stronę, wymachujących bronią i skandujących wojenne okrzyki, które ginęły na wietrze.

Vachir prowadził hordę. Gdy biegł, sznur monet i zębów podskakiwał mu na szyi. Nosił tę samą wypłowiałą tunikę, co na kolacji z Orksanem i Korin – tunikę, którą mu zacerowałam.

– Poddaj się! – ryknął. – Poddaj się w tej chwili, czarodzieju!

Edan uniósł łuk, naciągnął cięciwę i wypuścił trzy strzały jedna po drugiej. Vachir umknął przed każdą, ale mężczyźni za nim nie mieli tyle szczęścia. Dwóch upadło. Vachir krzyknął, a jego najemnicy stanęli. Sięgnęli po łuki, żeby odpłacić Edanowi pięknym za nadobne.

Edan złapał mnie za nadgarstek i porwał za szeroki dąb. Przycisnął moje plecy do pnia. Strzały pomknęły prosto na nas. Trzy, cztery, pięć strzał wbiło się w korę dębu, musnąwszy udo Edana i minąwszy mnie zaledwie o włos.

– Uciekaj! – warknął Edan, wskazując góry przed nami.

Ani drgnęłam.

– Nie zostawię cię. – W lewej dłoni trzymałam sztylet Edana, w prawej magiczne nożyczki.

– Cieszę się, że używasz nożyczek – rzucił oschle – ale nie jestem pewien, czy to najlepszy moment na szycie.

Zignorowałam go i zaczęłam ciąć gąszcz przed sobą. Nożyczki ciachały, a ja myślałam tylko o czymś, co ochroniłoby nas przed dzikim szturmem strzał. W minutę utkałam wokół nas gęsty liściasty mur.

Strzały poszybowały w naszą stronę.

– Na ziemię! – zawołałam.

Padliśmy na brzuchy.

– Pochwalam kreatywne użycie nożyczek – sapnął Edan.

Strzały ze świstem wbiły się w ścianę liści, a ja zdusiłam krzyk. Gęste krzaki uwięziły pociski między gałęziami, ale wiedziałam, że nie wytrzymają długo.

– Przestaniesz gadać i nas stąd wydostaniesz?

Narzucił na mnie swoją pelerynę. Jego źrenice się rozszerzyły, a tęczówki przybrały żółty kolor.

– Nie ruszaj się.

Z drzew zerwały się ptaki. Jaskółki, sokoły, jastrzębie – tysiące skrzydeł wzniosły potężny wiatr, który rozwiał mój mur. Zasłoniłam twarz, gdy przeleciały nad nami w kierunku napastników. Skrzydła trzepotały, krzyki rozbrzmiewały, szpony błyskały – ptaki nurkowały i atakowały żołnierzy. Vachir darł się na swoich ludzi, którzy przestali strzelać do nas i celowali w niebo.

– Naprzód! Strzelać do czarodzieja! Do czarodzieja!

Niewielu posłuchało. Martwe ptaki z łomotem padały na ziemię, mężczyźni wrzeszczeli, próbując zedrzeć z siebie ich latających pobratymców. Jednak stworzenia nie odpuszczały, jakby Edan tchnął w nie jakąś dzikość. Były wściekłe i żądne krwi. Poruszały się jak burzliwa czarna mgła, mknęły za żołnierzami, którzy próbowali uciec. Prawie żałowałam najemników. Prawie.

Oczy Edana płonęły, jego twarz strasznie zbladła.

Wtedy chmury pociemniały. Lunął deszcz, pioruny uderzyły w drzewa i te zawaliły się na naszych wrogów.

Edan przykucnął, złożył ręce na nogach i zaczął przemianę. Jego skórę obrosły pióra, z barków wystrzeliły skrzydła. Znajoma złota obręcz z błyskiem owinęła się wokół lewej nogi.

Leć.

Puścił w ruch wielkie czarne skrzydła i wzbił się ku górze, by dołączyć do pozostałych, cienisty kształt na tle ciemnego nieba.

Podniosłam jego łuk i pobiegłam do koni.

– Jedziemy! – krzyknęłam. Wskoczyłam na Opal, łapiąc ją za grzywę. – Do szczytu!

Nie musiałam prosić dwa razy. Puściły się cwałem przez burzę. Zerknęłam za siebie i zobaczyłam, jak ptaki raz po raz atakują żołnierzy. Krzyki mężczyzn cichły, gdy zostawiałam ich w tyle.

Więcej się nie oglądałam.

Rozdział dwudziesty piąty

Edan znalazł mnie u podnóży Szczytu Zaklinacza Deszczu. Siedziałam pod drzewem i szyłam.

Gdy go ujrzałam, poderwałam się z ziemi. Miał poszarpaną pelerynę i przecięty policzek. Odetchnęłam z ulgą.

– Żyjesz!

Posłał mi rozbrajający uśmiech.

– Mam nadzieję, że nie nudziłaś się beze mnie.

– Gdzie byłeś? – Ugryzłam się w język, zanim palnęłam, że chciałam go szukać, ale konie odmówiły powrotu na pole walki, bez względu na to, jak bardzo je namawiałam. Uparły się, że dotrzemy pod szczyt i tu zostaniemy.

– Czyżbym słyszał troskę w twoim głosie? – droczył się Edan.

– Nie było cię cały dzień – rzuciłam, tym razem cierpko. – Myślałam, że zginąłeś.

– Zachowałem się nierozważnie – przyznał – zwłaszcza że to ja mam mapę, która doprowadzi nas do domu. Ale już jestem. – Podniósł buty, które zostawiłam przy ognisku. – Ach, doskonale. Skończyłaś.

Spojrzałam na niego z ukosa.

– Komentarz na temat butów to jedyne, na co cię stać? Użycie całej tej magii wypaczyło ci dowcip?

Spoczął pod drzewem i wyciągnął długie nogi. Gawron podreptał i trącił go nosem.

– Przynajmniej ktoś się za mną stęsknił.

Edan był wychudzony. Policzki miał zapadnięte, rana wyglądała na ciętą.

– Tak się martwiłam. – Złagodniałam.

– Spałem – wyznał. – Nie chciałem cię martwić.

Napięłam ramiona.

– Myślałam, że nie masz już żadnej magii.

– Zachowałem trochę. – Zerwał liść, przeżuł go i wypluł. – Wystarczająco, żeby zaczarować twoje buty i doprowadzić nas nad jezioro Paduan. I odrobinę na wyjątkowe sytuacje. Jednak moje ciało zapłaciło cenę. – Potarł kark, a potem zerwał i przeżuł kolejny liść. – Wszystko mnie boli. Ale liście wierzby pomogą. Dobrze, że założyłaś obozowisko obok niej.

Nawet jej nie zauważyłam.

– Mogłeś zginąć.

Musiał być zmęczony, bo nie protestował. Albo to, albo miałam rację.

– Było, minęło.

Wbiłam igłę w złotą spódnicę sukni Lady Sarnai, poirytowana jego spokojem. Edan nas uratował. A jednak zanim wrócił, przejmował mnie czysty strach. Ściskał mój żołądek i przyprawiał o mdłości – nie dlatego, że potrzebowałam jego głupiej mapy czy magii, ale dlatego, że potrzebowałam właśnie jego.

– Dziś pełnia – oznajmił Edan, nieświadomy moich myśli. – Jeśli wyruszysz wkrótce, dotrzesz na szczyt przed zmrokiem. Tu w górach dni są krótsze, więc gdy zapadnie noc, przylecę na szczyt i do ciebie dołączę. Odłożysz tę cholerną spódnicę?

Ostrożnie zawiązałam pętelkę i wreszcie podniosłam wzrok.

– Włóż buty – powiedział, wyraźnie rozdrażniony.

– Skoro potrafisz latać – mruknęłam – nie rozumiem, czemu muszę wspinać się na tę górę. Ty mógłbyś zebrać światło księżyca i mielibyśmy dwie suknie z głowy.

– Wiesz, że nie mogę – przypomniał łagodnie.

Spróbowałam się uspokoić.

– Co będziesz robił cały dzień?

– Udam się na drugą stronę góry i znajdę bezpieczną kryjówkę na twoje kufry. – Puścił do mnie oko. – Potem dokończę za ciebie rąbek spódnicy, jeśli pozwolisz.

– Nie ma mowy!

Zaśmiał się, a ja na niego łypnęłam. Sięgnęłam po buty i wsunęłam je na stopy. Były proste, ale porządne, leżały jak ulał. Nasmarowałam skórę woskiem, by jak najdokładniej je uszczelnić, ale słońce świeciło za słabo i nie zdołało odpowiednio utrwalić wosku, więc musiałam uważać, żeby za bardzo ich nie zmoczyć. Przynajmniej dodałam podwójną podszewkę – w górach wiał ostry wiatr. Już czułam chłód.

Edan zdjął szalik i owinął go wokół tego, który już miałam na szyi. Chciałam zaprotestować, ale wszedł mi w słowo:

– Im wyżej, tym zimniej. – Zawiązał szalik, żeby nie spadł. – Księżyc w pełni wzniesie się nad górami i oświetli staw gdzieś na szczycie. Gdy go znajdziesz, zanurkuj i złap światło w łupinę. Umiesz pływać, prawda?

– Oczywiście, że umiem. A ty?

Chwila ciszy.

– To brzmi jak: „nie".

– Dorastałem przy pustyni – rzekł obronnym tonem. – Nigdy nie miałem czasu się nauczyć. – Wypiął pierś. – A poza tym umiem chodzić po wodzie. I latać.

Przewróciłam oczami.

– Powinieneś się nauczyć. A co, jeśli któregoś razu będziesz przelatywał nad jeziorem i nadejdzie świt? To nie takie trudne. Na początku wkładasz głowę pod wodę i wypuszczasz bąbelki... o tak. – Zaczęłam mu pokazywać, ale się powstrzymałam. Co mnie obchodziło, czy potrafi pływać? Był moim przewodnikiem, nikim więcej. To ja miałam zanurkować w tym stawie, nie on.

Odwróciłam się od niego, przycisnęłam dłoń do bladej, chropowatej granitowej ściany Szczytu Zaklinacza Deszczu i zrobiłam pierwszy niepewny krok. Gdy mój but dotknął skały, wyciągnęłam szyję i spojrzałam na to, co mnie czeka. Niebezpiecznie stroma droga, kilka pęknięć i szczelin, żeby się złapać, i wysunięte przewieszenie na samej górze. Jeden zły ruch, a ześliznę się i zginę.

Tutaj do gry wkraczało zaklęcie Edana.

Buty przywierały do ściany, jakby zrobiono je z kleju. Przy pasie – dzięki przezorności i handlowej smykałce Edana – miałam dwa ostre czekany, które w razie potrzeby wbijałam w granit. Krok po roku wspinałam się na szczyt, jak mrówka gramoląca się na krawędź miecza. Na początku nie mogłam złapać równowagi, bo nie ufałam butom, ale kiedy w nie uwierzyłam, zrobiło mi się trochę łatwiej. Trochę.

Przełknęłam ślinę i wbiłam czekan w ścianę. I znowu. Jedna stopa. Druga stopa. Po kolei.

Nie zawędrowałam wysoko, gdy Edan krzyknął:

– Pamiętaj, żeby nie zmoczyć butów! Na górze jest śnieg!

– Wiem! – odkrzyknęłam i kontynuowałam wspinaczkę. Nie minęło dużo czasu, zanim znalazłam się zbyt wysoko, byśmy mogli kontynuować rozmowę. Wtedy uderzyły mnie samotność i lęk. Edan był słabszy, niż dawał po sobie poznać. Nie chciałam go zostawiać, szczególnie tak krótko po tym, jak o mało nie zginął z rąk ludzi Vachira.

Jednak miałam tylko jedną szansę, aby zebrać światło księżyca – gdybym zrezygnowała, musiałabym czekać miesiąc na kolejną pełnię. Musiałam iść dalej.

Chmury deszczowe dryfowały w moją stronę, ale wciąż pozostawały daleko. Martwił mnie śnieg. Szczyt przykrywały białe zaspy, a z przewieszenia kapała woda. Wąskie strużki błyskały w słońcu, zwodniczo piękne, lecz ja wiedziałam, żeby się nie zbliżać. Gdyby buty zmokły, prysnąłby czar. Serce stawało mi za każdym razem, gdy popełniałam błąd i patrzyłam w dół. Wyobrażałam sobie, że wdepnę w śnieg, poślizgnę się i spadnę.

Strach pomagał mi zachować bystrość umysłu, nawet kiedy minęło wiele godzin – prawie cały dzień. Ręce miałam poranione od ściskania czekanów, paznokcie czarne, plecy obolałe. Ale zaczynałam rozumieć, czemu nazywali tę próbę próbą umysłu, nie ciała.

Im wyżej się wspinałam, tym większy ogarniał mnie chłód. Brnięcie pod górę stało się serią przemyślanych ryzykownych manewrów. Ominąć plamę lodu czy przejść nad nią? Tam na górze to cień czy smuga śniegu? Walka z obawą, że każdy krok może być ostatnim, przyprawiała mnie o brak tchu i zawroty głowy.

Uspokój się, przypomniałam sobie, kuląc się przed podmuchem wiatru. Bądź twarda.

Utkwiłam wytrenowany wzrok krawcowej w skale, skupiając się na świetle i kolorach, by uniknąć lodu i śniegu.

Wspinaczka za bardzo nie różni się od szycia, mówiłam sobie. Udawaj, że jesteś igłą prowadzącą ścieg ku górze, próbującą wyszyć idealny szew. Jedna pomyłka i tkanina góry się rozerwie.

Czasami masz trudności, ale zawsze dajesz sobie radę. Teraz też dasz, o ile się nie poddasz.

W przypływie odwagi uparcie parłam dalej, jeden chwyt za drugim. Gdy szukałam kolejnych szczelin, opierałam się o skałę, wbijając czekany najgłębiej, jak potrafiłam. Ściskałam je tak kurczowo, że drewniane uchwyty odcisnęły się na moich dłoniach.

Wreszcie słońce zaczęło zachodzić. Puściłam jeden czekan wryty w szczelinę i sięgnęłam do kieszeni po zapałki. Ostrożnie zapaliłam lampion dyndający u mojego pasa.

Wspinałam się na przewieszenie, kiedy poczułam za sobą trzepot skrzydeł Edana. Wraz z nim przyszedł podmuch wiatru, który rozwiał mi włosy i podniósł mnie na duchu.

Nie powinnam była dać się rozproszyć. Zapadła ciemność, a ja w pośpiechu nie spojrzałam pod nogi. Gdy oderwałam czekan od skały, moja lewa stopa musnęła taflę lodu. Przeszyła mnie panika, serce podskoczyło w piersi. Desperacko usiłowałam odzyskać równowagę, lecz but już nie trzymał.

Wrzasnęłam.

Lampion poleciał w dół, zostawiając mnie w ciemności. Prawa ręka trzymała czekan, lewa młóciła powietrze, a mokry but bezużytecznie ślizgał się po skale. Bujając się nad przepaścią, czułam, jak mięśnie się rozrywają, jak chwyt się rozluźnia. Kilka sekund rozciągnęło się w wieczność.

Wiatr huczał mi w uszach. Spadnę. Zawiodę.

Nie. Nie tu. Nie teraz.

Wbiłam lewy czekan w pęknięcie i próbując odzyskać kontrolę, powoli się podciągnęłam.

Dopiero gdy dobrnęłam na szczyt i przetoczyłam się z dala od krawędzi, pozwoliłam sobie odetchnąć. Kłębek pary rozpłynął się na zimnie. Położyłam się na plecach, dysząc, patrząc na księżyc. Ramiona drżały, jakby zaraz miały odpaść. Nigdy nie byłam tak blisko nieba – na tyle, by czuć siłę jego światła wibrującą w moich kościach.

Edan przycupnął na kamieniu, pogwizdując tak, jak pogwizdywał w ludzkiej postaci. Wstałam, podniosłam jedną obolałą rękę i przywołałam go do siebie.

Zatrzepotał skrzydłami i opadł na mój bark. Razem ruszyliśmy odkrywać Szczyt Zaklinacza Deszczu. Panowała cisza. Nawet wiatr wydawał się łagodniejszy niż podczas wspinaczki. Księżyc był ogromny. Wisiał na niebie niczym wielki, okrągły lampion, emanował bladym światłem i kusił, by go dotknąć.

Edan odleciał w kierunku cienistego przewieszenia. Podążyłam za nim, zważając na kroki. Żyłki lodu wiły się po skalistym szczycie, tak kruche, że chrzęściły mi pod stopami. Dało się słyszeć jedynie trzepot skrzydeł Edana… i stukot spadającego żwiru. Nadstawiłam uszu. Skąd dobiegał ten dźwięk?

Odłączyłam się od Edana i poszłam śladem stukotu na północ, gdzie kamienie spadały do kamiennej szczeliny, niewiele szerszej niż moje biodra.

– Znalazłam jaskinię! – zawołałam do Edana. Ukucnęłam, żeby dostać się do środka. Wejście było wąskie, więc zsuwałam się powoli. Miałam okropne poczucie, że wkraczam do paszczy bestii. Stalaktyty kłuły mnie jak zęby, woda kapała na głowę jak ślina.

Nietoperze puściły skrzydła w ruch, tak mocno, że zatoczyłam się do tyłu.

Edan złapał mnie za włosy i pociągnął do góry.

Zamarłam. Z sapnięciem wypuściłam powietrze. Światło księżyca sączyło się przez pęknięcia na suficie, ukazując srebrny dywan lodu. Jeden krok i zapadłabym się do stawu pod spodem.

Zerknęłam w dół. Kryształy błyskały pod lodem, podświetlone nikłymi promieniami księżyca.

„Zanurkuj w świetle księżyca", powiedział wcześniej Edan, wręczając mi drugi orzech. „Miej ją ze sobą", dodał, podając mi łupinę wypełnioną światłem słońca. Lśniła delikatnie ciepłym, jasnym blaskiem.

„Trzymaj ją przy sercu", rzekł, gdy chowałam łupinę w kieszeni tuniki. „Ogrzeje cię".

Przyklękłam przy stawie z Edanem na ramieniu.

– Tutaj? – Wskazałam serce zbiornika, gdzie światło świeciło najmocniej. – To muszę zdobyć, tak?

Jastrząb machnął głową. Założyłam, że to znaczy: „tak". Nie potrafiłam stwierdzić, jak głęboko sięga staw.

Zadrżałam, gdy zdejmowałam pelerynę, spodnie i buty. Złożyłam ubranie w kostkę na kamieniu. Następnie, tak jak w przypadku pierwszej próby, włożyłam rękawiczki z jedwabiu pająka i chwyciłam moje nożyczki.

Chłód uśmierzył mój strach. Wzięłam najgłębszy wdech, jaki umiałam, i skoczyłam.

Nic nie mogło przygotować mnie na tej lodowaty wstrząs. Bez łupiny ze światłem słońca rozgrzewającej moje ciało zamarzłabym w kilka sekund.

Zanurkowałam, oddalając się od słabego światła na powierzchni. W tej ciszy słyszałam jedynie moje własne zwalniające tętno.

Staw nie miał dna. Brakowało mi powietrza w płucach. Coraz mniej, coraz mniej.

Wracaj! – wołał mój umysł. Wracaj, ale już!

Ale dalej młóciłam nogami. Po tym, jak niemal zginęłam podczas wspinaczki, nie mogłam się poddać. Próbowałam myśleć o Babie i Ketonie, o tym, że nie mogę ich zawieść. Ale ta próba nie była próbą serca.

Przestań młócić, zacznij płynąć. Uspokój się.

Odpuściłam. Rozluźniłam wszystko. Ciało podryfowało ku powierzchni, gardło mnie paliło, prawie się dusiłam. Nie… Czy popełniłam straszny błąd?

Wtedy silny prąd porwał mnie w dół, tak szybko i głęboko, że żołądek podjechał mi do gardła. Łagodne srebrne światło przezierało się przez wodę, oświetlając skały i kryształy wokół mnie. Na początku mgliste i blade, stopniowo rozpadało się na szerokie, jasne wiązki, które mrugały jak oczy – łzy księżyca! Lśniły wokół mnie, długie spirale płynnego srebra. Musiałam tylko złapać jedną z nich.

Światło księżyca okazało się ulotne. Choć miałam jedwabne rękawiczki, wiło się i wywijało. Złapałam wiązkę i prędko zawiązałam ją na kokardę niczym wstążkę. Migotała i błyskała tak jaskrawa, że musiałam odwrócić wzrok. Ucięłam ją, zanim umknęła.

Owinęłam wstążkę światła wokół ostrzy i wepchnęłam do łupiny Edana. Pod wodą zadanie było trudniejsze. Traciłam oddech, bąbelki wypływały na powierzchnię.

Nikt cię nie uratuje, Maiu.

Zobaczyłam jastrzębia nad wodą.

Wreszcie zamknęłam łupinę i popłynęłam do góry. Gdy wyłoniłam się na powierzchnię, niemal rozerwało mi płuca. Każdy haust mnie mroził. Zdawałam sobie sprawę, że jeśli się nie wydostanę, to zginę.

Kopałam wodę. Była ciężka, każdy ruch męczył, lód wkradał się do krwiobiegu. Wyciągnęłam ręce, żeby za coś złapać. Za kamień, za sopel – cokolwiek.

Szron osiadł mi na rzęsach i zmusił, bym zamknęła powieki. Przemarzłam do tego stopnia, że nic nie czułam, nic nie widziałam. Wreszcie coś stanęło mi na drodze. Krawędź stawu otoczona przez kamienie. Kurczowo chwyciłam jeden z nich i podciągnęłam się na brzeg.

W życiu nie było mi tak zimno. Skórę miałam szaroniebieską, wodę w kącikach oczu twardą jak lód.

Edan objął mnie skrzydłami – to pomogło, ale nie wystarczyło, by przegnać chłód. Drżącymi palcami sięgnęłam po światło słońca i przytknęłam je do serca.

• • •

Nie wiedziałam, jak długo marzłam na podłodze jaskini. Gdy otworzyłam oczy, na zewnątrz padał śnieg. Otaczało mnie ciepło, obok stała gorąca herbata.

Przy mnie leżał Edan w ludzkiej postaci.

Obejmował mnie nagimi ramionami, jego silne barki rzucały cień na ścianę. Przykrył mnie obiema pelerynami i ubrał w swoją tunikę – gdy to pojęłam, wzięłam chrapliwy wdech, choć byłam zbyt zmarznięta, by się przejmować.

Prędko mnie puścił, a ja pożałowałam. Jego ciepły dotyk odpłynął i przeszedł mnie dreszcz.

– Zasnęłaś – powiedział tonem stanowczym, lecz zmartwionym.

Usiadłam, uwalniając ręce spod okryć, by sięgnąć po herbatę.

– M-m-mówisz, j-jakby to była z-zbrodnia…

Przed nami płonęło ognisko, przy którym suszyły się moje buty i ubrania. Edan rozłożył magiczny obrus – teraz stał na nim kociołek parującego gulaszu. Aromat czosnku, anyżu i baraniny spotęgował mój głód.

Edan już nakładał mi porcję do miski.

– Wiesz, że mówisz przez sen? – zagaił. – To urocze.

Zarumieniłam się i zerwałam z siebie jego pelerynę.

– Co mówiłam?

– Głównie bełkotałaś od rzeczy, ale kilka razy zawołałaś: „Edan, Edan!". – Podał mi miskę i wyszczerzył zęby. – Rozumiem, że śniłaś o mnie.

– Ch-chciałbyś – rzuciłam między kęsami. – Nie śniłam o niczym.

Złapał się za serce.

– Cóż za druzgocące wieści.

Wzniosłam oczy do nieba, ale już przyzwyczaiłam się do jego docinków.

– N-nie jest ci z-zimno?

– Nie, kiedy jestem przy tobie. – Gdy oblał mnie rumieniec, Edan się cofnął, jakby przypomniał sobie mój wcześniejszy wybuch. Zachowując odległość, skinął głową na ogień, który rozpalił. – Ognisko pomaga, poza tym znoszę zimno lepiej niż ty. W końcu jestem czarodziejem.

Mimo to dostrzegłam gęsią skórkę i zjeżone ciemne włoski na jego rękach. Przysunęłam się bliżej i otuliłam go peleryną. Nasze ramiona się zetknęły, a on nie uciekł.

– M-myślę, że w-wolę cię jako ptaka – zażartowałam. Chłonęłam jego zapach. – W postaci czarodzieja j-jesteś okropny.

– Nie przyzwyczajaj się – zripostował, jednak w jego głosie krył się niepokój. – Kiedy wrócimy, odzyskam pełnię mocy.

Siedzieliśmy w swobodnej ciszy. Ja sączyłam herbatę, Edan obserwował spadające płatki.

– Musimy przeczekać śnieg, zanim udamy się na dół – oznajmił. – Powinnaś odpocząć.

– Nie jestem zmęczona – skłamałam. Zakłuło mnie w gardle, jeszcze zanim to powiedziałam. Znów zaszczękałam zębami, skuliłam się i zbliżyłam do płomieni. Ponowiłam próbę: – D-dopiero co spałam. N-nie jestem zmęczona.

Edan ujął moje zimne dłonie. Potarł je, oddając mi trochę tego ciepła, za którym już zatęskniłam, a potem chuchnął. To było przyjemne – jego ciepły oddech na mojej skórze.

– Kłamczucha – szepnął. – Oczywiście, że jesteś zmęczona. Pływałaś w lodowatym stawie. Wciąż przeżywasz wstrząs.

Przyciągnął mnie do siebie. Chciałam go odepchnąć, ale moje ciało utonęło w jego ciepłym uścisku, a ręka instynktownie powędrowała pod jego ramię. Kiedy zdałam sobie sprawę z tego, co zrobiłam, zaczęłam się odsuwać, lecz Edan przechylił mój podbródek i mnie pocałował. Oblał mnie żar aż po koniuszki palców, serce mi łomotało, a tętno dudniło w uszach.

Otworzyłam usta, ale Edan stłumił moje słowa kolejnym pocałunkiem. Nie powstrzymywałam go, lecz spróbowałam coś powiedzieć.

– Mówiłam ci, że nie…

– Ćśś – przerwał mi, muskając moje wargi. – Śpij.

Oparłam się o Edana i złożyłam głowę na jego piersi. Serce mu przyspieszyło – na ten dźwięk przeszyła mnie fala dreszczy. Objął mnie w talii i przysunął bliżej.

Zasnął pierwszy. Słuchałam, jak oddycha, wdech i wydech, wdech i wydech. Bezwiednie dopasowałam się do tego rytmu.

Wypełnił mnie dziwny, cudowny spokój.

Edan miał rację – ta podróż nieodwracalnie mnie zmieniła.

Po raz pierwszy przestałam odliczać dni do końca. Teraz zapragnęłam, by nigdy się nie kończyła.

Rozdział dwudziesty szósty

Gdy się obudziłam i zobaczyłam biały świat na zewnątrz jaskini, w pierwszej chwili pomyślałam, że to chmury spadły z nieba – tak miękki i satynowy był śnieg.

Ruszyłam w drogę. Zejście w dół Szczytu Zaklinacza Deszczu okazało się łatwiejsze niż wspinaczka pod górę. Moje zaczarowane buty wyschły, a dzięki pomocy Edana opuściłam się na linie i zeszłam drugą stroną – choć i tak zajęło mi to prawie cały dzień. Po zmierzchu Edan dołączył do mnie pod postacią jastrzębia. Wyglądał wspaniale, jego czarne jak noc pióra i mlecznobiałe skrzydła falowały, gdy szybował ku mnie. Elegancko opadł na mój bark, szponami muskając obojczyk. Uśmiechnęłam się.

– Ale popis.

W dziobie trzymał pęk kwiatów. Upuścił mi je na kolana.

– Dla mnie? – spytałam.

Edan jastrząb tylko zamrugał. Ze śmiechem wetknęłam kwiaty za uszy i pocałowałam go w dziób. Następnie przygotowałam konie do jazdy. Dosiadłam Opal z Edanem przycupniętym na ramieniu, Gawron dreptał za nami.

Księżyc oświetlał nam drogę przez góry, więc podróż nocą nie sprawiała nam trudności. Czasami Edan znikał na godzinę albo dwie. W końcu był drapieżnym ptakiem. Nie martwiłam się o niego. Zawsze do mnie wracał, czasami z pająkiem czy wężem w dziobie.

Podrapałam go pod gardłem.

– Ciekawe, czy jutro będziesz miał niestrawność.

Tak łatwo rozmawiało mi się z Edanem jastrzębiem, że zaczęłam opowiadać mu o mojej rodzinie. O Finleiu, który pragnął odkrywać świat, o Sendzie, który pisał wiersze o morzu, o Babie i Ketonie, o moim marzeniu, by zostać najlepszym krawcem w A'landi.

Gawędzenie sprawiło, że czas upłynął szybko, i pomogło mi nie zasnąć. O wschodzie słońca Edan pofrunął na grzbiet Gawrona. Gdy dosięgnęły nas pierwsze promienie, już nie podróżowałam z ptakiem.

– Zmęczona? – zapytał.

Pokręciłam głową.

Uśmiechnął się, widząc kwiaty w moich włosach, a potem odchrząknął.

– Przyjęłaś je.

– A nie powinnam?

– Mężczyzna, który zabiega o względy damy, przynosi jej kwiaty.

Zarumieniłam się.

– Byłeś jastrzębiem. A poza tym w A'landi nie ma takiej tradycji.

– Nie pochodzę z A'landi – przypomniał mi i znów odchrząknął. – Ale kiedyś służyłem w krainie, gdzie panował zwyczaj okazywania uczuć swojej wybrance. Bardzo podoba mi się ten zwyczaj. A jeśli – dodał, nachylając się bliżej – dama przyjmuje kwiaty, to znaczy, że życzy sobie, aby mężczyzna zabiegał o jej względy.

Moje policzki płonęły.

– Ale... jak mógłbyś zabiegać o moje względy? – wypaliłam, pragnąc cofnąć te słowa, gdy tylko je wypowiedziałam. – Co z twoją przysięgą?

Edan wyglądał wyjątkowo bezbronnie.

– Poprosiłaś, żebym się zdecydował, więc się zdecydowałem – odparł cicho. – Założenie, że mamy wpływ na to, kogo kochamy, to iluzja. Nie potrafię zmienić tego, co do ciebie czuję. Poruszyłbym słońce i księżyc, żeby móc z tobą być. A jeśli chodzi o przysięgę... nie mogę obiecać, że ją złamię, ale zrobię wszystko, co w mojej mocy, by cię uszczęśliwić, Maiu. To mogę obiecać.

Ta obietnica obudziła we mnie pragnienie. Chciałam go pocałować i wyznać mu wszystko, co czuję, lecz ugryzłam się w język.

Wyciągnął rękę.

– Nie chcesz, żebym zabiegał o twoje względy? Powiedz słowo, a przestanę.

Chciałam, i to bardzo, a jednak coś mnie powstrzymywało. Cofnęłam dłoń i teatralnie rozplątałam kołtun na grzywie Opal, żeby nie musieć na niego patrzeć.

– Dokąd teraz?

Opuścił ręce.

– Na północ, nad jezioro Paduan.

– Tam znajdziemy krew gwiazd?

– W rzeczy samej – przytaknął cicho. – To będzie najtrudniejsze zadanie.

Zignorowałam strach skręcający mi wnętrzności.

– Rozumiem, że powinnam zacząć tkać dywan.

Miałam dwa kłębki włóczki, które Edan kupił na Przesmyku Samaranu. Kolory były marne – wypłowiały niebieski i matowa miedziana czerwień. Zaczęłam zaplatać bazę o wymiarach podanych przez Edana. Resztą zajmą się nożyczki.

– Dlaczego nie zostaliśmy na Szczycie Zaklinacza Deszczu? – zapytałam, gdy przemierzaliśmy płaski odcinek lasu. – Z pewnością szczyt góry to miejsce najbliższe gwiazd.

– Nie studiowałaś Księgi Pieśni, prawda? – zganił mnie łagodnie Edan. – Jedna z ód, *Wielki Pean do Li'nam*, głosi: „Gwiazdy świecą najjaśniej w ciemności, a ciemność leży w zapomnieniu". Musimy udać się na Zapomniane Wyspy Lapzuru na jeziorze Paduan, na tak zwane Palce Duchów.

– Gdzie bóg złodziei okaleczył gwiazdy, by je wykrwawić – dokończyłam. – Znam ten mit.

– Mit nie mówi wszystkiego.

– A ty wiesz wszystko?

– Nie. – Rozpostarł dłonie. – Ale miałem o wiele więcej lat niż ty, żeby się nauczyć. Znajomość klasycznej poezji A'landi uwzniośliłaby twój kunszt, Maiu. Sądzę, że doceniłabyś jej piękno nawet bardziej niż ja. – Zamyślony przechylił głowę. – Pożyczę ci moje książki, kiedy dotrzemy do Jesiennego Pałacu. Mam tylko nadzieję, że słudzy zabiorą je wszystkie.

Jesienny Pałac. Wydawał się taki odległy, zarówno w przestrzeni, jak i w czasie. Od czerwonego słońca dzielił nas niecały miesiąc, a mnie wciąż zostało mnóstwo pracy nad sukniami Lady Sarnai. Jakie powitanie czekało nas na dworze?

Wrócimy jako nadworny krawiec i Lord Czarodziej. Edana zajmie doradzanie cesarzowi… a mnie udawanie mężczyzny. Nawet gdybyśmy nie musieli się martwić jego przysięgą, jak moglibyśmy być razem?

Edan milczał, co mnie stresowało. Cisza między nami była naładowana, jakby zaraz miał uderzyć piorun. Z każdą chwilą atmosfera gęstniała – jechanie obok niego przypominało muskanie ognia. Czułam, że wkrótce wybuchnę.

– Sendo straszył mnie historiami o Palcach Duchów – powiedziałam, wzdrygając się. Jako dziecko nie wierzyłam w duchy, ale ostatnie kilka miesięcy sporo zmieniło. – Mówił, że na jeziorze Paduan żyła wspaniała cywilizacja. Zamieszkiwała starożytne miasto pełne skarbów, jakich nawet sobie nie wyobrażamy. Ludzie usłyszeli legendy i ogarnęła ich chciwość, lecz nie mogli przebyć wody. Sztormy i niebezpieczne warunki kazały im zawracać. Pewnego dnia jednemu statkowi się udało. Przekroczył granicę jako pierwszy od setek lat, więc mieszkańcy powitali załogę, uznawszy to za znak od bogów. Mężczyźni udawali kupców, jednak naprawdę byli barbarzyńcami, którzy wykorzystali magię, by wedrzeć się do miasta. W nocy zabili wszystkich. Mieszkańcy stali się duchami, jezioro wezbrało i przykryło miasto, aż zostało tylko to, co dziś znamy jako Zapomniane Wyspy. Przeklęci barbarzyńcy zmienili się w demony. Zyskali bogactwa, lecz zostali uwięzieni na zawsze.

– Wysoka cena za chciwość – skomentował Edan. – Mieszkańcy miasta nie zasłużyli na to, co ich spotkało. Dobrze znasz tę historię.

– Nie wiedziałam, że to prawda.

– Twój brat nie mylił się co do jednej kwestii.

– Której?

– Tej o duchach. Jeśli zobaczysz ducha, uważaj. Jeżeli go dotkniesz, umrzesz i sama zostaniesz duchem.

Przeszły mnie ciarki.

– A jeśli zobaczę demona?

– Jeśli zobaczysz demona – zaczął posępnie – radziłbym uciekać.

– Myślisz, że się na nie natkniemy?

Zastanowił się.

– Musimy być przygotowani na taką ewentualność.

Ścisnęło mnie w gardle. Zdążyłam się nauczyć, że Edan zawsze jest przygotowany, lecz jego poważny ton świadczył o tym, że cokolwiek nas czeka, bez dwóch zdań będzie niebezpieczne.

– Jak przemierzymy jezioro? – spytałam.

– Polecimy. – Edan wskazał dywan, który tkałam. – Na tym.

Oburzyłam się.

– To znaczy, że mogliśmy latać przez cały ten czas? Mogłeś powiedzieć, zanim wspięłam się na tę górę!

Pokręcił głową.

– Magię należy oszczędzać. A jezioro Paduan jest pełne… niespodzianek. – Po jego twarzy przemknął cień. – Byłem tam. Tego miejsca łatwo się nie zapomina.

– Co tam robiłeś?

– Szkolenie czarodzieja jest spowite tajemnicą, ale przechodzimy próby, tak jak ty: próby ciała, umysłu i duszy.

– Jedna z nich miała miejsce na Zapomnianych Wyspach?

– Ostatnia. – Zawahał się. – Kazano nam wypić krew gwiazd. To ostatni test, który musi zdać każdy czarodziej.

Krew gwiazd!

– Co się dzieje, gdy ją wypijesz?

– Nasza moc wzmacnia się po stokroć i otrzymujemy tysiąc lat życia – niemal wyszeptał. – Każdy młody czarodziej o tym marzy. W młodości jesteśmy głupi, skłonni uwierzyć, że zmienimy świat. Gdy nadeszła moja kolej, byłem młodszy od pozostałych... – Urwał. – I bardziej lekkomyślny. Większość tych, którzy piją krew gwiazd, umiera. Ja miałem szczęście... albo nieszczęście. Zależy, jak na to spojrzeć.

Ściągnęłam usta. Moc i nieśmiertelność w zamian za bycie niewolnikiem. Oczywiście przysięga pewnie nie nazywała tego niewolnictwem. Ach, jak dziwna musiała być młodość Edana.

– Dlaczego miałbyś chcieć zostać czarodziejem?

– Nie uważamy przysięgi za poświęcenie, lecz za zaszczyt. To zaszczyt używać naszych mocy, by czynić świat lepszym.

– Ale możesz mieć okropnego pana.

– To równowaga losu. Nie jesteśmy niepokonani, wraz z nowymi epokami wymieramy, a ludzie zapominają o magii. Gdy służy się tak długo jak ja, nie da się nie rozczarować przysięgą. – Ściszył głos jeszcze bardziej. – Nie da się nie zastanawiać, czy bez magii byłoby się szczęśliwszym.

Wbijał we mnie wzrok, głęboki i przeszywający. Roztapiał mój opór.

– Wiem jedno, Maiu Tamarin: będąc z tobą, jestem szczęśliwszy niż kiedykolwiek.

Nie mogłam dłuższej walczyć z uczuciami.

– Cieszę się, że zostałeś czarodziejem – oznajmiłam zaciekle. – Wiem, że cierpiałeś o wiele bardziej, niż dajesz po sobie poznać. Jednak gdybyś nie został czarodziejem, nigdy bym cię nie poznała.

Wyciągnęłam kwiaty z włosów i schowałam w nich twarz, wdychając ich zapach. Znajdę sposób, by uwolnić Edana, obiecałam sobie. A potem tak cicho, że sama prawie się nie usłyszałam, dodałam:

– Możesz zabiegać o moje względy.

Edan powoli obrysował palcem moje wargi i mnie pocałował. Złożył pocałunek na każdym piegu na nosie i policzkach, aż odurzyła mnie słodycz jego oddechu.

– Ale tylko jeśli zdradzisz mi swoje imiona – postawiłam warunek. – Jedno każdego dnia.

Jęknął.

– Będę musiał zabiegać o twoje względy przez tysiąc dni?

– To za długo?

– Liczyłem na co najwyżej sto.

– A potem? – Wstrzymałam oddech. Nie wiedziałam, jak to wyglądało w jego ojczyźnie, ale Edan przebywał w A'landi wystarczająco długo, by zdawać sobie sprawę, że mężczyzna nie zabiega o względy kobiety, jeśli nie ma wobec niej poważnych zamiarów.

– Nie będę miał żadnej zabawy, jeśli zdradzę ci wszystkie moje plany.

– Edan!

Posłał mi tajemniczy uśmiech. Nie miałam pojęcia, o czym myśli, ale ta wesołość była zaraźliwa. Ja również się uśmiechnęłam.

– Byłoby łatwiej, gdybyś nie musiała udawać chłopaka – przyznał – a ja nie musiałbym służyć cesarzowi. Ale jakoś z tego wybrniemy, dzień po dniu. Obiecuję.

– Znam już cztery twoje dawne imiona – szepnęłam, przykrywając dłonią jego dłoń. – No i to obecne. Więc zostało dziewięćset dziewięćdziesiąt pięć dni. Zdradź mi swoje pierwsze imię.

– Moje pierwsze imię brzmiało Gen. To najzwyklejsze imię na świecie, oznacza: chłopiec.

– Chłopiec! – zawołałam. – To w ogóle nie jest imię!

– To prawda – zgodził się. – Mój ojciec miał siedmiu synów. Kiedy się urodziłem, skończyły mu się pomysły, więc tak mnie nazywał. Przez długi czas nie miałem innego imienia.

Otworzyłam jego dłoń i powiodłam palcami po liniach.

– A co znaczy Edan?

Uśmiechnął się i lekko rozchylił usta, zanim znów mnie pocałował.

– Edan znaczy: jastrząb.

Rozdział dwudziesty siódmy

Nadchodziła jesień. Letni żar złagodniał i zastąpił go chłodny wiatr – łaskotał włoski na karku, sprawiał, że palce tańczyły po szwach wolniej i sztywniej niż zazwyczaj. Liście w lesie się ozłociły, a bujny krajobraz kwitł czerwienią, pomarańczem, a nawet fioletem.

Opuściliśmy las Dhoya i wróciliśmy na Korzenny Szlak. W drodze nad jezioro Paduan przejechaliśmy przez kilka miasteczek, skąd wysłałam listy do Baby i Ketona, ale nie zatrzymywaliśmy się na długo i zawsze zakładaliśmy obozowiska kilka kilometrów dalej. Zdawaliśmy sobie sprawę, że szansen szuka Edana, więc musieliśmy zachować ostrożność.

Codziennie budziłam się o świcie, by podsycić ognisko i przywitać mojego czarodzieja, gdy wracał głodny mojego dotyku. Poranki i dnie spędzaliśmy na całowaniu się, czy to na piechotę, czy na koniach. Konie musiały wtedy wiedzieć, dokąd jechać, bo Edan i ja w ogóle nie zwracaliśmy na nie uwagi, chyba że zbaczały z drogi.

Im bliżej jeziora Paduan, tym dłuższe i ciemniejsze stawały się noce i tym głębszy stawał się mój sen. Pewnego ranka wstałam późno, a gdy rozniecałam ognisko, ujrzałam Edana szybującego w moją stronę pod postacią jastrzębia.

Wylądował obok paleniska i zmienił się w człowieka. Przeszyło mnie dotkliwe, teraz już znajome pożądanie.

Oczy Edana pozostawały żółte, na jego skroniach perlił się pot. Wyglądał na zmęczonego.

Kiedy usiadł pod topolą, uklękłam obok niego. Miał rozpiętą koszulę, a ja walczyłam z pragnieniem, by ją poprawić.

– Jak możemy znieść tę klątwę?

– To nie klątwa, tylko przysięga.

– Przysięga, której nie możesz złamać. Co za różnica?

– Nie ma prostej odpowiedzi – rzucił posępnie. – Khanujin mnie nie uwolni, o ile nie będzie zmuszony.

– Nawet po weselu, kiedy wreszcie nadejdzie pokój?

– Nie liczyłbym na to.

Leżałam na ziemi obok niego, podziwiając gaj topoli wokół nas. Większość wznosiła się tak wysoko, że zasłaniała wschód słońca. Nie przeszkadzało mi to. Ten las miał w sobie coś pięknego, a ja czułam się szczęśliwa, obserwując drzewa kołyszące się na wietrze, ich liście trzepoczące niczym pióra.

– Czasami myślę o Lady Sarnai – zmieniłam temat. – Jej serce jest przy Lordzie Xinie. Sądzisz, że kiedyś pokocha cesarza?

Edan się rozluźnił.

– To nie ma znaczenia. Lady Sarnai i Khanujin muszą wziąć ślub, żeby zapewnić A'landi pokój.

– To smutne – stwierdziłam.

– Taki los królowych i królów – skwitował chłodno. – Nieważne gdzie. Wszędzie jest tak samo.

Zastanowiłam się, ilu królom służył. Czy jego chłopięcy uśmiech i szczupła sylwetka były zasługą innego czaru... częścią przysięgi?

– A ty? – zapytałam śmiele. – Weźmiesz ślub?

Na jego szyję wstąpił rzadki rumieniec.

– Mam nadzieję.

– Masz nadzieję? – droczyłam się. – Zabiegasz o moje względy, nie możesz teraz się wycofać!

– Tym, którzy złożyli przysięgę, nie zaleca się małżeństwa – wyjaśnił powoli. – Pozostałbym młody, a ty byś się zestarzała.

– Nie dbam o to.

– Mówisz tak teraz, ale możesz zmienić zdanie. – W jego głosie zabrzmiała nuta zniecierpliwienia. – A gdybym kiedyś zgubił amulet, zamieniłbym się w jastrzębia. To niesprawiedliwe wobec ciebie.

– Pozwól, że ja zadecyduję, co jest sprawiedliwe, a co nie.

Obrócił się, ujął moje dłonie i rozmasował zgrubienia na palcach.

– Po prostu... nie chcę, żebyś żałowała, Maiu. Jesteś młoda, masz marzenia i rodzinę, o którą musisz się troszczyć. Teraz zostałaś nadwornym krawcem. Nie chcę, żebyś zmarnowała to wszystko dla głupiego chłopaka jak ja.

– Nie porzuciłabym dla ciebie szycia – zapewniłam go beztrosko. – Otworzyłabym sklep w stolicy, najlepiej nad oceanem. Całymi dniami rysowałabym i szyła nad wodą. – Pokręciłam się i oparłam głowę na jego piersi. – A ty nie jesteś głupi, nie dlatego, że pragnąłeś magii. Widzę w twoich oczach, jak bardzo ją kochasz. Tak bardzo, że jesteś gotów płacić straszliwą cenę. – Urwałam i przygryzłam wargę. – Oddałbyś ją za wolność?

– Czarodzieje rodzą się z magią, ale tak, oddałbym moją wrażliwość na nią i zdolność korzystania z jej mocy. Z chęcią, gdyby to oznaczało, że mogę być z tobą.

Poczułam ucisk w piersi, ale nie nieprzyjemny.

– Kim byś był, gdybyś był wolny?

Głęboki ton zniknął i Edan znów zabrzmiał jak chłopiec.

– Gdybym był wolny? Może muzykiem, grałbym na flecie. Albo pracował z końmi w stajni bogacza.

– Rzeczywiście kochasz konie.

Puścił do mnie oko.

– Albo starym, grubym mędrcem z długą brodą. Wciąż byś mnie kochała?

– Nie wyobrażam sobie ciebie z brodą. – Dotknęłam jego gładkiego podbródka, a potem przesunęłam palce po szyi i zatrzymałam tuż nad sercem. I znowu ucisk w piersi. – Ale tak. Zawsze.

– Dobrze. – Wyszczerzył się, prezentując dołeczek w lewym policzku. – Zajmę się uczeniem dzieci. Wiesz, że spodziewam się gromadki? Co najmniej ósemki.

Żartobliwie pacnęłam go w ramię.

– Ósemki!

– W końcu miałem sześciu braci. Jestem przyzwyczajony do dużej rodziny. – Podniósł się, żeby mnie pocałować. Mimo zmęczenia na twarzy z jego oczu biła radość, jakiej wcześniej nie widziałam.

– Nie stać nas na ósemkę dzieci w stolicy.

– Więc zasadzę drzewo pieniężne, kiedy wrócimy do pałacu.

Nie wiedziałam, czy żartuje.

– Drzewo pieniężne?

– A jak twoim zdaniem uwolnieni czarodzieje się wzbogacają? – prychnął. – Schowałem ziarna w tajnej skrytce w mojej komnacie. Za to kupimy ładną posiadłość dla nas i dla Baby oraz Ketona, i setkę służących. – Zmartwił się. – Myślisz, że twój tata mnie polubi?

– Mój tata nie dba o bogactwa – odparłam ze śmiechem. Szczęście ogarnęło mnie na myśl, że Edan chce zrobić wrażenie na Babie i zaprzyjaźnić się z Ketonem. – Będzie chciał tylko, żebyś był dla mnie dobry.

– Będę – obiecał. – Nawet lepszy. – Sięgnął pod pelerynę i wyciągnął niewielki skórzany szkicownik z niebieską okładką i złotym sznurkiem zakończonym frędzlem, lekko wygnieciony po podróży w kieszeni. – Dla ciebie.

– Nowy szkicownik?

– Kupiłem go w Samaranie – wyznał z zakłopotaniem. – Zauważyłem, że twój prawie ci się kończy.

– A więc jesteś spostrzegawczy. – Podetknęłam szkicownik pod nos, wdychając zapach świeżego papieru. Dotknęłam policzka Edana, musnęłam linię zarostu, a potem szczękę. Przeszył mnie dreszcz. – Ciekawe, kogo powinnam narysować.

Skrzywił się.

– Czarodzieje rzadko pozują do portretów. Jesteśmy zbyt niespokojni. Ale niedługo będę potrzebował nowej peleryny. – Wskazał swój postrzępiony strój. – Gdybyś chciała mi podziękować, mistrzyni Tamarin.

– Szkicownik za pelerynę? Marna wymiana.

– Magiczny szkicownik – podkreślił Edan.

Przewróciłam oczami.

– Och, naprawdę?

– Widzisz, kiedy go obracasz, wypada piasek. – Wyszczerzył się, łapiąc złoty pył pustyni. – Piasek, piasek i jeszcze więcej piasku.

– O ty!

Zaśmiał się.

– Więc, mistrzyni Tamarin, mogę liczyć, że uczynisz mnie najlepiej ubranym czarodziejem we wszystkich Siedmiu Krainach?

Poprawiłam mu kołnierz i cmoknęłam.

– Nie będziesz najlepiej ubranym czarodziejem w żadnej krainie, jeśli nie nauczysz się zapinać koszuli.

– Ach. – Bezradnie spojrzał w dół. Ze śmiechem wyciągnęłam rękę, lecz spoważniałam, gdy Edan przyciągnął mnie do siebie.

Gdy odpinałam guziki, drżałam cała, lecz moje palce najbardziej – choć nie wiem, jak próbowałam, nie mogłam ich opanować. Moje dłonie wędrowały po jego torsie, serce mi waliło, zdradzając pragnienie, z którego nawet nie zdawałam sobie sprawy.

Objął mnie w talii i pocałował, tym razem czulej.

– Dziękuję, mistrzyni Tamarin – wymamrotał. Zaczął zapinać koszulę, ale go powstrzymałam.

W jego oczach mignęło zaskoczenie. Poczułam, jak tętno mu przyspiesza, i spodobało mi się to. Lubiłam go takiego – czułego, bezbronnego. Chłopaka, nie czarodzieja.

Zanim straciłam odwagę, powoli zsunęłam mu koszulę z ramion. Siedział nieruchomy, niemal sztywny. W mojej piersi nabrzmiewało niespokojne mrowienie – głód, który tłumiłam od wielu dni, może nawet tygodni. Włoski mu się zjeżyły, gdy powiodłam palcami po jego skórze. Delikatnie pocałowałam go w szyję.

– Maiu – sapnął. Na jego ustach zabłąkało się pytanie, lecz uciszyłam go palcem, zanim zdążył je zadać. Rozpięłam mu pas, a potem wyswobodziłam się z szaty i rzuciłam ją za siebie.

Wiatr smagnął moje nagie plecy. Zadrżałam, nagle onieśmielona. Edan objął mnie ciepłą dłonią i przyciągnął bliżej. Pocałował mnie – odkrywał usta językiem, drażnił uszy i szyję, aż zakręciło mi się w głowie. Wreszcie kolana pode mną całkowicie zmiękły, więc Edan położył mnie na swojej pelerynie na miękkiej, wilgotnej ziemi.

Splątaliśmy nogi i złączyliśmy się w jedność. Cała płonęłam, moje ciało śpiewało, zmysły szalały. Nad nami gwiazdy nikły na zamglonym niebie, słońce oblewało nas swoim blaskiem. Topnieliśmy razem, aż świt przeszedł w zmrok, słońce w księżyc, a gwiazdy, niegdyś zagubione, znów się odnalazły.

Rozdział dwudziesty ósmy

Dotarliśmy nad jezioro Paduan trzy dni później, niż planowaliśmy, ale nie zamieniłabym tych trzech dni na całą magię na świecie. Kiedy wyznałam miłość Edanowi, poczułam się jak w pięknym, błogim śnie i nie chciałam się budzić. Gdyby nie jego przysięga i moja obietnica złożona cesarzowi, zapomnielibyśmy się i na zawsze zostali pod słońcem przy tamtej topoli.

Rankiem w dniu przeprawy przez jezioro rozwinęłam dywan do wyschnięcia na żółtej trawie. Usłyszałam, jak Edan szeleści za mną. Zawsze, gdy go widziałam, rosło mi serce. Jego źrenice wciąż okalała bladozłota obwódka – właśnie zakończył swoją noc jako jastrząb.

– Dzień dobry – przywitał się i pocałował mnie w policzek. Z każdym dniem zmęczenie przytłaczało go coraz bardziej. Czasami nad ranem miewał koszmary i krzyczał, a gdy się budził, oczy miał prawie całkiem białe.

Chyba tego nie pamiętał. Wiedziałam, że jeśli zapytam, tylko go zranię.

Wskazałam dywan.

– Myślisz, że wystarczy?

Ocenił moją pracę.

– Na pewno sprawi się bardzo dobrze.

– Dziękuję. – Rozprostowałam palce. Nawet nie zauważyłam, jak ucierpiały od ciągłego szycia, dziergania i plecenia. Oczywiście magiczne nożyczki pomagały, ale tylko do pewnego stopnia.

Edan podwinął rękawy. Obręcz na jego nadgarstku zalśniła jak moje nożyczki, kiedy wiedziały, że zamierzam ich użyć.

Przyklęknął i powiódł palcami po krawędzi dywanu.

Nic się nie wydarzyło. Widziałam, że Edan się denerwuje, choć próbuje tego nie okazywać. Napiął ramiona, zmarszczył brew i nie patrzył w moją stronę.

Wreszcie dywan zadrżał, tak nieznacznie, że myślałam, iż to sobie wyobraziłam. Jego włókna się rozciągnęły, podrygując i wibrując, aż w końcu rozbrzmiała cicha, niska pieśń. Miałam nadzieję, że zaplotłam go wystarczająco mocno, by wytrzymał czar Edana.

Wtedy nastąpił cud – dywan się uniósł. Na początku zaledwie centymetr nad trawę, potem coraz wyżej i wyżej, aż zrównał się z moimi biodrami. Ten niemożliwy widok mnie oszołomił – choć zdążyłam poznać magię Edana, nigdy nie doświadczyłam czegoś takiego.

– Panie przodem – rzekł mój czarodziej z nutą triumfu w głosie.

Gdy usadowiliśmy się oboje, dywan poszybował w górę, aż do chmur. Kurczowo trzymałam sie krawędzi, patrząc na setki maleńkich wysp w dole. Błyszczały niczym gwiazdy w mglistym świetle słońca.

– Jak pięknie – szepnęłam.

– Nie pozwól, by to piękno cię zahipnotyzowało – ostrzegł. – W tej krainie roi się od mrocznej magii.

Nie potrafiłam sobie tego wyobrazić, obserwując bujną roślinność i złociste plaże pod nami, jednak nauczyłam się ufać ostrzeżeniom Edana po naszych trudnych dniach na pustyni Halakmarat. Wciąż śniłam koszmary o palącym słońcu i manierce pełnej piasku.

Podążyłam za jego wzrokiem ku grupce wysp osnutych mgłą. Ledwo je dostrzegałam – niebo nad nimi było ciemne, woda wokół nich mętna. Pomknęliśmy w dół, a ja złapałam za jeden z frędzli, zadowolona, że je dodałam. Jednak zadowolenie prędko przeszło w strach, kiedy wiatr się nasilił.

– Splot jest za cienki, prawda? – krzyknęłam. – Tracimy kontrolę!

– To minie, trzymaj się! – odkrzyknął Edan, ale coś się rozdarło.

Wrzasnęłam, gdy dywan zanurkował w nisko wiszące chmury.

– Trzymam cię! – zawołał Edan, obejmując mnie ramieniem. Sięgnął po róg dywanu i skręcił, a wiatr porwał nas w kierunku ciemnego kawałka lądu. Prawie nic nie widziałam przez gęstą mgłę.

Gwałtowne podmuchy targały nami tak mocno, że nie wiedziałam, czy lecimy w górę, czy w dół. Nagle dywan szarpnął i runęliśmy ku wodzie. Czułam, jakbym tonęła, a jednocześnie coś mnie miażdżyło. Za mną trzepotał materiał – peleryna Edana albo moja, nie miałam pojęcia. Jezioro pod nami, głodne i bezdenne, ryczało, zagłuszając mój krzyk.

Złapałam Edana za rękę. Powtarzał te same słowa, aż ochrypł. Sunęliśmy w stronę cienistego lądu, lecz wiatr wciąż nami miotał. To, czy rozbijemy się o ziemię, czy o wodę, nie robiło żadnej różnicy. Ta prędkość spadania gwarantowała śmierć.

Edan wyrzucił ręce w powietrze i dywan otulił nas, ciasny jak kokon pędzący na wyspę. Gdy znaleźliśmy się nad lądem, znów stawił opór. Zawisnęliśmy nad ziemią na tak krótko, że ledwie zdążyłam złapać oddech.

A potem znów spadliśmy, tym razem na powyginane drzewo, którego gałęzie przeszywały mgłę. Zjechaliśmy w dół pnia, szorstka kora poszarpała krawędzie dywanu.

Z łomotem uderzyliśmy o ziemię. Świetliki uciekły w opary mgły nad nami.

Po długim czasie Edan się poruszył.

– Maiu? – szepnął, przewracając się na bok, twarzą do mnie. – Nic ci nie jest?

– Chyba nie. – Mrowiło mnie w szyi, ale mogłam ruszać głową i kończynami. – A tobie?

– Nic nie złamałem.

Oderwałam się od wilgotnego, zimnego podłoża. Dywan leżał u moich stóp, sponiewierany i częściowo rozpruty. Wsunęłam rękę pod pachę Edana i pomogłam mu się podnieść. Czarowanie go wykończyło, ciężko oddychał.

– Na pewno nic ci nie jest?

– Proszę, żadnych więcej bliskich spotkań ze śmiercią – zażartował słabo. – Nie mam siły, żeby ciągle cię ratować.

– Mnie? – zripostowałam. – Gdyby nie ja i moje nożyczki, zostałbyś poduszeczką na strzały Vachira. I nie zapominaj, że ty też leciałeś na tym dywanie.

– Racja, racja. – Zachichotał. – No to: ratować nas.

Ukryłam uśmiech i strząsnęłam ziemię z rękawów.

– Dobrze trafiliśmy?

Rozejrzał się. Jego przenikliwe oczy dostrzegały rzeczy poza zasięgiem mojego wzroku.

– Tak.

Z mgły i cienia wyłoniła się wyspa, cmentarz martwych drzew z powykręcanymi ramionami sięgającymi nieba. Oprócz świetlików żyły tu jedynie sępy, kruki i wrony. To dziwne, ale ich krzyki przynosiły mi ukojenie w tej upiornej ciszy.

Nawet woda, która chlupotała przy brzegu tam, gdzie rozpoczynaliśmy naszą podróż, tkwiła w osobliwym bezruchu. Dopiero gdy nadstawiłam uszu, usłyszałam niespokojne szepty fal w oddali.

Samotny podmuch syknął, przedzierając się przez moje rękawy, jeżąc mi włoski na karku. Gwiazdy świeciły tak jasno, że ich blask przecinał gęstą mgłę. Zdawało się, że są bardzo blisko, wisiały na niebie, mimo że dopiero niedawno nastał świt. Ta ciemność, która spowijała wyspę, mnie dezorientowała.

Na horyzoncie zobaczyłam cień ruin miasta. Ruszyłam w ich stronę, lecz Edan mnie zatrzymał.

– Nie odchodź nigdzie sama – powiedział. – Nie tutaj.

Zdjął pelerynę, ale ja się nie rozbierałam. Miałam gęsią skórkę, palce mi zesztywniały, chłód przeniknął mnie do kości.

Wyspa okazała się większa, niż wyglądało na to z góry. Im dalej w głąb lądu, tym bardziej wszystko cichło, aż w końcu zamilkły nawet ptaki.

– Ostatnim razem też panowała tu taka cisza? – zapytałam.

– Tak – odparł, wskazując wieżę w oddali. – Podobno żeby ukraść gwiazdy, bóg złodziei zeskoczył z wieży. Oczywiście wtedy znajdowały się o wiele bliżej.

– Byłeś w środku?

Skinął głową.

– To ostatni rytuał przed złożeniem przysięgi. Gdy czarodziej zostaje uznany za gotowego, wyrusza w podróż do Wieży Złodzieja. W tę noc, kiedy krew gwiazd leci z nieba, pije ze studni. – Złożył dłonie w miseczkę. – Jeśli przeżyje, krew plami mu ręce i zawiązuje przysięgę. – Podniósł nadgarstek z obręczą. – Musimy służyć magią przez wieki… na dobre i na złe.

– Ilu nie przeżywa próby? – zaciekawiłam się.

– Krew gwiazd nie jest przeznaczona do picia – odpowiedział wymijająco. – A wyspa jest pełna niespodzianek. – Spochmurniał. – Usłyszysz, a może nawet zobaczysz rzeczy… które nie pochodzą z tego świata.

Ścisnęło mi się gardło.

– Rozumiem.

– Nie słuchaj nikogo oprócz siebie, bez względu na to, co usłyszysz – ostrzegł cicho. – To duchy. Będą cię wołać, mówić rzeczy, których nikt inny nie wie, żeby cię skusić. Nie dotykaj ich.

Potaknęłam. Już mnie ostrzegał.

– A co z demonami?

Zacisnął szczękę.

– Nie ma dwóch takich samych demonów, ale demony mają magię, a duchy nie.

– Ale może się zdarzyć, że nie spotkamy żadnych demonów, prawda?

– Modlę się o to. – Zawahał się. – Mówiłem ci, że mój nauczyciel stał się demonem. Został związany z tymi wyspami. – Ujął moją dłoń. – Jeśli wciąż tu jest, może być bardziej zainteresowany mną niż tobą.

– To wcale mnie nie pociesza.

– Nie próbuję cię pocieszyć – przypomniał mi – tylko utrzymać przy życiu.

Ramię w ramię przeszliśmy przez bramę miasta. Rozpadające się budynki stały wzdłuż dawno zapomnianej ulicy. Nad rozbitymi oknami wisiały zniszczone znaki w języku, którego nie potrafiłam odczytać. Wszędzie walało się potłuczone szkło i stare cegły, dostrzegłam nawet filiżanki i imbryki przed wiekową herbaciarnią. Nie znalazłam kości, nie znalazłam śladów życia. Panowała całkowita stagnacja.

Wtedy usłyszałam szepty.

Ty! Czarodzieju… Nie powinieneś tu być. Zawróć. Już. JUŻ.

– Edan? – Kurczowo chwyciłam go za rękę. – Słyszałeś to?

Napiął się jak struna.

– Idź dalej – powiedział. – Ignoruj wszystkie głosy. Duchy karmią się twoim strachem.

Przyspieszyłam kroku.

Zawróć, czarodzieju. Zawróć teraz albo zostań na zawsze.

Może dziewczyna zostanie z nami. Spodoba jej się tu. Bardziej niż tobie.

Serce mi waliło. Edan ścisnął moją dłoń – to pomogło. Wzięłam głęboki wdech i skupiłam się na wieży przed nami.

Na tle ciemniejącego nieba Wieża Złodzieja przypominała latarnię morską, tyle że nie dawała światła, nie dawała nadziei. Kamienie, z których ją zbudowano, były proste i równe, ułożone jak ziarna w kolbie kukurydzy, nietknięte wszechobecnym zniszczeniem.

Krok po kroku brnęliśmy naprzód – aż zobaczyłam posągi u jej drzwi. Domyśliłam się, że przedstawiają boga złodziei. Słońce przeszywało mgłę, tchnąc w jego oczy blask, jakby lśniły od środka.

Maiu. Maiu, jesteś tu.

Zamarłam. Rozpoznałabym ten głos wszędzie.

Maiu, śniadanie gotowe. Dołącz do nas, spróbuj.

Wbrew sobie pociągnęłam nosem. Aromat owsianki z kurczakiem i smażonego ciasta uniósł się w powietrzu. Zapach był nęcący... prawdziwy.

Nie mogłam się ruszyć. Nogi miałam jak z ołowiu.

– Co się dzieje? – zapytał Edan, ciągnąc mnie do przodu. – Nie zatrzymuj się.

Chwiejnie podążyłam za nim.

– Słyszałam moją matkę.

– To nie była ona. Pamiętaj, co ci mówiłem.

– Brzmiała jak ona.

Znów mnie pociągnął.

– To nie była ona – uciął surowo.

Maiu! Znalazłaś nas.

Poczułam, że krew odpływa mi z twarzy.

– Finlei – szepnęłam.

Chciałam się obrócić, ale Edan złapał mnie za ramiona.

– Nie patrz w tył. Maiu, obiecaj mi. Musisz je ignorować.

Spojrzałam na niego osłupiała.

– Słyszysz ich? – spytałam.

Chwycił moją rękę.

– Maiu – zaczął ostro. – To nie są duchy twojej rodziny. To podstęp. Bądź silna.

Ściągnęłam usta. Dłoń mi się pociła – chciałam się wyrwać, lecz Edan nie puszczał. Jestem silna, pomyślałam. Zawsze byłam silna.

Maiu, Maiu, moja córeczko, zadźwięczał głos Mamy. *Nie słuchaj go, on kłamie.*

Maiu, przemówił Sendo. *Chodź do nas.*

Wciąż mnie wołali, Mama, Finlei i Sendo. *Czemu nas ignorujesz, Maiu? Kochana siostro. Odezwij się. Chodź do nas.*

Ach, jak pragnęłam do nich pobiec! Jednak Edan wciąż mnie trzymał, a ja pamiętałam jego ostrzeżenia.

– Nie puszczaj – poprosiłam cicho – dopóki nie będziesz musiał.

Skinął głową. Wyglądał na wycieńczonego, wyniszczonego. Co go trawiło? Czego mi nie mówił?

Szliśmy dalej, przedzierając się przez gruzy. Powietrze pachniało solą, kurzem i czymś jeszcze. Zniknęła woń owsianki Mamy.

Edan mną potrząsnął.

– Opowiedz mi o swoich braciach.

Chciał odwrócić moją uwagę od duchów. Z ciężkim sercem pomyślałam o braciach, tych prawdziwych. Te wspomnienia sprawiały ból.

– Finlei... Finlei, przywódca, był odważny. – Głos mi się załamał. – Sendo, marzyciel, był cierpliwy. – Edan ścisnął moją dłoń, zachęcając, bym mówiła dalej. – Keton, żartowniś, był zabawny... ale po wojnie to się zmieniło.

– A ty?

– Jestem posłuszna.

– Nie – zaprotestował. – Jesteś silna.

„Jesteś silna. Dzięki tobie szwy naszej rodziny się nie rozejdą".

Wzięłam głęboki wdech, licząc, że to wystarczy.

Wkrótce dotarliśmy do bram wieży. Głuche powietrze wisiało w grobowym bezruchu.

– Zaczekam na ciebie tutaj – oznajmił Edan. Zapalił świecę i mi podał. Płomień zadrżał mimo braku wiatru.

– Co mam zrobić?

– Jest dziewiąty dzień dziewiątego miesiąca. Słońce siada wysoko na niebie i czeka na księżyc. Raz do roku kochankowie spotykają się na ten cenny moment, połączeni mostem ze światła gwiazd. – Otworzył dłoń, ukazując trzeci orzech. – Gdy most się zawali, gwiazdy zaczną krwawić pyłem. Część spadnie do studni na szczycie wieży. Zbierz tyle, ile zdołasz.

Już ruszałam do bramy, ale Edan złapał mnie za rękaw. Spojrzenie miał dzikie, a twarz tak poszarzałą, że bałam się, iż zemdleje.

– Weź tylko krew gwiazd – wychrypiał. – Nie ulegaj innym pokusom.

– Edan. – Popatrzyłam na niego zmartwiona. – Dobrze się czujesz?

– Poczuję się lepiej – szepnął – kiedy do mnie wrócisz. – Delikatnie pocałował mnie w policzek. – Jesteś silna. – Wykrzesał z siebie słaby uśmiech. – Idź. Znajdź gwiazdy.

Wspięłam się po schodach na podstawę wieży. Moje kroki odbijały się echem pośród nocy – to najbardziej samotny dźwięk, jaki w życiu słyszałam. Nie było drzwi, więc po prostu weszłam do środka, do pustego okrągłego pomieszczenia z otwartym dachem. Czułam się jak wewnątrz szpuli nici. Żadnych okien, żadnych rogów, żadnych krawędzi.

Gdzie schody na szczyt? Pomieszczenie zdawało się rozciągać, im dalej szłam w głąb. Przypominało mi świątynię, lecz nie dostrzegłam bóstw, kadzideł czy ofiar. Już nie czułam się sama.

Usłyszałam głosy. Dochodziły ze ścian.

Zmroziło mi krew w żyłach. Rozpoznałam Senda. Śpiewał.

Żyła sobie dziewczyna w błękicie. Włosy miała czarne jak noc.

– Sendo – sapnęłam. Szłam prędko, niemal biegłam.

Zakochała się w oceanie, dziewczyna w błękicie.

Zatrzymałam się i obróciłam.

Na szczycie schodów stał mój brat.

– Nie. – Pokręciłam głową. – Nie jesteś prawdziwy.

Pamiętasz, jak siedzieliśmy na pomoście, Maiu? Opowiadałem ci historie o wróżkach i duchach.

– Pamiętam.

Tęsknię za tamtymi czasami. Sendo się rozmywał, brzmiał nieobecnie. *Pójdziesz ze mną? Nie zostawiaj mnie, Maiu. Czuję się taki samotny.*

Gdy ruszyłam po schodach, gwiazdy wystrzeliły do góry i z mgły wyłonił się księżyc – nikła, acz świetlista biała kulka powoli wschodząca, by spotkać się z czekającym słońcem.

Wędrowałam coraz wyżej, aż stało się coś wspaniałego i strasznego. Komnata się zmieniła. Zniknęły szare, matowe kamienie, smród zgnilizny i pył gruzu z zewnątrz.

Znalazłam się w domu.

Najpierw poczułam zapach. Kadzidła Baby: goździki, anyż, drzewo sandałowe i cynamon. Baba zawsze palił dużo cynamonu. Wciągnęłam woń, pozwalając, by mnie otuliła, a potem skąpała mnie całą.

Rozejrzałam się. Nie, to nie nasz warsztat w Port Kamalan, był zbyt duży, zbyt zatłoczony. To Gangsun – teraz ujrzałam Babę przed sklepem, rozmawiał z klientami, i Finleia na tyłach, kłócił się z dostawcą o belę turkusowego brokatu, na której najwyraźniej wyhaftowano nieodpowiednie kwiaty.

W rogu znajdował się mój tamborek – ach, prawie skończyłam portmonetkę dla Lady Tainak. Zażyczyła sobie scenę z *Trzech piękności*. Musiałam dopracować piękność grającą na lutni. Było mi trudno wyszyć jej twarz – nigdy nie radziłam sobie z nosami.

Ale gdzie Keton i Sendo?

Weszłam do warsztatu Baby, muskając palcami nasze brokaty, jedwabie, atłasy.

Sendo na pewno gdzieś się chował, z nosem w encyklopedii wzorów, w której ukrył książkę przygodową.

– Maia! – usłyszałam krzyk, niski i znajomy, ale odległy.

Wyjrzałam przez okno sklepu i zobaczyłam jastrzębia. Jego żółte oczy iskrzyły jak dwa żarliwe ogniki. Zawołał cicho, ale jego głos odpłynął w niebyt, gdy ptaka porwał wiatr.

Rozdział dwudziesty dziewiąty

Wszystkie moje lęki odpłynęły w niepamięć, gdy weszłam głębiej do warsztatu Baby. Kroczyłam powoli, chłonąc wszystko – świeżo umyte drewniane blaty, zwężane spodnie Baby, niebieskie porcelanowe wazony ze świeżymi liliami i orchideami, atłasowe kurtki wiszące na południowo-zachodniej ścianie.

I suknie! Co najmniej tuzin pięknych sukien, gotowych do odbioru przez klientki. Były cudowne. Miały spódnice rozkloszowane jak lampiony, rękawy lekkie i zwiewne, obszyte haftowanym jedwabiem.

Czy pomagałam je tworzyć? Nie pamiętałam.

Przyspieszyłam. Musiałam znaleźć Senda. Gdzie się schował?

Wrócił aromat owsianki Mamy. Niósł się po sklepie, co rusz ściskając mój żołądek. Podążyłam za nim do szwalni, ale Finlei gestem odwiódł mnie od krosen.

– Maiu! – zawołał. – Chodźmy na rynek.

Obróciłam się twarzą do najstarszego brata.

– Teraz?

– Oczywiście, że teraz. Chwytaj wiatr w żagle, Maiu! Przypłynęła nowa wełna z Samaranu, podobno miększa od wielbłądziego kopyta. Jeśli pójdziemy wcześnie, wyprzedzimy konkurencję. – Spojrzał na mnie z troską w oczach. – Pokażesz mi tego łobuza, który według Ketona zawsze zaczepia cię przy świątyni.

Zachichotałam.

– Umiem sama o siebie zadbać, Finleiu. – Choć perspektywa wyprawy z bratem mnie kusiła, wycofałam się. – Po prostu chcesz uciec z warsztatu. Idź przodem, dołączę do ciebie, jak się ze wszystkimi przywitam.

Minęłam parawan z palisandru oraz pomieszczenie pełne pracowników siedzących przy kołowrotkach i weszłam do kuchni. W środku stał Keton, włosy miał dłuższe, niż pamiętałam. A z drugiej strony – po co by je ścinał? Nigdy nie był na wojnie. Mył naczynia, na pewno za karę za coś, co zrobił rano, z kieszeni wystawała mu łodyga trzciny cukrowej. Korciło mnie, żeby kazać mu ją odłożyć, zanim zobaczy go Mama – nie lubiła, kiedy sobie pobłażał i podjadał słodkości. Jednak Keton nie odwrócił się w moją stronę, więc zostawiłam go w spokoju.

Ruszyłam w głąb kuchni.

– Mama – sapnęłam.

– Za chwilę obiad – powiedziała, wycierając dłonie o fartuch. Za nią gotował się wielki gar. Pociągnęłam nosem, rozkoszując się zapachem kurczaka z kapustą i solonej ryby.

– Potrzebujesz pomocy? – spytałam.

– Nie, nie – odparła. Nalała wino ryżowe do gara i zamknęła całość pokrywką. – Mam służące. Są na zewnątrz, pieką bułeczki kokosowe i płatki taro. Twoje ulubione. – Zaczęła smażyć wieprzowinę z kapustą. Wbiła jajko na patelnię i je osoliła. Oliwa rozbryznęła się, a para podleciała mi pod nos. Łapczywie wciągnęłam aromat.

– Jesteś głodna?

Zaburczało mi w brzuchu.

– Jak wilk.

– To dobrze – rzuciła znad skwierczącego mięsa. – Dopilnuj, żeby Baba zjadł. Pracuje tak ciężko, że zapomina o jedzeniu – zaśmiała się i obróciła w moim kierunku.

Dlaczego miałam wrażenie, że minęły lata, odkąd ostatni raz widziałam jej twarz? Prawie jej nie poznałam – jasnych piegów na nosie i policzkach, delikatnych fal czarnych włosów, okrągłych, uśmiechniętych oczu. Zrobiła krok i rozpostarła ramiona, by mnie przytulić.

Pragnęłam tego najbardziej na świecie, jednak z jakiegoś powodu się powstrzymałam.

– Wiesz, gdzie znajdę Senda?

– Na górze.

W warsztacie Baby są schody?

– Na górze?

Mama udawała, że mnie nie słyszy. Zanurzyła chochlę w garze, zamieszała i dała mi do posmakowania.

– Maiu, spróbuj.

– Później – odmówiłam, wciąż zastanawiając się nad tajemniczymi schodami, lecz kiedy wyszłam z kuchni, naprawdę je zobaczyłam. Były strome i nierówne. Wspięłam się, kurczowo trzymając za poręcz. Ciągnęły się wyżej, niż powinny, poza warsztat, tak wysoko, że już nie czułam zapachu obiadu Mamy.

Mój krok stał się cięższy, oddech płytszy, ale śpiew i ciche brzdąkanie na lutni wabiły mnie na szczyt, obiecując, że poszukiwania nie będą daremne.

Na wschodzie lśni mórz szafirowych blask, ty śpiewaj ze mną, ty ze mną tańcz…

Nuciłam do rytmu. Znałam melodię, ale zawsze zapominałam słów.

Jak Edan. Pokręciłam głową. Kim, na Dziewięć Niebios, jest Edan?

Słyszałam piosenkę coraz głośniej, aż wreszcie dotarłam na samą górę, gdzie czekał wąski korytarz. Tak, to znajomy widok. Po prawej znajdowała się sypialnia rodziców. Co oznaczało, że sypialnia Senda…

Skręciłam w lewo i przesunęłam drzwi.

Śpiew ustał. Serce mi podskoczyło.

W środku stał Sendo. Żył. Oddychał. Był cały.

Zalała mnie fala ulgi, która zaraz zmieniła się w zachwyt. Cokolwiek trzymało mnie przy ziemi, pękło, a ja z radości uniosłam się w powietrzu.

Oczywiście, że żył. Dlaczego miałby nie żyć? Spojrzał na mnie ciepłymi brązowymi oczami, tak prawdziwymi, jak ziemia, w której bawiliśmy się za domem. Zobaczyłam jego piegi i poszarpaną bliznę na lewym kciuku po wypadku z nożyczkami. To był mój Sendo.

Chciałam go dotknąć – wyciągnąć palce i potargać miękki zarost, usiąść przy nim i posłuchać historii o żeglarzach i kupcach, którzy odwiedzali warsztat Baby, kiedy wyjechałam. Chciałam, żeby wszystko wyglądało jak dawniej… ale coś mnie powstrzymywało. Może obawa, że jeśli za bardzo się zbliżę, Sendo zniknie. Za nic nie mogłam sobie przypomnieć jej źródła.

– Nie powinnaś pracować nad szalikiem dla Lorda Belanga? – droczył się Sendo.

Jego głos mnie przestraszył. Próbowałam zdusić emocje, ale gdy się odezwałam, miałam ściśnięte gardło.

– Tym… tym z frędzlami? – Palce mi zadrżały, kiedy pomyślałam o frędzlach. Dywan. Strząsnęłam z siebie to wspomnienie. – Nie cierpię pleść. Zrobię to po obiedzie.

Sendo trzymał okrągłą lutnię – nie wiedziałam, że umie grać. Kapelusz przekrzywił mu się na głowie, jak łyżka do zupy, która zaraz spadnie z nierównego zbocza czarnych włosów. Na ten widok coś we mnie stopniało.

– Od kiedy grasz na lutni?

– Nie pamiętasz? – zdziwił się. – Kupiłaś mi ją na urodziny. Od tego czasu codziennie ćwiczę.

Ach, teraz pamiętałam. Baba pozwolił mi przyjąć mojego pierwszego klienta i zatrzymać zarobione pieniądze. Wystarczyło, żeby kupić prezenty dla wszystkich, rodziców i braci. Nie kupiłam nic dla siebie.

Usiadłam na łóżku Senda, wyciągając nogi i krzyżując je w kostkach. Bryza wpadająca przez okno łaskotała moje nagie ramiona.

– Ktoś musi zapewniać rozrywkę w tym warsztacie – oznajmił Sendo i znów zaczął brzdąkać. – Czemu nie ja? Mogę pisać wiersze i śpiewać. No i potrafię wiązać najlepsze węzły w Gangsunie.

– Węzeł tkacki a żeglarski to zupełnie co innego – upomniałam go łagodnie. – Poza tym Baba nigdy się nie zgodzi, żebyś został żeglarzem.

– Nie potrzebuje mnie w warsztacie – upierał się Sendo. – Interes się kręci, zatrudniamy dwunastu pracowników. – Uspokoił struny palcami. – Porozmawiasz z nim o tym?

Zmiękłam. Patrząc na brata, czułam w sercu ból, jakby rozdzielono nas na długi czas.

– Dla ciebie wszystko.

– Dziękuję.

Chciałam wstać, ale Sendo przechylił głowę. Zmarszczył gęste brwi.

– O co chodzi? – spytałam.

– Podejdź bliżej.

Znów się zawahałam. Co mnie powstrzymywało?

Sendo rzucił lutnię na łóżko.

– Dlaczego nosisz sztylet, Maiu?

Spojrzałam w dół. Miałam na sobie moją typową granatową sukienkę, a na niej szarfę z igłami i nożyczkami. Jednak Sendo mówił prawdę – u mojego pasa wisiał sztylet.

Było w nim coś znajomego, ale wspomnienie balansowało na krawędzi myśli... gotowe spaść i nigdy nie wrócić.

Przygryzłam wargę.

– Nie wiem.

– Daj mi go – rozkazał.

Posłusznie podałam mu sztylet. Poszedł do okna, a ja podążyłam za nim, rozkoszując się ciepłymi promieniami słońca. Za oknem widniał idealny dzień. Powozy kupców stały wzdłuż ulicy, dzieci bawiły się latawcami smokami.

Sendo obrócił w dłoniach jedwabisty sznurek.

– Wygląda na wartościowy. Rękojeść z orzecha, pochwa powlekana jakimś srebrnym kamieniem. Powiedziałbym, że meteorytem.

– Meteorytem? – powtórzyłam. – Jak z gwiazd?

Znowu ścisnęło mnie w żołądku, jakbym o czymś zapomniała. Sendo próbował, ale nie mógł wyciągnąć sztyletu z pochwy.

– Daj, ja spróbuję.

Sztylet był lekki w mojej dłoni, a sznurek brudny od piasku. Dziwne, nie pamiętam, żeby mi spadł. Z drugiej strony nie pamiętałam, że w ogóle miałam sztylet.

– Jinn – szepnęłam i wyciągnęłam sztylet. Ostrze, na wpół żelazne, na wpół meteorytowe, błysnęło w słońcu, niemal mnie oślepiając.

Odwróciłam wzrok, a Sendo zabrał mi sztylet.

– Co to było? – zapytał zachwycony. – Coś powiedziałaś.

Wzruszyłam ramionami.

– Jakieś bezsensowne słowo. Widocznie odblokowało mechanizm.

Sendo podziwiał ostrze, studiując obie strony. Metalowa lekko błyszczała, kamienna natomiast lśniła tak jasno, że musiał zasłonić oczy.

– Nigdy nie widziałem takiego obosiecznego ostrza. Ktoś ci je podarował?

To pytanie mnie zaskoczyło.

– Nie… nie wiem.

– Nie pokazuj sztyletu Ketonowi – ostrzegł, chowając go do pochwy i odkładając na stół. – Nie odda ci go.

Nagle niebo pociemniało. Zaledwie kilka minut wcześniej warsztat Baby stał skąpany w słońcu, teraz ogarniała nas noc. Gęste chmury napłynęły, przysłaniając księżyc, choć widziałam, że wisi, pełny i jasny, jakby trzymał sieć gwiazd, które zaraz wybuchną.

– Nie zostawisz nas, prawda? – odezwał się Sendo.

– Nie zostawię? – Nie zrozumiałam. – Dokąd miałabym iść?

– Masz fatalną pamięć, Maiu. Cesarz zaprosił cię, byś została jego krawcową. Masz zdecydować dzisiaj. Dlatego Mama dla ciebie gotuje. Nie chce, żebyś wyjeżdżała. Ja też nie.

– Cesarz? – powtórzyłam, mrugając. – I gwiazdy...

O czym nie pamiętałam?

– Maiu? – Na twarzy Senda pojawił się grymas, jakiego nigdy wcześniej nie widziałam. Mój brat zniżył głos, jakby się niecierpliwił. – Maiu, słuchasz mnie?

Sendo nigdy się nie niecierpliwił.

– O co chodzi?

– Musisz zdecydować. Zostajesz czy wyjeżdżasz?

– Nie chcę opuszczać rodziny...

– Więc nie opuszczaj – uciął ostro. – Zostań.

Popatrzyłam na ziemię, a potem podniosłam głowę. Ktoś mi powiedział, żebym wyzbyła się tego złego nawyku. Kto – Keton? Dlaczego miałby mi coś takiego mówić? Nigdy ze mną nie rozmawiał, chyba że robił sobie żarty. Ale pamiętałam jego głos. Brzmiał smutno... dorośle.

– Wyglądasz na nieszczęśliwą – stwierdził Sendo, rozpościerając ramiona. – Chodź do mnie, siostro.

Już wyciągałam ręce.

– Zaczekaj. – Zmarszczyłam brwi. – Nie mogę cię dotykać.

Zaśmiał się. To nie był jego zwykły, beztroski śmiech – pobrzmiewała w nim irytacja.

– Co?

Wytężyłam umysł, żeby sobie przypomnieć. Chyba jest coś, co powinnam...

Podmuch wiatru rozwiał moje włosy. Wyjrzałam na zewnątrz i zobaczyłam czarnego ptaka z białymi szponami. Jastrzębia.

Coś we mnie szarpnęło.

– Edan.

– Co powiedziałaś?

– Edan – szepnęłam znowu. Co to oznacza? Czemu nie mogę sobie przypomnieć?

Sendo powoli się zbliżył. Wcześniej podniósł sztylet i teraz we mnie celował.

– Siostrzyczko, zachowujesz się dziwnie.

Cienie tańczyły na ścianach. Słońce zniknęło, ale księżyc i gwiazdy również.

– Sendo… – zaczęłam. – Jest ciemno. – Mówiłam bardzo cicho. – Pójdę już.

Brat zagrodził mi drzwi.

– Nigdzie nie idziesz.

Jego lutnia wyparowała, tak samo jak okno, łóżko i bambusowy stołek przy komodzie. Jakby nigdy ich tam nie było.

Wtedy oczy Senda zapadły się w głąb czaszki i rozjarzyły czerwienią. W ciemności błyszczały niczym rubiny. Czerwone jak krew.

Powstrzymałam krzyk.

– Nie jesteś Sendem!

– Nie – wychrypiał. Skóra mu obwisła, włosy urosły długie i dzikie. Porosło go szare futro, powieki na wpół opadły, źrenice zwęziły się w maleńkie paciorki, jak u wilka. Jego szata stała się biała jak kość, na szyi zawisł mu czarny amulet z pęknięciem na środku.

Ściany sypialni wokół mnie zaćmiły, a potem zniknęły, marne halucynacje. Stałam na zewnątrz, na murach obronnych Wieży Złodzieja. Stałam na zewnątrz przez cały ten czas.

– Jesteś duchem – szepnęłam. Wezbrała we mnie rozpacz. Rozpaczałam za rodziną, za Sendem, za snem, w którym wszyscy byliśmy szczęśliwi, a który nagle został mi odebrany.

Szok palił moje wnętrzności, lecz oddech miałam zimny.

– Tamte istoty były duchami – powiedział, upuszczając sztylet Edana. Nie potrzebował go, wystarczyły mu szpony. Zakrzywione i ostre jak brzytwa, mogły pociąć mnie na wstążki. – Ja jestem czymś zupełnie innym.

Rozdział trzydziesty

Chwiejnym krokiem cofnęłam się przed demonem i wpadłam na balustradę. Kamienie poharatały mi łokcie. Spojrzałam w dół – pode mną szalało jezioro Paduan. Straszny upadek, ale może przeżyję, jeśli nie polecę na skały.

Demon się zaśmiał.

– Mała Maia, samotna i zagubiona. Myślałaś, że twoja rodzina znów jest w komplecie? – Obnażył zęby. – Głupia, tak łatwo się nabrałaś. Inni walczą zacieklej.

Przygryzłam wargę, żeby się nie rozpłakać. Tak bardzo tęskniłam za rodziną, a on wykorzystał to przeciwko mnie.

– Skąd tyle o mnie wiesz?

– Wiem wszystko, Maiu – wychrypiał. – Chcesz być najlepszym krawcem w A'landi. Chcesz być kochana przez swojego czarodzieja. Chcesz uratować to, co zostało z twojej rodziny, żeby ojciec znów się uśmiechał, a brat mógł chodzić. – Jego czerwone oczy lśniły. – Nie możesz mieć wszystkiego. Ale już o tym wiesz, prawda? Nauczyłaś się tego, gdy zginęli twoi bracia. Nocami marzyłaś, modliłaś się, by znów ich zobaczyć. – Uniósł szpon. – Pozwól, że spełnię twoje życzenie.

Uskoczyłam tuż przed jego atakiem. Ledwie uszłam z życiem.

Krew napłynęła mi do głowy. Sztylet Edana mignął niedaleko kamiennych schodów prowadzących na szczyt wieży.

Pomknęłam ku niemu, wyswobodziłam go z pochwy i pobiegłam na górę tak szybko, jak poniosły mnie nogi. Nie wiedziałam, co to za demon, ale z przygody na Szczycie Zaklinacza Deszczu wyniosłam lekcję, by nie poddawać się strachowi. Gdybym pozwoliła mu sobą zawładnąć, byłabym stracona. Pędziłam, nie zatrzymując się.

Na szczycie nie znalazłam niczego prócz kamiennej studni. Nade mną słońce i księżyc wisiały ramię w ramię, a łączący je most rozpościerał się na niebie, iskrząc srebrem. Gdy się zapadnie, krew gwiazd skapnie do studni.

Wciąż dysząc po szaleńczym biegu, nachyliłam się nad studnią. Wewnątrz ujrzałam bezdenną czarną otchłań. Modliłam się, by krew gwiazd spłynęła prędko.

Usłyszałam skrobanie – jakby dźwięk noży zgrzytających o kamień.

Demon podążył za mną. Wspiął się po ścianie wieży, z rozżarzonymi oczami skoczył i wylądował po drugiej stronie studni.

Zaśmiał się, patrząc na sztylet.

– Nawet nie wiesz, jak go używać.

„Jednej krawędzi najlepiej używać na ludzi, drugiej, wyciosanej z meteorytu, na istoty, których mamy nadzieję nie spotkać", powiedział Edan.

Trzymałam broń blisko. Krawędź z meteorytu błysnęła, a w spojrzeniu demona zalśniła wściekłość. Rzucił się na mnie. Umknęłam z krzykiem – nie wiedziałam, jak z nim walczyć. Momentami był nieuchwytny jak powietrze, momentami zbity jak żelazo. Przycupnął na krawędzi studni i zagradzał mi drogę za każdym razem, gdy próbowałam go wyminąć. Śmiał się. Pogrywał ze mną.

Tej gry nie mogłam wygrać. Poruszał się zbyt szybko. Same uniki przed ostrymi szponami doprowadzały mnie do utraty tchu. Musiałam zaatakować, zanim za bardzo się zmęczę.

Przestałam uciekać i stanęłam twarzą w twarz z demonem. Zamachnęłam się sztyletem z całej siły. To zaskoczyło przeciwnika, ale tylko na sekundę. Wykręcił się, a ja chybiłam, jednak meteoryt przepalił łańcuch jego amuletu. Złapałam go i zerwałam z szyi demona.

Wycofał się. W jego oczach płonął szał, lecz już nie atakował.

– Oddaj to – zażądał. Schował pazury i znów przemówił głosem słodkim jak miód. Głosem Mamy. – Oddaj to, Maiu.

Dopadłam do studni. Iskrzący most nade mną runął z rozbłyskiem i biała mgła spowiła noc, rozmazując po niebie smugi światła. Nie trwało to długo – ciemność wróciła, a krew gwiazd posypała się iskrami niczym strumień srebrnego pyłu. Kamienie w studni drżały i brzęczały, przyćmione światło w głębi coraz bardziej jaśniało.

– Nie masz dokąd uciec – warknął demon. – Oddaj to, a cię nie zabiję.

Jedną ręką wywinęłam meteorytowym ostrzem, drugą uniosłam amulet nad studnię.

– Jeszcze jeden krok, a go rzucę.

Demon znów odezwał się głosem Senda, żeby mnie dręczyć.

– Duchy nie pozwolą ci odejść z krwią gwiazd. Oddaj mi amulet, a zapewnię ci bezpieczną ucieczkę z wyspy.

– Bezpieczną ucieczkę? – odparowałam. – Próbowałeś mnie zabić.

– Oddaj amulet, a cię puszczę. – Zrobił pauzę dla efektu. – Albo dam ci coś, czego pragnie twoje serce.

Oddychałam ciężko.

– Co ty wiesz o moim sercu?

– Edan – szepnął demon. – Kochasz go, lecz on złożył przysięgę, której nie można złamać. Oddaj amulet, a to zrobię.

Zawahałam się.

– Jak?

– Pokażę ci. – Zbliżył się z morderczym wdziękiem wilka. – Tylko oddaj amulet.

Byłam rozdarta. Oszalałaś, Maiu? Nie możesz ufać demonowi.

Ale co, jeśli mówił prawdę? Jeśli naprawdę mógł uwolnić Edana? Moglibyśmy być razem.

Posłuchaj samej siebie! – krzyknęła część mózgu odpowiedzialna za logiczne myślenie. Demon tobą manipuluje. Jeśli nie zbierzesz krwi gwiazd w tej chwili, przepadnie wszelka nadzieja na pokój w A'landi. Zginą tysiące ludzi. Będziesz miała ich krew na rękach.

Ale Edan…

Znajdziemy inny sposób.

– Nie targuję się z demonami – oznajmiłam drżącym głosem.

– Szkoda. Już się cieszyłem, że uwolnię Edana. Śmierć byłaby dla niego darem po tylu stuleciach służby.

Przebiegł mnie dreszcz. Demon zabiłby Edana. Znowu chciał mnie oszukać!

Nienawiść zawrzała w mojej krwi. Koniec z tym. Drżącymi palcami rozłupałam orzech i nachyliłam się nad studnią. Sięgnęłam głęboko po migoczący srebrny płyn. Jeszcze kilka centymetrów!

Cień demona zawisł nade mną. Gdy poczułam na karku lodowaty oddech, odskoczyłam. Orzech wyślizgnął mi się z dłoni i wpadł do studni.

– Nie! – krzyknęłam.

Moje trzewia skręciły się z rozpaczy, a demon zarechotał.

– Jesteś bezużyteczna – mruknął, kręcąc głową. Wyczarował małą szklaną fiolkę i wyciągnął szponiastą rękę. – Oddaj amulet, a dam ci fiolkę.

Zacisnęłam palce na amulecie, analizując jego szorstką powierzchnię. Okrągła czarna tarcza była wgnieciona i podrapana, pewnie miała setki lat, może więcej. Przywodziła na myśl talizman cesarza Khanujina, tyle że zamiast jastrzębia przedstawiała wilka.

Spiorunowałam go wzrokiem. Desperacko potrzebowałam tej fiolki.

– Zgoda.

Z całą siłą cisnęłam amulet w demona. Uniósł szpony, żeby go złapać, a ja w szale rzuciłam się do przodu i wbiłam mu sztylet w ramię. Zawył głosem tak przerażającym, że zmroził mi krew.

Zanurkowałam po fiolkę, zanim roztrzaskała się o ziemię. Studnia już prawie się zapełniła. Nabrałam płynu do fiolki najszybciej, jak potrafiłam. Powinnam uciec od razu, ale szkło lśniło tak jasno, że mnie zahipnotyzowało.

Krew gwiazd.

Zbliżyłam ją do twarzy, wlepiając oczy w iskrzącą się głębię. Mogłam bez końca chłonąć jej zmieniające się kolory. Ilu ludzi zginęło, próbując zdobyć tę bezcenną substancję – nie chciałam nawet zgadywać. Jednak jeszcze nie uciekłam. Zakręciłam fiolkę i obróciłam się, by pobiec…

Prosto w ramiona demona.

Wrócił. Czarna, aksamitna krew sączyła się z nacięcia na ramieniu, lecz rana już goiła się w kłębie cienia i dymu. Próbowałam umknąć, ale zagrodził mi drogę i zacisnął pazury wokół szyi. Jego dotyk przeszył mnie jak piorun. Krew w moich w żyłach zawrzała, myśli i nerwy ucichły. Sztylet z brzękiem spadł na kamienną podłogę – usłyszałam ten dźwięk przez mgłę, jakbym znajdowała się tysiące kilometrów stąd.

Krew mi zgęstniała. Nie widziałam nic, ani rozgwieżdżonego nieba nad sobą, ani strasznego demona przed sobą.

Zaśmiał mi się do ucha i przyciągnął mnie do siebie.

– Nigdzie się nie wybierasz – wyszeptał. – Moje duchy są głodne. Nie słyszysz, jak zawodzą?

Słyszałam jęki, ale myślałam, że to wiatr. Zamknęłam oczy. Żałowałam, że nie mogę zasłonić uszu. Wiłam się i kopałam, drapałam go po twarzy, próbując wyswobodzić się z uścisku, lecz trzymał mnie zbyt mocno.

– Tak dawno nie miałem gości – rzekł. – I to z takimi pięknymi wspomnieniami. Nie chcesz z nimi zostać, Maiu? Z moimi duchami. Moglibyście znów być jedną wielką rodziną. – Nacisnął na mojej szyi miejsce, w którym wyczuwał tętno. Zapowietrzyłam się. Moje serce stanęło. Zabiło. Stanęło. – Duchy pochłaniają wspomnienia, Edan ci nie mówił? Jedno dotknięcie i odbierają ci przeszłość. Zapominasz wszystko i stajesz się jednym z nich. – Ścisnął mocniej. Sapnęłam. Nie mogłam oddychać. – A może powinienem cię zatrzymać? Demony pochłaniają ludzi powoli, kawałek po kawałku, wspomnienie po wspomnieniu. Aż nie zostaje nic.

Nie miałam siły z nim walczyć. Ręce opadły mi wzdłuż ciała, bezwładne i bezużyteczne. Nagle poczułam nożyczki pulsujące przy biodrze i ostatnim zrywem szarpnęłam, a potem wbiłam ostrza w serce demona.

Z jego gardła dobył się potworny wrzask. Tym razem nie zwlekałam. Gdy tylko mnie puścił – jego ciało rozpłynęło się w obłoku dymu, kości rozsypały się na proch – już biegłam w stronę schodów.

Podniosłam sztylet i pomknęłam na dół. Duchy powstawały, dręcząc mnie piskami i szeptami. Dźwięki były tak blisko, że dzwoniły mi w uszach.

Meteorytowe ostrze lśniło. Nie opuszczałam go. Tylko jego magia mogła mnie obronić.

Upiorna horda czekała na mnie przy wyjściu – morze białych włosów i wybałuszonych czerwonych oczu. Ich krzyki przeszywały skórę, dudniły mi w kościach, aż poczułam, że zaraz się rozpadnę.

Nie poddam się. Nie dotknę ich.

Wypadłam z wieży, gnając po kamiennych stopniach w stronę opuszczonego miasta. Ale nie miałam jak uciec z tej wyspy. I nagle…

Edan. Jego wielkie skrzydła młóciły powietrze. Jakimś cudem uniósł nasz dywan w dziobie. Z trudem taszczył ciężar i walczył, by utrzymać się w górze. Gdy się zbliżył, rzucił go u moich stóp i zaskrzeczał.

Spojrzałam na poszarpany dywan. Kopnęłam go, by zbudzić magię. Na marne.

Drżącymi palcami wzięłam nożyczki i zabrałam się do pracy. Cerowałam dziury, by tchnąć w niego nowe życie. Proszę, wznieś się. Proszę.

Edan krążył nad moją głową. O bogowie, nie uda nam się. Chmara duchów pędziła w moją stronę.

Nici zapętlały się i zawiązywały pod ostrzami. Cięłam i cięłam, tak szybko, jak pozwalały mi palce. Noc znowu ucichła.

Gorączkowo zaplatałam frędzle dzięki magii nożyczek. Wreszcie dywan się obudził. Wskoczyłam na niego.

– Leć! – krzyknęłam. – Leć!

Zaczął się wznosić, lecz dogoniły mnie duchy. Rzuciły się na mnie w kakofonii pisków, wyciągając długie, kościste ręce. Widziałam ich puste oczy, ich rozwarte paszcze i wężowate języki.

Zostań, Maiu. Nie chcesz zostać z rodziną na zawsze? Zostań z nami.

Machałam sztyletem na wszystkie strony i przez jakiś czas odpierałam duchy.

Jednak było ich za dużo. Nie mogłam odepchnąć ich wszystkich.

Z desperacji przetrząsnęłam kieszenie, szukając czegoś, co mi pomoże. Ukłuły mnie szpilki, ale szukałam dalej, w pelerynie, w tunice. Już chciałam się poddać, gdy moje palce musnęły orzech – ten ze światłem słońca.

Najpierw wykiełkowała nadzieja, a potem odwaga.

Zerwałam kawałek rękawa i prędko przewiązałam sobie oczy. Zamknęłam je z całych sił i otworzyłam łupinę. Ułamek sekundy powinien wystarczyć.

Światło wybuchło i duchy krzyknęły.

Dywan poszybował w górę. Chwyciłam postrzępione włókna i oparłam podbródek na krawędzi, obserwując, jak Zapomniane Wyspy rozpływają się jedna po drugiej, niczym świece zgaszone przez mgłę, aż w końcu jezioro Paduan zniknęło z moich oczu.

Rozdział trzydziesty pierwszy

Lecieliśmy aż do następnego ranka. Wylądowaliśmy na polanie niedaleko miejsca, w którym zostawiliśmy konie. Burzliwe szare niebo było ciężkie od deszczu, lecz spomiędzy chmur wyglądało młode słońce. Rozkoszowałam się jego rozmytym światłem.

Nie miałam pojęcia, dokąd się udamy, ale zupełnie o to nie dbałam. Byle jak najdalej od tej wstrętnej wyspy, a będę szczęśliwa. Nie przejmowałam się nawet obwódką słońca, która ciemniała i czerwieniała z godziny na godzinę. Wolałam zmierzyć się gniewem cesarza Khanujina niż z istotami z Lapzuru.

Edan w ludzkiej postaci leżał na ziemi. Otworzył oczy i się podniósł.

– Wszystko…

– W porządku – skłamałam prędko.

Nie było w porządku. To, co zobaczyłam na wyspie, wciąż rozdzierało mi serce. Mama, Finlei i Sendo żywi… Nienawidziłam demona za to, że zniszczył moje cenne wspomnienia i otworzył ranę, którą z takim trudem zaleczyłam.

Cichy głos nalegał, bym opowiedziała Edanowi o spotkaniu z demonem. Wciąż czułam na szyi jego pazury. Tak, dotknął mnie. Ale nic się nie wydarzyło. Pokonałam go. Jego straszny ryk wciąż dzwonił mi w uszach, widok zwęglonych kości wypalił się w moim umyśle.

– Wszystko w porządku – powtórzyłam. Spojrzałam na Edana i położyłam głowę w moim ulubionym miejscu na jego piersi. Dręczyło mnie tyle pytań, ale nie umiałam znaleźć słów. Zamiast tego dodałam: – Miałeś rację. To była najtrudniejsza próba.

– Dla każdego jest inna – zaczął powoli. – Co zobaczyłaś?

Potarłam skroń. Moje palce pulsowały z gorąca, czułam mrowienie w całym ciele. Wiedziałam, że jeśli mu o tym powiem, Edan będzie histeryzować, więc nie mówiłam. To na pewno wina zmęczenia.

– Finleia, Senda i Mamę. Żyli i wszyscy byliśmy szczęśliwi, Baba też. Wciąż szył. A Keton… nigdy nie poszedł na wojnę. – Nadal dławiły mnie emocje. – Nie chciałam odejść. Prawie zapomniałam… wszystko.

Oplótł kosmyk moich włosów wokół palca i założył mi go za ucho.

– Nawet mnie? – spytał cicho, lecz z szelmowską nutą w głosie.

– Nawet ciebie.

Oparł czoło o moje.

– Więc będę musiał jeszcze bardziej ci się naprzykrzać, Maiu Tamarin.

Uśmiechnęłam się.

– Chyba tak.

Odchylił głowę i musnął palcami moje usta.

– Proszę, wróciła moja silna krawcowa.

– A nie *xitara*?

– Myślałem, że nie lubisz tego określenia.

– Z czasem polubiłam – przyznałam.

Ściągnął usta – zamierzał się z czegoś zwierzyć.

– Wiesz, nigdy nie miałem na myśli owieczki. Zawsze byłaś zbyt silna, zbyt odważna.

– Ale…

– W starym a'landyjskim *xitara* rzeczywiście znaczy owieczka. Ale w moim ojczystym języku, narat, oznacza… najwspanialsza.

– Najwspanialsza – wyszeptałam. Słowo zadźwięczało w moim sercu. – Nazwałeś mnie tak, choć dopiero się poznaliśmy?

– Wtedy miałem na myśli twoje zdolności krawieckie – droczył się. – A teraz to, kim dla mnie jesteś. – Spoważniał. – Cały czas na wyspie bałem się, że już nigdy nie będę miał szansy ci tego powiedzieć. Bałem się, że cię stracę.

Chciałam go przytulić i obiecać, że nigdy mnie nie straci, lecz nagle ogarnęła mnie pustka, gdy przypomniałam sobie dotyk demona.

Nieświadomy Edan położył ciepłą dłoń na moim ramieniu.

– Magia wysp jest silna, ale dobrze sobie poradziłaś. Genialnie wykorzystałaś światło słońca do odpędzenia duchów. Gdyby nie ty, oboje wciąż byśmy tam tkwili. – Pogłaskał mnie po policzku. – A teraz masz krew gwiazd.

Ku mojej uldze Edan nie prosił, żebym mu ją pokazała, tylko pocałował mnie w czubek nosa i poszedł po konie. Kiedy nie patrzył, wyciągnęłam fiolkę demona z kieszeni. Jej opalizująca zawartość iskrzyła w mojej dłoni, mieniąc się kolorami tak nieskończenie nasyconymi, że czułam, jakbym trzymała garść diamentów odbijających tęczę. Jednak gdy puszczałam szklaną część i chwytałam nakrętkę, wszystko ciemniało i matowiało. Można by uznać płyn za atrament, nie cenną substancję o niesamowitej mocy. Nie za krew gwiazd.

Zacisnęłam palce na fiolce. Intensywne światło sprawiło, że zalśniły.

Najtrudniejsze za nami. Gdy dotrzemy do Jesiennego Pałacu, będę musiała uszyć trzy suknie z dzieci Amany. Wcześniej to wyzwanie mnie przerażało, ale teraz nie mogłam się doczekać, aż uplotę magię słońca, księżyca i gwiazd, stworzę trzy cudowne suknie, godne bogini, i wreszcie wypełnię swoje zadanie.

Edan wrócił z Opal i Gawronem. Klacz pogalopowała w moją stronę, a ja wybiegłam jej naprzeciw i ją przytuliłam. Trąciła mnie pyskiem, ale bardziej interesowały ją kwiaty polne rosnące u moich stóp. Pochyliła się, żeby je poskubać. Z czułością pogłaskałam ją po grzbiecie. Jak dobrze znów znaleźć się wśród żywych.

Wzięłam manierkę i upiłam długi łyk.

– Strasznie tu gorąco.

Zmarszczył czoło.

– Wcale nie.

Sapnęłam. Mrowienie nie ustawało, teraz sięgało szyi. Skóra w tym miejscu paliła tak bardzo, że nie mogłam oddychać. Lęk wezbrał mi w żołądku.

– Nie czuję się najlepiej… mam gorączkę.

Dotknął mojego czoła i ujął dłonie. Kłykcie miałam blade, niemal białe.

– Maiu, spójrz na mnie – poprosił. – Co się wydarzyło na wyspie? Dotknęłaś…

– Duchów nie. Ale demon… dotknął mnie… tuż przed tym, jak go dźgnęłam – przyznałam drżącym głosem.

Odsunął moje włosy. Widząc moją szyję, zacisnął szczękę.

– Cholera! Musimy zabrać cię jak najdalej od wysp. – Posadził mnie na siodle Gawrona, zanim zdążyłam zaprotestować.

Oszołomiona pochyliłam się do przodu.

– Myślałam, że zostawiliśmy niebezpieczeństwo za sobą.

– Niewystarczająco. – Wskoczył na konia. – Najlepiej, żebyśmy ominęli Korzenny Szlak. Znam skrót do Jesiennego Pałacu. – Sprawdził mi puls. – Jeśli stracisz czucie w kończynach, od razu mnie poinformuj.

– Dobrze – obiecałam ze ściśniętym gardłem.

Zagrzmiał grzmot i z nieba lunął bezlitosny deszcz. Edan próbował mnie zasłonić, ale woda i tak spływała mi po policzkach. Przycisnęłam ucho do jego piersi, wsłuchując się w miarowe bicie serca i tętent kopyt Gawrona.

Jechaliśmy w deszczu przez wiele godzin. Konie odważnie cwałowały przez wzgórza i doliny, aż wreszcie dotarliśmy do kanionu, w którym rzeka Leyang kręciła między ścianami jak wstążka. Musieliśmy się zatrzymać, by konie odpoczęły. Edan przywiązał je do płytko wydrążonej skały, która ledwie zadaszyła nas wszystkich. Po południu deszcz wreszcie osłabł, ale wciąż słyszałam, jak kapie z klifów.

– Cz-czy suknie są w k-kufrach? – Moje usta się poruszały, choć ich nie czułam. Zadygotałam. – N-nie mogą z-zmoknąć.

– Nic im nie będzie. – Edan ujął mój podbródek i kciukiem starł krople z mojego nosa. Sam miał mokrą całą twarz, ale nic z tym nie zrobił. – I tobie też nie. Tylko odpoczywaj.

– Nie mogę spać. Ciało mam sztywne. Boli, kiedy się ruszam. – Zaszczękałam zębami. – P-powiedz mi, co się ze mną dzi-dzieje.

Przykrył mnie swoją peleryną. Czekałam, aż wyjaśni, ale wydawał się niechętny.

– Napiętnował cię – oznajmił w końcu. – To znaczy, że ma kawałek twojej duszy… i dopóki nie postanowi go pochłonąć, może za tobą podążyć.

Nawet w tym stanie wiedziałam, że to bardzo źle.

– P-podążyć? Dokąd? – zapytałam.

– Dokąd tylko zechce – odparł apatycznie.

Mrowienie dosięgło ust.

– Myślałam… myślałam, że go zabiłam.

– Trudno zabić demona. – Edan nie patrzył mi w oczy. – To moja wina. Myślałem, że moja obecność wystarczy, żeby rozproszyć Bandura… – Zamilkł, a potem zwrócił się do mnie. – Nic ci się nie stanie. Przysięgam.

Konie zarżały. Edan zesztywniał i zaczął nasłuchiwać.

Nie wyłapałam nic prócz tego, że deszcz ustał.

– Co się dzieje?

Chwila ciszy, a potem poważna odpowiedź:

– Nie jesteśmy sami.

– Rozbójnicy?

Przytknął mi palec do ust.

– Ludzie szansena. Widocznie nas tropili.

– Co robimy?

Edan już sięgał po łuk.

– Ty nic. To nie ciebie szukają. – Narzucił koc na nasze kufry. – Jedź na wschód. Wyjedź z lasu najszybciej, jak się da. Jeśli ktoś za tobą podąży, nie wahaj się i użyj sztyletu.

Chciałam zaprotestować, lecz Edan już zdecydował. Posadził mnie na Opal.

– Iha! – zawołał i klepnął ją w zad.

Klacz puściła się cwałem, a ja przylgnęłam do jej szyi. Serce mi waliło. Byłam tak słaba, że nie mogłam odwrócić się za Edanem, samo trzymanie Opal sprawiało mi wystarczającą trudność.

Zdałam sobie sprawę, że mogę go więcej nie zobaczyć. Gdyby zginął, nie dowiedziałabym się o tym przez wiele dni, może tygodni. Byłby sam, jak moi bracia.

Resztki rozsądku błagały, żebym uciekała. Na co bym mu się przydała w takim stanie? Tylko bym przeszkadzała. Mimo to serce zwyciężyło. Pociągnęłam za cugle, a Opal wierzgnęła.

Z krzykiem spadłam na ziemię. Poderwałam się na nogi – ledwie mogłam ustać. Widziałam niewyraźnie, cała się pociłam. Szyja paliła jeszcze mocniej niż wcześniej, ale przecierpiałam ból. Musiałam, jeśli chciałam pomóc Edanowi.

– Ćśś. – Dotknęłam policzka Opal. – Zostań tu. B-będziesz b-bezpieczna.

Nie dostrzegłam nic prócz pustej przestrzeni skalistego, przetkanego czerwonymi żyłami kanionu. Ani żołnierzy, ani najemników, ani Edana.

Czułam kołatanie w piersi, gdy sięgałam po sztylet, a potem do kieszeni po nożyczki – tak na wszelki wypadek. Schowałam je do buta. Edan pokazał mi, jak poderżnąć gardło, jak dźgnąć w plecy. Przypominałam sobie jego lekcje, żarliwie licząc na to, że mi się nie przydadzą.

Uzbrojona pomknęłam w kierunku, w którym udał się Edan. Deszcz ustał, ale ziemia wzdłuż rzeki Leyang pozostawała wilgotna.

Usłyszałam żołnierzy, zanim zobaczyłam ich za zakrętem. Ich konie parskały i rżały po drugiej stronie rzeki. Mężczyźni maszerowali z brzękiem zbroi, żelazne tarcze i miecze wyraźnie odznaczały się na tle bujnej zieleni. Zazgrzytałam zębami, kiedy wśród nich wyłapałam Vachira na białym wierzchowcu.

Schowałam się za drzewem i przeczesałam wzrokiem okolicę w poszukiwaniu Edana. Znalazłam go niedaleko – stał po mojej stronie rzeki, dokładnie naprzeciwko żołnierzy. Pobiegłam do niego.

– Twoja głowa jest sporo warta, Lordzie Czarodzieju! – krzyknął Vachir. – Ciebie dostanie szansen, my weźmiemy kufry i dziewczynę.

Na te ostatnie słowa oczy Edana pociemniały z wściekłości. Żaden rozsądny człowiek nie odważyłby się grozić czarodziejowi, ale najemnicy szansena słynęli z lekkomyślnej arogancji.

Czy wiedzieli, że magia Edana osłabła?

Dołączyłam do niego przy brzegu. Zrobił krok w moją stronę, osłaniając mnie, lecz spojrzenie skupiał na wrogu. Uniósł łuk.

– Myślałem, że czarodzieje nie potrzebują broni – zakpił jeden z żołnierzy.

– Wierzcie mi, nie chcecie ze mną walczyć – rzekł Edan. – Radzę wam zawrócić.

Vachir machnął mieczem i mężczyźni zaczęli przeprawiać się przez rzekę.

Kilku z nich zwróciło uwagę na mnie. Wykrzykiwali lubieżne słowa i cmokali. Oczy Edana poczerniały jak węgle. Wyprostował się i wystrzelił trzy szybkie strzały. Mężczyźni upadli – mieli już nigdy nie powstać.

Pozostali już dotarli na brzeg i zaatakowali Edana. Czarodziej złapał mnie za nadgarstek i odciągnął.

– Uciekaj! – nakazał.

Pobiegłam, ale dwaj żołnierze wyskoczyli na mnie zza drzew. Dzierżyłam sztylet, lecz oni otoczyli mnie ze śmiechem.

– Gdzie się wybierasz, dziewczynko?

Zadałam cios temu, który się odezwał, ale chybiłam i zamiast gardła drasnęłam policzek. Na skórze wykwitła długa, koślawa rana – wiedziałam, że zostawi brzydką bliznę. Mężczyzna warknął. Gdy się zamachnął, znowu uniosłam sztylet, jednak drugi napastnik złapał mnie za rękę i wykręcił tak, że upuściłam broń.

Miał krzywe, żółte zęby, z ust cuchnęło mu zepsutym mięsem. Zanim zdążyłam krzyknąć, jego wielka, spocona łapa zasłoniła mi usta. Kiedy zobaczyłam krew i brud pod paznokciami, zmiękły mi kolana. Zaśmiał mi się w twarz i przytknął nóż do gardła.

– Przestań się wygłupiać i ją zabij – wycedził pierwszy, rękawem wycierając krew z twarzy. – To nie za nią obiecano nagrodę, tylko za czarodzieja.

– Wiesz, kiedy ostatnio dotykałem kobiety? – Porywacz szarpnął mnie za włosy, zmuszając, żebym wyciągnęła szyję. – Już nie jesteś taka waleczna, co?

Przeraziłam się. Mężczyźni byli większi i silniejsi ode mnie. Zostałam sama, bez sztyletu, bez Edana. Świat zawirował mi przed oczami.

Nie, upomniałam się. Zaszłaś za daleko, żeby teraz się poddać. Musisz walczyć.

Zerwałam z szyi rękę trzymającą nóż, wyswobodziłam się z uścisku napastnika i wbiłam mu łokieć w żebra. Kopnęłam go w krocze, prędko przechwytując broń.

Jego przyjaciel natarł, lecz ja znów pocięłam mu twarz. Zawył z bólu. Upuściłam nóż, podniosłam sztylet i rzuciłam się do ucieczki.

Pobiegli za mną. Słyszałam ich ciężkie kroki, byli coraz bliżej. Ignorowałam ich krzyki i nie odwracałam się. Nagle obok mnie śmignęła strzała. Usłyszałam krzyk jednego z żołnierzy.

Podniosłam wzrok. Ujrzałam Edana pędzącego w moją stronę z łukiem. Mężczyzna z przeciętym policzkiem próbował zawrócić, ale zaraz i on upadł. Jego ciało runęło na ziemię.

Już prawie dopadłam do Edana, kiedy ktoś złapał mnie od tyłu. Ścisnął tak mocno, że prawie połamał mi żebra, i przyłożył miecz do szyi.

– Rzuć broń, czarodzieju. Jesteś otoczony.

Rozpoznałam ten głos. Vachir.

– Puść ją – powiedział Edan, unosząc łuk.

Vachir splunął mu pod nogi.

– Zmuś mnie. Gdybyś miał jakiekolwiek moce, już byś je wykorzystał.

Edan zazgrzytał zębami. Vachir się nie mylił – prawie cała magia Edana wyparowała. Nie mieliśmy jak uciec.

Wpiłam paznokcie w ramię Vachira, z całej siły nadepnęłam mu na stopę, ale twarda skóra chroniła go jak pancerz. Ścisnął mnie mocniej.

– Puść ją – powtórzył Edan. – To ostanie ostrzeżenie.

Przybyli pozostali żołnierze – było ich zbyt wielu. Okrążyli nas, śmiejąc się, celując broń w głowę Edana.

Czarodziej nie opuszczał łuku.

Ostrze Vachira napierało na moją szyję. Zamknęłam oczy. Nie chcę tak zginąć – od miecza Balarczyka!

Powoli przesunęłam palce po szarfie i chwyciłam nożyczki.

Vachir zesztywniał. Wyciągnął szyję, żeby spojrzeć w górę.

Nagle na niebie pojawiły się chmury i rzuciły cień na kanion. Zagrzmiały grzmoty, rozpętała się burza. Gdy ziemia zadrżała, żołnierze zaczęli padać na kolana. Uniosłam nożyczki i na ślepo dźgnęłam Vachira w udo.

Ryknął z bólu, a ja się wyswobodziłam.

Wokół Edana leżeli martwi żołnierze, ale kończyły mu się strzały. Vachir i pozostali najemnicy natarli. Wtedy coś pod nami szarpnęło i woda w rzece zaczęła się unosić.

– To ty? – zawołałam do Edana, podnosząc sztylet.

– Nie. – Edan pociągnął mnie za rękę, pokazując skały. – Zbliżają się.

– Kto? – spytałam drżącym głosem.

– Uciekaj na górę – odpowiedział tylko.

Wspięłam się za nim na ostre zbocze. Z każdym krokiem coraz bardziej kręciło mi się w głowie, skóra coraz bardziej mnie paliła, ale nie zamykałam oczu. Zerknęłam w dół i od razu pożałowałam.

Duchy. Myślałam, że są uwięzione na wyspach jeziora Paduan, jednak widocznie się myliłam.

Przeszedł mnie ostry dreszcz. Szarpnęłam za rękaw Edana, niezdolna nic wykrztusić.

Pociągnął mnie do góry.

– Nie patrz, idź dalej.

Nie potrafiłam odwrócić wzroku od duchów. Naliczyłam ich dziesiątki, może setki. Większość przybrała postać zwierząt: niedźwiedzi, lisów, wilków, wszystkie o czerwonych ślepiach. Ale tutaj nie piszczały, nawet nie szeptały, tylko szybowały nad ziemią w upiornej ciszy. Jedynie żołnierze krzyczeli, cięli bestie mieczami i dziwili się, gdy nie bryzgała żadna krew.

– Magia! – wołali. – Duchy!

To były ostatnie słowa, jakie wypowiadali. Potem duchy obnażały zęby, otaczały ich i pochłaniały, aż ucichły wszystkie krzyki.

Jeden potwór wyróżniał się na tle innych. Wydawał się boleśnie znajomy, potężniejszy niż pozostałe duchy razem wzięte.

Bandur. Demon, który udawał Senda w Wieży Złodzieja. Ten, który o mało mnie nie zabił. Wyglądał strasznie w świetle słońca. Cały z cienia i dymu, miał oczy czarne jak zakrzepła krew. Dziś nosił zbroję, a amulet lśnił na jego szyi.

Zauważył, że na niego patrzę, i z uśmiechem zniknął z pola walki. Przyspieszyłam, świadoma, iż popełniłam błąd. Za późno. Krzyknęłam, gdy zmaterializował się przede mną, rozdzielając mnie i Edana.

– Przecież cię zabiłam!

– Nie słuchałaś swojego czarodzieja? – zadrwił Bandur. – Nie można zabić kogoś, kto już nie żyje. Choć podziwiam twoje próby. Lubię pościgi, a dawno już nie miałem okazji opuścić tej przeklętej wyspy. Niestety przyjdzie ci za to zapłacić.

Sztylet u mojego pasa wyszarpnął się z pochwy. To Edan go przywoływał. Ostrze poleciało i wylądowało w jego dłoni, a potem zadrżało, jakby zdezorientowane.

– Cisza! – zagrzmiał Bandur. Jego wargi rozciągnęły się w okrutnym uśmiechu, a broń Edana z brzękiem spadła na ziemię. – Jesteś słaby, Edanie. Nie powinieneś za bardzo oddalać się od swojego pana.

Edan podniósł sztylet.

– Nie dostaniesz jej.

Demon skupił straszne czerwone oczy na mnie. W jego iskrzących źrenicach dostrzegłam swoje odbicie, a na nim ślady pazurów na szyi.

– Napiętnowałem ją. Jesteś głupcem, że otworzyłeś serce, służąc przysiędze. Dziewczyna nie odzyska wolności, dopóki ja jej nie uwolnię.

– Więc powiedz mi, czego chcesz. Zapłacę.

– Nie! – krzyknęłam. – Edan!

Demon uciszył mnie gestem dłoni. Z ust wyrwał mi się niski jęk, ale język zesztywniał – zamarłam w bezruchu.

– Nie myśl sobie, że masz coś, czego pragnę, Edanie – rzekł Bandur. – Gdy składałeś przysięgę, znałeś cenę. Oddałeś wolność i nie odzyskasz jej, nie za życia dziewczyny. W tej chwili nie masz nic, co mógłbyś mi dać. Chyba że… – Schował pazury. – Wątpię, żebyś chciał poświęcić tyle dla zwykłej dziewczyny.

– Maia nie jest zwykłą dziewczyną – wycedził Edan. – Kocham ją.

– Ale ona jest wolna, a ty służysz przysiędze.

Edan zasłonił mnie przed demonem.

– Przydam ci się bardziej, nawet służąc przysiędze.

– Tak sądzisz, Edanie? – szydził Bandur. Wbił we mnie puste ślepia. – Wyczuwam w niej magię. Dopiero kiełkuje, ale masz rację: Maia nie jest zwykłą dziewczyną.

– Powiedz mi, czego chcesz w zamian za jej wolność, a ja ci to dam, bez względu na przysięgę.

Nie! – chciałam zaprotestować.

Ale Edan powoli skinął głową.

– Daj mi rok, żebym odstawił Maię do pałacu i dopilnował pokoju pod rządami cesarza Khanujina…

– Masz czas do czerwonego słońca, Edanie – przerwał mu demon. – Zabierz dziewczynę do domu i wróć na Wyspy Lapzuru przed zachodem. Jeśli uciekniesz, poniesiesz straszne konsekwencje. Przyjdę po nią i rozszarpię na strzępy, rozrzucę szczątki po jeziorze Paduan, by żyła rozdarta przez wieczność. Nigdy nie opuści wyspy.

– Rozumiem – potwierdził Edan niezachwianym tonem. – Więc do czerwonego słońca. Na mój honor i pieczęć Lorda Czarodzieja, masz moje słowo.

– Dobrze – wychrypiał Bandur. Jeśli demony mogły rozpływać się z radości, to on właśnie się rozpływał. Wbił pazury w pień za mną. Drzewo zwiędło, kora poszarzała, a liście zbrązowiały i obróciły się w pył. – Zgodziłeś się. Dobiliśmy targu.

– Dobiliśmy targu – powtórzył Edan.

Bandur złapał amulet i zniknął, a wraz z nim armia duchów. W lesie znów zaszeleściło życie – gdyby nie martwi ludzie Vachira, można by pomyśleć, że cień Bandura nigdy nie tknął kanionu.

Gorączka ustąpiła, lecz ja drżałam. Kołysałam się, przyciskając ręce do piersi.

– Co ty zrobiłeś? – wyszeptałam.

– Nic, z czym się nie liczyłem – odparł. – Chodźmy.

Złapałam go za rękaw.

– Jesteś ranny.

– Zajmiemy się tym później. Chcę opuścić to przeklęte miejsce.

W milczeniu skinęłam głową. Zapakowaliśmy kufry, wskoczyliśmy na konie i wyruszyliśmy do Jesiennego Pałacu. Ta sytuacja ciążyła mi na sercu, im dłużej jechaliśmy, tym bardziej, bo Edan się do mnie nie odzywał. Deszcz kapał, przyklapując jego czarne włosy. Oczy miał normalne – niebieskie jak ocean. Jednak lejce ściskał tak mocno, że zbielały mu kłykcie.

– Bandur... był twoim nauczycielem, prawda? – spytałam wreszcie. – Tym, który zmienił się w demona.

Myślałam, że mnie nie usłyszał – tak ociągał się z odpowiedzią.

– Tak – odrzekł w końcu.

Wyciągnęłam rękę, by dotknąć jego ramienia. Emocje uwięzły mi w gardle.

– Jak…

– Są różne demony, Maiu. Niektóre się takie rodzą, inne zostają przeklęte. Nie wszystkie zaczynają jako ludzie, czarodzieje albo nawet zwierzęta. Lecz strażnicy tacy jak Bandur należą do najpotężniejszych. To zawsze czarodzieje, którzy złamali przysięgę. Bandur zabił swojego pana, człowieka, który dzierżył jego amulet. Za karę został strażnikiem Zapomnianych Wysp na wieki. Albo dopóki ktoś nie zajmie jego miejsca.

– A teraz jego miejsce zajmiesz ty.

Zaśmiał się smutno, słysząc przerażenie w moim głosie.

– Nie przejmuj się tym, *xitara*. – Pocałował mnie w policzek tak delikatnie, że niemal nie poczułam. – Wolę znosić ten los, niż pozwolić, by Bandur posiadł twoją duszę.

Część mnie roztrzaskała się na kawałki. W żołądku mi zakipiało, nie mogłam dłużej hamować swoich uczuć. Zatrzymałam Opal i zarzuciłam ręce na szyję Edana.

– Ty głupcze! – zawołałam. – Obiecaj mi, że razem znajdziemy rozwiązanie. Obiecaj, że nie zmienisz się w demona… jak Bandur.

Łagodnie mnie odsunął.

– Kocham cię, Maiu. Przeżyłem długie życie, więc pozwól, że zrobię coś dobrego dla ciebie. Zostaniesz najlepszą krawcową w A'landi, któregoś dnia wyjdziesz za jakiegoś szczęściarza…

– Nie wyjdę.

– Bądź rozsądna. – Ujął moje dłonie. – Nie dam ci przyszłości. Zapomnisz mnie. Mogę to sprawić.

Wyrwałam mu się, dotknięta do żywego.

– Ani się waż! – Ból szarpnął mnie za serce, a ja załkałam. Edan przyciągnął mnie do siebie i przytulił, pocałował w policzek, potem zjechał w dół, na szyję. – Nie dotykaj mnie. – Wyswobodziłam się z jego objęć. Potrzebowałam powietrza. Potrzebowałam samotności. – A co z twoimi obietnicami? – Nie potrafiłam mówić o warsztacie nad morzem, o jego śmiechu budzącym mnie każdego ranka, o szyciu w rytm melodii jego fletu, o wieżach książek między krosnami i o wspólnej starości. Zaschło mi w gardle. Stracona nadzieja, na którą wreszcie sobie pozwoliłam, wezbrała.

Byłam zraniona i zła – na siebie, na Edana, Lady Sarnai i cesarza Khanujina. Chciałam sięgnąć do kufra i rozerwać suknie Lady Sarnai na strzępy. To wszystko przez nie. Gdybym nie wyjechała w tę podróż, by zdobyć materiały, to wszystko by się nie wydarzyło.

A teraz Edan został skazany na los demona.

To moja wina.

Zapadł zmrok. Edan jastrząb kilka razy próbował przycupnąć na moim ramieniu, ale zbywałam go, aż w końcu zniknął. Nie zastanawiałam się, dokąd poleciał.

Znowu załkałam. Ciało miałam obolałe, oczy opuchnięte. To wszystko strasznie mnie zmęczyło – bitwa, spotkanie z Bandurem, bliskość gwiazd.

Świadomość, że stracę chłopaka, którego kocham.

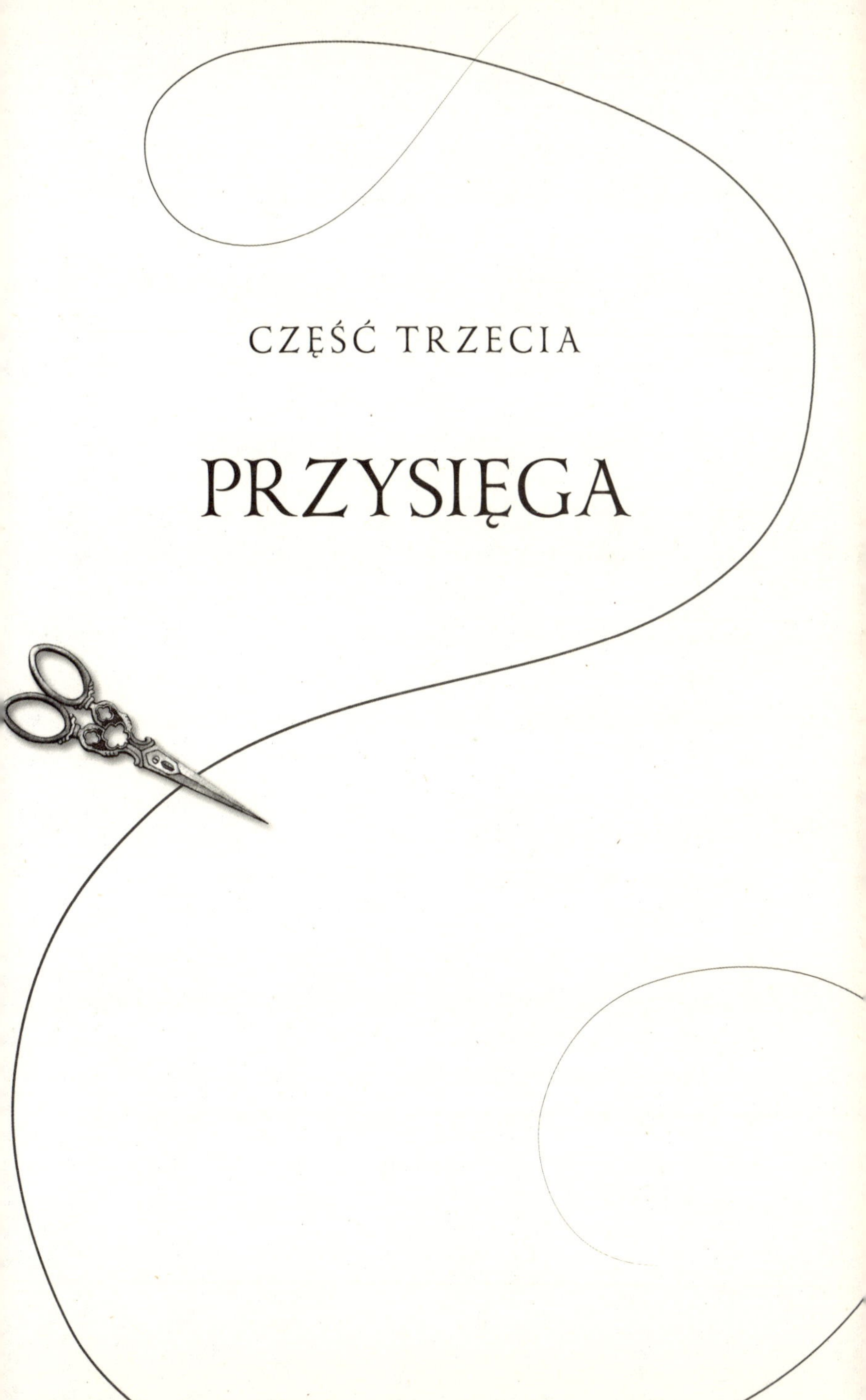

CZĘŚĆ TRZECIA

PRZYSIĘGA

Rozdział trzydziesty drugi

Kiedy opuściliśmy kanion, przez wiele dni nie widzieliśmy śladów cywilizacji, aż wreszcie natrafiliśmy na klasztor. Wciśnięty między dwie wielkie wierzby, miał dach w kształcie rozpostartych skrzydeł i brązowy dzwon, który biciem oznajmiał, że ktoś wszedł na kolumnowy dziedziniec.

Nie wiedziałam, co czuć – nadzieję na łóżko i ciepły posiłek czy obawę przed towarzystwem innych ludzi. Całą drogę jechaliśmy w ciszy, Edan w bezpiecznej odległości za mną. Gdy zerkałam do tyłu, trzymał ręce na kolanach, tylko czasami odgarniał z oczu niesforne ciemne loki. Żałowałam, że nie gwiżdże ani nie nuci, ale brakowało mu śmiałości. Nawet jego cień nie dotykał mojego.

– Powinnaś porządnie się wyspać – oznajmił ochryple. – Mnisi cię przyjmą.

Wzięłam głęboki wdech. Rześkie powietrze pachniało rosą i sosną, cienie odpływały na zachód, a świat powoli chylił się ku nocy.

– A ty?

– Magia i religia od wieków toczą wojny. Wątpię, żeby w klasztorze przywitali mnie z otwartymi ramionami.

– Jeśli ty nie wejdziesz, to ja też nie.

Nie zauważył mojego rozdrażnienia.

– To znaczy, że chcesz, abym wszedł z tobą?

Nie odpowiedziałam. Poprowadził Gawrona w kierunku klasztoru.

Zostawiliśmy konie na zewnątrz. Przy budynku znajdowała się skromna stajnia zaopatrzona w siano i wodę. Edan ukrył naszą broń pod pobliskim krzewem.

Zobaczyłam mnichów, zanim dotarliśmy do bram. Zamiatali szerokie kamienne schody. Mieli ogolone głowy, na szatach nosili proste muślinowe peleryny. Na nasz widok uprzejmie skinęli głowami, ale Edan się nie mylił – starszy mnich posłał mu podejrzliwe spojrzenie. Mimo to nas nie odprawili.

Zdjęliśmy buty przed wejściem i podążyliśmy za młodszym mnichem opłukać stopy. W drewnianej misie pływała nitka szafranu. Jej zapach wypełniał powietrze. Zanurzyłam palce i zadrżałam, gdy zimna woda obmyła skórę.

Edan sięgnął po moją dłoń, lecz go odtrąciłam. Dostrzegłam, jak zaciska szczękę, i zakłuło mnie w piersi. Raniłam go, ale nie mogłam nic na to poradzić. W głębi duszy pragnęłam go objąć, poczuć na włosach jego ciepły oddech, przycisnąć serce do jego serca. Jednak za każdym razem, gdy przypominałam sobie obietnicę, którą złożył Bandurowi, płonął we mnie gniew.

Ten wybór należał do mnie, nie do Edana. Do mnie.

Nie chciałam na niego patrzeć, więc popatrzyłam na słońce. Musiałam prędko odwrócić wzrok, ale zdążyłam dojrzeć wciąż pogłębiającą się czerwoną obwódkę. Zostały dwa tygodnie na uszycie sukien Lady Sarnai, tych przeklętych sukien, które do tego wszystkiego doprowadziły.

Podszedł do nas starszy mnich – podsłuchałam, jak inni nazywają go Ci'an. Był bardzo stary, chudy i przygarbiony, lecz spojrzenie miał bystre.

– Z chęcią przyjmujemy gości, jeśli podczas pobytu zaoferują nam coś od siebie. Potrafisz gotować?

– Tak, ale lepiej radzę sobie z igłą i nitką.

To go zadowoliło. W przeciwieństwie do pozostałych nosił wypłowiałą bordową szarfę z wystrzępionymi końcami.

– W takim razie pomożesz z cerowaniem. – Ostrożnie zwrócił się do Edana: – A ty?

– Mogę zająć się końmi – rzekł krótko Edan.

Ci'an stęknął i zaprowadził nas do naszych pokoi. Mijaliśmy skromnie umeblowane komnaty, wypełnione głównie ołtarzami i posągami, najczęściej Amany i Nanduna, boga żebraków, który oddał cały swój majątek biednym.

– Jesteśmy enklawą mężczyzn – powiedział mnich do Edana. – Jeśli chcesz, możesz się wykąpać, ale prosimy, żeby twoja żona zaczekała do zmroku.

Zamarłam. Zdawałam sobie sprawę, że Edan i ja będziemy musieli udawać małżeństwo, żeby móc tu przenocować, ale te słowa mnie sprawiły mi ból, bo teraz wiedziałam, że nigdy się nie spełnią.

– Rozumiem – przytaknął Edan.

Domyślnie udał się do stajni, zostawiając mnie samą. Inny mnich przyniósł mi szaty na zmianę i zabrał moje ubranie do prania.

Wetknąwszy magiczne nożyczki w fałdy szarfy, zabrałam się do pracy. Obiecałam zacerować dziury i skrócić rękawy, ale szycie zawsze przychodziło mi z taką łatwością jak oddychanie. Skończyłam tak szybko, że gdy zaniosłam stertę ubrań z powrotem, mnich stojący na czele pralni wybałuszył oczy ze zdziwienia.

Nie tracąc czasu, wyjęłam z kufra suknię ze światła księżyca. Z trzech sukien Lady Sarnai ta miała najwięcej elementów:

żakiet, gorset, spódnicę z pasem oraz szal. Do tego najwierniej odwzorowywała a'landyjską modę, choć pozwoliłam sobie na drobne odstępstwa w kroju. Usiadłam na łóżku i zaczęłam przyszywać rękawy żakietu.

Zbliżający się termin oderwał moje myśli od Edana i Bandura. Bardzo tego potrzebowałam. Powoli pozwalałam pracy wypełnić moje serce, rozkoszowałam się suknią ze światła księżyca powstającą pod moimi palcami. Przypomniałam sobie, jak bardzo kochałam swoje rzemiosło i jak wiele czerpałam z niego dumy.

Pod wieczór ktoś zapukał do pokoju. Edan.

Wszedł do środka i zamknął drzwi.

– Klasztory niewiele się zmieniły przez ostatnie kilkaset lat. Mnisi wciąż nic, tylko mruczą i się modlą. Przynajmniej kwestia zapachów uległa poprawie. – Próbował się uśmiechnąć. – Jestem wdzięczny temu z bogów, który każe wszystkim kąpać się dwa razy dziennie i zamiatać rano i wieczorem.

Usiłował mnie rozbawić, ale miałam wrażenie, jakbyśmy znów byli sobie obcy.

– Traktują nas bardzo życzliwie – powiedziałam sztywno.

– Ciebie. I za to jestem im wdzięczny.

– Zawsze tak nie lubiłeś mnichów?

Wzruszył ramionami.

Odwróciłam się, żeby wyhaftować rąbek sukni złotą nicią.

Edan rozumiał, że go ignoruję. Przez jakiś czas na to przystawał, a potem przemówił:

– Zostałem wychowany w klasztorze. Tamtejsi mnisi czcili innych bogów, ale pobyt w tym miejscu… przywołuje wspomnienia.

Ach, jak mało wiedziałam o jego przeszłości! Chciałam puścić to mimo uszu, ale ciekawość zwyciężyła.

– Gdzie?

– W Nelronacie. To miasto, które znajdowało się tysiące kilometrów stąd. Już nie istnieje. Wieki temu zniszczyli je barbarzyńcy.

Milczałam. Nigdy nie słyszałam o Nelronacie.

– Gdy moja matka zmarła przy porodzie – ciągnął Edan – ojciec został sam z siedmioma synami. Nienawidził mnie, obwiniał o śmierć matki. Nie pomagał fakt, że byłem kościsty i zamiast paść bydło, wolałem czytać książki.

Smutek w jego głosie roztapiał mój wewnętrzny chłód, lecz nie podnosiłam wzroku. Skupiłam się na wiązaniu, by móc zmienić kolor nici.

– Pewnego dnia ojciec zabrał mnie na wycieczkę. Powiedział, że skoro tak lubię czytać, zapisze mnie do szkoły. Nie kłamał… nie do końca. Byłem przeszczęśliwy.

– Zostawił cię – domyśliłam się, w końcu spoglądając na niego znad sukni.

– Klasztor znajdował się cztery dni drogi od naszego gospodarstwa. Wiele razy próbowałem, ale nigdy nie udało mi się wrócić. Mnisi, którzy mnie wychowali, różnili się od tych tutaj. Nie byli hojni i serdeczni. Czcili okrutnych, bezlitosnych bogów. – Zamilkł na moment. – Spędziłem z nimi kilka lat do czasu, aż żołnierze najechali świątynię i stwierdzili, że jestem wystarczająco dojrzały, by walczyć w ich sprawie. Ledwie skończyłem jedenaście lat. – Zaśmiał się beznamiętnie. – Sześć miesięcy później odkryli we mnie magię. Wysyłali mnie na kolejne wojny, bardziej jako broń niż jako żołnierza…

A potem znalazł mnie mój pierwszy nauczyciel. – Urwał, jakby usłyszał coś w oddali. – Powinnaś zejść na dół. Podają kolację.

Odłożyłam igłę.

– A co z tobą? Zaraz zmienisz się w jastrzębia.

– Powiedz im, że chciałem odpocząć – poprosił poważnie.

– Przynieść ci coś do jedzenia?

Wykrzesał z siebie uśmiech.

– Polecę na polowanie. Ale byłbym wdzięczny, gdybyś zostawiła uchylone okno.

– Znajdziesz drogę z powrotem?

Uśmiechnął się jeszcze szerzej, a ja zdałam sobie sprawę, że pokazałam, iż wciąż mi na nim zależy.

– Do ciebie zawsze.

Na te słowa moje serce zabiło mocniej. Wyprostowałam się, skinęłam głową i wyszłam.

Dostałam duszoną sałatę i marchewki z ogrodu, a do tego miskę ryżu z sezamem. Posilałam się sama – widocznie oni jadali tylko rano. Jednak kilku młodych mnichów siedziało ze mną i sączyło mleko sojowe z drewnianych czarek.

Kiedy skończyłam, umyłam naczynie i odszukałam Ci'ana.

– Mówiłeś, że po zachodzie słońca będę mogła wziąć kąpiel.

– Możesz umyć się w źródle za pralnią. Zaprowadzę cię. – Kiedy ruszyłam za nim, zapytał: – Twój mąż nie miał ochoty na kolację?

– Chciał... odpocząć – wydukałam, patrząc na swoje dłonie. Czułam się winna, okłamując mnicha. Nie potrafiłam spojrzeć mu w oczy.

– Rozumiem. – Staruszek szedł powoli, bo na dworze panowała ciemność, a do ogrodu prowadziło wiele stopni.

Po jakimś czasie przerwał ciszę:

– Mnichów uczy się szukać spokoju, ale nawet moi bracia od czasu do czasu się sprzeczają. Bez względu na powagę tych niesnasek, w końcu zawsze przypominają sobie, że najważniejsza jest harmonia.

Ścisnęło mi się gardło. Ci'an wyczuł, że Edan i ja się kłócimy.

– Kochasz swojego męża – ciągnął. – Każdy to widzi. Jednak on kocha cię bardziej.

Zmarszczyłam brwi.

– To nie…

– Prawdziwa miłość nie jest samolubna – wszedł mi w słowo. – Widzę, że jesteś bardzo młoda.

Nie odpowiedziałam. Stąpałam ostrożnie – minęliśmy pralnię i kamienna ścieżka, którą podążaliśmy, zniknęła.

– Twój mąż nosi ciężkie brzemię. Widzę to w jego oczach. Nie jest pierwszym czarodziejem w tych murach.

Zapowietrzyłam się.

– Naprawdę?

– Nasz klasztor ma tysiąc lat – wyjaśnił Ci'an. – Wielu czarodziei przybywało tu, szukając spokoju i samotności, szczególnie przed złożeniem przysięgi. Twój towarzysz jest pierwszym, który… przybył do nas po.

– Myślałam, że klasztory nie przyjmują czarodziei.

Zachichotał.

– Rozłam magii i religii rzeczywiście się pogłębił. Ale ja nie zawsze byłem mnichem i widziałem rzeczy, których młodsi nie widzieli. Których nigdy nie zobaczą. W moich czasach nazywaliśmy czarodziei strożami, ponieważ strzegli nas przed magią. To wielka odpowiedzialność. Szanują ją nawet wierzący. Ja szanuję ją po dziś dzień. – Ujął mnie za ramię. – Jedyne, czego nigdy nie widziałem, to zakochany czarodziej. Czarodzieje nie powinni kochać. W pewnym sensie uczy się ich jak mnichów, mają być szlachetni i miłosierni. Tyle że oni nie kochają nikogo, a my wszystkich. Jednak twój czarodziej jest inny.

Nie mogłam oddychać.

– Służył przez wiele lat – powiedziałam, wbijając wzrok w ziemię.

– Tak – zgodził się Ci'an. – Wielu pragnie takiej mocy, ale ja nie zazdroszczę mu ścieżki. Przynosi dużo cierpienia.

Milczałam. Nie chciałam rozmawiać o Edanie. Świadomość, że nie mogę mu pomóc, sprawiała mi ból.

Wreszcie dotarliśmy do źródła. Młody księżyc rzucał światło na przejrzyste źródło i trzy posągi Amany na brzegach. Na wszystkich trzech bogini miała zamknięte oczy i złączone dłonie uniesione do nieba.

– Dawno temu te wody były święte dla kapłanek bogini matki – rzekł Ci'an. – Niektóre wciąż przybywają tu raz do roku, w dziewiąty dzień dziewiątego miesiąca, by zobaczyć, jak gwiazdy tworzą most między słońcem a księżycem. Ominął cię ten widok.

– Wiem – szepnęłam, patrząc na rzeźby Amany. Te w sukniach ze słońca i księżyca lśniły w srebrnym świetle, ale figurę ubraną w krew gwiazd spowijał cień.

– Skoro jesteś krawcową, suknie Amany na pewno cię fascynują.

– Zawsze brałam je za mit. Wydawały się tak odległe, jak sami bogowie. Ale potem uwierzyłam w magię. Zobaczyłam, co potrafi, i już nie jestem pewna, czy granica między niebem a ziemią jest tak stała, jak sądziłam. – Pomyślałam o Bandurze i o duchach. – A co, jeśli bogowie nie istnieją? Jeśli istnieje tylko magia, czarodzieje, demony i duchy?

– Nie trać wiary. Bogowie nad nami czuwają, lecz w przeciwieństwie do duchów na tym świecie nie ingerują w nasze życie, o ile ich nie rozgniewany lub im nie zaimponujemy.

– Tak. Kiedy Amana wybaczyła bogu złodziei, oddała światu światło, ale tylko na część dnia. Dała nam noc.

– Wciąż była rozgniewana – zgodził się. – I słusznie. Ale zapominasz o krawcu, który uszył suknie dla boga złodziei. Niewiele osób wie, że Amana podarowała mu dar.

– Jaki dar?

– Podobno dała mu zaczarowane nożyczki, które tchną część swojej magii we właściciela.

Zamarłam.

– Nikt nigdy ich nie widział, ale zakładam, że nadal istnieją i są przekazywane z pokolenia na pokolenie.

Wzięłam głęboki wdech i sięgnęłam do szarfy, w której ukryłam zaczarowane nożyczki. Przejechałam palcami po rysunkach słońca i księżyca wygrawerowanych na ostrzach – to musiały być te nożyczki.

Czy to oznaczało, że wywodziłam się z rodziny tamtego krawca? Czy wyjaśniało, dlaczego płynęła we mnie magia? Dlaczego tylko ja mogłam używać nożyczek?

Dlaczego Bandur powiedział, że nie jestem zwykłą dziewczyną?

– A gdyby komuś udało się uszyć suknie Amany? – spytałam w pośpiechu. – Bogini matka by interweniowała?

– Wielu próbowało, kuszonych legendą, że Amana spełni życzenie tego, któremu się uda.

– To prawda?

– Myślę, że gdyby komuś się udało… taki wyczyn wzbudziłby raczej gniew niż podziw Amany. – Widząc moje zdziwienie, Ci'an się uśmiechnął. – Ale mógłbym się założyć, że tę historię wymyślili kapłani dzieci Amany, aby ich świątynie prosperowały i były tłumnie odwiedzane.

– Rozumiem – powiedziałam cicho.

– Porozmawiaj z nią tutaj. – Wskazał na źródło. – Amana zawsze słucha, ale może tu, wśród swoich dzieci, posłucha uważniej. – Zanim odszedł, poklepał mnie po ramieniu. – Pogódź się ze swoim czarodziejem. On bardzo cię kocha.

Stałam na krawędzi źródła przez długi czas, nasłuchując wiatru i szumu drzew. Teraz już rozumiałam, dlaczego tylu ludzi czciło suknie Amany, dlaczego niektórzy nazywali je jej największym dziedzictwem. Dzięki nim dostaliśmy świat, jaki znamy. Dzień po dniu, noc po nocy bogini tkała świt i snuła zmierzch.

A teraz jakimś cudem ja znalazłam się bliżej tego dziedzictwa, niż kiedykolwiek śmiałam marzyć.

Powoli zsunęłam szaty i wstąpiłam do źródełka. Woda była przyjemna, rybki łaskotały mnie po stopach. Wstrzymałam oddech i zanurzyłam się cała – wypłynęłam z powrotem na powierzchnię w ostatniej chwili, wciągając haust powietrza.

Sierp księżyca lśnił nade mną niczym zniszczona perła w czarnym morzu nocy.

Sięgnęłam do szat, wyciągnęłam nożyczki i wystawiłam ręce, jakbym składała ofiarę.

– Amano – szepnęłam. – Amano, dziękuję ci za ten dar, którym obdarzyłaś moją rodzinę. I proszę cię o przebaczenie. Jeśli nie życzysz sobie, bym szyła twoje suknie, przestanę. Ale błagam, błagam, nie karz Edana za moją głupotę. Proszę, pomóż mi znaleźć sposób, by uwolnić go od Bandura.

Czekałam bardzo długo, lecz tak jak się obawiałam, Amana nie odpowiedziała.

• • •

Nastał świt, mimo to Edan nie wracał. Ciągle rozglądałam się w nadziei, że po ścianie przemknie jego cień, ostatnia pieszczota nocy na jego skrzydłach, gdy wpadnie do pokoju przez okno.

Wcześniej nie martwiłam się o Edana pod postacią jastrzębia, ale teraz nie mogłam przestać – a co, jeśli przelatywał nad jeziorem, kiedy nadszedł świt? Nie potrafił pływać. Mógł utonąć!

A może zastrzelił go łowca? Albo jeden z ludzi szansena – czy wiedzieli, czym Edan staje się po zmroku?

Usiadłam na łóżku i palcami rozczesałam splątane włosy. Urosły podczas podróży – będę musiała je ściąć, zanim dotrzemy do Jesiennego Pałacu. Chociaż przed wojną także mężczyźni nosili długie włosy.

Dotknęłam kosmyków. Czy cesarz pozwoli mi pozostać nadwornym krawcem, gdy skończę suknie Amany… gdy Edan mnie opuści?

Te pytania sprawiały ból, zaostrzały samotność, która już rozrywała mnie od środka. Wstałam i przeniosłam się do małego stolika, żeby napisać list do Baby i Ketona.

Moja podróż powoli dobiega końca. Niedługo dotrę do Jesiennego Pałacu.

Słowa wydawały się chłodne i sztywne, jednak bez względu na to, jak się starałam, nie umiałam wykrzesać z siebie lekkiego tonu. Miałam zbyt ciężkie serce.

I Maiu – dziewięćdziesiąt pięć kroków. Mam nadzieję, że wkrótce wrócę do domu i będę chodził razem z Tobą.

Odłożyłam pędzel do wyschnięcia i przykryłam kałamarz. Gdy złożyłam list, poczułam ruch powietrza.

– Dzień dobry – przywitał mnie Edan od progu.

Nie słyszałam, jak wchodził.

– Gdzie byłeś?

Włosy miał mokre, szaty mnicha wisiały luźno na jego wychudzonej sylwetce. Przeczesał włosy palcami, odgarniając je do tyłu. Wyglądał niemożliwie młodo.

– Obiecałem, że pomogę przy koniach, więc pomogłem.

Chciałam mu powiedzieć o nożyczkach, ale widząc go w takim stanie, przygryzłam wargę.

– Jesteś zmęczony? Zazwyczaj kładziesz się spać od razu po przemianie.

– Czuję się dobrze.

Cisza między nami gęstniała. Edan wskazał suknię, nad którą pracowałam. Leżała po drugiej stronie łóżka.

– Jest piękna – rzekł. – Lady Sarnai byłaby głupia, gdyby jej nie doceniła.

Słyszałam nucenie mnichów. Nie rozumiałam, co mówią – rytmiczne słowa zlewały się w niskie, hipnotyzujące buczenie.

– Musiałeś nucić codziennie? – spytałam. – Kiedy mieszkałeś w klasztorze?

– Tak – odparł. W jego głosie zabrzmiała ostrożna nadzieja. – Codziennie.

– Mogłabym się przyzwyczaić do życia mniszki. Nie różni się za bardzo od życia krawcowej. Szycie, nucenie. Kiedy byłam mała, liczyłam ściegi na głos.

– Znienawidziłabyś to życie. – Oparł się o framugę drzwi. – Nie powinnaś być uwiązana w klasztorze. Powinnaś zobaczyć świat.

Oddech zamarł mi w gardle. Podeszłam do niego.

– Edanie…

– Wiem, że jesteś na mnie zła. Masz prawo. Ale ja cię kocham, Maiu.

Przełknęłam ślinę. To takie niesprawiedliwe, że dostaliśmy tak mało czasu. Że on wkrótce odejdzie i już nigdy go nie zobaczę.

– Ja też cię kocham – wyszeptałam, dotykając jego policzka. Mój głos ochrypł z emocji. – I zostanę z tobą. Słońce i księżyc spotykają się tylko na jeden dzień w roku. Czy to godzina, czy jeden dzień, wolę być z tobą przez ten czas, niż nie być z tobą wcale.

Jego twarz pojaśniała. Nie uśmiechnął się, ale wyglądał na szczęśliwszego niż przez te wszystkie miesiące, kiedy go znałam.

– Mogę cię pocałować? – zapytał cicho.

– Możesz.

Ujął mój podbródek, ale ja już stałam na palcach. Wyciągnęłam szyję, przymykając oczy.

Zaśmiał się cicho.

– Proszę, jaka chętna. Nie trzeba było tak długo mi odmawiać.

Powoli przesunął palce w dół mojej szyi, aż do obojczyka. Zadrżałam. Czułam mrowienie, gdy wodził po mojej skórze i wokół ust. Już chciałam zaprotestować przeciw tym torturom, kiedy nagle mnie podniósł.

Przycisnęłam usta do jego ust, objęłam go za szyję i oplotłam nogami jego biodra. Składał pocałunki na moich policzkach, szyi, piersiach. Całowaliśmy się namiętnie, potem czule, potem znów namiętnie, jakbyśmy nie mogli się zdecydować. Jakbyśmy wiedzieli, że jutro będziemy mieć posiniaczone wargi, ale o to nie dbali.

Tak łatwo było się zapomnieć – poczułam, jak porywa mnie iluzja, że wszystko jest w porządku.

Odgarnęłam mu włosy z oczu.

– Pozwól mi pojechać nad jezioro Paduan razem z tobą.

Edan nie mógł złapać tchu.

– Musi istnieć jakiś sposób na pokonanie Bandura – zaczęłam powoli. – Na Wieży Złodzieja zerwałam mu amulet i to go osłabiło. Może jeśli zniszczymy amulet, odzyskasz wolność.

– Amulet demona już jest zniszczony – wyjaśnił Edan, przygniatając mnie do ściany. – Zniszczenie go nie osłabi ani nie zabije Bandura.

– Ale widziałam…

Uciszył mnie palcem.

– Bandur jest przebiegły. Oszukał cię, że ma słabość, żebyś opuściła gardę i dała się naznaczyć.

Zamilkłam. Wiedziałam, że ma rację.

– I tak pojadę z tobą. Już postanowiłam.

Westchnął.

– Maiu, wiesz, że na wyspie roi się od duchów i demonów. Nawet gdyby nam nie groziły, ja nie będę już taki sam.

– Myślisz, że o to dbam?

– Powinnaś – rzekł mrocznym głosem. – Będę demonem.

– Więc ja też zostanę demonem. Demonem, duchem, czymkolwiek, w co zmieni mnie wyspa. Nie musisz być sam.

– To najgłupsze, co w życiu słyszałem – powiedział ostro Edan. – Błagam, nigdy tego nie powtarzaj.

Ramiona mi opadły, ale się wyprostowałam.

– Moje nożyczki są darem Amany – oznajmiłam twardo. – Pochodzą z legendy o bogu złodziei. Wiedziałeś o tym?

– Podejrzewałem…

– To oznacza, że i ja jestem po części legendą – przerwałam mu. – Może nawet po części czarodziejką. Płynie we mnie magia, więc pozwól mi sobie pomóc.

Zacisnął usta.

– Nie dasz się przegadać, co?

– Jestem najwspanialsza, pamiętasz? Sam to mówiłeś.

Zaśmiał się i musnął moje wargi, a potem mnie przytulił – jak wtedy, gdy mieszkaliśmy pod niewidzialnymi porannymi gwiazdami – i trzymał w objęciach, aż dzień przeszedł w noc.

Wiedziałam, że jesteśmy jak dwa kawałki materiału zszyte razem na całe życie. Nasze szwy się nie rozejdą.

Nie pozwolę na to.

Rozdział trzydziesty trzeci

Zobaczyliśmy Jesienny Pałac pięć dni przed czerwonym słońcem. Nie chciałam liczyć dni do czasu, aż Edan odda się Bandurowi, ale nie mogłam nic na to poradzić. Zbyt często spoglądałam w niebo i obserwowałam rozlewającą się czerwoną obwódkę. Dopiero w nocy, gdy ciemność pochłaniała słońce, potrafiłam skupić się na czymś innym.

Czułam magię tętniącą we włóknach moich sukien – im bliżej końca, tym silniejszą. Może to sobie wyobrażałam, lecz czasami, gdy orzechy ze światłem słońca i księżyca znajdowały się blisko, suknie do mnie śpiewały. Ich cicha pieśń przypominała szum spokojnego strumienia. Edan jej nie słyszał, jednak ona przemawiała do mnie, jakby prosiła, bym dokończyła zadanie.

Wyciągnęłam szyję, by przyjrzeć się pałacowi. Stał na szczycie wzgórza, otoczony drzewami o złotych, czerwonych i pomarańczowych koronach. Z tego miejsca wyglądał, jakby płonął.

– Chyba niezbyt chętnie wracasz na dwór – zażartował Edan. – Na pewno Ammi przygotowała dla ciebie mnóstwo słodkości. Masz na co czekać.

Nie odpowiedziałam, tylko westchnęłam i zaczęłam zaplatać włosy.

Zbliżył się.

– Nie zapomnij tego. – Podał mi kamyk do buta. Laskę Ketona zostawiłam w Letnim Pałacu.

Udawałam chłopaka tak dawno temu, że nie wiedziałam, czy jeszcze to potrafię.

W milczeniu skinęłam głową, lecz na mojej twarzy musiało malować się zdenerwowanie, bo Edan dotknął mojego policzka.

– Wszystko będzie dobrze.

– Będzie? – Miałam gulę w gardle.

Pocałował mnie, tak długo i namiętnie, że nawet gdy puścił, usta wciąż paliły.

– Będzie – szepnął. – Dopilnuję tego.

Chciał poprawić mi humor, lecz nic nie mogło wymazać bólu jego odejścia.

– Kiedy wyjeżdżasz? – spytałam odrętwiała.

– Rankiem w dniu czerwonego słońca. Dopiero wtedy, gdy skończysz suknie. Kiedy już upewnię się, że jesteś bezpieczna.

Te słowa wcale mnie nie pocieszały. Osuszyłam oczy wierzchem dłoni.

– Mówiłam, że pojadę z tobą... Nie pozwolę, żebyś jechał sam.

Objął mnie i kciukiem otarł łzy.

– Pamiętasz, jak uleczyłem ci rękę? Powiedziałaś, że mi się odwdzięczysz.

Zdawało mi się, jakby to było sto lat temu. Odsunęłam się.

– Tak.

– Chcę, żebyś coś dla mnie zrobiła.

Nie podobało mi się wahanie w jego głosie.

– Kiedy wyjadę na Wyspy Lapzuru – zaczął powoli – wróć do domu i weź to. – Otworzył dłoń z czwartą łupiną orzecha, taką samą jak te, w których uwięziłam światło słońca i księżyca. – To dar dla twojego ojca i brata. Zawiera między innymi kroplę krwi pająka niwa. Wniesie z powrotem trochę szczęścia w życie waszej rodziny.

Nie mogłam złapać tchu.

– Edanie…

– Wlej im do herbaty – przerwał mi. – Sobie też. To cię uśpi. A kiedy się obudzisz, ty też będziesz szczęśliwsza.

Zmarszczyłam brwi. Nie umiałam odczytać jego mrocznego, nieprzeniknionego spojrzenia.

– Żadna magiczna herbata tego nie sprawi, Edanie. Nie będę szczęśliwa, jeśli obok nie będzie ciebie.

– Proszę. – Musnął palcami moje usta. – Zaufaj mi.

Oparłam mu głowę na piersi i wciągnęłam jego zapach, ale nic nie obiecałam.

•••

Gdy dotarliśmy do Jesiennego Pałacu, już prawie zmierzchało. Wschodzący księżyc rzucał blask na czerwone i pomarańczowe liście, a ja czułam się uwięziona jak ćma w lampionie.

Zastanawiałam się, czy zdążymy przed przemianą Edana. Widziałam, że wkrótce zmieni postać – żółty błysk w jego oczach jaśniał, w miarę jak księżyc obalał słońce. Jednak gdy tylko zjawiliśmy się u bram, błysk zniknął.

– Powiedz Jego Wysokości, że Lord Czarodziej i nadworny krawiec wrócili – rozkazał Edan strażnikowi.

Wielkie czerwone wrota otworzyły się przed nami ze skrzypnięciem. Zeskoczyliśmy z koni. Edan wziął głęboki wdech – nagle wydał mi się wyższy, pełniejszy.

Rozwarł dłoń, ukazując niebieski kwiat polny, taki jak te, które dał mi w Górach Księżycowych.

– Ten nie zwiędnie.

Nie chciałam go przyjąć.

– Lubię tamte stare – oznajmiłam. Ususzyłam je w szkicowniku.

Bez słowa skinął głową i kwiat zniknął. Bramy uchyliły się na tyle, że mogłam zajrzeć do środka. Zobaczyłam cienie migające w ogrodach. Nasze ostatnie chwile wolności.

– Postaram się w miarę możliwości cię odwiedzać – rzekł Edan. – Nie mogę obiecać, że będzie to często. Khanujin na pewno jest niezadowolony, że tak długo mnie nie było. Będzie trzymał mnie przy sobie.

Zanim zdążyłam odpowiedzieć, zjawił się minister Lorsa, aby zaprowadzić nas do pałacu. Z jego zdziwionej miny wyczytałam, że spodziewał się, iż poniosę porażkę.

Żałowałam, że tak się nie stało.

Lorsa założył ręce na piersi i szybkim krokiem ruszył w stronę przybytku. Jego jasnoniebieskie rękawy trzepotały na wietrze. Czułam się jak tamtego pierwszego dnia w Letnim Pałacu. Lorsa był ubrany tak samo, na szarfie nosił ten sam nefrytowy wisior z wielkim czerwonym frędzlem. Ale tym razem nie próbowałam się z nim zrównać. Nie, teraz kuśtykałam i się nie spieszyłam, świętując małe zwycięstwo, ilekroć musiał się zatrzymywać i na mnie czekać.

Od razu znienawidziłam to miejsce. Tęskniłam za złotymi dachami i cynobrowymi kolumnami Letniego Pałacu, wspaniałymi ogrodami, wonią jaśminu i śliwy. Tak, tutejsze drzewa lśniły feerią jaskrawych kolorów nawet w świetle lampionów, a na kamiennych posadzkach leżały świeżo opadłe złote liście, ale w powietrzu unosił się stęchły zapach wilgotnego atramentu. Nie latały ważki ani motyle, jaskółki ani skowronki. Tylko nikła mgła spowijała ziemię, jakby wszystko szykowało się do długiego, głębokiego snu.

Ku mojemu zdziwieniu w jednym z ogrodów dostrzegliśmy Lady Sarnai. Gdy nas zauważyła, nie zareagowała, tylko wstała – a wraz z nią jej szeroka spódnica – i popatrzyła w dal, jakby ona również wolała być gdziekolwiek, tylko nie tu.

Minister Lorsa pospiesznie zaprowadził nas do prywatnych komnat cesarza. Na widok czerwonookich lwów wymalowanych na drzwiach zadrżałam i pomyślałam o Bandurze. W środku czekał cesarz Khanujin z twarzą zasłoniętą granatowym woalem. Gdy Lorsa wyszedł, Khanujin opuścił woal.

Edan powiedział mi, że cesarz polegał na jego magii, która zmieniała mu wygląd, lecz i tak przeżyłam szok, gdy go zobaczyłam. Prawdziwy Khanujin był zwyczajny, niższy i mniej umięśniony, miał wąskie usta i małe, bezlitosne czarne oczy.

Starając się na niego nie gapić, padłam na kolana, a Edan ukłonił się obok mnie.

– Powinieneś zawisnąć, Lordzie Czarodzieju – wycedził cesarz Khanujin przez zęby. – Wyjechałeś bez mojego pozwolenia.

– Przyjmuję konsekwencje swoich czynów, Wasza Wysokość – odparł Edan. – Uznałem za konieczne pomóc nadwornemu krawcowi, aby dopilnować twojego ślubu i zapewnić pokój A'landi.

– Uznałeś za dobry pomysł zostawienie mnie? – Khanujin cisnął filiżanką o podłogę. Rozbiła się u stóp Edana. – Dać szansenowi możliwość złapania cię?

– Jeśli próbował, to poniósł porażkę.

Cesarz pociągnął nosem, nieco udobruchany. Postukał palcami o oparcie drewnianego fotela prawie nieprzypominającego tronu. Miał długie, nieobcięte paznokcie – ten dźwięk doprowadzał mnie do szału.

– Wasza wyprawa się udała?

– Tak, Wasza Wysokość.

– Więc przynajmniej twoja nieobecność nie poszła na marne. Zastanawiam się, jak cię ukarać, Lordzie Czarodzieju. W końcu, o ile mi wiadomo, niczego się nie boisz. A nie mogę przeprowadzić egzekucji, bo cię potrzebuję.

Edan milczał.

Cesarz dotknął amuletu przypiętego do szaty.

– Przypuszczam, że sam twój żywot jest wystarczającą karą. Jesteś naczyniem mocy w moich rękach.

Edan się nie wzdrygnął, ale ja tak. Zacisnęłam pięści i przygryzłam policzek od środka, żeby nie wydrzeć się na cesarza.

– Mistrzu Tamarinie, masz pracę do wykonania. Zostaw nas.

Zerknęłam na Edana, który niemal niedostrzegalnie uniósł podbródek. Znak, żeby usłuchać.

Cesarz wiedział, że tak naprawdę nie utykam, ale i tak zrobiłam przedstawienie z gramoleniem się z podłogi.

– Obyś żył dziesięć tysięcy lat, Wasza Wysokość. – Znajome słowa teraz brzmiały w moich ustach obco.

Ukłoniłam się i wyszłam, by wrócić do życia, o którym kiedyś śniłam. Co bym dała, żeby pozostało snem.

•••

Torba i kufer już czekały w moim nowym pokoju. Otworzyłam kufer, żeby przewietrzyć suknie. Ich widok mnie pocieszył. Może i wróciłam do pałacu, ale nie zapomnę przygód, które przeżyłam. Nie zapomnę bitew, które stoczyłam razem z Edanem, magii, którą widziałam.

Suknie zawsze będą mi o tym przypominać.

Na stole do szycia stał talerz z ciasteczkami migdałowymi. Nie opatrzono go liścikiem, ale wiedziałam, że to prezent od Ammi. „Witaj z powrotem" – już słyszałam w głowie jej radosny okrzyk.

Myśl o mojej jedynej przyjaciółce podniosła mnie na duchu. Prędko pochłonęłam ciasteczka, wypełniając pusty żołądek. Gdy tylko odłożyłam talerz i zaczęłam rozkładać suknie, drzwi mojej komnaty otworzyły się z impetem.

– Jej Wysokość Lady Sarnai zaszczyca cię swoją obecnością! – oznajmił głos z zewnątrz.

Lady Sarnai weszła do środka. Jej zmarszczona brew i ściągnięte usta dawały jasno do zrozumienia, że nie cieszy się z mojego powrotu, ale już nie bałam się córki szansena. Chwyciłam laskę i się ukłoniłam.

– Czerwone słońce się zbliża – rzuciła na powitanie. To mnie zabolało, lecz ona nie mogła wiedzieć dlaczego.

– Już prawie skończyłem, Wasza Wysokość.

– Więc je znalazłeś? – spytała pustym głosem. – Dzieci Amany?

– Tak, Wasza Wysokość.

Trzymała wachlarz, jak zawsze, ale wykręciła go tak mocno, że myślałam, iż zaraz go połamie. Gdy znów przemówiła, głos miała ściśnięty.

– Pokaż mi, co zrobiłeś.

Uklękłam przy kufrze, zadowolona, że poświęciłam czas, by oczyścić go z piasku i brudu. Ostrożnie wyjęłam suknie.

Wyrwała mi pierwszą, unosząc ją za rękawy.

– To będzie suknia księżyca – wyjaśniłam. – Jeszcze nie wszyłem światła.

Nawet bez magicznego elementu suknia zapierała dech w piersiach. Z milczenia Lady Sarnai wywnioskowałam, że stworzyłam coś nieziemskiego.

Rękawy były długie i szerokie, a uniesione zataczały elegancki łuk – niczym lutnia. Biało-złota nić lśniła przy mankietach i kołnierzu, na którym starannie wyhaftowałam maleńkie kwiaty i chmury, a srebrna spódnica z pięciu warstw najcieńszego jedwabiu tworzyła iluzję bladego, iskrzącego światła.

Piękno sukni ją poruszyło. Widziałam łzy w jej oczach, choć mrugała i starała się je powstrzymać.

Upuściła suknię na ziemię. Kolor odpłynął z jej twarzy, jej mina wyrażała jednocześnie podziw i przerażenie.

– To miało być… niemożliwe.

– Nie było łatwe – przyznałam zmęczonym głosem. Nie mogłam triumfować. To zadanie wymagało wielkiego poświęcenia. – Napotkaliśmy wiele przeszkód, magicznych i niemagicznych. Ścigali nas ludzie twojego ojca.

Słysząc to, spochmurniała. Myślałam, że nakrzyczy na mnie za insynuacje, jakoby wysłała Edana na wyprawę razem ze mną, aby szansen mógł go schwytać, ale nic nie powiedziała.

Mimo to nie była zaskoczona. Ciekawe, czy była rozdarta między poczuciem obowiązku a nienawiścią do ojca – za to, że zmuszał ją do małżeństwa z cesarzem Khanujinem.

Lady Sarnai uniosła podbródek, na nowo przywdziewając maskę z kamienia, lecz ta już nie przekonywała mnie tak, jak kiedyś.

– Bardzo dobrze, mistrzu Tamarinie. – Nie opuszczała wzroku, by nie patrzeć na suknię, jakby jej widok ją ranił. – Cesarz na pewno ucieszy się, że dostarczyłeś mu prezent ślubny. Ale nie oszukuj się, że to pierwszy z twoich wielkich wyczynów pod wodzą Khanujina. Obietnice Syna Niebios są tak puste, jak chmury, które go poczęły. Nie powinieneś był wracać.

Wachlarz połamał się pod jej palcami i poleciał na moją suknię. Wymaszerowała z komnaty, nawet nie zerknąwszy na pozostałe.

Rozdział trzydziesty czwarty

Przetrwałam następne kilka dni, całkowicie oddając się pracy. Suknie Lady Sarnai zajmowały mnie do tego stopnia, że prawie nie słyszałam dzwonów bijących rano i wieczorem ani deszczu dudniącego o dach podczas burz nad Jesiennym Pałacem. Rzadko uważnie słuchałam nawet wtedy, gdy Ammi opowiadała o cudownym ozdrowieniu cesarza, choć nadstawiłam uszu raz, gdy poskarżyła się, że Lord Czarodziej mało jadł przy obiedzie. Magia, którą wlewałam w suknie, zagłuszała cały zewnętrzny zgiełk, przez co miałam wrażenie, że termin Lady Sarnai jest bardzo, bardzo odległy.

Po niemal trzech miesiącach w drodze zapomniałam, jakie to cudowne uczucie, zatracić się w szyciu. Jeszcze niedawno pragnęłam zostać najlepszym krawcem w A'landi. Moje życie wyglądało zupełnie inaczej – zanim przyjechałam do pałacu, zanim użyłam magicznych nożyczek, zanim poznałam Edana.

Nie odwiedził mnie. Cierpiałam, ale nie mogłam go winić. Na pewno cesarz Khanujin mu zabronił, choć czasami byłam pewna, że za oknem jastrząb obserwuje, jak pracuję do nocy. W głębi serca przeniosłam swój gniew na cesarza. Powiedziałam sobie, że tak będzie lepiej dla nas obojga. W ten sposób rozstanie mniej zaboli.

Tak więc z pomocą zaczarowanych nożyczek i rękawiczek z pajęczego jedwabiu spędzałam dni, przędąc światło słońca na złotą nić, tak delikatną, by nie oślepiała i nie paliła. Nie mogłam wylać go na stół i zmierzyć, więc przesiewałam światło z orzecha na rękawiczki i cięłam najcieńsze wiązki, na jakie się ośmielałam. Następnie nawijałam je na ostrza i snułam z nich nić tak cienką, że sunęła przez oczko mojej igły. Ze światłem księżyca zrobiłam tak samo, tyle że srebrne wiązki zaplatałam, tworząc wąskie, lśniące sznurki.

Noc przed czerwonym słońcem wszyłam światło słońca w pierwszą suknię. Śmiech słońca nie ukoił mojego serca, ale gdy jego promienie odbiły się od nożyczek, zachciało mi się śmiać – nie z radości, lecz z ulgi i zachwytu. Ponieważ gdy skończyłam, suknia słońca była tak jasna, że łzawiły mi oczy. Nawet gdy odwracałam wzrok, rozbłyski wciąż mnie raziły.

Zamrugałam, rozprostowując palce. Fiolka z krwią gwiazd leżała na moich kolanach, a nożyczki brzęczały, gdy zabrałam się do wszywania łez księżyca w drugą suknię. Kiedy pracowałam, przypomniałam sobie próbę na Szczycie Zaklinacza Deszczu i skok do lodowatego stawu. Po moim policzku spłynęła łza – nie łza smutku, ale słodko-gorzkiej świadomości, że Maia, która kończy suknie, nie jest tą samą Maią, która zaczynała je trzy miesiące temu. Były moją wyprawą, a wkrótce miałam się z nimi rozstać.

Wyszyłam ostatni ścieg na sukni księżyca. Została jedna – z krwi gwiazd.

Palce mi zadrżały. Potarłam oczy wierzchem dłoni – nie spałam od kilku dni. Wycieńczenie w końcu mnie dopadło, moje myśli odpłynęły, determinacja osłabła.

Igła zawisła nad ostatnią suknią. Co się ze mną stanie, gdy skończę?

Cesarz wiedział, że jestem kobietą. Czy naprawdę pozwoli mi zostać w pałacu, kiedy wykonam zadanie? To jedyne, czego dawna, naiwna Maia pragnęła – zdobyć względy Jego Wysokości i zostać nadworną krawcową. Teraz wiedziałam lepiej.

Jeśli pozwoli mi zostać, to tylko po to, bym pamiętała, że ma nade mną władzę. Bym pamiętała, co straciłam.

Jutro Edan wróci na Wyspy Lapzuru. Zostanie demonem, jak Bandur.

To wszystko przeze mnie.

Tylko dzięki pracy nie traciłam nadziei. A teraz stracę i to. Suknie były praktycznie skończone, rankiem zabierze je Lady Sarnai.

Westchnęłam ciężko i rzuciłam się na łóżko. Tyle miesięcy okazywania siły. Najpierw dla rodziny, potem dla siebie i wreszcie dla Edana.

W końcu odpuściłam. Wszystko, co tak bardzo chciałam utrzymać w środku, cała krzywda i żałoba, którą ukryłam głęboko, wylało się, a ja załkałam.

Dlaczego nie mogłam po prostu być Maią, posłuszną córką? Dziewczyną, która kocha szyć i chce spędzić resztę życia z ojcem i trzema braćmi?

Ale Finlei odszedł. Sendo również. A Keton stał się cieniem dawnego siebie.

Edan wypełnił pustkę po braciach. Obudził we mnie poszukiwaczkę przygód, marzycielkę, buntowniczkę. A teraz i on miał zniknąć z mojego życia.

Nie mogę go stracić.

Nie stracę.

Uspokoiłam myśli, układając elementy układanki. Gdyby Edan był wolny od przysięgi wobec Khanujina… przestałby być czarodziejem. Nie mógłby zostać demonem. Nie mógłby zająć miejsca Bandura jako strażnik Lapzuru.

Poderwałam się z łóżka i podniosłam nożyczki. Zębami otworzyłam fiolkę z krwią gwiazd i ostrożnie wylałam jej cenną zawartość na ostrza. Następnie przytknęłam je do gładkiego białego jedwabiu ostatniej sukni.

Powoli krew gwiazd rozprzestrzeniła się niczym farba po pustym płótnie.

Noc była ciemna i bezgwiezdna, lecz ja w moim małym pokoju wysnułam świat pełen światła.

Suknie świeciły tak jasno, że ich moc sączyła się przez zamknięte drzwi i okna. Widok ich wszystkich naraz powinien mnie oślepić, lecz to ja je stworzyłam, więc magia mnie chroniła.

Zrobiłam krok w tył, wypuściłam powietrze i spojrzałam na moje dzieła.

– Jedna upleciona ze śmiechu słońca – wyszeptałam. – Druga wyhaftowana z łez księżyca. I wreszcie trzecia, pomalowana krwią gwiazd.

Szukałam czegoś do poprawienia, luźnej nitki czy odpadającego guzika, ale nożyczki nie popełniły błędu. Ja również nie. Suknie były idealne. Godne każdej cesarzowej. Godne bogini.

Z westchnieniem przeciągnęłam dłonią po ostatniej sukni. Farba wyschła nienaturalnie szybko, a gdy moje palce muskały delikatny jedwab, wiedziałam, że ta jest najpiękniejszą spośród nich, moim arcydziełem. Suknia słońca była pełna i rozkloszowana, płonąca złotem, z okrągłymi klapami przy rąbku, które rozpościerały się jak promienie słońca, a suknia księżyca – wąska i srebrzysta, z opadającymi rękawami i dopasowaną spódnicą, która przechodziła w tren. Ale suknia gwiazd... była czarna jak noc, jednak gdy jej dotknęłam, zamieniła się całą feerią – złotem, srebrem, fioletem i tysiącem innych kolorów, których nie potrafiłam nazwać. Przycisnęłam gorset do piersi, wyobrażając ją sobie na mnie.

Dlaczego nie, Maiu? Spędzasz całe życie, szyjąc dla innych, wymyślając suknie, których nigdy nie ośmielasz się przymierzyć.

Zanim zdążyłam zmienić zdanie, rozpięłam sto guzików, które starannie przyszyłam do sukni gwiazd, wkroczyłam w spódnicę, naciągnęłam gorset i wsunęłam ręce w rękawy. Jakąkolwiek moc skrywają suknie Amany – miałam się przekonać. Dzisiejszego wieczoru.

Za sprawą magii spódnica rozkwitła, guziki zapięły się jeden po drugim, a moją talię przepasała szarfa. Przycisnęłam ręce do piersi, próbując pohamować ekscytację. Suknia pasowała idealnie. Ciasno opinała biodra, a potem spływała miękko niczym płatki róży. Sam jedwab wydawał się ciepły, jakby żywy.

Rozpuściłam włosy i zasłoniłam twarz cienkim welonem uszytym z pozostałego materiału.

Wyszłam na zewnątrz. Pałac spowijała ciemność, lampiony w ogrodzie migały, powoli się wypalając. Jednak ja nie potrzebowałam lampionu ani pochodni – drogę oświetlała mi suknia.

Widząc mnie, strażnicy rozdziawiali usta. Kilku padło na kolana, przyciskając czoła do ziemi, jakbym była boginią. Nikt nie pytał, kim jestem ani dokąd idę.

Dotarłam do Wielkiej Świątyni. Spięłam się, lecz minęłam drewniane wrota i ruszyłam do kapliczki.

Ołtarz Amany czekał, podświetlony świecami i kadzidłami, tak że posągi świeciły, choć przybytek pozostawał pusty.

Ostrożnie chwyciłam garść kadzideł i podniosłam spódnicę, by uklęknąć.

– Amano, pobłogosław mnie i wybacz mi, gdyż uszyłam trzy suknie z legendy, suknie z twoich dzieci: ze słońca, z księżyca i z gwiazd.

Włożyłam kadzidła do naczynia, ukłoniłam się i wstałam, żeby wyjść. Nagle usłyszałam szum wiatru. Nie, nie wiatru – ten dźwięk przypominał brzęk moich nożyczek, cichą pieśń, która rozbrzmiewała w moim sercu, jakbym tylko ja mogła ją usłyszeć.

Obróciłam się. Posągi Amany pojaśniały.

A więc znalazłaś moje dzieci, powiedział kobiecy głos. Był niski i potężny, ale ciepły. *I uszyłaś moje suknie.*

Ponownie padłam na kolana.

– Tak, bogini matko.

Mają wielką moc, zbyt wielką, by mogły pozostać w twoim świecie.

Słysząc tę przestrogę, skłoniłam głowę.

– Teraz to wiem, bogini matko. – Głos mi drżał. – Odprawię każdą pokutę, jaką mi zadasz.

Amana mi się przyjrzała.

Kara nie jest konieczna. Wiele wycierpiałaś, a moc sukni może cię kosztować jeszcze więcej. Urwała. *Zlituję się nad tobą i zdejmę z ciebie jedno brzemię. Poproś mnie o to, czego najbardziej pragniesz, Maiu, a ja ci to podaruję.*

Serce mi urosło. Nie wahałam się ani sekundy.

– Proszę, Amano, uwolnij Edana od przysięgi wobec cesarza Khanujina.

Kadzidła się rozjarzyły, oczy Amany również.

Twoje życzenie będzie miało poważne konsekwencje, Maiu. Edan nie będzie mógł wypełnić obietnicy złożonej demonowi Bandurowi. Tobie przyjdzie zapłacić cenę za jego złamaną przysięgę.

– Nie dbam o to – rzekłam zawzięcie. – Kocham Edana.

Chwila ciszy. Wstrzymałam oddech.

Czy twoje życzenie wynika tylko i wyłącznie z miłości? Widzę w tobie gniew, moje dziecko. Gniew i wielki smutek. Nie pragniesz niczego dla siebie?

Słysząc te słowa, oklapłam. Nie można okłamywać bogini matki.

– Przez wiele lat pragnęłam, by moja rodzina znów była razem – przyznałam cicho. – Lecz wiem, że tej straty nie wymażesz nawet ty, bogini matko. A Edan... dla niego wciąż jest nadzieja.

Więc tak się stanie, oznajmiła w końcu Amana. *Za światło krwi gwiazd, pod którym złożył przysięgę, twój ukochany odzyska wolność.*

– Dziękuję – szepnęłam. – Dziękuję ci, bogini matko.

Skłoniłam się trzy razy, przyciskając czoło do zimnych drewnianych desek, a potem wstałam i zbiegłam po schodkach, z sercem ciężkim po błogosławieństwie Amany i ramionami otwartymi z nadzieją, że jutrzejszy dzień utka nowy świt.

Rozdział trzydziesty piąty

Przespałam gongi zwiastujące świt, a nawet bicie zwykłych porannych dzwonów. Kiedy Ammi wpadła do mojej komnaty, znalazła mnie śpiącą na kocach, ze stopami wiszącymi nad łóżkiem.

Potrząsnęła mną z całej siły.

– Wszyscy na ciebie czekają! – zawołała. Jej warkocze latały w powietrzu. – Miałeś być w komnatach Lady Sarnai dwadzieścia minut temu!

Poderwałam się. Pierwsze, co zobaczyłam, to czerwone słońce. Łypało na mnie zza otwartych drzwi, rzucając szkarłatne światło na całe pomieszczenie, nawet na tacę śniadaniową, którą Ammi postawiła na podłodze kilka godzin wcześniej. Trochę zupy wylało się na lakierowaną tacę i w tym świetle płyn wyglądał jak krew.

Mój wzrok powędrował ku sukniom. Suknia słońca i suknia księżyca leżały złożone, gotowe, by wręczyć je cesarzowi Khanujinowi i Lady Sarnai. Ale suknia gwiazd... wisiała na krześle, a jej spódnica zamiatała podłogę.

To musiał być sen.

– Wstawaj, wstawaj! – Ammi szarpnęła moje ramię, z trudem wyciągając mnie z łóżka. – Przynajmniej spałeś w ubraniu.

To prawda. Dziwne – nie pamiętałam, żebym wczoraj przebierała się z powrotem. Po mojej lewej stało lustro, wysokie i prostokątne, z ramą z palisandrowej koronki. Zobaczyłam swoje odbicie: zapadnięte oczy zmęczone troską i brakiem snu, opadające na twarz rozczochrane czarne kosmyki. Nic nadzwyczajnego.

Rozczesałam włosy palcami i poprawiłam spodnie.

– Wstałem.

Ammi zrobiła krok w tył i założyła ręce na piersi.

– Nie ma czasu na śniadanie. – Przyklękła, by wytrzeć rozlaną zupę. – Zostawię ci to na później.

Pokiwałam głową, zapinając pas. Nożyczki spoczęły na moim biodrze – ich ciężar był przyjemnie znajomy.

Otrzepała mój kapelusz i mi podała.

– Włosy ci urosły.

Zawahałam się. Żałowałam, że zaklęcie Edana dotknęło również Ammi – chciałam mieć przyjaciółkę, która znałaby mój sekret.

– Wiem – powiedziałam, biorąc kapelusz. – Dziękuję.

Zapakowałam suknie do koszyka i pomknęłam do komnat Lady Sarnai, prawie zapominając o kuśtykaniu i podpieraniu się laską. Tak jak w Letnim Pałacu, Pawilon Orchidei znajdował się po drugiej stronie przybytku. Spiesząc przez dziedzińce i korytarze, unikałam spoglądania w niebo. Kątem oka widziałam, że chmury się żarzą, że nawet mój cień ma barwę czerwieni. Jednak nie podnosiłam wzroku – nie chciałam patrzeć na płonące czerwone słońce.

Wbiegłam po stopniach. Kiedy strażnicy wpuścili mnie do środka, padłam na kolana.

– Wasza Wysokość, proszę przyjąć moje najszczersze przeprosiny…

Na widok cesarza Khanujina zapomniałam języka w gębie.

Zniknął niski, słaby władca, którego spotkałam zaledwie pięć dni temu. Dzięki magii Edana Khanujin na powrót stał się majestatycznym królem, ukochanym i budzącym strach poddanych. Ujrzałam czarne jak heban włosy zaczesane pod złotą koroną i jasne, a nawet ciepłe oczy. Fasada robiła tak piorunujące wrażenie, że zapomniałam, jak wyglądał naprawdę.

Oderwałam wzrok od cesarza, nie chcąc, by magia ze mną pogrywała. U jego boku stał Edan. Ściągnęłam usta. Nie widziałam go od kilku dni. Miał krótsze włosy, loki założył za uszy, nosił te same czarne szaty, co zawsze w pobliżu swojego pana.

Stał wyprostowany, niemal sztywny. Przywiązany. Złota obręcz wciąż krępowała mu nadgarstek, a cesarz promieniał jaśniej niż kiedykolwiek. Na pewno wyobraziłam sobie spotkanie z Amaną poprzedniej nocy. Widząc Edana w takim stanie, czułam, że serce zaraz mi pęknie.

Lekko obróciłam głowę, obrzucając spojrzeniem komnaty Lady Sarnai. Wydawały się mniejsze niż te w Letnim Pałacu, może dlatego, że w środku zebrało się sporo ludzi: minister Lorsa i trzech innych eunuchów, szereg dworzan, kilka służek Lady Sarnai oraz Lord Xina. Wszyscy pragnęli zobaczyć, czy udało mi się uszyć suknie Amany.

– Cóż za spóźnienie – rzekł cesarz Khanujin, gdy drzwi się zamknęły. Nie patrzył na mnie. Dopiero po chwili zdałam sobie sprawę, że to nie ja przybyłam ostatnia.

Zza moich pleców wyłoniła się Lady Sarnai. Przez ramię przewiesiła łuk, jakby dopiero co wróciła z polowania. W dłoni trzymała strzałę, tak ostrą, jak niechęć w jej oczach. Zastanawiałam się, czy rozważa zastrzelenie mnie. Na pewno nie cieszyła się, że mnie widzi.

Oddała broń jednemu z eunuchów i rzuciła łuk oraz kołczan na posadzkę. Jeśli zdziwił ją widok Lorda Xiny, nie dała tego po sobie poznać, kiedy kłaniała się cesarzowi.

– Wstań – powiedział i zajął miejsce na jednym ze szkarłatnych tronów postawionych dla niego i Lady Sarnai na środku komnaty. Z tyłu paliły się kadzidła. Zauważyłam amulet Edana na jego szarfie. Wyglądał tak samo jak zwykle: stary, matowy talizman przedstawiający jastrzębia. – Nadeszło czerwone słońce. Mistrzu Tamarinie, długo czekaliśmy, aż skończysz suknie Amany. Zaprezentuj je Lady Sarnai, aby mogła włożyć jedną z nich dziś wieczorem na bankiet z okazji przybycia szansena.

Wstałam, nie podnosząc głowy i opierając się na lasce.

– Wasza Wysokość – zwróciłam się do Lady Sarnai. – Prezentuję ci skończone suknie w oczekiwaniu na twój ślub z cesarzem Khanujinem.

Gdy rozłożyłam suknie, zachwyciłam się, że materiału nie przecina ani jedna zmarszczka. Usłyszałam zdumione okrzyki służek Lady Sarnai, kiedy podnosiłam kreacje jedna po drugiej. Spódnice napuszyły się jak chmury, suknie zalśniły feerią blasków: promieni słońca i księżyca, złota, diamentów oraz innych drogocennych klejnotów.

– Jedna upleciona ze śmiechu słońca – zaczęłam, a służka przejęła suknie, by podać je Lady Sarnai. – Druga wyhaftowana z łez księżyca.

Lady Sarnai ledwie na nie spojrzała. Suknie oślepiały, ale moje oczy już się do nich przyzwyczaiły.

– I wreszcie trzecia – dokończyłam – pomalowana krwią gwiazd.

– Stój. – Lord Xina wystąpił do przodu, by ocenić ostatnią suknię. Jego duże dłonie zawisły nad tkaniną, która, o dziwo, nie mieniła się ani nie iskrzyła. Choć wspomnienia miałam mgliste, mogłabym przysiąc, że poprzedniej nocy, gdy ją nosiłam, tętniła życiem, jakbym nosiła światło gwiazd.

Jednak dziś suknia była czarna. Jak węgiel, jak tusz – jak śmierć.

– Niefortunny kolor jak na wesele, nie sądzisz, Wasza Wysokość? – rzekł Lord Xina do cesarza. – Znieważasz szansena.

Kąciki ust Lady Sarnai powędrowały do góry.

– Nawet gdyby kolor mnie nie odrzucał, suknia jest okropnie zwyczajna, Mistrzu Tamarinie. Nie przywodzi na myśl naszej wspaniałej bogini.

Podeszłam do służki i pokierowałam ją, aby stanęła w świetle, jednak szkarłatne promienie nie podkreślały koloru gwiazd.

– Materiał odbija światło, Wasza Wysokość – powiedziałam, próbując ukryć moje zakłopotanie nijaką suknią. – Może to wina czerwonego słońca.

Cesarz Khanujin założył ręce na piersi. Jego długie, jedwabne rękawy musnęły podłogę.

– Nie dąsaj się tak, Lady Sarnai. Myślę, że ten kolor będzie ci pasował.

– Nie włożę tego – żachnęła się Lady Sarnai. – Lord Xina ma rację. To nie jest kolor na wesele.

– Może Wasza Wysokość powinna przymierzyć jedną z sukien – zasugerował Edan. – Na przykład suknię słońca.

Lady Sarnai zmrużyła oczy.

– Co mi po jednej ładnej sukni, kiedy ta zupełnie nie zachwyca? Zażyczyłam sobie trzy suknie bogini Amany, a nie podróbki.

– To nie są podróbki – wycedził Edan.

– W rzeczy samej – zgodził się cesarz Khanujin. Położył dłonie na kolanach, dziwnie spokojny. – Moi strażnicy zarzekają się, że wczoraj w nocy w Wielkiej Świątyni widzieli boginię Amanę w sukni gwiazd.

Eunuchowie zaczęli szeptać między sobą, że oni również o tym słyszeli.

Wściekły Lord Xina spojrzał na Edana.

– Chcesz nas zwieść swoją magią? Wmówić nam, że bogini Amana naprawdę mogłaby chodzić po tej ziemi... w tym paskudztwie?

– Włóż suknię – rozkazał mi cesarz Khanujin.

Nie tylko ja zwróciłam głowę ku niemu.

– Panie?

– Zaprezentuj jej moc, tak jak wczoraj w nocy.

– Nie sądzę, aby to było stosowne – wtrącił się Lord Xina. – Mistrz Tamarin jest mężczyzną. Nie mógłby...

– Tu się mylisz, Lordzie Xina. – Cesarz się uśmiechnął. – Mistrz Tamarin to najmłodsze dziecko Kalsanga Tamarina. Jego córka, Maia.

Zapowietrzyłam się, a na twarze pozostałych wpłynął szok. Dlaczego to robił?

– Oszustka! – Usłyszałam szepty. Minister Lorsa zasłonił usta dłonią, eunuch obok niego zaczął zawzięcie notować. Uśmieszek Lady Sarnai zniknął, zastąpiony wyrazem osłupienia, lecz nie mogłam się tym rozkoszować, bo patrzyłam na Edana. Pozostał spokojny i zamyślony, choć lekko uniósł brew na znak, że nie ma pojęcia, co planuje cesarz. Nerwowo wykręciłam palce.

– Maiu Tamarin, włóż suknię.

Edan ruszył, by mi pomóc, ale cesarz go powstrzymał.

Świadoma każdego spojrzenia, wzięłam suknię gwiazd i udałam się za parawan. Czułam, jak Lady Sarnai świdruje mnie wzrokiem przez materiał, licząc, że suknia zawiedzie i nie tchnie do życia magii Amany.

Ogarnął mnie strach, że może się tak stać. Żadna ze służek nie chciała mi pomóc, a tego ranka guziki nie zapięły się same. Sięgnęłam po nożyczki – to wystarczyło, by magia wróciła. Suknia owinęła się wokół mnie.

Bez wahania zdjęłam kapelusz. Włosy rozsypały się i opadły na ramiona. Wystąpiłam zza parawanu.

Suknia zalśniła tak jasno, że światło skąpało całą komnatę. Oszołomiony cesarz Khanujin uniósł dłonie, by zasłonić oczy. Lady Sarnai i Lord Xina poszli w jego ślady.

Jednak Edan nie odwrócił wzroku. Lekko otworzył usta, w jego oczach zaiskrzył zachwyt, który go zbudził, i na chwilę wrócił mój Edan, nie Edan – sługa cesarza Khanujina. Lecz to nie na suknię patrzył, tylko na mnie.

– Promieniejesz – wyszeptał tak cicho, że wyłącznie ja go usłyszałam.

Zmieszana spojrzałam w dół. Suknia ożyła, tak jak wczoraj w nocy. Dziś miała inny kolor, bardziej fioletowy niż czarny, głębszy niż najdroższe barwniki, na jakie mogli pozwolić sobie królowie i królowe. Materiał falował i mienił się wszystkimi kolorami świata. Nagle zobaczyłam swoje odbicie w lustrze. Rzeczywiście promieniałam – moja skóra, moje włosy, dłonie, całe ciało biło srebrzystym blaskiem, który pojaśniał jeszcze bardziej, gdy go zauważyłam. Edan sięgnął po moje nożyczki. Trzymałam je tak mocno, że ostrza wżynały się w palce.

Gdy jego dłoń musnęła moją, suknia rozbłysła, lecz za chwilę zrobił krok do tyłu, a jego miejsce zajął cesarz Khanujin.

Na jego twarzy malował się podziw. Cesarz uniósł mój podbródek, jak wtedy w celi więziennej.

– Cóż za wspaniała przemiana – rzekł, oceniając mnie pod każdym kątem. – Teraz rozumiem, dlaczego uznali cię za samą Amanę. Przejdź się dla mnie.

Nogi miałam ciężkie, lecz usłuchałam. Małymi krokami przespacerowałam się przed cesarzem tak, aby wszyscy mnie widzieli. Śledzili każdy mój ruch, chłonąc blask sukni.

Choć wiedziałam, jak działa moc Khanujina, było mi trudno się oprzeć. To, co kiedyś uznałam za charyzmę, okazało się siłą – wylewała się z niego największym strumieniem, gdy stał obok Edana. Spięłam się i mój umysł stawił opór, ale ciało już nie. Cesarz kazał mi zrobić obrót, więc zrobiłam obrót. Kazał mi ująć jego ramię, więc ujęłam jego ramię. Dotknął mojej twarzy, a ja mu pozwoliłam.

Edan patrzył na nas z rękami założonymi z tyłu. Zaciskał szczękę – był wściekły na cesarza, że wykorzystuje jego moc, by mną manipulować. I wściekły na siebie, że nie może go powstrzymać.

– Wciąż wątpicie, że to suknie Amany? – zapytał cesarz Khanujin. – Tylko magia potrafi przemienić zwyczajną dziewczynę, Maię Tamarin, w boginię.

Lord Xina i Lady Sarnai milczeli. Blask mojej sukni tańczył w ich oczach, lecz nie wypełniał ich zachwytem, tylko bólem.

– Pokaż nam moc Amany, Maiu – zagrzmiał cesarz władczym głosem, a ja się napięłam.

– Wasza Wysokość – wtrącił Edan – moc sukien nie należy do tego świata.

– Zamilcz – wychrypiał Khanujin. Amulet Edana iskrzył wśród pozostałych na jego szatach, szczególnie gdy padało na niego światło mojej sukni.

„Za światło krwi gwiazd, pod którym złożył przysięgę – powiedziała Amana – twój ukochany odzyska wolność".

Edan powiedział mi, że został czarodziejem, kiedy wypił krew gwiazd. Obręcz pojawiła się na jego nadgarstku po złożeniu przysięgi na Wyspach Lapzuru.

Przeniosłam wzrok z amuletu na szatach cesarza na obręcz na nadgarstku Edana. Czy to może być tak proste?

Światło zaśpiewało we mnie. Postanowiłam, że uwolnię magię sukni, nie dla cesarza, lecz dla Edana. W miarę jak moja determinacja rosła, materiał płonął jaśniej niż kiedykolwiek, emanował oślepiającym srebrnym blaskiem, który przyćmiewał wszystko, czego dotknął. Mój umysł wirował niczym kołowrotek z taką mocą, że nawet nie poczułam, kiedy Edan złapał mnie za ramiona, nie usłyszałam, jak cesarz Khanujin się śmieje, a Lady Sarnai krzyczy.

Obróciłam się twarzą do Edana i splotłam nasze palce. Owionął nas wir niebieskiego i fioletowego światła.

– Co ty robisz? – krzyknął Edan.

Nie odpowiedziałam, tylko ścisnęłam jego dłoń i położyłam sobie na sercu. Światło wokół nas rozbłysło tak mocno, że nikt nie mógł nas zobaczyć, nie w tym oku cyklonu. Stanęłam na palcach i pocałowałam Edana, myśląc o wszystkim, czego pragnęłam: by Keton znów chodził, by Baba był szczęśliwy.

By Edan odzyskał wolność. Spełnię te marzenia, jedno po drugim, bez względu na cenę.

Bądź wolny, Edanie. Bądź wolny. Cofnęłam usta i przytknęłam czoło do jego czoła. Ujrzałam zdumienie w jego oczach. Szarpnął ręką – obręcz zaczęła syczeć i dymić, aż rozpadła się w złoty pył i posypała na posadzkę niczym piasek. Wiatr zwiał ją, zanim światło sukni zgasło i znów otoczyły nas drewniane ściany pałacu.

Pokaz magii dobiegł końca. Odsunęłam się od Edana najspokojniej, jak potrafiłam. Wszyscy w komnacie runęli na podłogę. Wazony i krzesła się poprzewracały, filiżanki leżały rozbite, obrusy porozrzucane. Pierwszy pozbierał się cesarz. Lord Xina podniósł Lady Sarnai, a potem stanął w odpowiedniej odległości. Zaciskał szeroką szczękę i ściągał usta w kreskę. Ach, jak dobrze znałam tę minę! Często widywałam ją u Edana.

– Podziwiajcie świetność i moc Amany – powiedział cesarz, otrzepując rękawy z kurzu. – Gratulacje, mistrzyni Tamarin. Nikt nie zaprzeczy, że spełniłaś życzenie Lady Sarnai i zasłużyłaś na stanowisko na moim dworze.

Pokłoniłam się do ziemi. Amulet na jego szarfie był matowy, wizerunek jastrzębia przecięło pęknięcie. Jednak cesarz nie zauważył. Czułam, że nie zauważy, dopóki nie zobaczy własnej urody gasnącej w lustrze.

– Zwalniam cię z obowiązków do końca dnia – dodał.

Ledwie słyszałam Khanujina, gdy odprawiał mnie i pozostałych z Pawilonu Orchidei. Mogłam jedynie kipieć pod gorącym spojrzeniem Edana. Twarz mu poszarzała, w oczach odmalowały się żal i dezorientacja, jego ruchy ociężały. Próbował złapać mój wzrok, lecz ja nie ośmieliłam się podnieść oczu, nawet gdy zwrócił mi nożyczki ani gdy musnął mnie peleryną, wychodząc za cesarzem.

Strażnicy otworzyli drzwi, wpuszczając do środka podmuch zimnego powietrza. Kiedy większość opuściła komnatę, służki Lady Sarnai pospieszyły posprzątać. Nikt nie odważył się pomóc mi ze zdjęciem sukni, więc poradziłam sobie sama. Zostawiłam pozbawioną życia kreację na czerwonym tronie cesarza.

Lady Sarnai mnie obserwowała, lecz nie łypała groźnie jak zwykle, raczej wpatrywała się z rezygnacją. Obróciła się na pięcie, pomaszerowała do kąta i usiadła przy tamborku, jak najdalej od sukni gwiazd. Nie rozluźniła zaciśniętych pięści, nawet kiedy ruszyłam do wyjścia.

Nie założyłam kapelusza. Trzymałam go u boku, zmierzając do swojego pokoju. Na mój widok strażnicy się wyprostowali.

– Mistrzyni Tamarin – wyszeptali, z szacunkiem skłaniając głowy. Minister Lorsa, który stał w pobliżu, również się ukłonił, a potem prędko odszedł w inną stronę.

Powinnam triumfować. W końcu ja, zwykła krawcowa z Port Kamalan, uszyłam legendarne suknie Amany. Zostałam nadworną krawcową A'landi, pierwszą kobietą na tym stanowisku na dworze. I uwolniłam Edana, Lorda Czarodzieja, od tysiącletniej przysięgi.

A jednak czułam pustkę. W momencie, kiedy uwolniłam Edana, zalał mnie przejmujący chłód.

Jest wolny, przypomniałam sobie, padając na łóżko. Tylko to się liczy.

I tak zasnęłam – z najsmutniejszym uśmiechem na ustach.

Rozdział trzydziesty szósty

Kiedy Edan mnie obudził, nie uśmiechał się. Siedział na krawędzi mojego łóżka z rękami skrzyżowanymi na piersi. Zmiana była subtelna, ale zauważyłam ją od razu.

Ramiona miał rozluźnione, jakby spadł z nich okropny ciężar. Włosy mu pojaśniały – ich czerń przypominała raczej nasiona maku niż bezgwiezdną noc – a grzbiet nosa lekko się wykrzywił. Po raz pierwszy zauważyłam drobne niedoskonałości na jego twarzy: małą bliznę nad okiem, której wcześniej tam nie było, pieprzyk na policzku. Serce mi urosło.

– Wezwałaś Amanę – powiedział napiętym głosem.

Nie pytał, ale skinęłam głową. Podniosłam się.

– Wczoraj w nocy. Gdy włożyłam suknię, poszłam do Wielkiej Świątyni, a Amana mi się objawiła. Obiecała spełnić jedno życzenie.

Zaklął.

– Maiu, ze wszystkich głupich, impulsywnych…

– A czego miałabym sobie życzyć? – spytałam cicho. – Kocham cię.

Światło słońca rzuciło rubinowy blask na jego twarz i złość zgasła. Smutek w oczach Edana wyrażał tysiąc słów.

– Powinienem był nalegać, żebyś wypiła.

– Wypiła?

– Napój dla twojego ojca i brata. Wystarczyłoby też dla ciebie. Zapomniałabyś mnie. Byłabyś szczęśliwa.

Teraz już rozumiałam. Moja odpowiedź się nie zmieniła. „Nie będę szczęśliwa, jeśli obok nie będzie ciebie". Te słowa stanęły mi w gardle – zdałam sobie sprawę, jak bardzo są prawdziwe. Byłam szczęśliwa przez jedną ulotną chwilę tego ranka, gdy uwolniłam Edana od przysięgi. Ale nie mogłam być szczęśliwa zawsze. Choć nie chciałam tego przyznać, w głębi serca wiedziałam, że uwalniając Edana, zagwarantowałam nasze rozstanie.

– Nie widzisz, co zrobiłaś? Teraz Bandur przyjdzie po ciebie.

– Umarłabym z rozpaczy, gdybyś stał się… taki jak on.

Edan mną potrząsnął.

– A ja umrę z rozpaczy, kiedy Bandur cię zabierze. Nie dbasz o to?

Serce mi pękało. Nigdy nie widziałam Edana tak bezbronnego, tak załamanego. Chciałam z nim być. To pragnienie rozrywało mi duszę.

„Tobie przyjdzie zapłacić cenę za jego złamaną przysięgę", powiedziała Amana. Ale Bandur po mnie nie przyszedł. Przynajmniej jeszcze nie.

– Bandur mnie nie zabierze – rzekłam drżącym głosem. – Nie może.

– Nie rozumiem, Maiu. – W oczach Edana pojawiło się wahanie. Były tak niebieskie, że nie pamiętałam, aby kiedykolwiek miały inny kolor. – Co masz na myśli?

– Mówiłeś, że moc sukni nie należy do tego świata – zaczęłam, powoli wysnuwając moje kłamstwo. – Uwolniły również mnie.

Przeszywał mnie wzrokiem. Nie uwierzył mi.

– Spójrz. – Odgarnęłam włosy, pokazując szyję. – Nie mam piętna.

– Nie masz go, odkąd Bandur przerzucił klątwę na mnie.

– A teraz ta klątwa została złamana. Jesteś wolny od przysięgi i od Bandura. – Język mi ciążył. Okłamywanie Edana mnie bolało, jednak przychodziło mi łatwiej, niż powinno. Ogarnęło mnie dziwne, lodowate uczucie. – Oboje jesteśmy.

Jego twarz drgnęła, gdy zaglądał mi w oczy. Uspokoiłam emocje, zdziwiona, jak łatwo jest nic nie czuć – jak łatwo sprawić, by nic nie znalazł. Nie miał już magii, nie mógł z pomocą czarów wykryć mojego kłamstwa.

– Przysięgasz?

Szwy, które mnie trzymały, zagroziły, że zaraz pękną. Kurczowo chwyciłam się lodu – potrzebowałam go, by ochronić Edana.

– Tak – odparłam spokojnie.

Złagodniał. Uwierzył mi.

– Jeśli oboje jesteśmy wolni, to dlaczego czuję, że nadal nie możemy być razem? Że twoje marzenie o warsztacie nad oceanem wciąż jest bardzo odległe?

Zabiły bębny i odebrały mi szansę na odpowiedź.

– Wkrótce przybędzie szansen – oznajmiłam. – Musisz iść. Niedługo Khanujin zorientuje się, że już nie jesteś do niego przywiązany. Zmieni się.

Edan nie ruszał się z miejsca.

– Chodź ze mną.

Ach, tak bardzo tego pragnęłam. Jednak nawet gdybym nie kłamała w sprawie Bandura, nie mogłabym z nim iść. Nie mogłam ryzykować, że coś stanie się mojej rodzinie, jeśli cesarz Khanujin dowie się, że to ja złamałam przysięgę Edana.

Smutno pokręciłam głową.

– Idź. Im dłużej tu jesteś, tym bardziej się narażasz. – Widziałam, że to go nie przekonuje, więc dodałam: – I mnie.

Otworzył usta, by zaprotestować, ale nie dopuściłam go do słowa.

– Tu będę bezpieczna. Cały dwór huczy, że jestem kobietą, że uszyłam suknie Amany. To zajmie szansena i cesarza i da ci czas, by zniknąć.

– Kiedy stałaś się taka odważna, *xitara*? – Ujął moją dłoń i na nią spojrzał. – Maiu, masz zimną rękę.

– To... od noszenia sukni – rzuciłam, odsuwając się. W gardle urosła mi ciężka gula. Kolejne kłamstwa. – Proszę, musisz iść.

Ściskał moją dłoń. Pośpiech zwyciężył nad złością i żalem – Edan wiedział, że mam rację, że kończy nam się czas.

– Strzeż sukien. Mają wielką moc i do ciebie przemawiają. Cesarz będzie słaby beze mnie. Nie mogę już chronić A'landi. Ale może ty możesz.

– Dokąd się udasz?

– Do źródła magii, która istnieje poza przysięgą.

– To... możliwe?

– Czarodzieje rodzą się z magią. Nawet gdy przysięga zostaje zerwana, zostaje w nas trochę mocy, ale nie możemy tchnąć jej do życia. Jednak nauczyciele opowiadali mi o uwolnionym czarodzieju z Agorii, który wciąż władał magią. Jeśli nadal żyje, może mi pomoże.

– Edanie, chciałam, żebyś odzyskał wolność, a nie...

– Właśnie tak pragnę ją wykorzystać – przerwał mi łagodnie. – Dopóki nie upewnię się, że Bandur i Khanujin ci nie zagrażają, muszę szukać sposobu, aby cię chronić. Gdy go znajdę, wrócę i zabiorę cię ze sobą. Teraz ty jesteś moją przysięgą, Maiu Tamarin. I nigdy się ode mnie nie uwolnisz.

Przytuliłam jego dłoń do policzka. Ciepło rozlało się po mojej twarzy, roztapiając chłód.

– Wiem.

Przytknął czoło do mojego czoła, palcami musnął moją skórę.

– Niech Amana ma cię z swojej opiece do naszego następnego spotkania.

Wykrzesałam z siebie śmiech.

– Myślałam, że nie wierzysz w bogów.

– Zaczynam wierzyć – powiedział poważnie. – W bogów i w to, że jesteś największą nadzieją A'landi. – Schylił się i podał mi nasz dywan. – Weź go ze sobą. Jeśli znajdziesz się w niebezpieczeństwie, będziesz mogła uciec. Znajdź mnie.

– Powinieneś go zatrzymać.

– Już mnie nie słyszy. – W jego głosie zabrzmiał smutek, choć Edan starał się go ukryć.

Przyciągnął mnie do siebie i pocałował. Najpierw gwałtownie, potem głęboko, jakby natężenie jego miłości mogło wpłynąć na moją decyzję i sprawić, że pójdę z nim. Nie mogłam złapać tchu. Objęłam go za szyję i słuchałam miarowego bicia serca.

Pogłaskał mnie po włosach, a potem ujął moją twarz i uniósł tak, by nasze oczy się zrównały.

– Dziękuję, że mnie uwolniłaś.

– Bądź bezpieczny – szepnęłam. – Pamiętaj, teraz jesteś śmiertelnikiem. Nie rób nic głupiego i nie zwlekaj zbyt długo z powrotem.

Uśmiechnął się słabo.

– Obiecuję.

Rozplótł nasze palce, ostatni raz musnął moje usta, a następnie odwrócił się i odszedł.

Chciało mi się płakać, jednak łzy nie napływały. Chłód przejął moje serce, ściskając je coraz mocniej, jakby przygotowywał je na to, że zaraz pęknie. Odrętwiała zasunęłam zasłony, pozwalając, by komnatę spowiły cienie.

W świątyni zabiły bębny – to cesarz Khanujin przybył na modlitwę w południe, aby uczcić czerwone słońce. Woda w umywalce zadrżała.

Zanurzyłam palce i ochlapałam sobie twarz.

– Uwolniłaś swojego czarodzieja – powiedział mroczny, dźwięczny głos. – Popełniłaś błąd, Maiu Tamarin. Wielki błąd. Ostrzegałem cię, że jeśli Edan złamie przysięgę, wrócę po ciebie.

Zamarłam. Nie widziałam, skąd dochodzi. Zdawał się rozbrzmiewać w ścianach.

– Popatrz uważnie – poradził.

Przełknąwszy ślinę, zajrzałam do pracowni. Zastałam puste krosno, krzesła i stół. Gdy wróciłam do sypialni, ujrzałam Bandura w lustrze.

– Wiesz – zaczął – że kiedyś grali na bębnach, żeby odstraszyć demony?

Ściągnęłam ramiona i się wyprostowałam.

– Jeżeli przybywasz tu po mnie, to wiedz, że się nie boję.

– Zdradza cię drżenie w głosie – mruknął. – Chcę tylko zamienić z tobą kilka słów. – Przybrał oblicze Senda i się uśmiechnął. – Może to pomoże.

– Nie mieszaj w to mojego brata – wycedziłam.

Bandur zarechotał i wrócił do swojej postaci.

– Zadziwiasz mnie, Maiu Tamarin. Dusza Edana była wspaniałą zdobyczą, ale ty, krawcowa, która przywołała Amanę, możesz okazać się jeszcze cenniejsza.

– Chcesz mnie zabrać, to zabierz. – Zacisnęłam pięści tak mocno, że paznokcie zagłębiły się w skórę. – Chyba że nie masz wystarczająco mocy, żeby dotrzeć ze swojej krainy aż tutaj?

Bandur dryfował w lustrze. Wbijał we mnie obsydianowe oczy krwawiące popiołem i śmiercią.

– Nie muszę cię zabierać. – Jego ręka przeszyła szklaną powierzchnię, a ja się cofnęłam. – Przybędziesz na Wyspy Lapzuru z własnej woli.

– Nigdy nie wrócę w to paskudne miejsce – warknęłam. – Nigdy.

– Jeszcze się przekonamy – oznajmił ze śmiechem. – Twój ukochany czarodziej jest wolny i już nie może cię chronić. Gdy nadejdzie czas, będziesz błagać, żeby zająć moje miejsce jako strażniczka Lapzuru.

Pewność w jego głosie sprawiła, że przeszły mnie ciarki.

– Masz urojenia, demonie.

– Czyżby? – wychrypiał. – Gdybyś była zwyczajną dziewczyną, twój los byłby prostszy. Rozrzuciłbym twoje kości po całej ziemi, by rozdarta dusza nigdy nie zaznała spokoju. Ale nie, Edan miał rację. Nie jesteś zwyczajną dziewczyną. Dlatego teraz musisz zapłacić wyższą cenę. Amana cię ostrzegała.

Powinnam drżeć i skręcać się z nerwów, lecz nie czułam nic. Spojrzałam na niego wyzywająco.

– Nie boję się.

– A więc już się zaczęło – rzekł. – Demony nie czują strachu.

Chłód w mojej piersi wszczął bunt, a z ust wyrwał się zduszony okrzyk.

– Nie. Nie!

– Tak, z każdą sekundą stajesz się taka jak ja. Wkrótce bębny będą tylko przypominać ci o sercu, które kiedyś miałaś. Każde uderzenie, które nie nadejdzie, każdy chłód, który cię dotknie, będzie znakiem, że pochłania cię ciemność. Pewnego dnia odciągnie cię od wszystkiego, co jest ci drogie: twoich wspomnień, twojej twarzy, twojego imienia. Nawet twój czarodziej przestanie cię kochać, gdy obudzisz się jako demon.

– Nie! – krzyknęłam, waląc pięścią w lustro. – To nieprawda.

Bandur złapał mnie za nadgarstek. Jego czarne pazury podrapały moją skórę.

– Bądź szczęśliwa, Maiu. To nie potrwa długo.

Po tych słowach zniknął.

Osunęłam się na ziemię. Bandur na pewno kłamał. To nie mogła być prawda.

Łzy wciąż nie napływały i choć z całych sił starałam się przywołać strach, nie potrafiłam. W głębi serca wiedziałam, że Bandur ma rację. Moja dusza popękała i przez to pęknięcie do środka sączył się cień. Wkrótce rozbije mnie doszczętnie i stanę się tym, czym Bandur. Demonem.

– Jestem Maia Tamarin – powiedziałam do lustra. – Córka Kalsanga i Liling Tamarin, siostra Finleia, Senda i Ketona. Ukochana Edana.

Powtarzałam to w kółko i w kółko, przypominając sobie twarze rodziców, braci i Edana, wspominając dzieciństwo nad oceanem, miłość do jedwabi, kolorów i światła. Myślałam o tym, co straciłam, co zyskałam, o bólu, który czułam, gdy Edan odchodził, nie wiedząc, że go oszukałam. Wreszcie łzy popłynęły, a ja zachłysnęłam się z emocji, kołysząc się do przodu i do tyłu.

Tak strasznie tęskniłam za Babą i Ketonem.

„Bądź szczęśliwa", dręczył mnie Bandur. „To nie potrwa długo".

Jak mogłam być szczęśliwa bez mojej rodziny? Sądziłam, że przyjeżdżając do pałacu, uratuję Babę i jego warsztat, ale się myliłam. A teraz, bez Edana...

Nagle przypomniałam sobie o jego darze. „Wniesie z powrotem trochę szczęścia w życie waszej rodziny".

Potarłam oczy i w szale przetrząsnęłam kufer w poszukiwaniu ostatniego orzecha. Gdy go znalazłam, zacisnęłam dłoń wokół łupiny, czując jej ciepło.

Nie oddam Bandurowi duszy. Nie bez walki.

Muszę znów zobaczyć światło w oczach Baby, zobaczyć chodzącego Ketona. Przypomnieć sobie, jak to jest być szczęśliwą, choćby ten ostatni raz.

Sięgnęłam po nożyczki i zaatakowałam zniszczony dywan, aż wreszcie drgnął i wrócił do życia.

Wracam do domu.

Rozdział trzydziesty siódmy

Dotarłam do Port Kamalan kilka godzin przed zachodem. Drogi świeciły pustkami – wszyscy świętowali czerwone słońce w domach, nawet uliczni handlarze się schowali. Dostrzegłam ojca Calu w piekarni. Mieszał mąkę, olej, cukier i wodę, tak jak każdego popołudnia, przygotowywał ciasto na jutrzejsze bułeczki. Nie zauważył mnie. Nikt nie zauważył.

Nasz warsztat był zamknięty, ale wiedziałam, że Baba zapomniał zamknąć zamek. Wsunęłam dywan pod pachę i cicho weszłam do środka.

Nic się nie zmieniło. Na ladzie leżały sterty złożonych lnianych koszul, w kątach wisiały pajęczyny, na niskim taborecie stała miska z węglem.

– Kto tam? – wychrypiał głos zza lady. Gdybym miała zgadywać, dochodził z ołtarza w kuchni. Baba powoli powłóczył nogami do sklepu.

Gdy zobaczyłam tatę, poczułam ucisk w gardle.

– Babo!

Najpierw rozpoznał mój głos, potem sylwetkę. Wybałuszył oczy.

– Na niebiosa, Maia! – sapnął. – Mogłaś napisać, że przyjeżdżasz.

– Nie mogę zostać długo – powiedziałam, starając się pozostać w cieniu. Nie chciałam, żeby zobaczył moje przekrwione od płaczu oczy.

Gestem przywołał mnie do siebie.

– Cesarz dał ci wolne?

– Tak.

– Nie sądziłem, że pozwoli ci przyjechać, skoro jesteś nadwornym krawcem. – Baba złapał mnie za barki. – Moja córka... nadworny krawiec. Trudno mi dochować twojej tajemnicy, szczególnie kiedy jestem taki dumny.

– Już nie musisz. Cesarz powiedział wszystkim, że jestem kobietą.

– Naprawdę? – Wyprostował się. – Dzięki Amanie, więc naprawdę jest tak wspaniały, jak mówią.

Nie odpowiedziałam, tylko ściągnęłam usta. Czerwone słońce wisiało nisko na niebie, ale jego światło wlewało się przez kuchenne okno. Musiałam zasłonić oczy.

– Gdzie Keton?

– Wróciłaś na kolację? – zapytał głos za mną. – Dzięki bogom. Baba kazał mi gotować. Ale skoro już tu jesteś...

– Keton – wyszeptałam. Wsunęłam dłoń do kieszeni z orzechem i ścisnęłam go, patrząc, jak Keton z trudem wlecze się wzdłuż ściany. Podbiegłam, żeby mu pomóc, wzięłam go pod ramię i objęłam w pasie, żeby mógł się na mnie oprzeć.

– Ostrożnie, Maiu – zganił mnie półżartem. – Kości jeszcze się zrastają. Zmiażdżysz je tym uściskiem.

W moich oczach zalśniły łzy, w gardle urosła gula. Puściłam go.

– Możesz chodzić?

– Ledwie. – Zmęczony oparł się o ścianę.

– Mówiłeś, że zrobisz krok za każdy dzień mojej nieobecności.

– Maiu – skarcił mnie Baba.

Keton zwiesił głowę.

– Próbowałem, Maiu. Naprawdę próbowałem.

Serce mi zamarło, ale uśmiechnęłam się, żeby nie widział mojego smutku.

Odłożyłam dywan i rozejrzałam się po warsztacie. Był posprzątany, ale nieznacznie. Zobaczyłam moje listy na stole do szycia. Miały wytarte krawędzie – ciekawe, czy piasek dostał się między kartki i przyjechał z pustyni aż do Port Kamalan. Nie mogłam się zmusić, żeby to sprawdzić.

Na kuchennym stole stał rząd na wpół wypalonych świeczek, leżała tam też niedoszyta płachta jedwabiu. Musnęłam materiał – był gładki i lśniący. Taką tkaninę można kupić tylko od handlarzy na Szlaku.

– Znowu szyjesz – zachwyciłam się, słysząc brzęk szpilek w kieszeni Baby, gdy szedł za mną. – Starczyło wam pieniędzy? Nie wysłałam za mało?

– Wysłałaś za dużo – strofował mnie ojciec. – Musiałem oddać połowę, żeby sąsiadki przestały pytać, skąd mam pieniądze i gdzie się podziałaś. Sprytne te żony rybaków, ale nie zdradzają sekretów… przynajmniej nie za sto jenów.

– Martwiłam się, że brakuje wam jedzenia. – Westchnęłam z ulgą.

– Lepiej martw się o szycie Ketona.

– Idzie mi coraz lepiej – zaprotestował mój brat.

– Tak, wreszcie umie przyszyć guzik.

Keton się skrzywił.

– A co z tobą, Maiu? – Przyjrzał mi się uważnie. – Wyglądasz... inaczej.

Nosiłam jego dawne ubranie – to, które zabrałam tamtej nocy, gdy postanowiłam wyjechać. Ale wiedziałam, co ma na myśli. Zmieniłam się.

Walczyłam z duchami i dotknęłam gwiazd. Wspięłam się na górę do księżyca i pokonałam wściekłość słońca. Jak mogłabym być tą samą dziewczyną, która całymi dniami siedziała w kącie, ćwicząc hafty i cerując?

Jednak nie powiedziałam tego na głos. Pomogłam Ketonowi usiąść w fotelu i przykryłam go kocem. Niedaleko zadudniły bębny. Podskoczyłam na ich dźwięk.

– Co to?

– Bębny ze świątyni – wyjaśnił Keton, marszcząc brwi. – Maiu, dobrze się czujesz?

– To tylko zmęczenie – zapewniłam go pospiesznie. – Za mną długa podróż.

Pierwszy raz w życiu okłamałam brata. Nie czułam się dobrze, a kiedy zerknęłam na Babę, zobaczyłam, że on to wie. Ścisnęłam orzech w dłoni. Nawet jeśli widzę ich ostatni raz, zrobię dla nich coś dobrego – ta świadomość dodawała mi siły.

– No. – Keton się ucieszył. – To opowiadaj.

Usiadłam na stołku obok niego, wciąż zaniepokojona bębnami.

– Co mam opowiadać?

– Proszę cię, Maiu. Wyjechałaś na kilka miesięcy, zostałaś nadworną krawcową. Poznałaś cesarza i córkę szansena. Na pewno masz co opowiadać.

Dotknęłam jego kolan i spojrzałam na stos ubrań do zacerowania. Byłoby tak łatwo zostać tu z nimi, zająć się warsztatem i zapomnieć o tym wszystkim, co się wydarzyło. Gdybym tylko mogła sobie na to pozwolić.

– Nawet nie wiem, od czego zacząć.

– Zacznij od początku – rzekł Baba. – Opowiedz to jak baśń, tak jak opowiadał ci Sendo. Historia sama do ciebie przyjdzie.

Tak, Sendo opowiadał mi baśnie. Gdyby żył, ta by mu się spodobała: opowieść o dziewczynie, która uszyła suknie ze słońca, księżyca i gwiazd, która miała zmienić się w demona.

Ale także o chłopaku. Chłopaku, który potrafił latać, ale nie pływać. Chłopaku o mocy boga, zamkniętym w kajdany niewolnika. Chłopaku, który mnie kochał.

Opowieść, która wciąż się pisze.

Wzięłam głęboki wdech i opowiedziałam im o konkursie, o mistrzach krawiectwa, z którymi rywalizowałam, o Lady Sarnai, która zażyczyła sobie trzech sukien, ze słońca, księżyca i gwiazd. Opisałam, jak z Edanem podróżowaliśmy przez A'landi na pustynię Halakmarat i do Agorii, a nawet na Zapomniane Wyspy Lapzuru. Wyjawiłam, jaki czar otacza cesarza Khanujina, gdy w pobliżu jest Edan. Jednak gdy dobiegałam do końca historii, Baba zmarszczył brew. Choćbym nie wiem jak próbowała ukryć, co czuję, Baba zawsze czytał ze mnie jak z otwartej księgi. Widział, że coś pomijam, i miał rację.

Dosięgły mnie cienie gasnącego dnia. Skryłam się w nich, uciekając przed przenikliwym wzrokiem Baby. Nie mogłam mu powiedzieć, że zakochałam się w czarodzieju cesarza, że moc sukni Amany uwolniła go od przysięgi… ani że zostałam przeklęta przez demona.

– Co za historia, Maiu – podsumował Baba, gdy zamilkłam. – Więc to dzięki tobie dojdzie do ślubu cesarza i Lady Sarnai.

– Opowiedz więcej o duchach i demonach – poprosił Keton. – I o tym czarodzieju.

– Później, Ketonie. – Baba popatrzył na mnie i spochmurniał. – Maiu, nie wyglądasz dobrze.

– Po prostu jestem zmęczona. – Zmusiłam się do uśmiechu, lecz dłonie ściskałam w pięści. Z okna sączył się chłód. – Ketonie, drżysz. Przyniosę ci herbaty.

– Wcale nie – zaprotestował mój brat, ale ja już wstałam.

Wyjęłam orzech z kieszeni i wprawnym ruchem rozbiłam go jak jajko. Błysnął złoty płyn, gęsty jak miód, a w powietrzu uniósł się zapach imbiru. Już prawie wlewałam substancję do dzbanka, ale w ostatniej chwili się zawahałam. Widziałam czary Edana tyle razy, że im ufałam, a jednak... to nie magia sprawiła, że Baba nazwał mnie silną. Zmieniła mnie, ale nigdy nie uczyniła mnie silniejszą ani mnie nie uszczęśliwiła. Więc jak mogła uszczęśliwić Babę i Ketona?

Czekali na mnie, więc schowałam orzech za jedną z roślin doniczkowych. Zgarnęłam najbliższą filiżankę i nalałam herbaty. Poczułam w dłoni jej ciężar, a chwilę potem ciepło. Zaniosłam filiżankę Ketonowi, nalałam Babie, a na koniec sobie.

– Świętujmy moje mianowanie na nadworną krawcową – powiedziałam, licząc, że głos mi nie zadrży. – Wypijmy za wesele cesarza Khanujina i córki szansena. I módlmy się, aby jego pomyślność pozwoliła mi częściej wracać do domu.

– Za pokój – wzniósł toast Baba. Wypił całą herbatę, Keton również opróżnił filiżankę jednym haustem i wytarł usta wierzchem dłoni.

Patrzyłam na nich z głęboką nadzieją, że podjęłam dobrą decyzję.

– Gapisz się na mnie, Maiu – rzucił przekornie Keton. – Mam liście herbaty w nosie?

Przyklękłam przy nim, ujęłam jego dłoń i się uśmiechnęłam.

– Nie, po prostu cieszę się, że cię widzę. I Babę. I że jestem w domu.

Przyciągnął mnie bliżej.

– Pamiętasz nasz ostatni poranek w Gangsunie? – spytał cicho. – Nie chciałem wyjeżdżać i wdrapałem się na drzewo, żeby nikt mnie nie znalazł.

Pamiętałam.

– Spadłeś i złamałeś rękę.

– Strasznie bolała i bałem się, że już nigdy nie będę mógł nią ruszać, ale bardziej bałem się Finleia. – Zaśmiał się. – Dał mi taką burę, że aż w uszach mi dzwoniło. Ale potem unieruchomił mi rękę, a kiedy się zagoiła, pomógł mi ćwiczyć i odzyskać siłę. – Jego dłonie się uspokoiły, oddech wyrównał. – Nie pamiętałem tamtego poranka przez wiele lat, jednak gdy wyjechałaś, myślałem o nim każdego dnia. – Wreszcie wyznał: – Myślę, że ciebie też się bałem. Nie tego, że dasz mi burę, ale tego, że cię zawiodę.

Dobrze, że trzymał mnie za ręce, bo straciłam równowagę, gdy ze zdziwienia odchyliłam się do tyłu.

– Ketonie…

– Próbowałem – przerwał mi, jednocześnie mnie przytrzymując. – Każdego ranka, każdego wieczora. Czasami szło mi lepiej, ale za każdym razem upadałem. Nie chciałem upaść, kiedy wrócisz.

Zanim Baba i ja zdążyliśmy cokolwiek powiedzieć, zerwał z siebie koc. Kolana mu zadrżały, więc uspokoił je ręką.

– Nie było cię długi czas, siostro – kontynuował. – Obiecałem ci krok za każdy dzień, jednak nie obiecałem ich wszystkich na raz.

Wziął wdech, przesunął się na krawędź fotela i postawił stopy mocno na podłodze. Miał problem ze wstaniem bez pomocy ściany czy Baby, ale nie przyjął mojego ramienia, gdy je podstawiłam.

Zacisnął palce na lasce i postawił ją w ostrożnej odległości. Następnie pociągnął nogę do przodu i pokonał dystans, robiąc krok. Potem kolejny. I kolejny, aż usłyszałam zduszony okrzyk Baby, kiedy Keton zatoczył się w jego stronę.

Trzy kroki i mój brat opadł na fotel obok Baby. Przytuliłam go.

– Na razie trzy – rzekł Keton z uśmiechem i zmierzwił mi włosy. – Zaliczysz to, Maiu?

– Wolę liczyć twoje uśmiechy niż twoje kroki, drogi bracie. Najważniejsze dla mnie jest bycie tu, w domu, z tobą i Babą.

Baba podszedł do nas i go objęliśmy. Minęło tyle czasu, odkąd byliśmy razem, że nie chciałam ich puszczać.

Kiedy usadowiłam się obok brata, Baba zaczął opowiadać nam historie z naszego dzieciństwa – jak Keton wkładał mi robaki we włosy i jak Baba martwił się, że nigdy nie zostanę uznana za prawowitą krawcową. I śmiał się. Słyszałam jego śmiech po raz pierwszy od lat.

Zmierzch zakwitł zbyt wcześnie. Baba chciał zapalić świeczki, ale powieki opadały mu ze zmęczenia. Zaprowadziłam go do sypialni, żeby odpoczął, a potem pomogłam Ketonowi.

Znalazłam orzech za rośliną – jego zawartość nadal lśniła i biła ciepłem. Wciąż mogłam się napić. Zasmakować szczęścia, jak powiedział Edan. Ale było dla mnie za późno. Zobaczyć, jak Baba się śmieje, Keton chodzi, a Edan odzyskuje wolność… tylko tego potrzebowałam. Będę trzymać się tych szczęśliwych chwil aż do końca – aż Bandur zabierze mi duszę, kawałek po kawałku.

Bębny zagrzmiały, wciąż odległe, ale szybsze. Poczułam ukłucie w piersi. Może jeśli tu zostanę, przepowiednia Bandura się nie spełni. Jeśli nie wyjadę, ocalę siebie.

Nie. Amana ostrzegła mnie, jaką cenę zapłacę za uwolnienie Edana. I nawet za tysiąc żywotów nie podjęłabym innej decyzji.

Wylałam płyn z orzecha do doniczki z pędem bambusa na parapecie. Roślina wchłonęła magię Edana i zazieleniła się. Ten widok jednocześnie ukłuł i ucieszył moje serce.

Przycupnęłam na łóżku Ketona. Oczy miał półprzymknięte, na jego ustach błąkał się uśmiech. Pocałowałam go w czoło i przycisnęłam policzek do jego policzka.

– Śpij, drogi bracie.

– Czy to się dzieje naprawdę? – wyszeptał, ściskając moją dłoń. – Naprawdę tu jesteś? Baba naprawdę się śmiał?

– Tak – zapewniłam go. – Jestem tu, a Baba się śmiał. I zaśmieje się znowu i znowu, a my nigdy nie zapomnimy tego dźwięku, bo jesteśmy razem i wkrótce znów będziemy. A teraz śpij.

Słuchałam, jak jego oddech zwalnia i tka miarowy rytm, aż wreszcie Keton zasnął. Otuliłam go kocem, zajrzałam do Baby i jego też przykryłam, a potem, stąpając cicho, wyszłam z warsztatu.

Ostatnie ślady czerwonego słońca malowały horyzont szkarłatem. Zasłoniłam oczy i usiadłam na dywanie. W oczach mojego odbicia w oknie warsztatu mignął cień. Sprawił, że zalśniły krwawą czerwienią.

Przebiegł mnie dreszcz. To tylko gra świateł, powiedziałam sobie. To wina czerwonego słońca.

Patrzyłam w niebo, aż okruchy światła zgasły i połać oblała się czernią nocy. Jednak gdy szybowałam nad migoczącymi wodami Port Kamalan z powrotem do pałacu, dreszcz zadomowił się w moim ciele. Wiedziałam, że zakończyłam opowieść cudownym akcentem. Bałam się powiedzieć Babie i Ketonowi prawdę, że mój powrót do domu to nie koniec historii…

Tylko straszny początek.

Podziękowania

Ta książka nie znalazłaby się w Waszych rękach, gdyby nie Gina Maccoby, moja niezłomna agentka. Dziękuję Ci, Gino, że dostrzegłaś coś wyjątkowego w moich słowach i dałaś mi szansę, że pomogłaś mi udoskonalić mój warsztat i że wierzyłaś we mnie podczas wzlotów i upadków na mojej drodze ku publikacji. Jesteś mentorką, o jakiej zawsze marzyłam.

Dziękuję Katherine Harrison, redaktorce nadzwyczajnej. Od początku wiedziałam, że Maia znalazła w Tobie swój dom, i jestem wdzięczna, że za sprawą losu moja książka trafiła w Twoje ręce. Dziękuję za wnikliwe poprawki, które jeszcze bardziej wzmocniły historię Mai i ulepszyły *Tkając świt* w stopniu, o jakim nawet nie śniłam.

Ogromne podziękowania dla ekipy Knopf BFYR: Alex Hess, Alison Impey, Julii Maguire, Mary McCue, Jaclyn Whalen, Alison Kolani, Tracy Heydweiller, Jake'a Eldreda, Artiego Bennetta, Janet Renard, Amy Schroeder i Barbary Perris za cudowny entuzjazm, czas i wysiłek włożony w to, aby stworzyć nie tylko książkę, ale również dzieło sztuki do trzymania, czytania i hołubienia.

Dziękuję Tran Nguyen za niesamowitą okładkę, która tchnęła życie w Maię Tamarin. Straciłam rachubę, ile godzin gapiłam się na nią w zachwycie. Nie umiałabym wyobrazić sobie bardziej pasującej okładki – uwielbiam ją. Dziękuję Virginii

Allyn za zapierającą dech w piersiach mapę – serce bije mi mocniej za każdym razem, gdy zauważam na niej nowy szczegół.

Dziękuję Dougowi Tyskiewiczowi i Leslie Zampetti, moim krytykom. Jestem przekonana, że jednym z najtrudniejszych aspektów pisania jest znalezienie stałej grupy krytyków wśród kolegów i koleżanek pisarzy, których pracę i towarzystwo cenimy. Mam ogromne szczęście, że znalazłam Was dwoje i jeszcze większe, że mogę nazywać Was przyjaciółmi.

Dziękuję Patti Lee Gauch za radę w kwestii głosu, która zmieniła moje życie (nie wzdrygaj się!), oraz za inspirację do rozpalenia iskry w mojej twórczości. Dziękuję Gregory'emu Maguire'owi i Patricii McMahon za przypominanie, bym rozplatała nitki moich ukochanych baśni i pisała Maię jako twardą bohaterkę. Zaniedbaniem byłoby niewspomnienie o Nancy Sondel i cudownych nastolatkach oraz dorosłych na warsztatach Pacific Coast Children's Writers Workshops, którzy dali mi wspaniały feedback na temat książki na początkowych etapach pisania.

Dziękuję pisarkom po fachu: Liz Braswell, Kat Cho, Bess Cozby, Suzi Guinie, Joannie Ruth Meyer, Lauren Spieller, June Tan i Swati Teerdhali za przyjaźń i rady, za wspólne piszczenie na każdą książkową aktualizacją i wspólne cierpienie nad szkicami i poprawkami. Bardzo dużo się od Was nauczyłam. Dziękuję również Roselle Lim – za spostrzeżenia na temat szkół chińskich haftów oraz specjalistyczną wiedzę na temat szycia. Dziękuję Sarah Neilson za przemyślany feedback, który w dużej mierze wzmocnił tę historię, Heidi Heiling za bycie pokrzepieniem dla początkujących pisarzy oraz Jen Gasce z *Pop! Goes the Reader* za uprzejme zaprezentowanie okładki *Tkając świt.*

Pozdrowienia dla Electric18s, najlepszej grupy debiutantów i debiutantek, jaką można sobie wymarzyć. Dzięki wam poczułam się częścią wielkiej, szczęśliwej rodziny. Chciałabym również podziękować nauczycielom i profesorom, od których miałam zaszczyt uczyć się podczas mojej podróży do publikacji – dziękuję Wam za zachęcanie mnie do kreatywnego myślenia i podejmowania ryzyka.

Oczywiście dziękuję również wszystkim pisarzom, czytelnikom, sprzedawcom, bibliotekarzom Goodreads oraz blogerom, których poznałam przez ostatnie dwa lata – online i na żywo – ogromnie się starali, abym w środowisku książek dla młodzieży poczuła się jak w domu. Dzięki Wam przyszłość książek i historii – nasza przyszłość – maluje się jaśniej niż kiedykolwiek.

Ogromne podziękowania (i ogromne uściski) dla Diany Link, Joyce Lin, Evy Liu, Evelyn Lu i Amaris White, moich najlepszych i najstarszych przyjaciółek, za czytanie moich pierwszych książek, kibicowanie mi przez lata oraz utrzymywanie mnie przy zdrowych zmysłach przez niezliczone wiadomości i rozmowy telefoniczne, gdy starałam się o wydanie mojej książki, a także za krytyczne oceny (zwłaszcza za uświadomienie mi, jak naprawdę wygląda jazda na wielbłądzie i wspinanie się na górę z pomocą czekanów).

Ta książka nigdy by nie powstała, gdyby nie wsparcie mojej rodziny. Dziękuję mojej babci za to, że w dzieciństwie sadzała mnie obok maszyny do szycia, pracowała i opowiadała mi historie. Jesteś jedną z najsilniejszych kobiet, jakie znam.

Dziękuję rodzicom za to, że od dziecka uczyli mnie wagi wytrwałości. Tacie za rozniecenie we mnie miłości do baśni, za bycie dumnym bez względu na to, jaką ścieżkę obiorę, ale i za mądre rady, bym pracowała ciężko i starała się być jak najlepsza w każdym podjętym przedsięwzięciu. Wszystko, co osiągnęłam, zawdzięczam Twojej mądrości. Mamie, której talent do sztuki i rzemiosła nigdy nie przestaje mnie zadziwiać, za ośmielenie mnie do bycia kreatywną. Bez Ciebie nie byłabym muzyczką ani autorką, jaką jestem dzisiaj.

Mojej siostrze Victorii za namawianie mnie, bym uczyniła książkę bardziej romantyczną (zawsze, ha, ha!), za doradzanie mi za każdym razem, gdy potrzebowałam szczerej opinii, i za wskazówki na temat mody i wzornictwa. Bez Ciebie moje życie byłoby o wiele samotniejsze (i o wiele mniej fascynujące).

Najbardziej dziękuję mojemu mężowi – ukochanemu i najlepszemu przyjacielowi, Adrianowi. Dziękuję Ci za podawanie mi niezliczonych śniadań i kolacji, za przypominanie o obiedzie, kiedy pochłaniały mnie poprawki, za czytanie szkiców przez długie godziny i za brutalne recenzje (oraz nie mniej cenne słowa zachęty), których potrzebowałam, za przytulanie mnie podczas upadków i śmianie się ze mną podczas wzlotów, za sprezentowanie wygodniejszego krzesła do biurka. Jesteś moją radością i inspiracją.

Dziękuję naszej córeczce, Charlotte. Twój zaraźliwy uśmiech i chichot sprawiają, że z niecierpliwością wypatruję każdego kolejnego poranka. Już nie mogę się doczekać wspólnego czytania, śpiewania, tańczenia… i pisania.

I wreszcie dziękuję Wam, czytelnicy, za to, że daliście szansę tej książce, że razem ze mną wybraliście się na dzikie tereny mojej wyobraźni i (mam nadzieję) dotarliście do końca. Do następnego razu!